城·色

谭风华◎著

群言出版社
QUNYAN PRESS
·北京·

图书在版编目（CIP）数据

城·色 / 谭风华著. -- 北京 : 群言出版社，
2017.6
ISBN 978-7-5193-0297-9

Ⅰ. ①城… Ⅱ. ①谭… Ⅲ. ①散文集—中国—当代
Ⅳ. ①I267

中国版本图书馆 CIP 数据核字（2017）第 149896 号

责任编辑：潘　昊
封面设计：朝圣设计·阿正

出版发行：群言出版社
地　　址：北京市东城区东厂胡同北巷 1 号（100006）
网　　址：www.qypublish.com
自营网店：http://qycbs.shop.kongfz.com（孔夫子旧书网）
http://www.qypublish.com（群言出版社官网）
电子信箱：qunyancbs@126.com
联系电话：010-65267783　65263836
经　　销：全国新华书店

印　　刷：北京朝阳印刷厂有限责任公司
版　　次：2017 年 8 月第 1 版　2017 年 8 月第 1 次印刷
开　　本：710mm × 1000mm　　1/16
印　　张：22.75
字　　数：336 千字
书　　号：ISBN 978-7-5193-0297-9
定　　价：38.00 元

献给我亲爱的妻子和孩子

一个男人青春的最后记忆

自序

这本书的书名，原想取名《帝京景物纪略》，后来没用，原因是多方面的。其主要原因，一方面是明崇祯八年（1635年），居京文人刘侗、于奕正曾合著刊行一本叫《帝京景物略》的书，一字之差，怕有人错把这本书当成北京潘家园的“假古董”购买，让人贻笑大方或后悔，生出不必要的愤恨；二是担心有人因这多少有点暧昧的书名，错当成北京旅游指南之类的一本风景名胜方志书籍购买，按图索骥，影响别人的游兴。所以在出版社编辑的再三建议和劝说下，左思右想，辗转反侧，居然夜里也没睡安稳，犹豫再三，最后取了《城·色》这个书名。因《城·色》这本书中内容大概总发生在北京这座现代城市，又关涉青春的一些思考和琐事罢了，并没有触及政治和历史等重大敏感问题。

《城·色》里的这组文章，共71篇。陆续完成于10年前。当时我是有出版“野心”的，雄心勃勃，却一事无成。如今真的要出版发行，便找出我于2007年10月11日写下的一篇小文《关于〈帝京景物纪略〉》抄录如下，以示纪念：

> 《帝京景物纪略》第一篇文章《湖广会馆》写于2004年7月19日的北京，那时我已到北京两年半有余。当时我并没有什么要写一个完整的系列的“大志”，只是写写玩，写到哪算哪。有时，我相信写作源于游戏，并不需处处“文以载道”，板着面孔说话。
>
> 没“大志”，并不是谦虚的说法，一则对人生抱着随遇而安的认识，

二则那时候确实还没有很明确的写作目的，也没有很完整的构思。并且当时雄心勃勃倒是准备完成一个《水浸的牵牛花》的系列童年回忆性散文。但《帝京景物纪略》写着写着，倒把《水浸的牵牛花》搁置了。但我一直对自己能否完成《帝京景物纪略》表示怀疑和担忧，从小到大，老干些没什么名堂的半拉子事情，虎头蛇尾。

直到2006年1月10日，紧赶慢赶，赶在春节我与妻回江苏常州办婚礼前，把《帝京景物纪略》最后一篇《长城》写完，我才长舒一口气，大有武侠小说中侠客金盆洗手退出江湖的意味。当时我还在网上欣喜地对网友杨红蕾说："2006年1月10日是个值得纪念的日子。"我确实担心婚后再无多少时间来完成这个系列了。这个系列虽没最后定型，至少拉通了，回头再细改改就行。

《帝京景物纪略》边写边发在网上，而首发，我都是在贵州E友网上，最早是发在"白蚁书巢"，后改发在"豆棚杂说"，多得此网站的网友的鼓励和支持。我是边改边发，边发边改。然后又分成4辑，打印了寄给贵阳的邵胜利先生，又多得邵先生的指点和校正，不吝指出错误、纰漏、不确之处，并提出修改意见和建议，使我受益匪浅。曹植诗云："利剑不在掌，结友何需多。"我常想，人生得一友，足矣。

《帝京景物纪略》对于我来说是一次创作上的冒险，我不自量力地希望是创作，而非简单地写作——重复前人的劳动，而毫无创新之处。所以在写的过程中，也常常感到有力不从心的地方。《帝京景物纪略》中的事和人在现实中确有其影子。但仍有人说《帝京景物纪略》像小说，或者说是散文化的小说，小说化的散文。确实，这个系列的每篇文章都是散文化的写法，而整个系列文章采取的是"散点结构"（长篇小说创作中结构是极其关键的），整体来看，又像一篇大散文，至于能否做到"形散而神不散"，却需要朋友来评说。

而对于我来说，似乎完成就是一种成功。时间过去一年多了，我仍然反复在修改，前些日子总算在网上也发全了，其实我内心并无什么成功的喜悦，却有一点点完成一项事情的轻松。

鲁迅先生曾说过一段话："人感到寂寞时，会创作；一感到干净时，即无创作，他已经一无所爱。创作总根于爱。杨朱无书。创作虽说抒写自己的心，但总愿意有人看。创作是有社会性的。但有时只要有一个人看便满足：好友，爱人。"所以，我以为我写《城·色》时，是寂寞的，是"不干净的"，而且当时是衷心而且比较急迫地愿意把这本书献给我新婚的妻子和未来的孩子的。

我是在2002年初，从贵阳拖着一大箱子并不值多少钱的书，从贵阳乘火车，平生第一次抵达北京这座城市的，三十出头，用孔子的话，是"而立之年"，但事实上，当年很是糊涂。木心先生在《文学回忆录》里说他在三十几岁那个年纪在坐牢，"六十才立"。所以一个人什么时候能"立"，能不能"立"，是有其个人的特点和机缘的，不能一概而论，并非都可以与孔圣人比较的。我是在2005年9月8日正式登记结的婚，当时已满35岁，属于晚婚。2007年1月16日，第一个孩子在北京海淀出生，属于晚育。从踏入北京这座城市的第一天，到结婚，我常在周末闲逛北京。即使在京城发生"非典"期间，我也一直待在北京。"非典"应该算是意外的突发事件，很多人都已淡忘，但"非典"却改变和影响了很多人的思维方式和命运轨迹。

为了能够出版这本小书，我一直想抽时间对《城·色》做进一步细致地修润，但每每翻开，犹豫再三，终于还是作罢。自己安慰自己，《城·色》即便不成熟、不完美，终是一段时光的记忆。人生因不成熟、不完美而丰富，而让人留恋。

《城·色》的71篇文章，既可以单独阅读，也可以连通合并起来阅读，篇篇是散文写法，整本书又可作为一个长篇的散文来读，总体结构是"散点"的。篇中的人物，或真或假，在现实中都有对应，但人名都不是人物在现实中的本名，借用的都是网名、外号或临时取的假名，所以似乎又有点小说的味道。可以说，《城·色》总算是我当年的一点试验和探索。当时比现在年轻，心也大。

谭风华

2017年3月28日于北京

目录

湖广会馆

一觉醒来，发现窗外下着小雨，又出太阳，道是无晴却有晴。

这种天气在北京很少见。北京不像湖南，也不似江南其他地方，“桑拿”天多，似乎往空气里随便一抓，就是一把湿漉漉的水分。北京是干燥的，干燥得我有时甚至觉得，一觉醒来就会变成一具躺在床上的木乃伊。

其实我骨子里对雨，天然地存在一种迷恋和依恋。雨对于我来说，已不再是一种天气，而是一种心境，一种不易明说的感觉，一种罗曼蒂克，一种可以欣赏的生活方式。在这样的天气里，我得找一个女子陪我逛北京城。我给小鱼儿去了一个电话，说没事儿，想带她玩玩。此小鱼儿非彼小鱼儿，这个小鱼儿是个女孩儿，不是古龙武侠小说《绝代双骄》里的那个精灵古怪。

小鱼儿接电话时，正被她母亲训，说她怎么还不嫁人？整日待在家里，费水费电，还增肥。小鱼儿正郁闷，所以我的电话正是时候，是及时雨。小鱼儿答应了。小鱼儿是北京良乡人，是我在北京认识的女孩，在陕西西安上的大学，学的是医药。小鱼儿银盆脸，大眼睛，爱哭也爱笑，一脸的小雀斑，眉宇间有一股子灵秀气。说是女友吧，小鱼儿却不承认。我笑笑，不敢强求，多又是有缘无分的女子。

我俩去逛湖广会馆时，主要是因为它位于宣武区骡马市大街东口南侧，不远也不近。而我作为一名湖南人，来到这里倒生出格外的一些不合时宜的感情色彩。到虎坊桥，一进湖广会馆的门，我马上惊叹其建筑之华美，文化积淀之厚重。湖广建省，大概始于元代。明洪武九年，分置湖广、广东、广西三布政使司，“湖广”随即专指两湖之地。清康熙三年，分置湖南省和湖北省，唯两湖总督还有“湖广总督”的称谓。

所谓会馆，大概相当于现在的各省、市（县）驻京办事处或联络处，据说现在京的各类办事处有 3000 多家，不知是真是假。但会馆的内涵和外延似乎更大，由于古代交通不便，外出和远行往往生离死别，会馆兼有“家”和“故土”的概念。所以会馆往往与名人联系在一块儿，如清光绪年间“戊戌变法”时，康有为住在南海会馆，谭嗣同住在浏阳会馆。浏阳会馆在菜市口附近，离法源寺也不远，我有些奇怪，像谭嗣同似的湖南人为何不住湖广会馆呢？也许谭嗣同是浏阳人的缘故吧。什么人住什么会馆可能还有另外的渊源和其他的联系。1922 年湘西“乡下人”沈从文独闯北京时，是免费住在酉西会馆，也许多因湘西王陈渠珍的缘故吧。

湖广会馆其实就是旧时湖南、湖北两省旅京人士为联络乡谊而创建的同乡会馆，主要用于同乡寄寓或岁时聚会、祭祀等活动。清朝嘉庆十二年由湖南长沙籍京官刘云房、李秉和等人倡建，至今已近 200 年历史，是目前北京仅存的建有戏楼的著名会馆之一，也是按原有格局修复并对外开放的第一所会馆，所以很有些看头，值得玩味。

湖广会馆的风水奇异，原是一座私宅，虽然规模较小，但却陆陆续续住过历史上的许多名人。湖广会馆的乡贤祠前原有一口井，叫子午井，在纪晓岚的《阅微草堂笔记》载：“子午二时汲则甘，余时则否，其理莫明。或曰阴起午中，阳生子半，与地气应也。”也许因这井的缘故，据说此地最早是明权臣张居正的私宅，据民国《子午井淘井竣工序》里提到的，清朝名士徐乾学、岳钟琪、张惟寅、纪晓岚、刘权之、王杰、叶继雯等都曾在此生活。其中张惟寅是张之洞的爷爷。我和小鱼儿在湖广会馆里东游西荡，却始终没找到这眼奇特井的遗址，也许始终是心不在焉，倒错过了。这倒给下次重游湖广会馆留下一个借口和理由。道光十年两湖人士集资又对会馆进行重修，升其殿宇，建筑戏楼，添设穿廊。道光二十九年又置亭榭等，总面积约 4700 多平方米。馆内有乡贤祠、文昌阁、宝善堂、楚畹堂等，最终才形成了湖广会馆今天的格局。

会馆前院有戏台一座，后台10间，前台北、东、西三面均有看楼，上下共40间，中有广场，可容千人。谭鑫培、余叔岩、梅兰芳等名角都到这里演过戏。戏楼舞台原为方形开放式，台沿有矮栏，坐南朝北，台前为露天平地，后来才改成现在的室内戏楼，三面各有两层看楼，可容纳近千人。清朝时，名流学士常在这里宴会唱酬，成为宣南一胜地。两湖旅京人士，更是定时在此聚会、礼神和祭祀乡贤。对于京剧，外国人似乎很喜欢，对此我充满谨慎的怀疑，也许只是京剧的形式和内容满足他们猎奇的需要。中国人中间有喜欢的，也有不喜欢的，对事物的好恶情感是一个很奇怪的东西，周作人和鲁迅两兄弟的性格、境遇差异很大，但似乎都对京剧没有什么好感，但老舍、汪曾祺等却对京剧似乎又情有独钟，研究颇深。我和小鱼儿来到湖广会馆，这里正有票友聚会。戏台上有票友表演，台下喧哗，好是热闹。若要看戏，也不贵，10元钱买杯茶，坐在台下，就可以泡一天。

湖广会馆的后院有乡贤祠，后来又在乡贤祠上加盖了文昌阁，成为一处二层的楼房。北京市戏曲博物馆就设在楼里，主体陈列为“北京戏曲史略展”，以翔实珍贵的戏曲文献、文物、图片和音像资料展示了以京、昆艺术为主的北京戏曲发展史。其中如京剧名家王瑶卿、梅兰芳的拜师图，武生泰斗杨小楼演出用的戏装等为馆藏珍品。可惜我和小鱼儿都不懂国粹京剧，稍有认识，是读章诒和的《伶人往事》后，但也只是点到为止，不明就里。

庙小神灵，地偏名大。湖广会馆成为北京南城一重要文化圣地，很重要的原因是在近200年的历史中还见证过许多重要事件。如：同治九年，曾国藩在这里办过六十大寿；光绪二十六年，八国联军入京，美军曾以这里为司令部；民国元年春，财政部印刷局工人在这里聚会，一部分人参加了“印刷同业进化会”；民国元年5月7日，北京统一党人在这里开会欢迎章太炎；民国元年8月18日，中国社会党北京支部在湖广会馆召开成立大会；民国5年，梁启超在这里讲过宪法纲领。

1912年孙中山抵京后，曾五次莅临湖广会馆。第一次是在8月25日上午10时，在京旧同盟会员在这里召开欢迎大会，孙中山在会上发表演说。第二次是在8月25日下午13时，同盟会、统一共和党、国民促进会、国民公党、共和实进会等五政党合并，在这里举行国民党成立大会。第三次是在8月30日，北京学界约3000人在这里召开孙中山的欢迎会。第四次是在9月4日下午，共和党人在这里召开欢迎会。第五次是在9月15日，即孙中山离开北京的前两日，到这里参加国民党举办的欢迎会。可见，孙中山与湖广会馆有缘，缘分这个东西不好说，也不好说清。其次，可能是因为那时候革命人士多集中为南方人，特别是湖广人士居多，“灭秦者楚也”的缘故，所以才把湖广会馆确定为活动和聚会的中心。

小鱼儿对这些林林总总的事儿，总的来说有点心不在焉。小鱼儿说：“你应该带一老人来才好？！”我只是笑笑，不作声。小鱼儿有点轻微神经质，却是一个好女孩，但却也不属于我。好东西不一定要占有，就像莲花池里含苞待放的荷花。小鱼儿个子不高也不低，身上有肉，眼神清澈，爱笑，一副天真烂漫的样子——不知是真是假？这年头，纯情也是可以“制造”的。小鱼儿做些事说些话有时让人费解，琢磨不透，指东打西，思维是跳跃着的，像在做诗，但她又不是诗人。小鱼儿是个有趣的人，我对远在贵阳的朋友一鹤悠然介绍说：“小鱼儿并不漂亮，但这世上有趣的人越来越少了。”

但小鱼儿的说话，经常闪烁其词，词不达意，起初我以为是她的一种表述方式，后来才知道她另有隐情。她有时介绍我去听某某人唱的某首歌，歌词里也许另有深意，也许没有，有时我听了云里雾里，却不明就里——这是她的另一种表述方式。做一个“有故事的人”，事后有时却让人哭笑不得，这让我想到画家杨君的一幅同题人物水墨画。例如，有一次她让我听齐豫唱的《飞鸟与鱼》：

我是鱼，你是飞鸟
要不是你一次失速流离
要不是我一次张望关注
哪来这一场不被看好的眷与恋
你勇敢，我宿命
你是一只可以四处栖息的鸟

我是一尾早已没了体温的鱼
蓝的天，蓝的海
难为了难为了我和你
什么天地啊！四季啊！昼夜啊！
什么海天一色、地狱天堂、暮鼓晨钟
always together，forever apart
睡不着的夜
醒不来的早晨
春天的花如何得知秋天的果
今天的不堪如何原谅昨日的昏盲
飞鸟如何去爱
怎么会爱上水里的鱼

泰戈尔说："青草寻找地上的伴侣，树枝寻找天空的寂寞。"我从网上回复说，请小鱼儿听电影《这个杀手不太冷》的主题歌 *Shape of My Heart*，听布瑟·列农演唱的《狼》，以其人之道还治其人之身，同样听得她云里雾里。

北京就是这样一个地方，往往并不起眼的人和并不起眼的地方都深藏了不得的历史背景和渊源，都是不可小视和怠慢的。而我本又是一个湖南人，住的地方离虎坊桥又不很远。老早就听朋友萝卜推荐湖广会馆，一直想来，却延迟到现在才一睹风采。萝卜是我同事，南京大学毕业，学历史的，喜欢旅游，逛了北京不少好地方。我能带着小鱼儿来看看，也算了一心愿。

"回去我为此行会写一篇游记，如何？把你也写在里面。"我半认真半开玩笑地对小鱼儿说，我说话常让女孩儿感到飘忽，有点捉摸不透的感觉。

"老青蛙，你行吗？这地方有意思吗？"小鱼儿深表怀疑。

"湖广会馆这个地方不一定有意思，但人有意思啊。湖广会馆因有意思的你和我来了，本来没什么意思的，现在不是就变得很有意思了吗？"我脑子里马上闪过王阳明"与花同寂"的哲学命题来，但不想跟小鱼儿讲这个故事，怕把她的脑子弄糊涂了。

“那有什么好写的呢？”

“我把这作为第一篇，然后陆续写出一个系列来，写我到北京后，几年来认识的一些女子和发生的一些故事，题目就叫《京城泡妞记》——有机会我把我认识的一些姐姐妹妹们介绍给你认识，好吗？”

“我不见。再说，我不喜欢‘泡妞’这个词。”

小鱼儿以为我开玩笑，并不当真。当我真的把文章写出来，并挂在互联网上时，她吓了一跳。

湖广会馆确是一个好去处。希望今后还能再去。

2004年7月19日星期一于北京

白塔寺

我跟小鱼儿打电话，希望小鱼儿能像上周一样，她母亲在骂她。但没有，她说天热，不想出来。其实不是天热不热的原因，实质上还是我在她心目中，缺乏魅力。我有些失望地挂了电话。

接着，我给月儿打了电话，希望她有空。月儿声音很冷淡，我跟小王八讨论过这个问题，月儿其实是个好姑娘，只是有时太功利，要车要房，有点懒，是个冷美人。月儿说，她在加班。我无可奈何。

然后，我仍不气馁，事不过三嘛，给馨打了电话。

馨在电话里说："还在睡觉。"

我说："什么时候了，还睡？别睡了，陪我逛北京城吧。"

馨说："不想动，你现在是不是很郁闷？"

我说："你怎么知道的？你也太善解人意了！我星期五晚上陪别人出去玩，掉了 500 元钱，你说郁不郁闷……出来玩吧？"

馨想了一下，我感觉她在电话那头犹豫了一下，说："好吧。"

"那我们 10 点半在白塔寺门口见？你没去过白塔寺吧？反正白塔寺离你住的地也近！"我说。我从心底里生出一丝歉疚之意来，我觉得自己有些对不住馨，为什么不第一个就给她打电话呢？馨是一个有着忧郁病史的女子，也很聪明。不知是因聪明而忧郁呢，还是因忧郁而聪明。

白塔寺位于西城区阜成门内大街，周边有鲁迅博物馆、程砚秋故居、胜利电影院，离梅兰芳纪念馆也不是很远。白塔寺其实不叫这个名，只因白塔太有名了，俗称盖过了正名，这就像贵州凯里的大阁山上的魁星阁约定俗成被人叫成"大阁"。游完白塔寺，我们又到报子胡同去寻程砚秋故居，可是只在胡同的壁上寻着题着“程砚秋故居”的一块牌子，门已锈朽，有些沧桑感，门墩却极好，门锁紧着，似不住人。

再往前去，见一四合院敞着门，便拐了进去，好一清静院落。迎门种着一架葫芦藤，结一两手指般大小的小葫芦。一妇人弯腰在修剪花草，养着几盆红色醒目的花儿，她笑着打招呼说：“好。看房子呢。”

我笑答：“北京人住这真幸福呀。”馨却不语。

再往里去，有一葡萄架，架上挂满了青青的葡萄，还没熟。庭院中还有一棵海棠树，也结了累累青果。这边还有一棵树，没注意是什么树，树枝上挂着俩鸟笼，笼里养成着两只小钩嘴鹦鹉，羽毛出奇的艳丽。馨说：“怎么像是画出来的？”她指的是鹦鹉，甚至想伸出手指去摸一下。

离开这个院落时，我说好，馨却说院子太乱。我又开玩笑说：“院子乱有原因，主要是你没住在里面哩。”馨会心地笑了。馨常走神，很少笑。我想，幸亏馨长得不是很美，像褒姒那样，非得倾国倾城不可，但周幽王却是爱情至上者，是个好男人，却不是好君主。

“鲁迅博物馆在白塔寺西边，去吗？”话刚出口，我愣了一下，突然想起网友玉兰白来，记起与萝卜骑车参观鲁迅博物馆时，玉兰白打电话过来的事儿。

“不去了。”许是馨对鲁迅并不感兴趣。

“最近，我在网上发了一篇关于鲁迅的帖子，参与争议的人可多啦！”

“是吗？”

“你想听听吗？可有意思了。我是这样写的：

“鲁迅作为‘民族魂’是让人称道的。

“后来鲁迅被树为权威，影响着中国文坛几代人。因为上学必读鲁迅之文章，进入文坛以读鲁迅文章为切入点，并以鲁迅的评价标准为标准，同化了大众的价值评价标准。结果是：思想统一了，文坛却静寂了。现实主义创作方式一统天下。

“如：鲁迅先生的《文学与出汗》写得很好，很有道理。但事实上梁实秋的‘永恒的人性’也很有道理，现在看来，似乎更为‘真理’。

“我有时想，鲁迅的‘权威’一方面在影响着中国文人，另一方面也全面束缚着中国文学的发展。”

“啊？”

“怎么样？一派胡言吧，文坛很多账不能算到鲁迅一个身上——但网络就是这样，有时可以信口开河，随便发表意见和个人看法。可以这么说，有了网络这个工具和渠道，周作人提倡的‘平民文学’和‘大众文学’的时代终于来到。但我不是名人，没有话语权，我在网上说什么，并没有多少人关注和议论。”不管馨有无兴趣，现在她是我“强制”的倾诉对象。我拼命往她耳朵里倾倒“垃圾”话语，也不在意馨有无兴趣。有些兴趣是可以培养的，而有些兴趣再怎么培养也无济于事。

白塔寺白塔始建于元至元八年，它是元世祖忽必烈亲自勘察选址，由尼泊尔工艺家阿尼哥设计建造的。白塔寺白塔和北海白塔都出自阿尼哥一人，但后者名气更大。白塔寺白塔竣工后，以塔为中心修建了一座规模宏大的皇家寺院，赐名“大圣寿万安寺”。元至元二十八年寺院遭雷火焚烧。明天顺元年重建寺院，更名为妙应寺，民间俗称白塔寺。寺内白塔是元大都保留至今的重要标志，是我国现存最早最大的藏式佛塔，于1961年被国务院列为全国第一批重点文物保护单位。1976年，唐山地震造成塔顶天盘倾斜，文物工作者在重新修复时意外发现佛陀舍利子33颗、铜三世佛坐像、赤金舍利长寿佛等文物。舍利子是佛门圣物，历来褒贬不一，很玄。

我按约定时间准时到达白塔寺的门口，却不见馨。给她打电话，却已关机。看约定时间已过，我叹了口气，不来，打个招呼就成，也用不着把电话关了呀。我犹豫一会，决定还是自己独自游游。独游也是不错的境遇，既来之则安之，无欲无求不卑不亢方为修身养性的要领。进去一看，却是一个好地方。跟着白塔寺里别的游客请的一导游走走停停，到大殿的背后观音菩萨像时，一抬头，却见馨站在那里，浅浅地笑。我着实惊喜了一下，望望四周，却也不像在梦里。

我说：“你来了。”

馨答：“来了。”

我说：“怎么没开手机呢？”

馨答：“没带，随手关了，扔在家里了。”

我问：“你经常这样干吗？”

馨答：“也不经常。”

我又问：“你不带手机，北京这地方人海茫茫，我到哪找你去？”

馨又答：“你如果真想找，与有没有手机有什么关系？”

也是。我不自然地冲她笑了笑。馨似乎懂禅。我也常玩似是而非的野狐禅。

“现在好了。你有什么郁闷的事，告诉我吧？”她却反客为主，反过来问我。

“没事，我一直就这样，比较忧郁，半死不活，有人甚至说我早已死了一半了。”我笑着调侃。说的却是实话。

“你读佛经吗？”

“读。”

“真的？我也喜欢。你读些什么？”

“翻过《般若波罗蜜多心经》《六祖坛经》，以及《金刚经》。读佛经，有时让人心静。”

“我只读过《心经》，喜欢听《大悲咒》。”但我却没怎么认真听完过《大悲咒》。

我们绕着白塔走了三圈，说了些无关紧要的话。然后在寺里东逛逛西看看，就到了中午。

我在白塔寺的一棵树下捡了一块半透明的石头，带回红居斜街的宿舍里，放在书架上。有一次，我看见这块石头，便用手机拨通了馨的电话，馨在自己租的房子里独自看无聊的电视连续剧，接我的电话居然聊了半个多小时，其实什么事也没说。

2004 年 7 月 26 日星期一于北京

太庙

太庙是个好地方。我已去过三次。

室友萝卜因冯小刚导演的电影《大腕》里的“葬礼”场景是在太庙拍的，所以就跑去看了一回。回到宿舍只是一再地说好，却不细说究竟好在哪里。恨得我牙根痒痒，忽然便联想到萝卜四川眉山老乡苏轼在《石钟山记》里的那段著名的感慨来：“郦元之所见闻殆与余同，而言之不详；士大夫终不肯以小舟夜泊绝壁之下，故莫能知；而渔工水师虽知而不能言，此世所以不传也。”心里就有些着急，但也没有更好的办法。

所以，在一个周末没事时，我便独自也跑去看了一回。看了，觉得果然是好。因为喜欢，生了些牵挂，第二周周末，因实在没什么顶重要的事情可干，又独自跑去玩了一圈。徜徉在太庙的高墙下，待了一天。细想去，我究竟喜欢太庙什么？却也说不上。我喜欢太庙里的空气，清新里含着一丝不易察觉的冷峻；我喜欢太庙的建筑，威严中透着一股子人情味；我喜欢太庙里一排排苍劲而扭曲的古柏，枝杆秃秃地伸向天空，像在捕捉点什么，又像在企求点什么，远望近仰都让人生出一股子莫名的感叹和忧伤来。孤独是可以品味的，有时甚至是可以欣赏和享受的。

太庙的建筑可与紫禁城媲美，人去得又少，所以显得格外好。紫禁城太喧哗，谁到北京，都想看看皇宫究竟是什么样儿，因而人气热闹，烟火气重，杀伐气盛。嘈杂之地，再好，也就没多大意思了，不宜游玩和痴坐。此外，太庙上空的老鸦叫得也很有些趣味和诗意，呱呱几声，很有些穿透力，心儿会随着老鸦的叫声颤动，我却并不因此而生出半丝恐惧和凄凉的心境，反倒感到异乎寻常的安静和平和，好像读了几页“老庄”，念了一遍《心经》。这很奇怪。

太庙位于紫禁城的东边，与西边的社稷坛左右相对，符合“左祖右社”典型的古代都城规制。太庙始建于明永乐十八年，是明初皇家合祀祖先的地方。到了明代中期，嘉靖皇帝改变了太庙合祀的制度，于嘉靖十四年把太庙一分为九，建立九座庙分祭历代祖先。谁想到，没过几年，其中八座庙遭雷火击毁，皇帝和大臣们认为这是上天警告，祖先不愿分开的缘故。于是，在四年后重建太庙，恢复了同堂异室的合祀制度。

清入关后，继承了“敬天法祖”的传统礼制，一进北京城，就把清太祖、太宗等神主供奉在太庙中，而将原来明朝历代帝王的神位移至历代帝王庙，并开始重修太庙。乾隆即位后，把明代所修面阔 9 间的正殿扩建为 11 开间，把原先为 5 开间的后殿扩建为 9 开间，同时添建了一些墙、门及辅助性建筑，形成了今日太庙的规模。清将前朝皇家家庙变成自家家庙，并非学楚霸王项羽的样，简单地一焚了之，说明清入关时很有些大器，包容性强，动机深刻，谋划长远，难怪得天下。明正统十一年、天顺元年、弘治四年、正德十五年对太庙均进行过修葺和增筑，清顺治五年和乾隆时又有过较大规模增修。我以为，反反复复地维修和修缮，说明中国皇家和百姓一样，对家庙其极重视，不敢轻易忘祖，毕竟是血脉可追溯的渊源和根。

太庙坐北朝南，平面呈长方形，占地面积约 200 亩，整个建筑被 3 道黄琉璃瓦顶的红围墙分隔成 3 个封闭式的院落。第一层院落最大，约占整个太庙的六成有余。这里除少许假山、凉亭外，四周种满了柏树。但太庙的主要建筑集中在第二层院落中。跨入戟门，迎面看到的就是金碧辉煌的正殿，3 层汉白玉石须弥座把大殿稳稳托住。大殿面阔 11 间，进深 4 间，重檐庑殿顶，上覆黄色琉璃瓦。为更好地突出宗庙祭祀性建筑的特色与效果，大殿梁柱外面都用沉香木包裹，其他构件都用金丝楠木。明间和次间的殿顶、天花板、四柱全部贴赤金花，不用彩画装饰，地面则满铺金砖。这种金砖主要产于苏州，从取土到成泥就有 6 道工序，再做成砖坯，烧 130 天才成砖，最后要放在桐油里浸泡，前后一共经过了20多道工序，坚硬如铁。金砖击之有声，断之无孔，光滑耐磨，而且越磨越亮。

大殿是皇帝举行祭祖大典礼仪的场所。每逢祭日即每年四月初一、七月初一、十月初一、皇帝生辰、清明节、七月十五、先皇的忌辰日都要在这里举行祭典，而且每年末，还要举行祫祭，即所有供奉于太庙神主的合祭。殿内按左昭右穆的次序摆设历代帝后的神位，神位前设供案，案上陈设祭器和礼器。大殿东、西两庑各有15间配殿，东庑供奉有功皇族人员的神位，西庑供奉异姓功臣的神位。每当仪式的最后，都要在大殿东南隅和西南隅黄琉璃砖砌的燎炉内焚烧祭品，以告慰祖先。中殿在大殿之后，又叫寝宫。殿内供奉历代帝后的神龛，每一神龛外摆放一代帝后的神椅；每逢祭祀的时候，要把神主牌位放到神椅上抬到大殿，安放在神座木托之上。中殿左右两庑专门存放祭器。后殿又称祧庙，形制与中殿相同，专门供奉清代立国前追封的四代帝、后的神主牌位。后殿与大殿、中殿之间有一道红墙相隔，自成一院，这是因为后殿是祭祀远祖的神庙的缘故。

清帝逊位之后，太庙仍归清室保管。民国13年才由清室缮后委员会接收，改为和平公园。民国17年由故宫博物院管理，废除园名继续开放。1951年1月划归北京市总工会，同年4月30日改名北京市劳动人民文化宫。我觉得，这是太庙最不好的地方，而北京有很多类似的地方，虽是全国重点文物保护单位，却被北京市劳动人民文化宫占着。所以我去的几次，太庙建筑里正在筹备什么展览活动，没能进到房屋建筑里面去转一转、看一看。

第三次去，好像是珊从贵阳第一次进京，央求我带她去逛北京城。逛完天安门广场，我极力推荐珊去太庙看看。其实，我还是为了心底的一点私心，趁机想再看一回太庙。匆匆看完太庙后，珊似乎什么感觉也没有，也不觉得太庙有多好。这多少让我有点失望，似乎又独自游了一遍太庙似的。现在回想起来，我甚至怀疑我究竟是不是与珊同游的太庙……也许太庙这个地方不适合女人。

在北京，像在太庙这样的景点之外，是喧闹、嘈杂和繁华的，我总觉得这些景点被城市遗弃了。它们处于城市之中，实际上却又在城市之外，不知道在什么时候因什么机缘，被生活和奔波在这城市里的人“突然”地发现和认识。在去太庙之前，好长一段时间里我常感到惶惑，精神迷离而恍惚，反反复复作同样一个噩梦。我梦见自己的灵魂飘离身体，站在我的身体旁。我的灵魂举起了锋利的手术刀切向肉体的我，肉体的我挣扎着，绝望地呼号着，但似乎于事无补。肉体的我对精神的我狂叫："老青蛙，你是一个彻头彻尾的疯子，你到处标榜自己与众不同，其实你比平凡人更平凡，比普通人更普通。"随后，我听见手术刀划开皮肤的声音，我听见血液如泉水一样喷射出来的声音，我听见骨头断裂的声音——这是一种感觉美妙的交响。最后，我竟然不再感到惶恐，精神的我和肉体的我甚至携手一起狂欢。我开始冷静、残酷、煞有介事地看着手术刀缓缓刺入我的心脏的过程，我看见我的灵魂在不远处哈哈大笑。我的肉体在此，而精神却往往在彼。游完太庙，我的噩梦戛然而止，回来后睡得很香很恬静。

太庙的好对于我来说，也许是一种说不出来的好，一种不可言传的好，一种只有用心体会才品得出味道的好，一种有慧根、佛性和缘才感受得到的好。难怪室友萝卜支支吾吾说不出一个所以然来……

2004 年 7 月 26 日星期一晚上于红居斜街 9 号

天坛

去天坛很方便，因为红居斜街穿小巷，步行到广安门外大街，很近，就可以乘6路公交车，直达天坛北门。虽是方便，但第一次去，仍旧是我一个人去的。那天出着太阳，天气微凉。

天坛北门是后门，在北门的街对面有座老磁器口豆汁店，豆汁是地道的北京食品，我没喝过，不敢喝。喝豆汁是检验是不是地道北京人的试金石，是检验北京人“酸碱度”的pH试纸。记得邓友梅在一篇文章里专门写道：“喝豆汁纯属北京人的专利……是不是北京人，测验方法就是叫他喝一口豆汁，若是眉开眼笑，打心里往外满意地嘘口长气，就是地道北京人；若是眉头紧皱，嘴角直咧，甭问这是外来户。”豆汁其实很贱，绿豆做粉丝、粉皮时剩下的下脚料，北京人舍不得扔掉，放在一边发酵变酸后，店家以极便宜的价钱买来，经过沉淀，待细碎的固体颗粒物都沉底了，就把上边发过酵的绿色汤水，放进锅里煮。待汤水见开，立马舀一勺沉淀物投进去，一次只加一勺，再开再加，进行“勾兑”。最后才能调出不浓不淡，臭中有香，酸得可口的豆汁来，这不是一般家庭能做得出来的东西，是需要一定功夫和手艺的。所以喝豆汁，不分贫富，一般都到老字号的店铺去。明白豆汁的做法之后，我总觉得，传统的老北京人还是很节俭的。

定居美国写过《城南旧事》的林海音在20世纪80年代末重回北京，接待她的人问：“您几十年没回来了，有什么要帮忙的吗？”她说：“别的事没有，就想去喝碗豆汁。”吃其他小吃时，已70余岁的林海音还挺谦逊、挺稳重，豆汁一上来，她老人家便显出真性情来了，一口气喝了六碗还想要，吓得接待她的人连忙挡驾说：“留点肚子明天再喝吧您哪，别吓着我们！”她倒舒了口气说：“这才算回到北京了！”接待她的人中有一个就是老舍的儿子舒乙。

进了天坛的门，才发现天坛很大，心里陡然生出“居然如此之大”一点可笑的感叹。一查资料，原来天坛居北京诸坛之首，占地273公顷，比故宫大两倍多，略小于颐和园。我是从北往南走的，出南门寻一小店吃了午饭。吃饭时，见一男一女也在吃饭，不说话，男的普通，女的长得却漂亮。这么漂亮的女子居然也到这样一个小店吃饭，似乎有点浪费和奢侈。突然想起一鹤悠然常问的一个问题：“为什么每个靓女身边总站着一个朽男？”一鹤悠然是我在贵阳时的一铁哥们，这话不是他的原创。自个儿想着这话有趣，不禁自个儿傻乐起来，恰这时那女子抬头不小心望了我一眼，我连忙付了账，有点仓皇地走了。

再回到天坛的南门，往北去，绕了一大圈，很有些兴味，也有些孤独。却也没进天坛内需另购门票的祈谷坛、祈年殿和回音壁去，也不觉得有什么遗憾的，远远地望了望，自我安慰说：“离得近，留待今后陪哪个亲戚朋友再来吧。”

天坛除了空旷之外，就是静。我走累了，一个人坐在树下一张石凳上，想困一下。淡淡的阳光从树叶的缝里穿过来，洒在身上，却还是觉得凉。看书，包里倒是带了一本书，翻了几页，却没一点看的兴致，看得瞌睡都来了。干脆不看，合上书，闭上眼，静静地听远处有人吊嗓子，声音洪亮和淡远。忽然从这声音里，品出点北京古都的味道来。天上偶尔也有老鸦叫，却似乎比不得太庙的好。

因为太静，突然有了灵感，连忙掏出随身的笔和纸，思如泉涌，将昨晚一直萦绕纠缠在脑子里，挥之不去，构思着的一篇小小说写了出来：

（小小说）

等待

文 / 老青蛙

静静地坐在桌旁，一个人。当侍者将一杯滚烫的新煮出来的浓得像夜色的冒着夸张热气的香气四溢的咖啡端在面前的时候，她微微点头。一切便都静下来了，甚至找不到心跳……

这个女子叫小鱼儿，很俗很普通的一个名字。

这是又一个周末的开始，小鱼儿知道自己会就这样坐着，坐一个下午。这家咖啡厅离她住的地不远不近，公交车有四站地，但每次她都打车过来。咖啡厅的名字取得奇怪，叫“人生可能只是一场可有可无的等待”，但店名经过艺术处理，“人生”和“等待”四个字特大，而其他字特别小，挤在一块，像嵌在中间的一朵花，远远看去，咖啡厅的名字好像是“人生的等待”。这咖啡厅其实已开了好些时候了，静静地待在那里，既不张扬，也不自弃。只是在有一次，小鱼儿去天坛赴一个约会时，在车上无意中瞥见，这就是缘。约会草草收场后，因莫名地喜欢这个店的名字，她便到这家咖啡厅来，从此经常有事没事地来这个说热闹又不算很热闹、说清静又不算很清静的地方。

今天的心境有些别样，有点高兴，窗外下着雨，雨下得不大。北京这地方雨水少，所以下雨时她总有些莫名地高兴。却又因这一丝淡淡的喜悦，感到一丝欣慰，觉得自己有点超凡，有点与众不同，也有点那个——一种病态的美，她欣赏这种异样的美。白天来这喝咖啡的人少，没人跟她争，每次她都能坐在靠窗的那张桌旁。她不知道是她来惯了，咖啡厅的侍者有意给她留的，还是她的运气实在太好。

来这里喝咖啡，她总带着两本书，一本是张爱玲的，另一本是沈从文的。沈从文的《边城》她基本上不看，但她是翻过的，觉得浅浅淡淡的，不像湖南人爱吃的辣椒，意思不大，所以没再认真看，带着来，似乎是给别的什么人准备着的。张爱玲的《倾城之恋》也从来不看，因为她倒是反反复复读过好几遍的，带来也不是想再读一遍，只是怕寂寞得太厉害，没事可干时再看一遍也未尝不可。就这样，不经意地两本书，一本是男人写的，一本是女人写的，男人写的好像是为某个男人准备着的，而女人写的好像是为自己留着的。小鱼儿有时也想，是不是自己错了，男人写的是否应该留给自己，而女人写的是否更应该留给别人。给谁都没关系，反正她都不想读，也不想在这件事上太费神。

窗外，一把伞飘过去了，红色的，好像在眼中跳了一下，像一根火柴，扑地划燃，又熄灭了。另一把，蓝色的，也轻飘飘地，飘过去了，在窗外，在窗外的雨中。然后是另一把……那是雨中的一些符号，这些符号预示着什么呢？她不敢深想，也不想深究，更没有深究的欲望和冲动。

为什么要来这儿喝咖啡，而不是别处？为什么自从来到这儿喝咖啡，她就喜欢上喝咖啡了呢？原先她喝茶，但喝茶的时候也很少，并不像现在这样，迷恋咖啡这种饮料。为什么要在这个时候来这个地方喝这种咖啡？没有人硬性规定，自己也没刻意强调。为什么呢？小鱼儿眼里不禁生出了一丝浅浅的迷茫。她也许只想在此等待一次改变一生的邂逅，她也许只想在此等待一次轰轰烈烈的爱情，她也许只想在此等待一个普普通通的男子，她也许仅仅只想在此完成一次等待。等待，可为什么要在此等待？

咖啡厅放着斯汀的歌，她喜欢。她更喜欢那首 *Shape of My Heart*，那是电影《这个杀手不太冷》的主题歌。她甚至渴望能结识一个真正的杀手，但中国的侠已越来越少了，都躲进了金庸的小说里去了。这多少让人有点沮丧和奢望。

曾有男子来打扰过她吗？有男子轻声问："靓女，对面这空位我可以坐吗？"好像没有。但似乎也有过，只是那男子不是她期望着的那种神态，不是她期望着的那种语气，不是她期望着的那种能逗起她说话欲望的男子。那男子懵懵懂懂地说："这位子有人吗，小姐？"

小鱼儿什么也没说，只是瞟了他一眼，然后继续回过眼睛津津有味地望着窗外。那男子似乎坐下来了，她感觉得到，他确实是坐下来了。

但当她觉得应该找个人随便聊聊时，回转头来，她发现对面的椅子上已空无一人。那男子是不是真的坐下来过，她有些不确定。是不是坐下来后，又悄悄地在不知道的什么时候就走了，她也不清楚。走就走了呗，她也不特别地惋惜，也没什么更多的遗憾。

她看了看墙上的挂钟，已下午七点多了，天很快就会黑下来，该回家了。她向侍者会意地点点头，侍者慌忙把伞给她送了过来，小鱼儿不禁愣了一下，侍者今天怎么变傻了？侍者连忙解释说："于小姐，开始那位坐在你对面的先生把账给付了。"

这侍者居然知道她的姓氏，她有点奇怪。"哦。"小鱼儿轻轻地接过雨伞，并不深究，然后离开了咖啡厅，走进了雨中。

时间如水，照旧前行。小鱼儿还是照旧一个人在周末来到这家名叫"人生的等待"的咖啡厅，下雨或不下雨，坐在靠窗的那个椅子上，喝着咖啡，望着窗外，人来又人往……

写完之后，又改了改，觉得还不错。这篇小说是写给小鱼儿的，也为了自娱，并不想拿到哪儿去发表，只是不知道回头小鱼儿看了，会是什么感觉。想着这，我不禁又自个儿叹了一口气。

天坛建于明永乐十八年，是明、清两代的帝王祭天的地方。主要建筑宏伟壮观，分布于轴线附近，周围环绕数千古柏，气氛庄严肃穆。每年"三孟"祭祀，即孟春（正月上辛日）祈谷，孟夏（夏至）祈雨，孟冬（冬至）祀天。该坛有外坛墙和内坛墙。北面外坛墙呈圆弧形，南墙与东、西墙为直角相交，取其天圆地方之意。内坛北为祈谷坛，南为圜丘坛，中以丹陛桥相连，形成一条南北轴线。园内有祈年殿、皇穹宇、寰丘、斋宫、长廊等名胜古迹，有回声建筑回音壁，有神乐署、神厨等附属建筑，有月季园、双环亭等名园景区。因为天坛建成初期，不仅祭天而且祀地，直到嘉靖九年在北郊另建地坛后，才天、地分别祭祀。地坛开过几次书市，我去过几次，买了一些书，有的送人，个别的留给自己慢慢读，倒是没怎么游地坛。据说地坛是史铁生的地坛。而天坛和景山，却是冰心认为北京最好的两个景点。

一个人枯坐着，便开始漫无目的地冥想。想起那天马车夫斯基通过网络对我说：“在网上查看你的个人主页，居然看了那么多篇。汗颜。”“汗颜”这个词太文绉绉，我都有点不习惯。马车夫斯基太谦虚也太捧我了。

我回答说：“那都是这些年来，在您和朋友们的鼓励下积攒写下来的。我从没有当作家的野心和大志，写写画画纯属不务正业，纯属一种个体的爱好。野心是一个人成功的心理前提。这样的人往往刚毅、坚韧、不轻易知足、不甘心、欲望大、拼劲足。有了野心，事业也就成功了一半，可我没有野心。我只是把事情记下来，也许只是为了忘记，鲁迅不是写过一篇《为了忘却的记念》的文章吗？不写下来，有些人和事就如鬼魅一样死死地缠着你，让你吃不好睡不香。

“写得多，烦忧则多，没什么值得夸耀的。若心与形是附着在一个人身上的两种东西的话，写得多，说明我的身体被我的灵魂拼命奴役；您能写会写，却写得少，是您的福分。记得老子说过，智者不言，言者不智。写得少，说明少了份奴役，少了些不必要的烦恼。

“同时，我担心我所写和叙述的是不是如米兰·昆德拉警告的那样，只是在做无用功，只是在做前人已经做过的无意义重复劳动？反过来想，即便如此，又能怎么样？又有什么可遗憾的？很多人的人生，很多人的生活，很多人的存在，从出生到死亡，从几十万年前的周口店的北京猿人到现在北京城里的现代人，吃喝拉撒的基本行为形式不都是一样，毫无变化、毫无意义地重复着吗？这是生命必须面对和无法回避的宿命。意义很可能是人类对自身行动和思想赋予的虚假光环，为了能够活下去和繁衍下去。

“我思故我在。你不是喜欢‘人类一思考，上帝就发笑’这句话吗？我们很可能被思考所愚弄。我比较清醒和现实，我只是在努力捕捉‘当下’，而‘当下’似乎总能够在顷刻之间变成‘过往’，变成‘历史’。我把‘当下’写了下来，在我的笔下，我和我的朋友们既在纸上，又在纸下。在纸上，成为我文章里的人物和故事；在纸下，是我和我的朋友们仍旧活在现实当中。但我笔下的叙述是真实的吗？我笔下的人物和事件是真实的吗？我是真实的吗？现实是真实的吗？现实中的我是真实的吗？我感到颓然的困惑，因为我实在无法回答这些问题。记得乔斯坦·贾德写的《苏菲的世界》，苏菲是上校笔下的人物，而上校、席勒、苏菲都是乔斯坦·贾德笔下的人物。我有时会困惑，我是谁笔下的人物，谁又在阅读我……”

这些问题不是我能够想清楚的，也不是我能够说得明白的，更不是像我这样的人来思考的问题，还是不去想为好。坐在天坛公园里的石凳上，待了好长一段时间，无事可干，我掏出手机给几个人打电话，不是关机就是不接，可能都有事吧。看看黄昏将近，身上有些凉意，看来也不会有什么“偶然的凑巧”发生，也没更多的事可做和期待的，决心还是回去吧。

然后，就起身出了公园北门，上了6路公交车，原路返回去了。从哪里来归哪里去，天坛没有留下我任何痕迹……

2004年7月28日星期三于北京

莲花池

离单位一箭之地，就是莲花池公园。

有人说，北京地坛是史铁生的地坛。我常奢想，莲花池能否成为我老青蛙的莲花池呢？莲花池能不能成为我的精神栖息地呢？这年头，喜欢孤独和冥想的人没有太多好处和优势。

莲花池公园的东门外就是北京西客站南广场，正对着火球般的“国风”雕塑。单位的办公楼背依莲花池，其实是块风水宝地。因为太近，莲花池就像是单位的后花园似的，所以我去莲花池已多次。因为人长得木讷，性格又内向，喜欢独处，所以有事没事常去遛遛。或邀友同去划船、谈心，或独自去看书、散步，或期望着水边有一个哭泣着的丁香般的女子……

莲花池的水有些奇怪，有些妖魅似的神秘诱惑。有时我甚至觉得那满池碧绿不是水，而是一池幽幽荡漾着的忧郁。我每次去莲花池，都从心底生出一股子跳湖的冲动，拼命想压抑这种想法，却也不能。但每每又想到王国维跳昆明湖、老舍跳太平湖，都事出有因，我跳了莲花池，能算哪桩？凭空多增一笑话而已。而这世界最不缺少的倒就是笑话。想想，实在没有什么必要，也就作罢。

昨日下班，我草草在“老家肉饼”喝了点粥，吃了一两肉饼，又到莲花池来，准备把王跃文写的散文集《有人骗你》看完，然后推荐给小鱼儿看看，但她不一定喜欢看。到了门口，锁了自行车，见一小男孩旁若无人地掏出鸡鸡勇猛地撒尿，神态好玩，我故意大喝一声：“哇！”男孩怔怔地看了我一眼，照尿不误，他母亲却站在远处微笑，羞他，其实并不责怪，倒溺爱万分，纵容他。我想，这男孩日后也许会成为一个楚霸王似的伟人，中国实在没几个男人有那样的胆子和气魄，大白天敢站在北京西客站南广场当众撒尿的……

莲花池有些历史了，相对于它，我们每个人只是一道闪电。似乎说我们是闪电也是抬举我们自己了，或只是一声叹息，其实质上我们可能什么也不是。3000多年前的蓟城是现在北京城的前身，就是以莲花池泉水为供水水源而建的城池。莲花池古称西湖，其水出泊之后东流而南，古称洗马沟，现叫莲花池河。南流后，注入凉水河，经通州张家湾，再入北运河。《水经注》载："湖东西二里，南北三里，盖燕之旧池也。绿水澄澹，川亭望远，亦为游瞩之胜所也。"我不知道中国有多少湖泊在历史上都曾经叫过西湖这个名字，但确立起来的，只有杭州的西湖。扬州的，也不得不前面加一个"瘦"字，成了瘦西湖。

金中都时，莲花池不仅作为供水水源，还用作造景建园的基础，如西苑和太液池均以此湖为水源。据考证，离红居斜街不远，臭臭的凉水河是金中都的护城河，很难想象，不知是真是假。莲花池后来被逐渐废弃的原因，与北京的城建史有关。首先是元大都的兴建，在金中都城东北另建新城，改用高梁河及其上游的白浮泉为供水水源，不仅废弃了中都城，同时废弃了莲花池。据说在西客站建成之前，莲花池里杂乱无章，像一片废弃的农田。

莲花池后经修整，现在已是个不错的去处。每年夏天，莲花池都要举办荷花节，冬天开庙会。庙会多在春节期间，我没在北京过过年，没有参加过，不知道是什么景象，但愿今后有机会经历一回。荷花节倒是我喜欢的，现在也正是荷花盛开的时节。荷花是高洁之物，我喜欢，却总有些歉歉的。就像有些美女，我之所欲也，可远观但不可近玩，一旦上床，花非花，人非人，变成了结子的莲蓬——这是玩笑调侃的话。有些少妇就比做姑娘时漂亮，勾人魂魄。

莲花池里花农用盆养的一些名贵品种的荷花摆在道上，而莲花池水里也种着几片莲荷，绿得可爱。让人不禁联想起"接天莲叶无穷碧，映日荷花别样红”的诗句，联想起周敦颐的《爱莲说》，联想起朱自清的《荷塘月色》，联想起诗人洛夫的《众荷喧哗》：

众荷喧哗
而你是挨我最近
最静，最最温婉的一朵
要看，就看荷去吧
我就喜欢看你撑着一把碧油伞
从水中升起

我向池心
轻轻扔过去一粒石子
你的脸
便哗然红了起来
惊起的
一只水鸟
如火焰般掠过对岸的柳枝
再靠近一些
只要再靠我近一点
便可听到
水珠在你掌心滴溜溜地转

你是喧哗的荷池中
一朵最最安静的
夕阳
蝉鸣依旧
依旧如你独立众荷中时的寂寂

我走了，走了一半又停住
等你
等你轻声唤我

诗歌就应该是这样的，而太多的伪诗人在拼命生产着伪诗，而现在连这样的好诗我也读得少了。来到莲花池，管他什么伪诗不伪诗，伪人不伪人。记得洛夫曾说过“真正懂得欣赏荷花的人，才真正懂得爱”的话。

微风吹来，阵阵清香，人在岸边，荷在水里，便生出一种做诗的冲动和激情来，可惜我早已没有做诗的青春冲动了。一对母子不知道从哪摘了两片荷叶，掬了几滴水在上面，滚过来滚过去，煞是好玩，玩得母子两人旁若无人地哈哈大笑，笑得让我有些惊羡。

池边又有几个人，往水中丢掰下的白馒头块。馒头块浮在水面上，有鱼游来，撕咬馒头，鱼有大有小，小的如笔芯，大的尺来长。有人惊呼：“好大，足有几十斤哩！”鱼有黑有红，水里水面翻滚嬉戏，时不时露出白白的肚子来。水面上还有雏鸭，是野鸭，不惧人，围着馒头团团转，时不时往水中一呷，一呷一条小鱼。小鱼在鸭嘴里挣扎，一跳，一跳，无济于事。岸上，围站着许多人围观，看得有意思，不想走。

黄昏中的莲花池是美艳的。当绕湖的高楼大厦亮起了灯火，我想起了上海的外滩夜色和外滩夜色里的男男女女。为何我在上海外滩时孑然一身，如今在北京莲花池还是孑然一身呢？我陪即将离开北京、辞职去上海的雨儿站在水边观湖，她有些沉默、有些走神、有些忧伤、有些茫然。我知道，这都不是为我。

我看见水面上有一精灵在翩翩，我问雨儿：“你猜，那是燕子，还是蝙蝠？”雨儿是我到北京后，通过贵州E友网认识的，贵阳人，刚从学校毕业就到一家贵州制药厂驻京经销处工作，住在和平里附近，因为相隔较远，平常也很少联系。

“我宁愿相信那是燕子。”雨儿似乎想都没想就回答了。

我知道那一定是蝙蝠，但我不说，我不想与雨儿争辩什么。只不知道她为什么不喜欢蝙蝠，蝙蝠是一种非鸟非兽左右不讨好的动物，黑夜是它的白昼。为什么雨儿不期望“蝙蝠侠”的出现？

进门北面一块坪上，有一老太太，经常在那玩空竹。这东西小时候原只看过图片，以为是杂技演员的节目，那老太太却身手敏捷，见我站在旁边看，也很高兴。这天却来了个十一二岁的小姑娘，青出于蓝，玩得更好，旁观者啧啧称奇。老太太却逢人就说：“这是我小师妹哩！”跟着还解释说，是同一个老师教的。她说话的口气和神态却别有一番意思，我无所事事饶有兴致地看着。小姑娘自然小，老太太似乎也显得格外年轻了。

早晨和黄昏可能是莲花池最为热闹的时候，但我未见莲花池的早晨。黄昏时，来莲花池遛弯的人很多，多是本地人，外地到此旅游观光的倒很少。除玩空竹、遛鸟和喂鱼之外，放风筝、踢毽子、打太极拳、舞剑、打麻将、跳交谊舞、唱京剧各式各样的人都有。还有绕湖转锻炼身体的，这让我想起青藏高原上藏民围湖的风俗来，但北京人是功利的，藏民是宗教的。也有谈恋爱的，还有看别人谈恋爱的。莲花池公园里北京味很足了，却没一样是我喜欢或我能参与的，我像一个孤独的游神，在莲花池里自由地游荡。

在莲花池里待着，有时觉得离北京似乎近了，却似乎一切又不属于自己似的，被什么隔绝着。因为一切与自己似乎无关紧要，便有点莫名地惆怅起来。

2004 年 7 月 29 日星期四于北京

卢沟桥

“卢沟晓月”是著名的燕京八景之一。我是九月十八日前后与萝卜、老鞭一起同游卢沟桥、宛平城和中国人民抗日战争纪念馆的。老鞭是漫画家，在成都小有名气，现北漂到京城一家国企内部报刊当编辑。

远在战国时期，卢沟桥一带就是燕蓟地区沿太行山脉东麓通往华北平原的要津。卢沟桥渡口在石桥未建成以前，已出现了桥梁，据《宣和乙巳奉使行程录》记载：“卢沟河，水极湍激，燕人每候水浅，置小桥以渡，岁以为常，近年，都水监辄于此河两岸造浮梁。”《三朝北盟汇编》记载：“宣和五年二月一日乙酉朔，金人遣赵良嗣过卢沟河，即焚桥梁次舍。”由此可见，古时卢沟桥一带有水，而且水不小。在辽及金初，卢沟桥采用的是临时性木桥或浮桥，屡毁屡修，年年修年年毁，没有建成永久性的桥梁。

现在看到的卢沟桥石桥，始建于金世宗大定二十九年，建成于金章宗明昌三年，距今800多年历史，是北京现存最古老的、最雄伟的石拱联桥，共11孔，全长266.5米，桥面宽8米。桥建后，约100年左右，意大利人马可·波罗来到这里，并在他那部著名的《马可·波罗游记》中留有记载，使该桥很早就名扬海外，是座世界级的名桥。这座桥用了12年才建成，如果放在现在，大概6个月至1年时间绰绰有余。

但现在建成的钢筋混凝土的桥可能没有这么漂亮。记得小学时背过一篇课文，叫《卢沟桥的狮子》，因为不用心，放学后被老师留下来，背完后才放回家。北京有句歇后语：“卢沟桥的狮子——数不清。”这桥总有281根望柱，每根柱子上都雕着狮子。狮子大小不一，形态各异，有资料说总共有485只狮子，另有资料却反映多达501只，不知道哪个数据更准确。游卢沟桥，突然想起旧事，感叹北京人得天独厚，当年北京的孩子学这篇课文时，老师在周末可以组织郊游，带学生来这里游玩。北京孩子不一定比别地的聪明，但见多识广，记事也容易。

卢沟桥很容易让人想起唐诗里反复吟咏的“灞桥”，都是离京送别之地，只不过一个在西安，一个在北京。“鸡声茅店月，人迹板桥霜”，自古多情伤离别，怎么能不给人留下深刻印象呢？卢沟桥原名广利桥，距京城30余里，在交通不太发达的古代，差不多是半天的路程。出京的客人上午在京城吃罢亲朋的饯别酒，启程上路，来到卢沟河畔已是夕阳西下之时了。客人们不得不打尖投宿准备来日早行。于是此处逐渐发展为京城西南的第一个歇宿点。留宿的客人，一觉醒来，已鸡鸣三遍，洗漱登程，首先感觉到的是晓月当空，道路明亮好走。于是策马扬鞭，伴随着马蹄碎步敲击桥面的嘚嘚声，悠然上桥。举头遥望，东方露出鱼肚白色，天空残月倒挂，大地似银，“卢沟桥上月如霜”，悲古叹今的情怀油然而生，不吐不快。

在卢沟桥上留下很多文人诗篇和故事，较好的诗歌如金赵秉文的“落日卢沟桥上柳，送人几度出京华”。此外，元关汉卿被逐出大都，王实甫等人曾送他到这里。有了诗和故事，就有了浪漫和情调。为此，萝卜刚追便便的天使时，有了高招，他不知从哪借了一辆破桑塔纳小车，在月圆之夜独自载着便便的天使到桥上赏月。不知弄了什么手段，此后得便便的天使的青睐，眼珠子对萝卜格外乌亮。萝卜是有心人，有心人可成大事。

卢沟桥下是永定河，我去时正是枯水期，河床干涸，横七竖八搁浅着些花花绿绿的破游船，显得有些乱。永定河的上游，自怀来以上称桑干河，为古㶟水的一支，源出山西马邑县北，至北京西郊东北流经卢师山的西面。卢沟的名称大概始于唐代，因水混浊，又有小黄河、墨水河等称呼；因河水喜怒无常，经常泛滥，河道迁移不定，所以又称作无定河。康熙三十七年曾大加疏浚，筑长堤防水，改名永定河，卢沟之名遂废。河流的名称变了，但桥仍名卢沟桥。

丁玲的长篇小说《太阳照在桑干河上》描写了位于桑干河畔的涿鹿县温泉屯翻天覆地的土改斗争，曾被译成多种外文，并于 1951 年获斯大林文学奖。我读过丁玲的《莎菲女士的日记》，却实在静不下心去读这部长篇。但我对她在一篇《关于〈太阳照在桑干河上〉的写作》中的叙述格外感兴趣："我小的时候，是看不大起文学的，觉得写小说并没有什么意思，老想着当一个'社会革命家'。不过我却有这样一个好处，就是喜欢翻书。跑到上海去以后，开始是想当革命家，后来又想当画家，想当电影明星，结果都没有成功。我对社会上的许多现实感到不满，想发牢骚，想找个办法来和那些坏现象对抗。后来，我写小说了，最初也就是想要发牢骚。我当时的思想，认为社会的一切都是黑暗的，但是在黑暗中，却有这样一种人，他要斗争，要反抗。我在现实中发现了这样的人物，便随时保留下来，写出来。"想着丁玲，就想起胡也频、冯雪峰和冯达，进而想到沈从文，想到他们之间的恩恩怨怨。

卢沟桥的两端拦板尽头，东边雕着伏地的石狮，西边雕有垂首的石象，不知道有什么说法，只是对这样的布置感觉比较稀奇。此外，另有四根石制的华表和四块石碑。华表高约 4.65 米，其形式与天安门前的华表相似，但在雕刻与装饰上有所不同。华表下部为一石质须弥座，座上立八角石柱，上端横贯云板，顶部冠以仰覆莲座的圆盘，上置石狮各一个，石狮的方向，桥东者向东，桥西者向西，凡上桥的都难迎面相向。四块石碑中的"康熙重修卢沟桥碑"位于桥东马路北侧，原有碑亭已毁，现仅余基础；"乾隆重葺卢沟桥碑"在桥西马路北侧雁翅桥面上，原有的碑亭也已毁；"乾隆题察永定河诗碑"在桥西头雁翅桥面北侧，须弥座上雕刻精美的二龙戏珠图案，碑身的四周刻有二龙戏珠组成的图案，碑亭平面为正方形；"卢沟晓月碑"在桥的东面雁翅桥面的北侧，字是乾隆的御笔，碑后是乾隆所作卢沟诗。碑的形制与北海琼岛春阴碑、颐和园万寿山碑的碑首相似，碑亭同乾隆题永定河诗碑碑亭相同。这些碑额都是研究卢沟桥历史的实物资料，普通来这里赏玩的游客也只是随便看看。

卢沟桥东，连着近现代史上著名的宛平城，"七七事变"就发生在这里。

宛平城建成于明崇祯十三年，初名拱北城。清改为拱极城，民国 17 年因宛平县署搬迁到这里而改名为宛平城。宛平城是北京西南的门户，是守卫京师的重镇。宛平城方方正正，与卢沟桥连在一起看，就像一支锅铲。战争中似乎攻下宛平城，北京也是成了“锅铲”之物，似乎唾手可得。李自成、清顺治都是从这里走进北京城的。宛平城仅东、西两城门，一名永昌，一名顺治。有趣的历史巧合是，李自成攻入北京城称帝年号就是永昌，入关的第一代清帝年号顺治。

我曾对小鱼儿说，我喜欢沈从文先生的一句话：“凡事都若偶然的凑巧，结果却又若宿命的必然。”小鱼儿不置可否，不作声。其实，我想这话作为宛平城历史的注释未尝不可。

1937 年日本悍然发动“七七事变”后，攻下宛平城，平津很快就失陷，从此也掀开了中华民族全民抗战的序幕。现在，宛平城内建中国人民抗日战争纪念馆，宛平城外建有中国人民抗日战争纪念雕塑园，是爱国主义教育重要基地。

由于有“七七事变”的阴影，卢沟桥的风景再美，在中国人心中总还是痛苦的。

2004 年 8 月 21 日星期六于北京

徐悲鸿纪念馆

因为昨天约定的，我早早起床。好不容易挨到9点半，我给兰朵去电话。请她同游徐悲鸿纪念馆、梅兰芳纪念馆、郭沫若故居，然后到后海的烤肉季吃晚饭。

听电话里她的声音，我想象她睡眼蒙眬的样子。兰朵说："不行，要加班。"我的心立即寒到脚趾。昨天答应得好好的，今天怎么又出尔反尔变卦了呢？果然是诗人的思维方式和做派。兰朵是我湖南老乡，因在网上见我写关于她老家沅陵的一篇游记散文而认识的。兰朵是今年初突然从长沙跑到北京来发展的，一来便喜新厌旧，爱上了北京，而且一再声明特喜欢北京。我很奇怪，北京有什么好的，让她如此喜欢，让来的人不想走。

磨蹭到中午，兰朵终于带着星月亭主和英子姗姗而来。说她本人是去不了，让我先请吃午饭，再让我带俩美女去吧。我说："好。"

星月亭主是20世纪80年代出生的，黑龙江大学汉语言文学专业，刚毕业，9月份将赴法国诺曼底留学。到法国去，让我想起了我的法国妹妹，我已好久没跟她通电话了，她到法国学建筑，马上就要毕业了，不知道是归国还是滞留海外发展。星月亭主是网上名人，她与兰朵是在网上认识的。

英子又是星月亭主在广州认识的，英子学的是服装设计。英子和星月亭主都是东北人，虽没往常见过的东北女人那么高大威猛，却也不像南方女人那么小鸟依人，更不像兰朵那么纤细。兰朵太瘦，好像一阵风就可以把她吹到火焰山去。兰朵看上去瘦弱，事实上却异常坚强。不是坚强的女子，何以独自来北京闯荡？

我笑说："你干脆叫我叔算了。我们隔代呢。"

英子听了不作声，只是鬼笑。

星月亭主回答说："最多叫你大哥吧。"

"英子，你真名叫什么呀？"我问。

"不告诉你。"

不告诉，我也就不问了。不过也太没什么意思了吧，我欠谁的，陪你们逛北京城，连个名也不告诉我一个真的。我调侃说："英子，我准备改名了，不叫老青蛙了。"英子和星月亭主便上了当，期待地看着我，等待下文。

我说："你不是叫英子嘛，我准备改名叫老子……"

俩人先一愣，然后扑哧一下，全乐了。但还是不告诉我真名。

从莲花池上车，乘38路公交车，得心平气和地40余分钟后到新街口豁口站下，南行50米，就到了徐悲鸿纪念馆。世人对徐悲鸿的马都比较熟悉，对其生平却不一定都那么了解。徐悲鸿生于1895年，逝于1953年，是中国杰出的画家和美术教育家，曾任中央美术学院院长和中国美术家协会主席，被誉为中国现实主义美术教育的奠基人，中国现代绘画之父。

徐悲鸿纪念馆原设在画家故居内，位于东城区受禄街，因修地铁，1966年被拆除。北京老门老户老胡同越拆越少，这似乎是一个趋势和不争的事实。1973年，在周恩来的关照下，在西城新街口北大街重建徐悲鸿纪念馆。但一直到1982年才竣工，近十年时间，也够折腾的，在1983年1月终于正式开放。现徐悲鸿纪念馆是一座典雅的灰绿色二层楼房，有7个展室和1个序厅。

其中，第1、2、7展室陈列徐悲鸿各个时期的中国画代表作，如巨幅作品《九方皋》《愚公移山》《巴人汲水》《国殇》《船夫》《山鬼》《贫妇》《日暮倚修竹》《奔马》《群马》《牧童和牛》《牛浴》《漓江春雨》《竹》《飞鹰》《鹅闹》《晨曲》《逆风》和《风雨鸡鸣》等。第2、7展室陈列着素描101幅，从画家早年在巴黎法国国立高等美术学校和蒙巴纳斯画室所做的人体习作到晚期的劳动模范、著名学者肖像，还有《恒河古堡》《喜马拉雅山林》《甘地》《新加坡船夫》《尼泊尔姑娘》《鸡鸣寺道中》等。第3、5展室陈列着《田横五百士》《银杏树》《月夜》《箫声》《陈散原像》《牛》《桂林山水》《喜马拉雅山》等油画。

第4展室以大量图片介绍徐悲鸿贫寒的家境、少年时代的幻想、一生的创作、教学和社会活动以及他在世界各地举行画展的情况。在当年画室和起居间的复原室中展出了他的画笔、画板和颜料，画案上陈列着他生前使用过的文房四宝，画架上放着他最后一幅未竟之作《鲁迅与瞿秋白》。该室墙上悬挂着法国名画家达仰的照片，徐悲鸿与印度诗人泰戈尔的合影，徐悲鸿去世前一周与夫人廖静文的合影，以及徐悲鸿收购的最后一件艺术品——任伯年的《紫藤翠鸟》。

纪念馆现藏徐悲鸿国画、油画、素描、水彩、粉画、书法作品1286幅，及徐悲鸿生前收藏的唐、宋、元、明、清及现代名家书画1134幅，中外美术书籍、碑帖、画册、图片约万件。其中，唐画《八十七神仙卷》、宋画《朱云折槛图》、明画《王右军书扇图》、金农《风雨归舟》均为稀世精品，让人叹为观止。面对这些真迹和精品，对于我这个不懂绘画艺术的，似乎更喜欢徐悲鸿给他夫人画的肖像画，随意而充满爱恋。记得章诒和曾回忆说，她父亲章伯钧与徐悲鸿交好。有一次，徐悲鸿对章伯钧说："我送你一匹马吧！"章伯钧却快言快语："我不要你的马，我要你的女人。"徐悲鸿摇头说道："那些画是不能送的。"章伯钧是著名的收藏家，在他眼中，徐悲鸿最好的画作并非是马而是女人。

馆里一中年解说员讲解得不错，不知道与徐悲鸿家有何关系，星月亭主和英子亦步亦趋跟着，很有兴味。但解说员并没讲徐悲鸿的婚姻故事，星月亭主和英子对这些也不了解。说到徐悲鸿与蒋碧薇，充满传奇。徐悲鸿与蒋碧薇第一次见面时，徐24岁，蒋才18岁，一见钟情。但蒋碧薇在13岁时，就已许配给苏州查家，尚未过门。查家出文人，金庸原名查良镛，也出此门，或多少有些亲戚关系。为此，蒋碧薇决定私奔，1917年她留下一封"遗书"，便毅然追随徐悲鸿东渡日本留学。蒋碧薇的父亲是个聪明人，早已知道内情，特意买了一口棺材，内装石头，并在《申报》上登了爱女病逝"讣告"，借以掩人耳目。

但争取来的婚姻也并不一定总是幸福的。徐悲鸿爱艺术更甚于爱女人，蒋碧薇在其回忆里写道："共同生活以后，我对悲鸿才有了深切的了解，我发现他的结婚对象应该是艺术而不是我……我18岁跟他浪迹天涯海角，20多年的时间里，不但不曾得到他一点照顾，反而受到无穷的痛苦与厄难。"这为后事埋下伏笔，并投下浓重的阴影。俩人一起到法国后，徐悲鸿攻美术，蒋碧薇学音乐。徐希望蒋到世界艺术中心巴黎后，能够爱上艺术，成为志同道合的朋友。

但事与愿违，在柏林，夫妻俩共同认识了在伦敦学习美术的张道藩，同时张道藩也开始了对蒋碧薇地穷追猛恋。1945年，徐、蒋貌合神离的维系28年之久的婚姻终于走到了尽头，徐付给蒋100万元现款、古画40幅、徐本人作品100幅，外加徐悲鸿月收入的一半，作为子女抚养费。所以相识、相知、相恋而后能够结婚，是一种缘分。能结婚到相伴一生，又是另一种情怀和难得的机缘。据廖静文和徐悲鸿女儿徐静斐回忆，为赶作那100幅画，徐悲鸿悲愤交急，本已不太健康的身体完全拖垮了，这是他1953年英年早逝的重要原因之一。

离婚后，蒋碧薇毫无怨言、心甘情愿、公开地做了国民政府宣传部部长张道藩的情妇，并在1949年初随张到了台湾，直至1958年分手。而张道藩实际上在法国一直存在着一位名分上的妻子，直到张去世也没离婚。蒋做了张十来年有实无名的外室而不言悔，足见她对徐失望至极，同时也可见张对蒋的用情之深。蒋碧薇与张道藩的情事，让我想起了张爱玲与胡兰成的婚姻。可见女人多半是情感动物，一个男人追一个女人，更主要的是明白女人需要的是什么，其他倒是末事。

我对那解说员介绍星月亭主说："这位马上要步徐悲鸿先生的后尘，到法国留学呢。"到了法国，她又将开始一段什么样的传奇呢？

解说员笑笑，问我是干什么的。我说："我只是一个普通人。"他便不再深究。

离开徐悲鸿纪念馆时，我调侃星月亭主说："将来你要是学有所成，干脆创建一个文学流派，就叫‘星月派’。你就做星月派的掌门，取名叫‘星月小怪’吧。等老了，有了成绩和资历，顺其自然改名叫‘星月老怪’得了。”星月亭主听了只是乐，既不反对，也不表示特别地喜欢。

其实，我希望星月亭主到法国后，能见到我的法国妹妹，代我向她问声好。

法国，我没去过，但我对法国存有一种奇怪的亲和力，我幻想着能有机会到巴黎，到罗浮宫，学着诗人海涅的样子，坐在维纳斯的雕塑前，深情地痛哭一回——美，有时候是如此让人心碎啊。

2004年8月6日星期五于北京

钟楼

过烤肉季，穿烟袋斜街。北京的胡同和街巷，绝大多数是横平竖直，正南正北，正东正西，斜街歪巷少，物以稀为贵，所以斜街往往很有名。据说北京的很多斜街原多为水道，水干涸后，自然形成了斜街。而我和萝卜此时都还寄居在红居斜街 9 号楼里，不知道这条斜街若干年后，会不会也变得很有名。出烟袋斜街，沿地安门外大街往北，绕过鼓楼，到达钟楼时，英子终于喊道："走不动了。"然后一屁股坐在钟楼上楼楼梯口的门槛上，也许她已很久没与人一道走过这么长的路了。

英子和星月亭主都是兰朵的朋友，兰朵今天加班，怕她们待在屋子里闷出病来，所以继续让我带着两人出去逛逛。初见英子时，由于兰朵没介绍她的真名。我就问："是张爱玲的'樱子'，还是顾城的'英子'？"大家先是一愣，然后都会心地笑了，她才犹犹豫豫告诉我说是"英雄"的"英"哩。

英子却犹犹豫豫地反问我："你为什么叫老青蛙？"

星月亭主添油加醋在旁边不失时机地烧了一把火："就是啊，你为什么不叫老蟾蜍？"星月亭主一副天真烂漫又唯恐天下不乱的样子，眼睛忽闪忽闪的。

"这个你们不知道了吧？"我想有意卖个关子。"《格林童话》里青蛙王子的故事你们总应该知道吧？王子受了女巫的魔咒，变成了青蛙，青蛙必须得到真心爱自己的公主的一个亲吻，才能重新变回英俊的王子——可我，找不到爱我的那个公主，更没有她的亲吻，人却一年接一年地老去，终于就变成今天你们面前的‘老青蛙’了……”说完，我自个儿先哈哈大笑起来。

“瞎掰。”星月亭主不当一回事。我看见，英子不自觉地倒红了脸。

“关于青蛙王子的故事，我倒听过另外一个版本。”矜持的英子也会讲故事？我有些诧异。

“话说英俊的王子因得罪了女巫，变成了一只丑陋的青蛙。除非遇上一位真心爱他的女孩，魔咒才能破解。幸运的是，青蛙终于遇上了美丽的公主，并以他的善良征服了公主的心。公主说：我相信你，我也愿意爱你，可你必须答应我，无论将来我变成什么样子，无论是美丽或丑陋，贫穷或富有，健康或疾病，你都将永远爱我，并不舍不弃。青蛙当然同意。于是公主吻了他。魔咒霎时解除了。青蛙在刹那间变回了英俊的王子……可意外的事情发生了，公主不见了，公主变成了一只丑陋的癞蛤蟆。”

“啊，有这种事？”我和星月亭主都吃了一惊。

“这时女巫出现了。她说，若你真心爱她，你亲吻一下她，她又会变成美丽的公主，但你还得重新变成青蛙……你们两个倒是说说，青蛙王子会如何抉择？”英子问。我和星月亭主都沉默了。

英子屐着一双细根的中跟鞋，跟着我和星月亭主走了不少地方。英子是搞服装设计的，刚从广州过来，准备在北京漂。在广州混得怎样？广州也是个不错的地方，为什么要离开？每个人都有从来不为外人所知的故事，不好打听。

钟楼是北京城中轴线北端的标志，为单体砖石结构，楼体建于砖石台基上。这座钟楼始建于元至元九年，据元代《析津志》记载，钟楼“阁四阿，檐三重，悬钟于上，声远俞闻之”，后毁于火。明永乐十八年，在万宁寺中心阁的旧址上重建，不久又毁于火。清乾隆十年再次重建，整个建筑采用了砖石无梁拱券式结构，因为提高了钟楼自身防火的能力，所以一直留存至今。中国的很多古建筑，如阿房宫、圆明园，不能像古罗马的石质建筑长久地保存下来，除了人为因素之外，多为木质建筑也是重要原因之一。钟楼虽经 200 多年的风风雨雨，除 1976 年唐山地震时，钟楼正脊西侧大吻略有变形以外，整个建筑结构保存较完好。

钟楼通高 47.95 米，总占地面积 5740 平方米。分上下两层，底层是拱券式砖石城台，高 15.74 米，上沿四周建有雉堞。四面开券门，券洞内呈十字相交形，中心相交处，为一边长 6 米的正方形天井，往上与二层相通，可仰望大钟。钟声通过天井的共鸣，产生巨大的振波，向四方传递，浑厚的钟声可远达十有余里。二层建筑独成一体，是一座无梁拱券式砖石结构的建筑。正方形汉白玉须弥底座，上沿四周镶嵌着洁白的石护栏。面阔三间，进深三间。重檐、歇山顶，上覆黑琉璃瓦绿琉璃剪边。四面开券门。券门两侧有汉白玉镶边的拱券式暗窗相衬，窗心是极为精致的砖雕花草图案。大额枋、檐檩、斗拱、檐椽等均为石料剔凿而成，上面仍保留了清式旋子彩画，两侧山花均为琉璃砖拼制而成的金钱绶带，光彩夺目。

明间屋顶中央呈半圆球形，八角形钟架下，悬挂着一口铸有“永乐年月吉日制”印记的特大报时铜钟。这钟是钟王，也铸于明永乐年间，重达63吨，居然比大钟寺里的永乐大钟还重 10 多吨。不知道如何铸成，如何运到这里，又如何挂在这梁上的？只是此钟没铸铭文，似是大钟寺里的永乐大钟的试验品，大钟寺里的永乐大钟更为精致，因而名气更大。我只是想，钟在而人亡，钟声依旧雄浑杳杳，而铸钟人已无迹可寻，铸钟的帝王将相已灰飞烟灭，消逝在历史的尘埃里。

钟楼底座内部东侧筑有 75 级石阶可直达二楼。英子不愿上楼了，我也不客气，与星月亭主沿着台阶奋力登楼。我希望星月亭主今后到了法国，能写篇《登楼赋》之类的回忆文章，发在网上或其他媒体上。楼道有些暗，孤男寡女，我开玩笑地对星月亭主说：“这么黑暗的地方，你就不担心我非礼你？”星月亭主想都没想就笑答说：“还没准谁非礼谁呢！算了，今天我可没心思，可不想非礼你。”

上到楼上，楼上四个拱券式大门内有几个摆摊卖旅游纪念品的，星月亭主在那买了两套民间剪纸艺术，准备带出国门，送给外国朋友。真正登机时，我却因事没能去机场相送，那两套剪纸却滞留在我这里，没能带到法国。站在楼的南券门外，可凭栏鸟瞰楼下的小吃、农贸市场，熙熙攘攘。站在北侧遥望，可见亚运村，因为这里既是城市中轴线的终点，又可称为是通向亚运村中轴延长线的起点。站在钟楼上，我乘机问星月亭主一些有关文学的问题，因为她是科班出身，不像我是半路和尚。

我讲了一些自己的体会。普通民众读小说时，总以为故事非常重要，但在真正的小说家眼里，故事和情节也许仅仅只是一个载体，是裹在药外面的那层糖衣，只是通过故事和情节引诱你去阅读、去体验、去感受。关键时，小说家无所谓故事和情节，甚至背叛和放弃故事和情节。王国维的《人间词话》里说："客观之诗人，不可不多阅世。阅世愈深，则材料愈丰富、愈变化，《水浒》《红楼梦》之作者是也。主观之诗人，不必多阅世。阅世愈浅，则性情愈真，李后主是也。"再如写《追忆似水年华》的作者普鲁斯特，见不得风，整天把自己关在房子里。曹雪芹、施耐庵、李煜、普鲁斯特有无生活似乎都无所谓，都能写出绝好文章出来。由此我发现写作的一个秘密，重要的有时似乎并非你在叙述什么，重要的在于你怎么和如何叙述。

我对汪曾祺"我觉得散文的感情要适当克制。感情过于洋溢，就像老年人写情书一样，自己有点不好意思"，以及"我的作品不是悲剧。我的作品缺乏崇高的、悲壮的美。我所追求的不是深刻，而是和谐"的观念，很感慨，深以为然。记得汪曾祺在一篇文章中说："我倒喜欢弗吉尼亚·吴尔芙，喜欢那种如云如水，东一句西一句的，既叫人不好捉摸，又不脱离人世生活的意识流的散文。生活本是散散漫漫的，文章也该是散散漫漫的。"弗吉尼亚·吴尔芙是意识流的，她的文章我倒没读过。汪曾祺评沈从文的长篇小说《长河》时，是这样说的："这是一部很奇怪的长篇小说，没有大起大落，大开大阖，没有强烈的戏剧性，没有高峰，没有悬念，只是平平静静、慢慢地向前流着，就像这部小说所写的流水一样。这是一部散文化的长篇小说。大概传统的、严格意义上的小说有一点像山，而散文化的小说则像水。"

这是一种创作观念和方式。可惜星月亭主钟情于诗歌和评论，涉世不深，与她讨论不起来。下得楼来，英子摁着肚子，嚷着说早已饿得不行了。我想，多半是平时减肥减的，落下的胃病，将来还不知道怎么着呢。要不然，就是痛经，女人痛经这事不好说。我们连忙到钟楼与鼓楼之间的地段找吃的，这儿原来可是北京最有名的小吃摊位所在地。我们仅烤了几串羊肉串，各吃了一碗炒肝，要了盘爆肚。好像不过瘾，又换到馄饨侯，各要了碗馄饨，便再也吃不动了。

吃饱了，黄昏已近，不如归去？大家欣然同意。

2004年8月6日星期五于北京

陶然亭

“更待菊花家酿熟，与君一醉一陶然。”不知为何，因格外地喜欢白居易的这句诗，也就死心塌地地爱上陶然亭这个地方。

其实，陶然亭我去得少，至今也就去了一两次，记得第一次是在陶然亭湖面上划的船。那是我刚到北京不久，法国妹妹准备去法国之前的事了，老同学铁云偕夫人和女儿从武汉来京看我。铁云与我在大学时是上下铺，人比我聪明，瘦瘦筋筋，毕业这么多年也不见他长肉，是个有口福的人。铁云有手腕，他的夫人敏属于下嫁，是法国妹妹的同班同学。

我与法国妹妹同系不同专业，读书时其实并不熟，几乎没有什么记忆和印象。那时，法国妹妹的宿舍与我同班同学小刀的宿舍结成“友谊宿舍”，他们倒熟。90年代末，小刀在贵阳结婚，他是同班同学倒数第二个结婚的，我当时还在怀化，专程到贵阳陪他到桐梓接亲。桐梓那个地方有个很怪的风俗，娶媳妇请吃饭喝酒，嫁女儿请吃粉喝水，很有些意思。我原本想写篇《桐梓新娘》的文章记记这事，却不知道如何写好开头，终没写成。没写，也就算了，并不强求和苛刻自己，没有作为一项功课和任务，没有一定要去完成的必要，也许将来想写时便写成了。

那时法国妹妹尚在深圳，却坐飞机到贵阳参加小刀的婚礼。在小刀的新房里，我重新结识了法国妹妹，很逗，法国妹妹很是让人寻味。她还游了黄果树瀑布，然后又急匆匆地飞回了深圳。因不熟，我并没有陪同游玩。

当我到北京时，听小刀说法国妹妹也在北京。我便辗转找到了她。她是已辞去深圳的工作，到法国去留学，学建筑，由于法语不过关，去了法国后又返回国内，在北京外国语大学恶补法语。所以，铁云和敏来时，我邀上她，准备找一家茶馆随便坐坐。法国妹妹是在北京长大的，几个人拦了一辆的士，想让她找个地，她却说对北京不熟。我便对的士司机说，找一家近一点的公园划船吧，便一起到了陶然亭。其实莲花池就在附近，但当时我也不清楚莲花池是否能划船。此事后来，我才想，铁云和敏夫妇俩是不是另有深意。

陶然亭公园文化积淀其实很深厚。依次有慈悲庵、香冢和鹦鹉冢、醉郭墓、高君宇石评梅墓、窑台、鹿园、儿童体育场，在园的西南隅还有一块集汨罗独醒亭、成都杜甫草堂碑亭，滁州醉翁亭、绍兴兰亭和鹅池亭、扬州瘦西湖吹台亭、无锡二尔亭、九江浸月亭、苏州沧浪亭等9个历史文化名亭为一身的景区。但我都没去细细看过。其中，香冢和鹦鹉冢传说很多，曾有人正儿八经考古发掘过，却一无所获。这很让人扫兴，有点儿焚琴煮鹤的意味，留点余味多好啊，一个缺少想象的地方不是什么好地方。这些景点其实稀松平常，只是为文人写诗作赋留有一点凭吊的由头而已，普通人过路，或特意去看，往往一无所获。

而我有时想，人生要那么多收获干什么？众人皆醉我独醒和众人皆醒我独醉是人生的一种状态，众人皆醉我亦醉和众人皆醒我亦醒是人生的另一种状态，众人皆醉我似醒非醒和众人皆醒我似醉非醉是人生的第三种状态，人生往往游走于这三种状态之间。我究竟属于哪种状态呢？我犹疑。

那天，我们在船上，看看天，看看水，看看岸边金发碧眼的外国人坐在树下看书，或躺在草地上晒太阳。我们在船上闲谈一些我们认识人的事和所能够知道的近况，没有什么更多有意义的事和让人回味的话题。人生往往如此，似水年华。

法国妹妹结束北京外国语大学的学习后，给我打了个电话，很奇怪地问我："想在西客站附近租一处房，只租一个月。"一个月后，她将出国。法国妹妹是北京人，比我熟悉北京。我没有丝毫的心理准备。我说，我试着问问。过后不久，我好不容易找到一个住处，电话跟她说了，她却吞吞吐吐起来，犹豫半天，却说不租了。然后，就从我的视野里失踪了。如果我没意会错，法国妹妹也许另有深意，只是我怯了，装起傻来。也许法国妹妹并无他意，那就是我一厢情愿了。苏东坡词云："多情应笑我。"

后，近一月，她从长沙突然打来电话，告诉我要出国了。我说好的，没有更多的话语。一次，小刀从上海打来电话，劈头就问我："为什么还不结婚？法国妹妹不好吗？"

问得我有点猝不及防。"法国妹妹？"我在电话里讷讷，不知道如何回答是好。"法国妹妹很好。可太不现实吧……"小刀也便不再问什么其他。法国妹妹到法国后，我们常通电话或发邮件，我劝过她说，好不容易到国外，干脆嫁一老外，定居法国得了。

法国妹妹说："不。"她说学完归国。

想来，她也快学成了。不知道归来，还是滞留。归来，又能如何？滞留，又能如何？

昨日，我给月儿当红娘，介绍帆子给她做男朋友。从帆子的神态上，直接否决了。没法，吃完饭后，穿莲花池公园，我送她。我问月儿："你作为女孩，怎么看我这个人？"

月儿犹豫了一下说："有人评价你这个人说，平庸。"

"嗯。"

"你自己也这么认为？"

"我确实是一个平庸的男人啊。不用掩饰。再说，许多东西想掩饰也掩饰不住的。"我哈哈大笑，"而且我还可证明我确是一平庸的男人——女人是不会爱上一个平庸的男人的，没有女人爱我，所以我就是一个平庸的男人！"

月儿瞪大眼睛，吃惊地看着我。难道月儿也在打我的注意？

"再说，做一个平庸的男人有什么不好呢？"我说。记得古希腊哲学家赫拉克利特曾经说过这么一句话："我惧怕显赫，安于卑微，只要这卑微适宜于我的心灵。"

当每个人都在寻求人生的精致时，我却追求和向往平凡；当每个人都在拼命寻求财富时，我却回归和安于清贫。这是一种对现实无可救药的对抗和坚守呢，还是变相的怯懦和逃避，我不清楚。但女人们绝对不会因此而爱上你，她们不会把自己和幸福轻易托付给一个穷光蛋，不会将自己梦寐以求的一场轰轰烈烈的爱情，轻易演变成为一杯淡而无味的清水。

其实，水是有好味道的，只是很多人品尝不出来了。贾湖丽也曾惊讶地问我："真有甘甜的水？我怎么从来就没尝过？"贾湖丽也许是能品尝出水的味道的，但限于境遇，她从没喝过山泉的缘故吧。

真水无香，喝惯了饮料和酒精的人，已品尝不出水的真味了。

2004 年 8 月 6 日星期五于北京

玉渊潭

玉渊潭近，樱花盛开的时节，我去过三次，分别见过三个女子。

我是个很笨的人，不太分得清樱花与桃花的区别和差异。玉渊潭里设有樱花园，据说是从日本引种的。樱花是日本的国花，因为爱，所以用心培植，品种很多。玉渊潭里的樱花就分早樱晚樱，单瓣复瓣，一眼望去，在我，多大同小异。樱花鲜艳而易逝，悲剧色彩重，我并不怎么喜欢。

我在玉渊潭见的第一个女子网名叫花非雾，她从北京东四环外的十里堡那边乘地铁过来，到军事博物馆站下。玉渊潭南门在中央电视台大楼和世纪坛的背后，离地铁口近。所以花非雾说想见见我，我就叫她到玉渊潭来，她欣然同意了。杨利伟乘飞行舱上天后，在世纪坛搞过一个航天展览，我去过一次世纪坛的展览厅，却没对世纪坛留下更深的印象。

花非雾是我湖南老乡，怀化新晃人。新晃临贵州，湘西闹匪时，新晃的土匪较多。我在网上认识她时，她还在广州。有一年，我在广州过春节，没想要联系花非雾，倒是她给我打了一个电话，说过年期间准备到北京旅游，不知道我在不在。我说抱歉，我没在北京。后来，不知道怎么回事，花非雾辞了广州的工作，辗转到天津，而后又到北京。当我陪花非雾游到樱花园东时，我用手机给楠楠打了个电话，当时我还在追楠楠，告诉她当时我很想她。

从此，我没再见花非雾。只是有一次，她在网上出现，告诉我她被人抢了手机和钱。不知是真是假，借用也住在十里堡的静的话讲，这年头骗财骗色的家伙遍地都是。我只是对花非雾的北京遭遇深表同情，宁信其真不信其假，但我对此似乎也无能为力。我只是说："北京可不是天堂，一人在外，多注意着点，别带那么多钱在身上……"出门在外，要学会好好照顾自己。她可能觉得我这人冷血。

第二个见的是楠楠，在玉渊潭与她约会。当时她还在航天桥附近补习会计课，我请她出来赏樱花，下午去上课。她中专毕业，自考大专，现又参加本科的学习，日子就那么紧张而忙碌地过着，没有什么时间谈恋爱。突然发觉自己大了，想结婚，开始有点着急起来。我和她坐在玉渊潭公园的椅子上，却被交大一起上 MBA 的同学一家撞见。我介绍楠楠说："这是我女朋友。"同学为我感到高兴，然后就走了。我对楠楠说："瞧人家的孩子都那么大了，真幸福呀。"楠楠不作声。

楠楠是北京延庆人，却在东三环上班，住在石景山，所以她似乎整天奔忙，总是见她一副疲惫不堪的样子。但我觉得她很努力，不自弃，我喜欢本分而上进的良家女子。我在一棵樱花树下的草地上吻了她，这是我在北京吻过的第一个女子，当时我暗自下决心娶这个女子。那一吻给我留下很刻骨的某种美好记忆，从公园返回红居斜街，我写了一首诗。为了这首诗，我甚至有点激动不已，诧异自己居然还能写得出诗歌。我已多年没动笔写诗了。这首诗是这样写的：

吻

——献给楠楠

诗 / 老青蛙

吻你在梦里
在春天第一场微雨后的梦里
在樱花初开的湖畔小径上吻你

吻你的手你的手如白莲在水中

吻你的发你的发是阳光追逐的瀑
你的长发在我指间争先恐后喧哗
吻你发下藏着的耳朵
你的耳朵里藏着我的心跳
你的心一跳又一跳

吻你吻你的眼
你的眼睛是长着睫毛的语言
扇动着无声的翅膀在我的唇边飞翔
请让我先于桃花醉去为了你
我心甘情愿化作一朵桃花的灵魂
化作一只蝴蝶
沿着前世依稀的足迹翩翩跹跹来寻你
寻你在樱花初开的湖畔

吻你吻你的唇如泉
你的唇是春风唤醒的第一片绿叶
轻碰嘴唇与嘴唇
一滴露一滴颤颤抖抖的香
晶莹莹如荷叶上的灵动
骨碌碌滑向我的舌尖
我感受到你柔软的温暖
融化我曾经拒绝融化的渴望

吻你在梦里
在春天第一场微雨后的梦里
在樱花初开的湖畔小径上吻你

但一次出长差，回来后，她却莫名地不理我了，说我不会体谅人，说我个子不高，说我不是她想找的人，便寡寡淡淡地分了手。也许发生了什么不为我所知的事吧。

一段时间里，我感到极其忧伤。因为这忧伤，我确信自己是很认真地爱过这女子的。楠楠其实是小王八介绍我认识的，后来小王八又将她介绍兰朵认识，兰朵对楠楠的评价不高，她评价楠楠："造作。"当然兰朵并不知道我曾追求过楠楠。兰朵的评价让我很吃惊，难道我喜欢矫情造作的女子？我因这想法，便有些莫名地忧郁起来。楠楠在我眼里其实是很像诗的女子，而小鱼儿是很像短篇小说的女子，馨更像是散文。不管她们是什么，却似乎都不属于我。我曾对小鱼儿半开玩笑地引用顾城的诗句说："我觉得你，看云的时候很近，看我的时候很远。"

其实，顾城的诗不完全是这样说的，原诗如下：

远与近

诗 / 顾城

你，
一会看我，
一会看云。

我觉得，
你看我时很远，
你看云时很近。

我常想，究竟是我在逃避她们，还是她们在有意躲避我呢？

玉渊潭公园位于阜成门外，东临钓鱼台，西到三环路，东西长约 1.7 公里，占地面积 137 公顷，其中一半为水面，湖水荡漾，绿树成荫。在公园里放风筝、钓鱼和游泳的人很多。新中国成立后，配合永定河引水工程，在旧湖南边挖了一个约10公顷的新湖，状如葫芦，名八一湖。玉渊潭公园自1989年起相继举办了10余届樱花游园会。樱花多培植在湖的北岸，每年的4月初，园中的2000余株樱花竞相开放，品种繁多，据说有大山樱、彼岸、染井吉野等早樱，一叶、关山、郁金等晚樱。对于樱花，我没有什么研究，倒是记得渡边淳一的小说《失乐园》“落花”那个章节写得最好，却是用樱花盛开为故事背景，读起来很是凄婉。小说有几句关于樱花的评述我倒是记忆犹新，如：日本人认为“没有比樱花更幸福的花卉了”，“樱花就是百花之王”，“樱为花中之首”，“茶道讲求悠闲恬静，樱花太过华丽而不适合”等。樱花是不为我所理解的，就像生活中许多女子也是不为我所理解的。

我在玉渊潭见的第三个女子是小青。小青是因为网友M的鼓动和“欺骗”才结识的。小青是贵阳女子，在北京一家证券公司工作，虽是南方人，可能小时候营养好，个子高，丰满，敢作敢为，敢爱敢恨的样子，有男儿气。一次贵州E友网贵阳籍北京网友聚会，她拍着桌子指着一个像《死水微澜》里的罗袍哥似的人物大喝一声：“你这块五花肉，我要了。”将大家都逗乐，乐翻天，乐得肚子痛。那天见面，很有些误会，我早早到玉渊潭的西门等她，她却从钓鱼台国宾馆的东门进去。手机联系时，她偏说在北门，没法，我只得一路小跑往北门去。当我到北门，却还是寻她不着。只得再次一路小跑，往东去。见面之时，她仍责怪，我只有上气不接下气地道歉。她也并不耿耿于怀。她看上去嘻嘻哈哈的，好像什么事都不在乎，其实心里有谱，明白得很。接着我们漫步湖边，同赏樱花。由于风景宜人，我突然生出想抱抱她的欲望。

我说：“能抱抱你吗？”

她说：“不行。”

我也不强求。

下午小青独自回去了。看看她似乎还是有点闷闷不乐的样子，我也没远送。只送到公交车站，她住的地方离玉渊潭其实也很远。后来，我看见她在网上发了一篇名叫《可以只是拥抱吗？》的帖子，不知道是不是为我写的，我没有深究也没有问过她。

当时，我确实真的很想抱抱她，但没有抱成。

2004年8月9日星期一于北京

北京动物园

我和馨第一次见面，是在北京动物园，这想起来有点好笑，她怎么会选这么一个地方?

其实，在与馨见面之前，我和萝卜曾经去过一次北京动物园。动物园入口处灰砖雕花大门相当精美，然后可以看见西式的畅观楼和中式豳风堂、鬯春堂，是乐善园建筑遗存，属于北京市第三批文物保护单位，萝卜对这些建筑尤其称道。这些建筑学问深，取的名我居然也不认识，它不认识我，我也不认识它。也正因为这些建筑，使得北京动物园不同于其他城市和地方的动物园，有些别样的意思和意境。宋教仁被刺杀前，在北京就一直待在鬯春堂。据说鬯春堂的北面原建有一处宋教仁纪念塔，现仅存两层基座，但我没去考证和凭吊过。

那次去后，我心里暗下决心，今后绝不会再来。我不喜欢动物园的气氛和味道，可怜兮兮的动物，可怜兮兮的心境。据说，动物园这个地方在明代曾是皇室庄园，清朝初年改为皇族的私人园邸。东部叫乐善园，西部叫可园。可园在康熙时，因三贝子居此，故俗称三贝子花园。想着一个王子竟然住在动物园里——这事有点可笑。但那时候，动物园这块地还不是动物居住地哩，其实没什么好笑的，这属于意识想象里的时空蒙太奇剪辑式搞笑，笑笑就完了，并没有什么深意。

后经历清咸丰、同治朝，该园数易园主，至清光绪五年复为固山贝子赎回，名继园，后因故没收，并入乐善园。至清光绪三十二年，由商部奏准建设，派诚璋为总办，经两年之久竣工。名万牲园，建农事试验场。民国18年（1929年），改组为天然博物院，1955年改名为北京动物园。

馨是陕西宝鸡人。宝鸡那个地方，认识馨时，我还没去过，不知道好孬。据她介绍，与其他小地没什么大区别，时间也是慢悠悠地过，日子也过得悠闲得很。后来，我因出差，去了宝鸡好几次，印象不错。有一次去宝鸡市青铜器博物馆看刚被农民挖出来的九鼎，却说出国展出去了，没见着。一次去宝鸡市南郊的嘉陵江源头看了看，发现那儿风景怡人，想不到嘉陵江居然起源于此，水如此清澈，空气如此洁净，植被如此茂盛。有一次，找一个机会登秦岭主峰太白山，咏李白的诗《登太白山》：

西上太白山，夕阳穷登攀。
太白与我语，为我开天关。
愿乘冷风去，直出浮云间。
举目可近月，前行若如山。
一别武功去，何日复见还。

李白，字太白。太白山，应该是李白的山，是座诗人山。诗可读，却难得李白的仙气。每到宝鸡，似乎都要去"老孙家"饭店吃一回羊肉泡馍，好吃，据说比西安的味道还好。

"你觉得我这个人怎样？"我问馨。

"简单。"

"优点？"

"怎么说呢？简单既是你的优点，也是你的缺点。"

"嗯？"

"你这个人，因简单而透明，因透明而一无所有。"

"啊？这样是好，还是坏？"

"你的硬伤倒不在此，而在于你本质上简单，但外表给人的印象却似复杂，几近于老奸巨猾……"

“我有那么恐怖吗？”我连忙打住馨的分析。

馨对我很坦诚，不隐瞒什么。馨说自己有病，有忧郁症史，看过医生。我因这话，心底有些慌张，就一味地说话、开玩笑、逗乐。馨居然笑了，笑得还很甜。其实我不是一个挺会逗女孩子高兴的人。馨左右手腕背面，有许多横条状伤疤，有点触目惊心。我恍惚听见刀刃切割骨骼的声音，我恍惚看见血咕咕冒出来的样子，我有轻微的晕血症。我用力摇了摇头，似乎要将这些幻象摇掉、摆脱掉。我承认，也许我的内心是极其脆弱的，虽然我身体上同样长着世上所有男性所应拥有的第二性征。

北京动物园其实很大，有狮虎山、两栖爬行馆、非洲象馆、雉鸡苑、中型猛兽馆、鹿苑、豺狐兽舍、袋鼠兽舍、箭猪豚鼠兽舍、鹤类繁殖岛、火烈鸟馆、朱鹮馆、夜行动物馆、热带鱼馆、热带小型猴类馆、大猩猩馆、大熊猫馆、金丝猴馆、新犀牛河马馆、黑颈鹤繁殖兽舍、狼山兽舍、长颈鹿馆扩建兽舍、大熊猫繁殖兽舍、小熊猫繁殖兽舍、鹤类繁殖兽舍、大熊猫馆等。环境和空气都不错，但我和馨只是随便逛逛，便坐在一大树荫的座位上休息，说话玩儿。

我指着馨的手腕，半开玩笑地说：“你是不是企图自杀过呀？”什么样的爱或恨，让一个女子干出这样的事呢？话已出口，我不免有点后悔，实在是不应该问这样的问题。

“你们怎么都会问这个？”馨犹豫了一下，还是回答说，“是母亲去世时留下的。”还有谁也同样问过她同样的问题呢？我不知道。

“哦——”我不再问，每个人都有自己的伤心事。

沉默了好久，都不说话。我突然又问：“经常在网上‘冲浪’吗？”

“不。”馨回答，并反问，“你常上网？”

“是。我没事常泡在网上，而且还经常发贴在网上凑热闹，前不久我还发了篇小说在上面，你看不？”说着，我随手从胯包里摸出打印好的那篇关于我与玉兰白网恋的小说《老青蛙的情书》给馨看。

馨喜欢思考，有时也走神，眉间有丝淡淡的忧郁。

我对馨说：“我实在不喜欢到动物园里来看动物。”

“为什么？”馨问。喜欢动物，表示一个人还童心未泯。

“你看那些蹦蹦跳跳的猴子，看笼子里焦躁的狼，看忧郁的狮子，看乞食的熊……能让人高兴吗？我们隔着笼子看它们，它们隔着笼子看我们。是它们在笼子里，还是我们在笼子里？是我们把它们关进了笼子，还是我们自己将自己关进了笼子？”

“晕。”馨说，“我害怕哲学，太深刻的东西，我就犯晕。”

加缪说：“人必须生存，必须生存到那想要哭泣的心境。”读加缪这句话时，我同样犯晕，我同样也害怕哲学和深刻。

后来，我和贾湖丽逛完五塔寺后，从动物园的后门溜进去，我跟贾湖丽不经意地谈起我与馨在此认识的事情。贾湖丽问：“那你为什么不找馨作为你女朋友呢？”我无言以对。

2004年8月10日星期二于北京

社稷坛

小王八其实是个彻头彻尾的鸟人。但不知道小王八伪装得好，还是其他不为我和帆子知道的原因，没几个人能够真正看得出来的，特别是北京的小女孩子。

小王八 1 米 78 的个子，极胖，胖得有点丑，长着一副极有欺骗性的憨厚像，其实一肚子坏水，不知道有多少好女子被他骗奸和诱奸在他乱糟糟的床上。他确实是个烂人，不知道要些什么手段，女人偏偏就喜欢，这总让我和帆子百思不得其解，多少有点佩服，因为我和帆子毕竟不是太监。

也有女人向我打听他的情况，我很难办。说他好，听者肯定高兴，但我于心不忍；说他孬，说不定听者以为我对她另有图谋，中伤朋友，卖友求荣。所以，权衡再三，我不得不吞吞吐吐地说："其实这人好也好不到哪去，坏也坏不到哪去。我觉得东北男人的所有'优点'在他身上都能找到……"听者到此，便心满意足，其余的话似乎可有可无，可说可不说，都无关紧要。自以为深陷情网的女人是可笑的，恋爱中的女人少提防，相信直觉和第一印象，蠢着呢。其实我话中有话，还想告诉和提醒她们，东北男人所有的缺点在小王八身上也一应俱全。但听的人没人听得进去，听进去了也是左耳朵进去右耳朵出来，我便莫名其妙成了小王八"帮凶"。中国人这方面确实不太好，喜欢绕着弯子说话，误事，误人，其实很多话也许不能说得太含蓄。与小王八共事多年的朋友帆子，对他的评价是："东北人巨不实在！"

帆子是个好人。这年头称某某是"好人""你太有才了"，似乎都不是好话。帆子是陕西西安人，西安是个出过兵马俑的地方，西南交大本科毕业后，帆子又留校读了经济学管理硕士。个子也高，在广安门还有房，房并不大，虽是陋室，唯吾德馨。我给月儿介绍帆子时，曾戏称帆子是高学历、高个子、高级工程师，“三高”人才。只是人老实，话少，一开口喜欢探讨形而上的问题，深奥，女孩子就是难以喜欢。其实，说实话，女人找老公就应当找像帆子这样的男人，既可靠，更可依靠。可世事不公，帆子迟迟确定不下女友。有钱人更有钱，没钱人更没钱，有女人的人还有女人，没女人的人还是没有女人，对此我有些愤愤不平。女人往往在结婚之后，才发现自己需要什么样的男人。女人就是喜欢虚情假意、甜言蜜语的东西，男人投其所好，设下圈套。女人并不是因为男人好而喜欢，杀人犯的情妇还是喜欢杀人犯，好与坏不是评判喜欢与否和女人选择男人的标准。

这天无事，小王八神神秘秘让我陪他上中山公园去见一个叫金子的女孩。他说他在网上发了一张“英雄帖”，今天在中山公园搞一个“红学聚会”。《红楼梦》我倒是读过好几遍，但研究不深，只是又不知道哪个纯情少女又被他骗上手，我得去看看。

中山公园就是社稷坛，位于天安门的西侧，与太庙对称。社稷坛古时是皇帝祭祀土神和谷神之处。这坛建于明永乐十九年，距今已近600年历史，它所在的地方，唐代是幽州城东北郊的一座古刹，辽代扩建为兴国寺，元代又被圈入大都城内，改叫万寿兴国寺，明成祖朱棣迁都北京后，在万寿兴国寺的基础上建起了社稷坛。清代沿袭明制，仍为社稷坛。辛亥革命之后，于1914年辟为公园，名中央公园，1928年改名中山公园。不记得什么时候读过一篇回忆北京20世纪二三十年代茶馆的文章，里面叙述说：“凡是到过北平的人，哪个不深刻地怀念中山公园的茶馆呢？尤其久住北平的，差不多都以公园的茶座作为他们业余的休憩之所或公共的乐园。有许多曾经周游过世界的中外朋友对我说：世界上最好的地方是北平，北平顶好的地方是公园，公园中最舒适的是茶座。”像这样的地方，似乎应该重点介绍给爱品茶的筱杨。

中山公园门口有一对石狮子，很有些来头，但一般人不会太注意。据说这对石狮子是1918年从河北省大名府一座古庙中挖出并长途迁运而来的，各重8800公斤，民国时鉴定家认为是汉唐遗物，1956年北京市文物鉴定组认为可能是宋代作品。北京就是这样一个地方，总能将其他地方的好东西通过各种渠道和方式汇集到这里。但是，什么宝贝一旦到了北京，也许由于北京聚集的宝贝太多的缘故，显得不是那么稀奇和稀缺，宝贝显得不是那么贵重，宝贝不成为宝贝，人才也不成为人才了。我们在中山公园门口等了一会，一个学生样的女孩跑了来，一见面，就旁若无人地扑了过来，挂在小王八脖子上，死死抱住，一脸的委屈，说刚来时在公交车上把手机给丢了。我在一旁看着，这阵势没见过，有点尴尬。不是说才认识的吗？怎么一见面就投怀送抱的？好一会，小王八才介绍说："这是金子。"介绍我是"红学爱好者"。居然还真的装模作样讨论起红学来。这也太离谱，太那个了吧！小王八是不是专门设局让我"扛刀"？我懒得插话。

然后，我们买票进公园转了一圈。社稷坛整个园区平面呈南北稍长的不规则长方形，占地面积达24公顷。祭坛是园内的中心建筑，位于园中心偏北。进门是一石坊，石坊上题有"保卫和平"四字，是郭沫若的手笔。这座牌坊在清朝时叫克林德纪念牌坊，原坐落在总布胡同西口，是光绪二十八年为了纪念德国公使克林德而建。第一次世界大战后，改名叫公理战胜牌坊，后迁到这里。现存的社稷坛是明清时期的建筑，用汉白玉砌成，正方形三层平台，总高1米。坛的最上层铺垫五色土：东为青色土，南为红色土，西为白色土，北为黑色土，中间为黄色土，分别对应着木、火、金、水、土五行。五色土厚2寸4分，明弘治五年，改为1寸。每年春、秋两季祭祀前要由顺天府负责更换新土，新土由全国各地纳贡交来，以表明"普天之下，莫非王土"之意。祭坛的正中是一块5尺高、2尺见方的石社柱，一半埋在土中，每当祭礼结束后全部埋在土中，上边加上木盖。祭坛四周遗墙环护，墙上青、红、白、黑四色琉璃瓦按东、南、西、北的方向排列，每面墙上正中各有一座汉白玉的棂星门。坛北设拜殿，1925年，孙中山先生在北京逝世后，这里曾作为停灵场所，所以1928年改叫中山堂，每年孙中山先生的诞辰与祭日，都要在此举行隆重的纪念活动。沿中山公园音乐堂、兰亭八柱碑亭、来今雨轩、四宜轩、习礼亭、唐花坞、投壶亭、格言亭等景，一路草草游去，两人各怀心思，心思并不在游览上，说些无关痛痒的话。

断断续续，我才弄清楚金子是北京广播学院在读学生，导演系，正在拍一个叫《临终关怀》电视片习作，是一个反映北京鳏、寡、孤、独无人赡养老人在临终医院“等死”状况的纪录采访短片。金子还有一个双胞胎妹妹在中国人民大学读书。北京广播学院现更名为中国传媒大学，牌子大了，猛地听去，似乎没有原来的名字响亮，可能是习惯问题。三个人似乎都心不在焉，然后便各自散了。

过了很久，小王八把金子介绍给兰朵认识，我也在场。兰朵对金子评价居然很高，许是兰朵想考电影学院的缘故，看到金子亲切。兰朵见到金子，居然和我见她时，说了同样一句话：“南阳诸葛庐。”因为金子是河南南阳人。南阳靠近湖北，人的性情可能又区别于别地的河南人吧。

金子见兰朵时，《临终关怀》已拍好，据说在学校反响不错，老师看后提了些建议，让金子重新剪辑一下。我说，希望下次能将拍的东西拷贝一份让我们看看。金子点点头。

2004 年 8 月 11 日星期三于北京

景山

据说是小王八青梅竹马的女友丫儿从英国留学回来，我们仨一起游的景山。

说心里话，我一点儿都不喜欢海归，也许我这人霉，碰到和认识的海归都太倒胃口的原因。也许报纸杂志上报道的那些成功的海归派，才是真正的海归吧。但报纸杂志上穿着花衣裳的新闻报道能让人相信吗？我有点担心。

记得《围城》里方鸿渐泡唐晓芙时，有过一段留学相当于出痘的妙论：“唐小姐，现在的留学跟前清的科举功名一样，我父亲常说，从前人不中进士，随你官做得多么大，总抱着终身遗憾。留了学也可以解脱这种自卑心理，并非为高深学问。出洋好比出痘子，出痧子，非出不可。小孩子出过痧痘，就可以安全长大，以后碰见这两种毛病，不怕传染。我们出过洋，也算了了一桩心愿，灵魂健全，见了博士硕士们这些微生虫，有抵抗力来自卫。痘出过了，我们就把出痘这一回事忘了；留过学的人也应说把留学这事忘了。像曹元朗那种念念不忘是留学生，到处挂着牛津剑桥的幌子，就像甘心出天花变成麻子，还得意自己的脸像好文章加了密圈呢。”这话不假，清末名臣、官至一品的左宗棠，对自己举人出身就一直耿耿于怀。

怪人吴稚晖曾讽刺海归说：“就像面饼，拿去国外炸一炸，回来就变成蓬松硕大的油条了。”之所以要提到吴稚晖，只因为他是江苏武进人，贾湖丽的常州老乡。我没留过学，也没出过洋，看来我也只有认命，抱恨终生了。法国妹妹留过学，不知道将来又会有些什么改变。

丫儿是典型的东北女子，长相有点凶悍，一看就是一个“脂粉英雄”。这是我第一次认识让我内心不自觉惊悸的女子。其实丫儿并不丑，也可能没有想象的那么可怕，只是给我的感觉如此而已，而我的感觉经常欺骗我自己。当时，我还暗暗为小王八捏了把汗。可娶得？当然这话，我不能乱说。小王八问起来，我也只是哼哼哈哈，顾左右而言他。按中国传统的规矩，从来只是劝合不劝分的，我怎么能坏人好事呢。看来，有时我这人还是比较传统的。

景山不大，占地 23 公顷，但很幽静。景山也不高，最高的中峰 43 米，海拔 108 米，但这个地方却是老北京城的中轴线的最高点和中心点，很有名。站在景山上的万春亭，可俯瞰北京老城区，尤其是观赏紫禁城全景的好地方。

景山历史悠久，这里原是一片平坦的原野，金世宗完颜雍建以琼华岛为中心的大宁宫时，开挖西华潭（今北海），将所挖淤泥堆积在此而成山，曾是元朝皇帝的御园。老北京人俗称景山为煤山，据传是山脚曾经堆煤的缘故，不知是否属实。明成祖朱棣定都北京后，为“枕山筑城”将景山建在城中，在山前营建了现在的故宫，取名镇山，也称万岁山。清朝顺治十二年改名为景山。

景山上有棵歪脖树，据说曾吊死过明崇祯皇帝。名气很大，我便引领小王八和丫儿寻着去看，站在树前，却有些失望，树其实并不起眼，用铁链绕着。我也随便感慨了一下，想着“白铁无辜铸佞臣，绿槐不幸成罪人”的话，物与人同，也有命呀。明崇祯十七年三月十九日，李自成攻入北京，崇祯皇帝吓得魂飞魄散，先逼皇后自杀，然后将太子送往亲戚家以延后嗣，之后又抽出宝剑亲手杀死了昭仁公主和袁贵妃等数人，砍掉了 16 岁的长平公主的左臂，方扔掉宝剑，带着司礼太监王承恩逃出故宫神武门，刚来到景山脚下，就得知城门已被攻破。崇祯身着白衣，啮指血书衣襟：“朕凉德藐躬，上干天咎，致逼京师，皆诸臣误朕。联无面目见祖宗，自去冠冕，以发覆面，任其分裂，无伤百姓一人。”遂解束带，在山坡上的这棵槐树上上吊自尽了。自己死前，为什么丧心病狂要将自己的妻女残忍地杀死呢？也许担心妻女被起义军奸淫，皇帝和男人的面子过不去吧。

在认识丫儿之前，经人介绍，我认识了静。静曾留学美国，取得 MBA 硕士学位的海归，但不知道是不是克莱登大学的高才生。介绍人给我电话号码后，我拨通了静的电话。

“喂，你是静吗？”然后我在电话里反复向她介绍我是谁，通过什么渠道知道她的电话号码的。

但静不听，没由头地质问我是谁，为什么打电话骚扰她，弄得我一鼻子灰，想恼又不好恼，想笑又不好笑，只有耐着性子对着电话跟她周旋。但我说的介绍人她都不知道，我也暗暗叫苦，可能介绍人也是拐了几道弯才到我这里的。不过，我突然有些兴趣，觉得自己应该超然跳出来，用一个局外人的视角审视一下。这女人怎么能这样，再不认识的人，第一次接电话也不能如此盛气凌人、咄咄逼人嘛。

“我先弄清楚了，再给你回电话。”静啪地挂了。我觉得可笑，何苦来，我上辈子欠她的？！

当静再将电话打过来时，声音温和多了，她向我道歉。我装得挺大度地说：“没什么，只有像我这样意志力比较坚强的人才能扛得住——你今后可不能这样待人。要不然，怎么嫁得出去？”我也打哈哈。

静也是把留学事老是挂在嘴上的那种人，已近 30 岁，对结婚有些着急。她甚至在很多地方登了《征婚启事》，还通过许多婚姻介绍所介绍，她说认识太多太无聊甚至骗婚骗财骗色的人。第一次见她，是我不辞辛苦到十里堡去看她的，她住在那附近，而我离那很远。后来，花非雾从十里堡赶到军事博物馆来看我时，我从心底暗暗生起一点过意不去，那个地离这边实在是很有些距离。

我和静还算聊得来。静说我什么都好，就是个子矮了点，我只是笑笑。我很奇怪，像静是学 MBA 的，MBA 课程我是知道的，其中有一门课是讲“管理沟通”艺术的，她如何如此不会沟通呢？而她既然留学，为何不定居国外呢？现在她回国，干的事是在家中为人捉笔写英文的论文，通过中介当“枪手”。一个月的收入，据她所说，也有 10000 多块钱。我说，她干这个也有点浪费。她点点头，似乎又觉得无可奈何。静对我介绍沈从文当年单枪匹马闯京城，大冬天穿单裤创作小说的情景，非常有共鸣。我说："大凡干大事的，多是环境、条件逼出来的。沈从文后来成为著名的作家。"静感慨："人，都是逼出来的！"小王八大笑，不怀好意——人都是娘生的，当然都是"逼"出来的。

第二次见面，风很大，在王府井的半坡酒吧，我将静介绍给小王八。小王八喝醉了，又唱又跳，静觉得很新奇，长那么大就没见过小王八这种人。分别时，小王八将静的红色围巾强行抓在手里——这也是小王八泡妞的手法之一，还围脖时又有再见面的一次机会。这与男女初识，借书还书异曲同工。小王八泡妞有"三板斧"，大概"三板斧"下来，除非定力非常之人，是没几个女人能抵抗得住的。

尔后，很久没有联系，只是通过电话，听静说很忙，并通过网络认识一个在青岛工作的男士，说是一日本海归，正在热恋。我由衷地祝贺她，并为她感到高兴，也许海归与海归更有共同语言。这时我只把她当朋友，没有半点非分之想。"五一"节期间，静居然和她母亲一起跑到青岛去访那男人，并在电话里告诉我那男人好得不得了，简直就是天上掉下来专门为她准备的金龟婿。我轻轻地笑了，说："这回，你是真的进入状态了。"

我本想，静这回可能是要结婚了。可是过了不久，一天静突然打电话过来，求我为她办一件事。静匆匆告诉我一个青岛电话，为避免对方知道是北京来电，让我无论如何用手机打过去，问那人是死是活。我遵命用自己的手机打了电话，是一个男人接的，我没头没脑劈头就问："你还没死呀？！"

对方愣了一下，问："你找谁？"

我说："我找小王八。"

他说："我不姓王。"

"不会吧。你的声音烧成灰我也听得出来。别装了，哥们，最近生活得怎么样？"我想，我要真的当一个流氓，也许不会太失职。

"你究竟是谁？"

"——你真的不是小王八？——哦，对不起，打错了。但我确实记着小王八是 XXX 这个号码。”我按捺着内心想笑又不敢笑的心情将电话挂了。其实我还真的不知道自己还有做这些恶心事的天赋，这足以说明人待开发的潜能真的难以估量。我似乎对欺负女人的男人深恶痛绝，恶作剧并非我本意。

然后，我给静回了一个电话。“那王八蛋活得活蹦乱跳的，你还瞎操什么心，担心他跳楼自杀？我倒是对你的行为深表怀疑，你是不是还喜欢那鸟人？如果爱，就去爱，那些鸡零狗碎的事情主要看你如何处理了。”静沉默一会，然后说了一些事，我觉得都不是什么理由。

隔了几天，静说请我吃饭，并让我将小王八抢走的那条羊绒围巾还给她。我表示同意，但要求找一个中间地方，不能到十里堡，太远。我说，你干脆在前门全聚德烤鸭总店请我吃烤鸭吧。静犹豫了一下，还是同意了。我请帆子跟我一块去，并再三强调帆子别抢着买单。结果最便宜的一只烤鸭也要 168 元，但我心还是比较软，不敢宰狠了，没点其他什么菜。静倒是很高兴，把鸭骨头都啃得干干净净。

吃完饭，我们又一起走了走，逛了一下大栅栏。然后，我们各自打车回家。在车上，我问帆子的观感。帆子不善言谈，只是笑笑说：“那条围巾不是全羊绒的，说不定还不值一顿饭钱呢。”我说：“围巾也许不值什么钱，只怕是什么人送的，附着什么纪念意义吧。”帆子点点头，叹了口气说：“可惜没有吃饱。”我也有同感。

静有 1 米 68 的个子，身宽体胖，对自己为什么到现在成为“剩女”觉得不可理解，也愤愤不平。丫儿也是北方人，但没有静高。如果一定要我在静和丫儿中间选择一个，我宁愿选择静，也不会选择丫儿。但静说：“你什么都好，就是个子矮了点。”我听了大笑。

景山公园从空中看，是一尊佛。航拍下来，有鼻子有眼的，还真像，当时轰动一时。一尊佛坐在紫禁城的头上，不得了。我对丫儿和小王八介绍说：“冰心有过这么一段话：我觉得在北京非看不可的，是天坛；非逛不可的，是景山。我过去曾到许多不同的国家去旅游，从来不曾看到过任何的建筑物像天坛一样，在基本的建筑结构上，糅合了高度的艺术美。至于景山呢，是北京极为漂亮的一个风景点，由景山俯望，可以看到故宫全景，绝对不能错过。”站在景山顶上，小王八对此话唏嘘不已，而丫儿对此置若罔闻，丫儿缺少情调。一个缺少情调的女人有时也是可怕的。

丫儿在小王八乱糟糟的宿舍里住了几夜，宿舍里有两张床。小王八解释说：“我们是分床睡的。”我笑笑，小王八没必要告诉我这些，这完全不关我事。丫儿逛了几天北京城，小王八破费了几千块钱，然后丫儿离开了。没过多久，小王八告诉我说丫儿在上海找到了份很好的工作，并结了婚，男人据说也是海归。

我惊讶了一下，怎么这么快？不是才离开北京不久吗？小王八有点愤愤：“情感与结婚是两码子事，婚姻更像一场交易。”怕是遇上克星了，看见小王八少有的悻悻，我便不再说话。

2004年8月26日星期四于北京

海怡府

“和平门北。北京急救中心。市教委。往北，右拐，再拐，就到了。”梅在电话里讲了老半天也没讲明白。她着急，我们也着急，好像她的这些老哥们几时不见，怎么就变得这么笨了呢，怎么连这也听不明白？打的到那个地方时，才知道原来是东松树胡同里的一家四合院，挂着些大红灯笼，刚装修过，有新漆味儿，是家茶馆儿。如果想吃饭，这儿也做，卖的是粤菜，混着点儿川味。菜的味道还可以，却不怎么正宗地道。

梅是四妹，我是大哥，烛龙是老二，萝卜是老三。认识梅，是在我和萝卜刚来北京的时候，我们几个都没找女朋友，没什么事，下班后相约到莲花池划船。我眼尖，见一着黑纱衣黑裙的女子，坐在湖边的椅子上，独自生闷气，我就开玩笑说：“那女人可能要跳湖，你们俩可要做好英雄救美的心理准备。”他们却不信，看了看她，竟然都暧昧地笑了。

我们并没跟她打招呼，租了船，往水中央去，想着《桨声灯影里的秦淮河》，我们怎么就没有那种诗意和心境呢。等到划到湖对岸，却不知道什么时候，那女子也坐到这边来了。我们便斗着胆子，吆喝着，邀她上船来玩，谁知那女子犹豫了一下，接上话，竟大大方方上船来。

细问去，原来却是单位对面一家餐饮业的大堂经理，20 世纪 80 年代初出生，却装成老成的 70 年代的人。对于男人来说，年少时，喜欢装深沉，就像小王八，却道天凉好个秋；年纪大了，却装嫩，老黄瓜刷绿漆，就像老青蛙。女人不管什么时候，多半是要装嫩的，女人装老其实是为了“自卫”。

以梅的话说，是为了树立工作中的威信，掩饰身上的稚嫩。不过，她看上去确实也比实际年龄成熟多了，这一点在我后来认识的另一个在北京搞餐饮业的常州女子那里，得到相近的“理论”证实。而又通过这个常州女子，我后来又认识了娟紫。这些女子就像昆虫，长期待在那个“险恶”的环境里，为了生存，身上似乎不得不长出一种“伪装”和“保护色”。

梅其实是很江湖的。那年的圣诞节，天突降瑞雪。梅请我和萝卜吃饭，同桌的还有几个老板样的男人，实际是他们掏钱。那夜她喝醉了酒，又哭又闹，说准备离开那家餐饮业，去卖电梯，问我们有无其他建议——我和萝卜不置可否。饭后，梅哭哭啼啼跟着那几个男人上车走了，好像把自己卖了似的，又好像暗地里质问我和萝卜：“你们的妹妹被人拐跑了，你们居然还能够袖手旁观？”弄得我和萝卜不知所措，竟然有点儿怅然。我们都觉得一个孤身女子，学历又不高，在北京混，真的是不容易的。

后来，很久没联系了。突然听萝卜说，梅开了一家洗衣店，然后又在海怡府开茶馆。中间一定经历不少不为我们所知道的事情和故事。梅跟萝卜关系更近些，有什么话都找他说。梅跟萝卜打电话，邀请我们去海怡府。烛龙出差，好久断了联系，我本不想去。萝卜倒劝我说：“一个女子，在北京混，也不容易。”我便答应了。我们到海怡府，梅主动要求请客，见我们很亲切，话很多，说她想用 18 万元 / 年的租金，从老板手里将海怡府盘过来，想听听我们的意见和建议，合不合算。似乎想诱导我们参与投资，可我们当时对投资根本没有兴趣。我记得萝卜曾私下对我说，梅因什么事，曾向萝卜提出借钱，萝卜因手头紧，没答应。这次，梅并没提要借钱的事。

海怡府的环境是不错的，院里种着几棵树，一棵柏树，一棵柿树，梅骄傲地说：“那表示百事兴旺哩！”还有一棵是石榴树，树上结着果，挂着两只鸟笼，鸟在笼中却不说话。这院子还是不错的，据说是贺子珍住过的地方，不知是真是假。

海怡府只是地点偏僻了点，如果真的要开茶馆和饭店，可能得靠口碑相传，走“上层”路线，抓回头客。再者就是装修得过于俗气，从心底我便觉得不如老舍故居和茅盾故居的四合院好。外地人到北京旅游，其实应该抽时间访访这些名人故居，或到海怡府这样的地方坐坐，喝杯茶。但世人多喜欢俗气的东西，生意经我不懂，不敢信口开河。再说，梅是河南驻马店人，虚荣心强，河南人在社会上的口碑不是很好，话不可全信。

第二次，我带着小王八来海怡府玩。小王八一见女人就来劲，要了不少酒，先把自己灌醉，也把梅灌醉。梅是有酒量的，但那天似乎也不胜酒力。借着酒劲，小王八拨通了几个女子的手机，然后交给梅客串打电话。玩得兴起，乘我上厕所之机，抓起我的手机，拨通了楠楠的电话，梅在电话里对楠楠也说了很多酒话和胡话。以至于几天后，已断了很久消息的楠楠还在追问我："那个怨妇究竟是谁？"我回答说："哪个怨妇？我不认识什么怨妇。"

梅又说："还将在王府井附近另开一家茶馆。"茶生意好做，一本万利。后，我与大傻骑自行车到王府井，寻寻觅觅好半天，却在王府井教堂背后的巷子里，找到一家叫"凯悦"的饭店的一楼，梅在那里为人沏茶……那地儿却更不如海怡府了。梅说："租海怡府的事泡汤了，价钱与老板没谈下来。"

我说："哦。"没细问相关缘由。

2004 年 8 月 23 日星期一于北京

报国寺

善良是这个时代最值得怀疑的品性。小王八甚至不无得意地嘲笑我说："我把女人都给干了，她们还觉得我纯情。你连屁股都没摸一下，倒惹一身骚！"我羞愧难当，自愧不如，只得承认，在这世上，人与人毕竟是不一样的。

兰朵在她的一篇名叫《柠檬婚姻》的文章里，冷静得近于残酷地如此论述男女之间的单恋关系："显而易见，诚恳在这里别指望获得奖励，如果她心中没你，你越是诚恳，则越是显得愚蠢。"别人是不是爱我，我无法把握和控制，但我爱不爱别人决定权在于我自己。

一个女人渴望浪漫，可生活却给予她虚假的浪漫；一个女人渴望幸福，可生活却给予她虚妄的幸福。是啊，这难道是这女子的最不幸吗？不见得。"可你能给我什么呢？"那女子愤怒地质问我。是的，我甚至连虚假的浪漫和虚妄的幸福都不能给予她。那女子便着实震怒了，她大声吼道："所以，你，老青蛙，是一个彻头彻尾的混蛋！"我惨然苦笑，从梦里怦然醒来，一身冷汗。我虽然确实是一个"好"的混蛋，但好孬在这里失去了界限，对于一个渴望浪漫和幸福的女人又有什么区别呢？我拼命挣扎，却还是逃脱不掉一个十足混蛋的宿命。

葡萄牙小职员作家费尔南多·佩索阿说："有些人把他们不能实现的生活，变成一个伟大的梦。另一些人完全没有梦，连梦一下都做不到。"我以为，一个人是应该有点梦想的，一个企业也是应该有点梦想的，一个国家和民族也是应该有点梦想的，唯有有了梦想，才有活力和生机。费尔南多·佩索阿很有点意思，他把人分成做梦的和没有梦的两种人。而我却在做着自戕自责的噩梦，游离在他划分的两种人之外。

绿子回贵阳休假，然后到五台山出差开会，五台山我还没去过，记得是花和尚鲁智深出家的道场。绿子返回北京时，我刚好从拉萨出差回来，从高原上下来，我有些"醉氧"，头整日里晕晕乎乎。绿子在网上对我说，她的人生信念是快乐和健康，我有些吃惊，一个女人的人生信念居然如此简单。也许根本的是我错了，我总是不合时宜地把简单的事复杂化了，却又不合时宜地把复杂的事简单化了。

报国寺位于广安门内大街牛街西北，临街有一牌坊。这座寺庙始建于辽金时期，若从辽天祚帝乾统三年算起，距今已900年，因大殿前生有两棵奇松，原称双松寺。元世祖忽必烈统一中原后，为彰显开国元勋，依旧寺建新庙，始称报国寺。明宪宗成化二年，即公元1465年，发现国舅在此出家，国舅即周太后自小失散的弟弟周吉祥，皇帝遵母后命，在原寺的基础之上敕建新庙，更名为大慈仁寺。清康乾时期，报国寺是名士出没之地。每月初五、十五、二十五，商贩在这里出售图书、文物、古玩等，长期喧聚而成市，尤其书市更是它的特色。当时文人如宋荦、朱彝尊等，常在庙会期间到这里来搜购他们心爱的古籍。写《桃花扇》的孔尚任有诗云：

弹铗归来抱膝吟，侯门今似海门深。
御车埽径皆多事，只向慈仁寺里寻。

原注："渔洋龙门高峻，人不易见，每于慈仁庙市购书，乃得一瞻颜色。"慈仁寺即报国寺，渔洋即大诗人王士祯，字贻上，号阮亭，自号渔洋山人。说王士祯官大，不易求见，但他到报国寺是当时最勤的。所以当时要找他办事或探讨学问，不去他家，而是到慈仁寺里寻，肯定能见到他。当时报国寺里备有客房，可留游客借宿，骚人墨客购书之余，留宿僧舍，松前月下，吟诵酬唱，王士祯等也不例外，常借宿寺里。

1840 年鸦片战争后，报国寺就每况愈下了。1900 年“庚子事变”中，主殿还被八国联军炮火轰毁。东交民巷台基厂祭祀清开国功臣的昭忠祠在战乱中被奥国使馆占据。1902 年慈禧从西安返回京城，荣禄上奏章吁请重建昭忠祠。后重修广安门内报国寺易名昭忠祠。清初顺治和康熙年间，儒学大师爱国学者顾炎武多次寓居报国寺，于是报国寺西侧修建顾亭林祠，使顾祠与报国寺形成珠联璧合的整体。日军侵华八年，寺与祠沦为日本从军僧（真吉宗）在华北的基地——高野山北平别院。1945 年光复到 1949 年新中国成立前，报国寺是国民党的河北省田粮处。现在的报国寺不收门票，是一处旧货市场，旧书、旧玩意、真古董、假古董很多，就看你识货不识货。与潘家园旧货市场比较起来，却是小巫，但潘家园离得远，来去一次不易，报国寺近，更有韵味。

由于离住地比较近，我到报国寺去过好几次。第一次好像是跟萝卜一起去的，自己独自又去过一次。跟武汉的书法家陈金去过两次，陈金来北京做过一段时间的报社编辑，是老鞭的同事。陈金喜欢逛旧货市场，还一度想在武汉开一家买卖旧货的文化小店。一次帆子的弟弟从西安到北京来看他，在报国寺旁的“麻辣诱惑”吃完饭，我独自到顾亭林祠溜达，见墙上嵌两块碑，外用玻璃照着，字迹模糊，看不真切。到西北角，有几间房，挂着些字画，其中有三副是署名黄胄的画比较中看，我问其中一幅画着一个新疆小姑娘的速写画是什么价格，老板开口就是 40 万元。吓了我一跳，因为我在炎黄艺术馆看过黄胄的许多珍品。

一次是贵阳珊儿来北京出差，硬闹着我带她逛北京城。我没法，只好用自行车驮着她去逛报国寺。她居然很喜欢。那天，我在一个小摊位，花了 80 元把一块乳白色的玻璃当羊脂玉买了。摊主是个中年妇女，装成一副可怜兮兮的样子，又说报国寺摊位如何贵，如何不如潘家园。又解释说她这玉如何好，咬牙切齿说是羊脂玉。这世上哪有如此便宜的羊脂玉。

三寸不烂之舌把我搅糊涂了，我决定掏钱买下来。钱刚掏出去，一转身，我马上意识到自己上当了，自笑：怎么也会上这种当呢？但也不想回头找那卖者的麻烦，花钱买教训嘛。我准备等珊儿离开北京时，将此玻璃送给珊儿做个纪念。找回去了又能如何，不过是与卖者一场争吵，我也写不出什么诸如《卖柑者言》的文章。然后，我又花了10元钱，在另一个小摊上买了成色更好的一块仿羊脂玉玻璃佩饰。当珊儿离开北京时，不知何故，我却没有送给她。后来，我将两块仿羊脂玉玻璃佩饰一块送给了雨儿，一块春节我到广州过年时，送给了我的小外甥女洋阳。

珊儿长得瘦，个子小，皮肤黑，也喜欢咋咋呼呼。她原是学幼师的，在贵阳飞机坝的一家幼儿园当老师，后不知何故改行进了企业的团委。我还在贵阳时，一天一鹤悠然神秘兮兮地对我说，团委来了一个小女孩，邀我一起去看看。那时珊儿还很年轻，与几个人在团委的一间办公室里，排演一台自编自演的舞台小剧，准备在单位"五四"会演时出彩。由于排演房间太小，我就跟着一鹤悠然坐在角落里静静地看着，我有些不知所措地尴尬。随后，一鹤悠然问我："怎么样，那小妞？"我说："和她配舞的，其中一个长得太夸张，另一个女孩还不错。"跟珊儿略熟后，她告诉我那"另一个女孩"已有男朋友了，打了几个电话，居然没什么动静，我们也只有作罢。有缘千里来相会，无缘对面不相逢，一鹤悠然与珊儿的家离得近，后来却也没成为异性朋友。其实，珊儿那时有活力和激情，我和一鹤悠然都需要和喜欢有活力和激情的女孩。

我到北京后，珊儿有次给我打电话说"长得比较夸张"的那个女孩来北京，让我照顾一下她。我费了九牛二虎之力给"长得比较夸张"的女孩订了一张返程火车票，陪她逛商店，购北京特产，最后她居然连谢都没说一声。我给珊儿去电话说："今后，你这种事少给我揽一点！"珊儿后来在我离开贵阳没多久就结婚了，据说老公长得胖。她来北京见我时，似乎没有我记忆中那么漂亮了，虽然我一直认为她长得都并不十分漂亮，但原来的灵气没有了。我也没问她是否幸福。

再后来，珊儿还给我打来一个电话，先是道歉，然后说贵阳妇联搞了一个读书活动，偏要她写篇文章去。结果她把我的一篇《关于读书》的散文署上自己的名字送了去，原本只想凑数交差，谁知道却拿了个头奖。我说没关系，你出名我得利，如果有稿费或好处之类的，你得让给我才是。她说：

“好。”然后表示万分感谢我带她去报国寺游玩的经历。

又过了很久，珊儿托人从贵阳给我带了一条苗家手工刺绣的领带，领带很漂亮，淡绿色的，我不是十分喜欢，没系过。

2004年8月26日星期四于北京

北京大学

“喂，你好。请问绿子在吗？”当然，我在电话里叫的是绿子的真名，我写《城·色》这组文章，除了个别用真名，其他大多是信手拈来的化名。绿子是北京大学的副教授。但此绿子非彼绿子，她与村上春树小说《挪威的森林》毫无瓜葛和关联。

“哦，你打错了。她的电话是XXX。”

“谢谢。”接着我又拨通了刚记下的这个电话号码，接电话的是一个女人，声音很轻。听着声音，我想象着她的模样。她说：“我就是绿子。你是谁？”

我一阵狂喜，踏破铁鞋无觅处，得来全不费功夫，在北京找一个从未谋面的人简直也太容易了吧。“我是一鹤悠然的朋友，在贵阳时我们是朋友，现在我在北京工作。是他让我找你的，如果有空能否请你吃饭？我的手机号是XXX。”我一字一句，吐词很清楚，我尽量诚恳地介绍自己，毫无保留。然后，绿子似乎也没怀疑什么，轻轻松松就将她的手机号码告诉了我，MSN联系方式也连接上了。我马上从网上找到曹植的《洛神赋》代表一鹤悠然发给了绿子，她没作声。

一鹤悠然关心的是多年不见，绿子究竟变成什么样子了？是不是老成老巫婆了？而我关心的是究竟怎样一个女子，会让一个不再是学生的男子挂念至今？绿子在一鹤悠然的口里，简直就是不食人间烟火的神仙，是另外一个世界的人，我可不信这个邪。绿子二十岁不到就从北京大学历史系毕业，主攻明清史，我恭维她是天才。绿子谦虚，说自己读书早。后来，我还认真算了一回，若绿子五岁开始上学，按原来的学期制，小学五年，中学三年，高中三年，大学四年，待大学毕业，还真只有二十岁。绿子毕业实习时，曾在贵阳代课，恰巧教的是一鹤悠然那个班。一鹤悠然是我多年的铁哥们，有点孤高自傲，一般的寻常的女子，在他眼里根本就不是东西。能让他瞧得上眼又念念不忘的女子，着实让我好一阵子胆怯，不知道该通过什么由头寻找什么时机将她邀出来。在网上交流，绿子说自己早已结婚，老公是个海归，追她八年，除了晕飞机外，好像没有其他毛病。他在国内行走，从来不坐航班，出国乘飞机是迫不得已。结婚多年绿子却一直不生育，不要孩子，是个丁克家庭，现在到了“奔四”的年纪，似乎有点悔，但也没什么。

犹豫再三，机会终于来了。一次贵州E友网在北京的网友搞一次小范围的聚会，在海淀区皂君庙家乡鹅饭店请客，我便给绿子打了个电话问她是否有空，是否愿意过来？绿子很犹豫，说都不认识，如何去得。我说，这样吧，你下班后先过来，如果觉得没什么意思，你就推说家里有事先走就成。她答应了。其实，是我不敢单独约绿子见面。

见到绿子，着实让我吃了一惊，她超出我的想象，或者说超出我的预期。这让我记起我写的一篇题目叫《树梢上最后的梨》的文章里的一段话来：

其实，我从不敢太奢望在我的生命历程中能够认识一两个过于美丽的女子，倒不是怕“红颜祸水”之类的妄言，因为我不是皇帝，没有多少“江山”可祸害的。只是从心底觉得过于美丽的女子先天有些无法克服的悲剧色彩。当然，能倾国倾城的女人，不光只是美貌，还有其他过人之处。男人如果没有被阉割，没去练什么葵花宝典，客观说都是好色的，没有哪个男人愿意当什么柳下惠。君子和小人，登徒子和宋玉，都好色，但结果往往不一样，道不同也。小人常得志，君子多失意。过于漂亮的女人追求的人肯定多，被性骚扰的概率肯定大，受伤害的机会也应该多。漂亮而不聪明的女人这方面的危机尤甚。漂亮而聪明的女人，以周国平的观点，那是尤物，世间稀缺。一个过于漂亮的女人如果不嫁人，如《红楼梦》里的妙玉，实在是浪费；但是如果不幸跟了一个太平庸的男人，同样还是可惜和浪费；如果跟一个“成功”的男人，多半又“薄命”；如果跟一个居于“中间”的男人，这女人多半自视甚高，于心不甘。所以，过于漂亮的女人有时总左右为难，处于相对“紧张”的境地。

绿子不高不矮，长得瘦而秀气，穿得素，着一条长裙。保养得好又没生育，眼角居然没有鱼尾纹，眼睛大而有神，却没有贵阳女子突出的“坏”习性。但毕竟岁月不饶人，“奔四”的人，对于一鹤悠然来说，见面有时候还不如回忆。不，我只是在餐桌上饶有兴趣地静静地多看了她几眼，并没太多的交流。只因认识绿子，似乎对北京大学也生出一种格外亲近的感情来了。

我常想，一个地方并不只是一个地方，而是一个人的，或者几个人的，或者是一群人的地方。北京大学其实我去过多次，一个原因是北京大学南门的地下有一家风入松书店，卖的书很有些品味，店内有一角还卖些打三至五折的旧书，有段时间我喜欢到那儿去淘书。北京大学校园倒是开放的，只是没在此上过学总是憾事。学校教的知识大多是在实际生活和工作中用不着的知识，但为什么还要上大学呢？我们去大学学的更多的应该是一种思维方式。我只能在未名湖边坐坐，看看塔，看看老式建筑，瞻仰一下名人雕塑，拍一两张照片，便更觉得这北大不是我的，我也在北大之外。

北京大学其实是中国近代最早的国立大学，创立于清光绪二十四年，即1898年，初名京师大学堂，为戊戌变法的“新政”措施之一。辛亥革命后，于1912年改为现名。1917年，蔡元培出任北京大学校长，他“循思想自由原则，取兼容并包主义”，于是思想解放和学术繁荣在北京大学发轫，北京大学从此日新月异。陈独秀、李大钊、毛泽东、鲁迅和胡适等一批杰出人才都曾在北京大学任职或任教。甚至像沈从文、梁漱溟仅小学学历的人才，蔡元培也不拘一格聘请他们任教授。这种情况在中国教育史可能也是空前绝后的。学校是学习的一个重要渠道，但更重要的是要学会一种学习方法，学无止境，不断补充和更新知识，自学更为重要。蔡元培曾提出了中国现代大学的三项基本原则：第一，大学应当是独立的和自主的；第二，大学应当具有思想自由和学术自由；第三，大学学术与思想自由需要相应的自由的社会政治环境。现在读来，仍然让我钦佩不已。有人就此感叹道："世上已无蔡元培。"蔡元培存在的时间、空间、土壤、温度和湿度也许难以找到吧。

除了绿子，我在北京大学还认识我大学同学的妹妹芳子。人与人能够认识，总是有些不好解释清楚的因缘。芳子是湖北随州人，那个地方出土过闻名全国的编钟。芳子长得高，浓眉，似北京人，不如她姐姐秀气，看上去，却像是能干大事情的人。因上学时与芳子的姐姐还比较熟的缘故，我在北京大学南门一家湖北小店请芳子吃了顿饭，了解了一些情况。芳子是湖北大学毕业，学财会的，在当地银行有一份稳定的工作，二十七八却不肯结婚，前年突然辞了工作独自跑到北京考清华的MBA。笔试时，考分很高，但面试时没有录取。然后就在北京大学附近与人合租房，准备第二年的考试。这很让我吃惊，因为通过芳子，我才知道围绕着北大、清华、人大附近生活着一大群拼命读书考试的人。我很佩服这一群人，因为我做不到，他们的生活状态和生存状态也游离于我的想象之外。第二年，芳子考取了，但却因"非典"的缘故，准备调剂到广州的暨南大学就读了，后听芳子姐姐说没调剂成。而"非典"之后，像一枚石子击起的涟漪散尽，一切照旧，我却很少去北大玩了……

2004年8月27日星期五于北京

北海

泡了馨送的茶，我开始写这篇文章。今天天气晴好，我原计划学习中国健儿在雅典奥运会时摘金夺银的精神，独自去爬香山，为两天后我的生日的到来增添一丝亮色。只因踢球摔伤的膝盖未痊愈，还是老老实实待着吧。馨送的茶有两种，一种很香，另一种很是特别，扭成竹节虫似的，我没见过。泡开“竹节虫”，一尝，原来却是大叶的苦丁茶。

贵州人常自我调侃说，没见过世面，所以将湖泊叫成“海”，这不是自谦的说法，就是自卑的说法。其实北京也把湖泊叫成“海”，北海的风光却为北京诸海之首。北海我没怎么游，只是因为剑的缘故，走过两次。剑是经人介绍，我在北京相亲的第一名女子。她的名字有男儿气，第一印象，让我奇怪地联想到“鉴湖女侠”秋瑾，起初我还以为剑是女强人之类的人物，见面后才发觉她不是。剑是山西人，学的是计算机专业，却改行在民政局管辖下的一家小报里当编辑和记者。因都是民政局下属单位，剑又往往让我想起月儿来，其实剑与月儿并不认识。世俗传说山西女人懒得出奇，我心里还是暗自担忧。

剑比我小两岁，也算是大龄了，但她似乎无所谓，不着急，但似乎沧桑感很强。剑有一个双胞胎妹妹，我曾问她：“像吗？”她回答说不像，我没见过，不知道究竟像还是不像。我给剑打电话时，她要么在忙，要么就是在帮忙照顾妹妹的女儿——因这事，由于信息获取的不对称性，我对她还是有些猜测上的好感，以为她还是比较喜欢孩子，比较顾家的。她妹夫我倒是见了一面，那是春节期间，我费了九牛二虎之力帮她亲戚搞到两张到长春的火车票，他晚上开车到我住处取的票，我没与他聊什么。事后，剑也没谢我，好像是我本应该干的事，我有些伤心。

剑有些高度，高到我比较喜欢的高度。不浮却有些冷，眉宇间似乎暗藏一股冷峻和阴毒，给人一种虚假的高贵气质。我有时似乎比较病态地迷恋这种“高贵”。有一次，我对剑开玩笑说：“你干脆做我女友吧。”剑直截了当说：“你有房吗？你有车吗？”我有房，但房是租房；我有车，但车是自行车。但北京有很多女人说这话往往是真的，女人是现实的。但不是所有女人这么说都是真的，她是因为没有看上你，没有爱上你，没有接受你，做的一个委婉的推辞而已。实际上，即使你努力奋斗到真正有房有车，她还是不会嫁你。所以男人若还尚存一丝聪明，“懂味”的话，适可而止，不应强求。

北京闹“非典”最厉害的时候，人心惶惶，好像世界末日似的。我滞留北京，无所事事，几乎天天吃方便面，哪也去不了。我给她打电话说想请她吃饭，她居然答应了，这让我十分感动。许多饭店都关门了，我们只能在钟鼓楼附近找到一家西餐厅吃盖浇饭，只是纯粹吃饭，没交谈更多的什么东西。我想起了马尔克斯的小说《霍乱时期的爱情》和电影《屋顶上的轻骑兵》来，觉得自己与剑之间，因这“非典”时期的一顿饭，建立起一点异样的患难之交来，似乎在点点淡淡的恋爱着似的。那天，剑破例让我送她到她住的楼下。我说：“你不想请我上去喝杯茶？”剑说：“母亲都在呢，改天吧。”然后我就离去了。与剑的交往，总是淡淡的，我不了解剑，剑也不让我了解她，所以后来我们联系也少了。

剑住在德胜门附近。一次是在冬天，北京的湖面都结了冰，在平安大街请剑吃完饭，送她离开后，我一人独游北海，望着琼华岛上的白塔，感觉透身的寒意，便急急回去了。北海北门位于地安门西大街，南门位于文津街，在景山公园的西侧，是中国现存历史最久的帝王宫苑。此地在唐代就辟为海子园，辽代在这里建皇家行宫“瑶屿”。金大定十九年在这里开湖建岛，湖称西华潭，岛称琼华岛。元灭金后，金中都毁于战火，元世祖忽必烈新建国都元大都，以琼华岛为中心修建宫苑，称为上苑；改琼华岛为万寿山，又名万岁山；改西华潭为太液池。当时上苑是帝王休息、游乐，也是举行大典、发布政令的重地。元代还西南侧建团城。明永乐十五年建皇城，北海成为明皇城西苑的一部分，并陆续建殿、亭、轩、馆，在北岸修建了五龙亭等建筑。

清代大规模修建北海，清顺治八年在琼华岛筑寺建塔，寺是永安寺，为藏式喇嘛塔。此白塔与我和馨同游过的白塔寺里的白塔堪称塔中双璧。琼华岛呈椭圆形，周长 880 米，高 45 米，是金代从汴梁，即今开封，运大量太湖石堆叠而成的。山顶正中，原广寒殿旧址上，建为白塔。塔基为方形白石须弥座，每边宽 18.2 米。座上为 3 层圆台，塔体白色，全部由砖砌成。塔上部为尖锥，下部似覆钟，通高 35.9 米。塔下立有清顺治八年、清雍正十一年、清乾隆三十八年等建碑记。塔下建有用琉璃瓦砖砌成的善因殿，四壁雕有佛像，殿中央供文殊菩萨化身铜像，俗称镇海佛。依山势建有永安寺建筑群。山南侧有永安桥通团城和园前门。山北隅有仿镇江金山寺的漪澜堂和道宁斋、碧照楼、远帆阁、延楼等。山西坡有琳光殿和阅古楼，山根有亩鉴室、烟云尽态亭、甘露殿、蟠青室、摄山亭等，景色古雅幽静。山东麓林木成荫，怪石嶙峋，崖洞深邃。自山门、石牌坊至智珠殿、见春亭，构成“琼岛春阴”，是燕京著名的八景之一。

另一次是在春末夏初，我约了剑，她说要到国家图书馆分馆还书，我提前一个半小时到达北海北门等她。北京的天气虽已开始鸟语花香，但是那天依然特别阴冷，我站在凛冽的寒风里满怀期望地给她打电话。她接了电话，却极不耐烦地说：“不是说好了 11 时在门口见面吗，谁叫你提前的？”噎得我一句话也说不出，也许她还在睡梦里，也许她正躺在某个男人的怀里，而我却不合时宜地打扰了她。11 时已过，剑姗姗来迟，而我已通身透冷。沿北海西沿，与静心斋、西天梵境、九龙壁、大西天经厂、澂观堂、铁影壁、阐福寺、五龙亭、极乐世界、万佛楼、妙香亭等景点擦身而过，并没细瞧。此九龙壁与故宫里的那座如出一辙，但似乎大些，正背面各有九条蟠龙。后来，隔了很长一段时间，母亲到北京来看我和贾湖丽，我陪母亲游这些景点时，心里暗暗吃了一惊，没想到北海居然有这么多景点，文化积淀如此深厚。现实往往如此，我们总是为一点点自以为重要实则无关紧要的事所牵缠，而忽略或无暇顾及身边真正重要的人、事、物和景。母亲说："有山有水，北海比香山好玩多了。"当时，剑说她经常来北海，都玩过，没什么可看的，我也没什么好说的了。期间，我邀剑曾经拐进过一个园圃，园圃里开满了鲜艳的郁金香。看着郁金香，我感到窘迫，与剑竟然没有什么话题。离开园圃时，我送了剑一顶贵州蜡染的太阳帽。剑收下了，但仍然谢都没说一声，也没什么特别的表示。

国家图书馆分馆就在北海公园南门的左侧。到国家图书馆分馆还了书，剑既没和我在北海公园里坐一下，也不接受我一起划船的邀请，便各分东西，回去了。说到划船，我想起由乔羽作词、刘炽作曲的电影插曲《让我们荡起双桨》来：

> 让我们荡起双桨，
> 小船儿推开波浪，
> 海面倒映着美丽的白塔，
> 四面环绕着绿树红墙，
> 小船儿轻轻，飘荡在水中，
> 迎面吹来了凉爽的风。

这首歌曲调欢快，歌词健康向上，轻松而阳光，情境写的就是在北海划船。无意中哼起这首歌，让人不禁忆起少年时代的种种美好和纯净。不知何故，电影《祖国的花朵》似乎无声无息，而这首歌却风靡一时，唱遍大江南北。这总有点无心插柳的意味，喧宾夺主了。

记得我有次对剑别有意味地说："其实我和你之间只是一个电话号码。什么时候你将电话号码改了，你就从我的世界里蒸发了……"在北京，或其他城市，许多人在我们内心里，也许仅只是一个电话号码而已。我望着剑离去的背影，我犹豫了一下，又犹豫了一下，这个女人究竟怎么吸引我，让我迷恋呢？奇怪，然后我将她的手机号码从我的手机里轻轻地删除了，并自对自说：“何苦来呢。”

有些景点我们去过了，但并不代表我们“得到了”；我们得到了，也并不能说明我们了解了；我们了解了，也不能证明我们爱过了。这个女人其实无趣，我居然断断续续接触了半年多，如鸡肋，食之无味，弃之可惜。也许是我在故意考验自己的耐性，我在分析自己是否真的有“猴子掰苞谷”的习惯，我居然一度生出娶剑的强烈想法和愿望。可是即便到了最后，我连手也没碰过剑，剑便从我的视野里消失了。

2004 年 8 月 29 日星期日于北京

世纪坛

“你居然也会谈恋爱？”M表情很诧异地看着我。M是我在贵州E友网上认识的朋友，别人叫她M，她也喜欢M这个别致的名字。M是个“老江湖”，胸大。

“嗯。”从她的口气里，好像是世道变了，连老青蛙这小子也开始谈恋爱了。老青蛙是我的网名。我觉得有点可笑起来，难道我在她心目中就是一个不会谈恋爱的木头，或者不愿与地球女人恋爱的外星人？看来，只能用两个字总结我的生活：失败。

我努力盯住M游走的眼睛，想从她的眼睛里看看自己究竟是个什么样的怪物。“不过，也不巧，我刚失恋。”我不无自嘲地说，“王跃文说，这个时代连失恋都变成极其奢侈的事了。可我却失恋了。”

“看来——你还在过着很贵族化的生活嘛。”M面带微笑，皮笑肉不笑。

吃完晚饭，我独自送M到军事博物馆地铁口。看时间还早，难得相见，我建议她不如一起再转转世纪坛。虽然天上轻飘飘地飘着点微雨，沾衣欲湿，却不碍事。世纪坛是20世纪末北京为迎接新千年、新世纪建造的一座标志性纪念建筑。世纪坛坐北朝南，坐落于中国人民革命军事博物馆与中央电视台之间，北倚玉渊潭公园，南与西客站相望，占地4.5公顷，总建筑面积约4.2万平方米。其南面入口，是低于地面1米的圣火广场。广场用960块花岗岩铺砌而成，象征幅员辽阔的960万平方公里中华大地。南端地面的花岗岩上镶嵌着约300朵光导纤维地面灯饰，象征波光粼粼的祖国海域。广场由周围向中心微微隆起，喻示着中华民族的崛起。其中央为“中华圣火”，火种取自北京周口店猿人遗址——北京这座城市的历史渊源，最老的证据也许截至目前仅能追溯到这里了吧。圣火广场的东西两侧，各有一道叠水缓缓而下，象征长江与黄河。沿着广场北面拾阶而上，是一条长 270 米的青铜甬道。甬道中央 3 米宽的青铜板从南向北，镌刻着距今 300 万年前人类出现到公元 2000 年的时间纪念，并用凝练的文字记述中华民族科技、文化、教育等方面的重大事件，辅以天干、地支及生肖图案。甬道两侧分别是 16 米宽的绿化带。碧绿的草坪和由西安桧柏、金山绣线菊、紫叶小檗、金叶女贞组成的绿篱。

世纪坛的主体建筑由“乾”“坤”两部分组成，直径 85 米，高 28 米。“乾”即坛体上部转动的部分。其斜面直径为 47 米，呈 19.4 度倾斜向上，大约每 2.6 ～ 55 小时转动一周。乾体外立墙上刻饰着 56 幅代表中华 56 个民族的图案纹样浮雕，象征中国 56 个民族的团结统一。乾体中央的水平圆台直径为 14 米，可作为文艺、歌舞、交响乐等大型露天活动、演出的中心表演台。斜面上方的台阶，为可容纳千人的观众席。乾体上方耸立的时空探针高达 27.6 米，是时空永恒延展的象征。针体用不锈钢制成，针尖为钛合金材料。“坤”即坛体下部静止的部分。其外侧共 17 层台阶，由淡黄色花岗岩石块砌成。“坤”的内部是两条宽 6 米、高 4 米、长 140 米的环型回廊，设有中国历史上最具代表性的 40 位中华文化名人的青铜塑像。静止的回廊与转动的坛面寓意取自《易经》：“天行健，君子以自强不息；地势坤，君子以厚德载物。”世纪大厅，直径 38 米，面积 1171 平方米，大厅内设有题为《中华千秋颂》的大型环形浮雕壁画，壁画周长 117 米，高 5 米，面积达 588 平方米，为目前国内规模最大的环形浮雕壁画。壁画以编年史为顺序，分四个阶段：第一阶段展现先秦时期的理性精神，突显中华民族的源头性思想内涵；第二阶段表现自汉代到唐代的包容气概，突显中华民族的恢宏气度；第三阶段体现宋、元、明、清的公忠气节，突显中华民族的人格力量；第四阶段反映近现代启蒙与救亡的历史变奏，突显中华民族独立自强的精神面貌。

世纪坛已沐黄昏，不能进。好在我是进过的，而 M 对世纪坛的内部景观并不感兴趣，这次只能陪她绕着世纪坛周边转转。我认识 M 已好几年了，几年过去，这女人居然也不老。我曾在自己《水浸的牵牛花》那组文章中的《我与107个女人的故事》这样叙述我和她的认识：

> 当时M还是贵州E友网社区的“才女”，后来还当过“白蚁书巢”论坛一段时间的版主，我由于偏好这个论坛的名字，所以无事时也常去，贴贴文章，发发牢骚。所以，在一天夜里，贵阳下着蒙蒙小雨，我到一家叫“红绿蓝”的街角小酒吧里单独见到她。这是我第一次单独见网友，心中还是有些惴惴。记得是我先到，她后到，我坐在一张对着进门的桌子旁边，见一个穿白衣的小女人进来，个子不高，人却长得丰满，我想她应该就是M吧。打了个招呼，果然就是。当时和她谈了些什么，现在倒好像记不太清了，只记得她说她喜欢自由和散淡的生活，讨厌刻板枯燥的工作，所以辞去了原来银行会计平静安静的工作，而到一家化妆品公司当推销员。回去的路上，我心底暗自叹服了好多次。一个会折腾的姑娘。后来，在贵州E友网几次网友聚会中也见过她，但好像再也没有说过话。

与M那天晚上的见面，让心怀鬼胎的我充满幻想，但当时胆小如鼠的我所有的意念都停留在幻想上面，没有行动。时过多年，M的经历与我的同学的妹妹芳有点相近，都不满于现状，都不甘于生活的单调和平凡，辞去工作，闯荡世界。我对这种女子总抱着一种莫名的同情和好感，觉得她们太不容易了。M与芳不同的是，芳选择了考学，M选择了工作。M是小青的朋友，从小青那儿我得知，我离开贵阳到北京后，M也辗转到了广州，搞起了医药推销的工作。这次到北京出差，只是为公司退出北京市场出售几个销售网点做些扫尾工作——我知道，每个城市都有一大批如M一样神色匆忙的人在奔走。

“世纪坛的指针始终指向太阳的方向，它会旋转。那是梅地亚宾馆，到央视演出的人员很多都是住这里。那就是中央电视台。”我一一为M介绍，她似乎并不在乎。我们已绕着世纪坛转了一圈，天越发暗了，雨大起来，雨点打在她的身上。她走得有点快，可能想早点回去。

“你为什么恋爱？”

“我想结婚。”

“为什么要结婚？结婚有什么好处？结婚的目的何在？”

“我胸无大志，只想过一种安定而平和的生活——而且，我很想要一个自己的孩子。”这种生活理想，后来我在认真看梅尔·吉布森主演的电影《勇敢的心》和《爱国者》时，惊讶地发现了同样的主题。英雄往往有一颗凡人的心脏，而凡人总期望着英雄的作为。

“啊？你想要孩子？”M不禁笑了起来。

“这有什么好笑的？”我喜欢孩子。

“我觉得你不是想结婚。你是闷骚。”她用浓重的贵阳口音说“闷骚”这个词。我有些难受。

我说：“你这个词用得太好了。简直一家伙就将我剥个精光，剥得我体无完肤。”

“没什么。你其实原本就是这样的人。”我们进了地铁口，她说，“还好，这次到北京该见到的人都见到了，都还好。”

“你还待几天吧？”

“是。”

“走时，邀上小青，我们再聚聚？”

“好的。到时再打电话。另外，我觉得你工作稳定，收入也比小青多，应该快乐点，别整天把自己搞得像小老头似的。”说着M就走了，消失在曾经拍过电影《开往春天的地铁》的北京地铁口里。一座拥有地铁的城市更称得上是一座现代都市，地铁承载着这座城市男男女女不为外人所知晓的许多故事和情感。

两天后，我去西藏拉萨出差。回来时，想必她已离开北京了，也就没再给她打电话。走时她怎么也没给我打个电话，心里不免还是有点歉然。也许她给我打过电话，恰巧那时我正在飞机上；也许她实在太忙，忘了给我打电话了。

2004年8月30日星期一于北京

清华大学

站在“清华园”的牌子下，我不禁从心底生出一丝“少壮不努力，老大徒伤悲”的叹息来——这辈子也不可能有机会到此读书了。世人常言：“北大出疯子，清华出傻子。”我想，清华的“傻子”多半是指清华科学务实的学风，有时不免认死理，迂，踏实而不圆滑的缘故吧。

清华大学地处北京西北郊繁盛的园林区，是在几处清代皇家园林的遗址上发展而成的。其前身是清华学堂，始建于 1911 年，曾是由美国“退还”的部分“庚子赔款”建立的留美预备学校。所以，从开创之始，清华与北大的历史背景和文化背景都是不一样的。一鹤悠然从网上发一篇帖子过来，是一网友评说清华出的国家领导人太多，不像国外文科出身当国家领导人的多，不正常，说明我们国家治理还很“技术”，而非“人文”。我笑笑，不置可否，一家之言，公说公有理，婆说婆有理，网络上多着呢。1912 年，清华学堂更名为清华学校。1925 年设立大学部，开始招收四年制大学生。1928 年更名为“国立清华大学”，并于 1929 年秋开办研究院。以国学研究院四大导师王国维、梁启超、陈寅恪、赵元任为代表的清华学者，主张中西兼容、文理渗透、古今贯通，对清华的发展产生了深远的影响。这是一批真正做学问的学者，不像现在的一些博导，流于浮躁。

我到清华是专程来看望一个叫 Blueworld 的网友的。蓝色更近于忧郁，因忧郁而优雅，如《蓝色的多瑙河》。Blueworld 的 QQ 个人说明是这样写的：“我执着地爱着蓝色，我梦想着自己的蓝色世界，我包容蓝色的一切。”这话指什么，能指什么？我不太清楚。我在网上见过她的一张照片，那是一张半身像，穿着一件蓝色的毛线衣，笑得很灿烂，显得亲切。

Blueworld是贵阳人，属龙的，算命的人曾经警告我说："你也许会被一个属龙的人伤害。"所以我对属龙的，特别是属龙的女人，总有一种本能的防备和警惕。Blueworld高考便考取清华，学城市给排水专业，后又就读清华的硕士研究生，毕业后准备就读博士，主攻环境学。除了她学的接近工程，那些稀奇古怪的专业我都不太懂，也不想弄清楚。再说，我一向对高级知识女性怀有一种天然的同情和敬重，包括在长沙读博的玉兰白和Jenny，有点敬而远之的本能后退，由此也反衬自己内心的自卑和向往。聊以解脱、自慰和可笑的是，世俗竟然将女博士列为除男人与女人之外的第三种人。

我跟Blueworld第一次通电话时，我说："你马上读博士了？博士有你这样漂亮的吗？你长得这样漂亮，去读博士，是不是有点可惜？你长得这么漂亮，我们认识一下吧。"

"照片跟本人是有差距的。"Blueworld在电话里谦虚和揶揄着。

"我这人长得奇丑。比怪物史瑞克长得还寒碜，你是怕见面时吓着你？那你得先锻炼锻炼，先得锻炼出一颗勇敢的心和坚定的心理承受力。"

"我可有男朋友了。"Blueworld接着申明。

"哦？我可没说准备来求婚或娶你，你放心。哈哈。你男朋友是哪儿的？"我毫不思索地回答她，我甚至为自己的机敏和迅捷反应而暗自得意。

"贵阳的。"

"准备什么时候结婚？"

"还早。"

"还是早点结好。女人早点结好。女人更需要一个温暖的家。"但谁又能给家庭打包票，家庭一定是温暖的地方吗？家庭不一定是女人所需要停泊的港湾。后来，我曾想把她介绍给小青和她的贵阳朋友认识一下，当我给小青复述这段"精彩对白"时，小青莫名地哈哈大笑起来。

当我终于找到清华大学一座实验室大楼门口时，我又拨通了Blueworld的手机。Blueworld还在工作，她请假下来见我，穿着单衣，天气有些凉。

简单聊了几句，我说："你小心着凉。我在对面那家咖啡厅等你，你忙完后，多穿点衣服，我们一块儿吃饭。"她说好。Blueworld没有照片看上去显得那么高，可能她还是很在意自己的身高的，这可能是她的心病。这让我想起了小说《简·爱》。简·爱也曾愤怒地诅咒过上帝，为什么不同样赐她以美貌和财富。我喝完一杯咖啡，时间过得真快，饥肠辘辘时，Blueworld终于忙完了。她请我在学生小炒餐厅吃饭，不贵，她抢着买了单，我说："那就算我欠你一顿。什么时候你到西客站看我，或上火车，我再还你。"

后来，她真的读了博士，并在"非典"期间到荷兰留学半年。我在网上对她说："回国时，给我带点荷兰礼物啊。"她说好。我说："在荷兰拍点风光照片发给我看看啊。"她说好。我说："在荷兰有些什么好故事要告诉我啊。"她说好。但没有兑现任何一条，我也不怎么在意，都只是随便说说而已，别太当真。Blueworld对我没有什么过多期望，我也不应该有什么非分的奢望，君子之交淡如水。

Blueworld回国后，很长一段时间里跟她联系，每次不巧的是她总在忙。只是有一次，在西直门贵阳市人民政府驻京联络处饭店，请她吃了一顿贵阳饭，给她介绍几个朋友认识，其中有一个是小青的朋友，但小青并不在场，而小王八和帆子都在场。在北京设的办事处和联络处实际就是旧时候的会馆，只不过换了一个叫法而已。饭后，我送给她一包从千岛湖带来的茶叶，也没太多滞留，各自回家，便散了。

我写这篇文章时，恰好是我的生日。小鱼儿却在前天的凌晨给我发来手机短信："这是八月三十日的第一秒钟，虽然看不到你的表情，但我希望即便是睡梦中也带着微笑，生日是快乐的，生活也是快乐的，更有很多人因你的存在而感到快乐，感谢母亲赐予生命，感谢生活带来喜怒哀乐，感谢生命中的遗憾和无奈，世界因为这一切变得精彩，深深地祝福你，一切的一切……"小鱼儿记错了我的生日时间，但她的短信很用心，我很感激她。今天母亲从广州打来电话，祝贺我，问我怎么安排。我说我的膝盖踢足球时摔烂了，炎症，正上云南白药呢，哪都去不了，但问题不大，会很快好的。

好了，我想有机会应该再去清华园逛逛，当然并非只是想再见一见Blueworld，这些女子都太忙，都比我忙。或者去一下圆明园，圆明园我还没去过——窗外阳光明媚，这是一个好主意，我想。

2004年8月31日星期二于北京

颐和园

在不同时期、不同地点，我都会遇见形形色色的各种女子。这些女子就像牵牛花，在我面前一朵又一朵，像火焰一样盛开，然后又一朵接一朵地熄灭。这些女子似乎都愿意和我待在一起，似乎相信我不会伤害她们，但却总与我保持一点点距离。而这点距离，却是我无法和没能够跨越的。

这种距离似乎成为我与这些女子交往的前提和先决条件。这让我记起《列子》里记载的一则寓言故事：

> 海上之人有好鸥鸟者，每旦之海上，从鸥鸟游，鸥鸟之至者百住而不止。其父曰："吾闻鸥鸟皆从汝游，汝取来，吾玩之。"明日之海上，鸥鸟舞而不下也。

我就像故事里那个可笑的好鸥鸟者，一旦动了心机和"邪念"，鸥鸟们就未卜先知似的，都翩翩飞走了。

欣当然不是馨，欣也不认识馨。欣与馨是两种类型的女子，虽然同时间生活在同一座城市里，但似乎一生也没有结识的可能，除非通过我介绍她们认识，可我没有这样的兴趣和义务。欣是我认识的一个较为奇怪的女孩。她在一家广告公司工作，整天在北京这个城市里飞来飞去，到处拉广告。欣叽叽喳喳的，声音听上去很悦耳，看上去不谙世事，其实可能是个老江湖。她想从我这多拉些广告，好完成她的业绩，而我居心叵测，想泡她。她讲求的是利益，而我讲求的是情感。

欣个子不高，住在八达岭高速路边的二里庄，那地在北四环之外，挺远的。我不用去看，也能猜想到，那毫无廉耻心安理得榨取她们劳动血汗让人恶心的老板，把她们安置在廉价的房子里或干脆就在地下室的境况。我有时在想，北京究竟有什么好，为什么都挤到这里来呢？寻找什么？能寻找到什么？我们究竟需要什么样的生活？我看到欣笑容下流露出的无奈和疲倦。

欣是内蒙古赤峰人，我有些吃惊，我原以为她是江西或江浙人，不光只是因为她的身材的缘故，而从她的说话的语气、语调和眼神上判断都给我这种错觉。也许是北人南相的原因，我以为欣不轻挑，将来一定是个有福的人。但有无福，与我看相准与不准无关，人各有命，富贵在天。

因为广告的原因，我请欣吃过几次饭，都是工作上的事。时隔很久，我星期五晚上给她打电话，她那边很闹，好像在喝酒，我说："颐和园你没去过吧？我也没去过，我从这边过去不算很近，你从二里庄过来也不算远，干脆明天周末我们到颐和园南门见面，然后一起游园，如何？"欣答应了。

天气有些闷，我很早就到了颐和园南门，左等右等，欣还没到，而我的手机电量就快没了，便觉得这鬼天气异乎寻常地可恶。我想，欣不至于像剑那样，把我晾在这里吧？我心惴惴，这段时间我也太倒霉了吧。欣虽姗姗来迟，但还是来了，我恨不得当即抱她一下，但众目睽睽之下，我脸子还是薄，下不了手，她连声说抱歉。我说没关系，买了门票一起从南门进去。

进门就是廓如亭，面积 130 平方米，由 24 根圆柱和 16 根方柱支撑着重檐攒尖顶，是全国最大之亭。东堤边卧有一铜牛，很是精美。上十七孔桥，观昆明湖，心境顿爽。桥很美，用汉白玉砌成，长 150 米，宽 8 米，该桥望柱雕有小狮 544 只，据说是仿卢沟桥而建。过桥后，就是南湖岛，就是昆明湖里最大的岛屿，绿树浓阴，古建筑隐隐。我和欣绕岛走了一圈，看不出个所以然。

颐和园位于北京的西北郊，是我国建筑面积最大的古代皇家园林，由万寿山和昆明湖两大部分组成。离开南湖岛，沿东堤望着佛香阁北行，按着导游图本想拜谒一下耶律楚材祠的，谁知谈话间怎么就走过了，也就算了。耶律楚材有个印象，很有名，中学历史课本讲过他的事略，却实在记不起他究竟是干什么的了。据说耶律楚材和创建白云观的丘处机曾是朋友，惺惺相惜，都做过成吉思汗的谋士。然后，我们来到一座小桥上，有点累了，见桥廊可坐，便相邀坐了下来，湖风吹面，脾肺皆清，竟不想走了。我们都不说话，望着这幽蓝的湖面静默着。

“当年，王国维就是跳这个湖死的。”我对欣说。

欣摇摇头。欣是不知道王国维的。我也不进一步解释，只想着我是见过王国维的照片的，一个不起眼的小老头，没想到学问却做得那么深。清华国学研究院四大导师中，王国维却是排第一的，对此我倒没有什么更深的体会和研究。只是觉得《人间词话》百读不厌，不知道王国维脑袋里究竟装了些什么，怎么会选择跳湖的死法呢？

孔圣人言：不知生，焉知死？我常想，生死问题对每个人来讲都是大问题。生是短暂的，只有死是永恒的。生是无法选择的，死却是可以选择的。谭嗣同选择了菜市口，而王国维选择了昆明湖。我曾到浙江海盐观潮，无意中发现王国维的故居，执意要去看看。陪同的人很诧异：“那有什么可看的？”小小的一栋房子，确实没什么可看的。只是我对真正的文人一直充满敬意，对敢于自杀的人更是充满崇敬之情。

后来，我没事重读末代皇帝爱新觉罗·溥仪的《我的前半生》，讲到罗振玉时，有一则关于罗振玉姻亲王国维的注释，很有趣。爱新觉罗·溥仪是这样注的：“我在特赦后，听到一个传说，因已无印象，故附记于此，聊备参考。据说绍英曾托王国维替我卖一点字画，罗振玉知道了，从王手里要了去，说是他可以办。罗振玉卖完字画，把所得的款项（1000多元）作为王国维归还他的债款，全部扣下。王国维向他索要，他反而算起旧账，王国维还要补给他不足之数。王国维气愤已极，对绍英的催促无法答复，因此跳水自尽。据说王遗书上‘义无再辱’四字即指此而言。”意思是说王国维是罗振玉逼死的，而当时社会上关于国学大师王国维殉清的传说，这其实也是罗振玉做出的文章。读此，我感到非常惊愕，世事要透过表面看本质是件多么艰难的事啊。

“你愣着想什么呢？你倒是陪我说说话呀。”欣将我从冥想中摇醒。

“说什么呢？休息好了没有？要不我们还是爬佛香阁吧。”我带着欣继续往前走，欣对那座桥，有点恋恋不舍。我说，前面漂亮的地方还多着呢。不放弃眼前，也就不会有将来。其实，我内心对像欣这样普通的女子还是情有独钟的，我欣赏白娘子和七仙女甘于做人不愿成仙的凡人心态，我并不喜欢过于张扬的女子，也并不需要更多的“共同语言”，能偕子之手与子偕老是多好的事。这种心态，也许只是因为我胸无大志，只想过一种平凡人的生活而已的缘故吧。但我不能对欣说，我知道欣和我只能是比普通更普通的朋友。为什么呢？个中原因我也说不清楚。

从万寿山阳坡的邀月门，往西止于石丈亭，是目前我国园林中最长的游廊。若从空中鸟瞰，游廊形如展翅翱翔的蝙蝠，全长 728 米，共 273 间。1750 年建廊时，乾隆曾派如意馆画师去杭州写生。根据稿本，在廊内 273 个横枋两面，共画了 546 幅杭州风景。廊中彩画系典型的苏式彩画，“包袱”中的人物故事，取材于我国历史故事、古典文学、神话传说、戏曲戏剧等。如把廊中的花卉、虫鸟等画全算起来，共有彩画 1.4 万多幅。

中国园林讲究移步换景，一亭一径、一步一景，景随步移，步移景易，步步皆奇趣，步步都不同。细究去，颐和园中有时趣、水趣、桥趣、书趣、楼趣、画趣、廊趣和仿趣，合称八趣。我和欣都是俗人，能偶得其中一二味，即已足矣。

我问欣：“可好玩？”

欣答：“好玩。”

我又问：“你整日为生计奔波，不累吗？”

欣沉默。算我多嘴。不奔波，我们又能干什么呢？我们在这城市里，但城市从来都不属于我们。北京啊，你究竟属于谁？

我有时想，一个男人如果对和他在一起的女人没有半点邪念，毫无欲望，对于这个女人来说，这个男人是柳下惠、是太监，女人完全没有被伤害的可能，对于这个女人究竟是幸事还是不幸？

2004 年 9 月 1 日星期三于北京

瑞王坟

我对摇滚音乐可以说是一无所知。这是很谦虚的说法，我留了一手，因为我对摇滚音乐实在是所知甚少，怕说错话，被摇滚迷们谩骂。

这就像小青在一次网友聚会时编“罗袍哥”的一个段子，说罗袍哥年纪大，一次到滚石迪厅去玩，看门的侍者就打招呼说：“叔叔，你也来玩啊？”罗袍哥喃喃道：“不是，我是来找娃儿的。”罗袍哥其实还没结婚。青春将逝未逝，年龄将老未老之时，面对生活有时不免尴尬。摇滚是青春的，也是属于青春的，似乎是年轻人的某种专利。

上大学时，我不怎么认真读书，对将来毕业后当一名土木工程师没有太多的抱负和幻想。那时，居然毫无功利地一门心思地想做着一名如三毛一样的行吟诗人和像王洛宾或崔健似的流浪歌手的美梦，虽然知道自己并无文学的天赋和歌唱的喉咙。青春是爱做梦的，梦在心里，没碍着谁，所以梦做得遮遮掩掩，虽埋在心里，却还是有些放肆和疯狂。

青春将逝，梦也少了。但 2003 年 10 月 2 至 3 日，我连续两天到迷笛音乐学校去参加第三届迷笛音乐节，这个音乐节已成功举办了两届，属于民间自发组织的盛会，号称中国的 Woodstock，在摇滚迷当中很有号召力。迷笛音乐学校说是在香山脚下，其实离香山还有些距离，准确位置是在瑞王坟，在北京西五环与闵庄路的交叉之处。瑞王坟这个地方原来仅有一座叫福田寺的庙宇，没有人家。清代中叶，潘、岳、商等几户满、汉民从东北迁此定居，世代为清代王公贵族护园守陵，逐渐形成了村落。后来寺宇颓废，因村西葬有清代瑞王，所以这个地方又称瑞王坟。瑞王坟建于清道光九年，为清嘉庆皇帝第四子和硕瑞怀亲王绵忻及其夫人之墓，民国22年被盗掘后，又经风雨和人为破坏，现地面建筑仅存残破不堪的牌楼了。音乐节原定在“五一”节，因为“非典”的缘故，推迟到“十一”，我知道这个消息完全是因为在网上结识绿指甲的缘故。

绿指甲在长沙，在湖南一家比较有名的杂志社当编辑，她说选中了我写的一篇文章，已送审。我很高兴，说什么时候她到北京，就用这稿费请她吃饭。她说，“十一”就过来，参加迷笛音乐节，顺便可以认识一下。然后，我在网上搜索了一下“迷笛”“音乐节”两个关键词，才发现自己孤陋寡闻，算是白活了这么多年，在网上一大群摇滚音乐迷们已将此事炒得沸沸扬扬。网上有一个摇滚音乐迷的圈子。绿指甲就是一个摇滚迷，她曾写过一篇《在轰鸣中潜行——近年长沙地下摇滚掠影》的文章，我认真地读了，我很吃惊也很困惑，居然还有另一种存在——地下生存。我以为摇滚应该是独立于流行音乐的另一种存在，由于它的疯狂、颠覆、破坏和叛逆，没得到传统媒体和政府宣传机构的充分认可，没有成为音乐的主流，而蛰伏在黑暗中成为不死的幽灵。

10月1日，我陪书法家陈金到国贸中心看国际艺术品展览。绿指甲从迷笛学校发来手机短信，说盛况空前。绿指甲在她事后写的《一生中见过的最大钻石——2003年迷笛音乐节杂记》是这样描述的：

> 2003年10月1日，我到达迷笛音乐节的现场时，已经来迟了。我身挎DV，穿过成千上万的摇滚青年，就像一条臃肿的鱼一样，在汹涌澎湃的人群中费劲地冲到了舞台的最前方。头顶阳光娇艳迷人眼，我突然感到眩晕，我从未听过的“耳光”正像一帮吆喝划拳的哥们一样在唱着，声浪、光亮、朝圣者潜藏于体内的疲劳忽地都涌了上来，眼前突然有一个幻境。幻境，我平时最爱的地方，它却并不存在，而一直在主宰着我的意识。这个幻境亮晶晶的，在阳光折射的背面露出一抹不易觉察的暗色。是的，这就像结局，欢乐中的人们永远也不愿想象的结局。这

就是我私底下认为的钻石。……人实在是太多了，熙熙攘攘的，半空中飞舞着骂人的手势、酒瓶、未知的液体，偶尔几个骑人肩头上的女人面孔，交织在一起，当然显得无比明媚。那天，我面带笑容、脸上的每个细胞都舒展得十分充分，认真地看这个免费的演出。

所以，第二天，在我的怂恿下，陈金陪我乘公交车辗转找到了迷笛音乐学校。但绿指甲由于昨晚睡在现场可能着凉，也可能水土不服。绿指甲事后回忆说："我先是嘴唇浮肿充血，接着脸上一小块一小块地掉皮。"所以她一早就离开了。在现场，我和陈金都目瞪口呆地看着这群在舞台下疯狂的年轻人，奇装异服，兴高采烈，另类而张扬，似乎身处另一个世界。舞台上音响分贝震耳欲聋，歌手乐队你方唱罢我登场，我一句也没听清，一句也没听懂。似乎摇滚是不能懂的，懂了就不摇滚了。摇滚也无须听清，摇滚只要一知半解地简化成一种诱人的节奏和嘈杂的音响就可。

这届迷笛音乐节连续进行3天，每天从凌晨2时开始，到晚上0时结束，中间仅停止2小时。但现场似乎并没有绿指甲叙述那么多的摇滚迷，摇滚迷是一拨一拨地来，又一拨一拨地离开，现场总能维持两千人左右的规模。这届迷笛音乐节登台献艺的有AK47、Blister（挪威）、Brahman（日本）、病蛹、Disover、耳光、二手玫瑰、反光镜、梵瑞与水、废墟、Joyside、军械所、海市蜃楼、零壹、木马、美好药店、扭曲的机器、脑浊、女儿红、潜水艇、秋天的虫子、瘦人、沙子、声音玩具、声音碎片、施教日、山人、死逗乐、髓、水中、什么TOOKOO、痛苦的信仰、星期三旅行、谢天笑与冷血动物、夜叉、虞洋与金银岛、洋娃娃7号、液氧罐头、战斧、窒息、张潜浅与文房四宝等几十支乐队，在摇滚迷当中似乎很有名，可我却一无所知。不说认识，简直就是闻所未闻。我完全在音乐节的氛围里迷失了自我。这是一种存在之外的存在，一种非现实的现实。我惊愕于这种存在，我惊愕于这种现实。但当我和陈金在人群中游走时，突然感到自己老了。天渐黑，由于错过了绿指甲，同时又害怕赶不上进城的末班车。陈金说，走吧。然后我们就离开了。

第二天，吃完晚饭，我却独自骑上自行车，往瑞王坟去。中途自行车链条居然掉了下来，修车费了很多时间。继续去，还是返，我面临着选择。最后，我还是决定去，因为今天是迷笛音乐节的闭幕，再说绿指甲说好了今天也去呢。为争取能在现场，见一见绿指甲，我决定独自骑自行车去一趟。从达官营骑自行车到瑞王坟是很长的一段路程，我是怎么独自完成的？到现在回想起来，连我自己也怀疑事情的真实性。当时的我是不是梦游？是不是也处于一种迷狂的状态？

绿指甲说："每个人的青春都是一场梦，一种化学的发疯形式。"摇滚是青春的一种催化剂。迷笛音乐节的现场依旧迷狂，依旧混乱，依旧让我不知所措，互通手机短信后，我在现场依旧找不到绿指甲的确切位置……夜色已浓，绿指甲发来短信说，身体依旧困顿，与男友一起先回去了，改天再联系吧。我也觉得有些寒意，此处不可久留，决定还是赶快骑车回去吧。

事隔一年，我又想起了绿指甲，她在网上说准备到武汉结婚，今年不再来北京参加迷笛音乐节了。我在网上搜寻了一下，找到一条"2004 迷笛音乐节因故推迟"的信息："迷笛学校得到公安局的通知，因为安全问题，原定'五一'的迷笛音乐节被迫取消。"

不久，又不知道因什么原因，迷笛音乐节又得以允许举办。又可能因担心造成瑞王坟的交通堵塞等问题，2004 年 10 月 1 日至 4 日迷笛音乐节改在北京国际雕塑公园 4 万平方米的露天广场上举行。这一折腾，可能造成一些摇滚迷错失这次音乐节。期间的一天夜里，我到石景山请一别人介绍的女子吃饭，路过北京国际雕塑公园，听见公园内音乐分贝响彻夜空，舞台下肯定又是鬼影幢幢。我问身边这女子："你喜欢摇滚音乐吗？"

那女子茫然地摇摇头说："不喜欢，周围的居民这几天都告他们扰民呢。"

我叹了口气，恍若隔世。

2004 年 9 月 2 日星期四于北京

大观园

“为什么我的眼里常含泪水？因为我对这土地爱得深沉。”诗人艾青如是说。我反复问自己，为什么我的眼里噙满泪水？难道是因为我对那个女子爱得深沉……

“你相信爱情吗？”小鱼儿问。

“相信。”

“你相信爱情在现实中真的存在吗？”小鱼儿又问。

“相信。我相信天上有神仙，我相信山里有鬼怪，我相信水中有妖精，我相信人间有爱情。”

“你相信一见钟情吗？”

“相信。但我不相信会发生在我身上，我这人过于理性和冷静，缺少一见钟情的冲动和激情。而且从我心底并不期望一见钟情的爱情。我担心来得快，去得也快。”我期待一份持久的感情，一段稳定的婚姻。

“那为什么我们总是碰不到爱情呢？或者说，为什么爱情总跟我们在捉迷藏，躲着我们，与我们擦身而过呢？”小鱼儿再问。

我答：“爱情确实是有的，你应该相信。只不过爱情是一种极其稀缺的东西，并不是每个人都能碰上的。钻石是真的有的，只不过不是每个人都能拥有。我似乎也一直都没碰上，所以我也不像当初那么坚信，我也开始怀疑爱情，这其实是很危险的……”其实，我知道，“即使最伟大的爱情最后也会被简化为一个由淡淡的回忆组成的骨架”——这不是我的体会，而是米兰·

昆德拉的阐释。

“你又在 YY 啊？”这是一鹤悠然在网上跟我打招呼的一种方式。YY 是指意淫。就在我和小鱼儿在网上讨论有关爱情的问题时，一鹤悠然又不合时宜地在网上嘲笑我、刺激我，好像即使隔着网络，他也能在第一时间地猜度到我在网络上漫无目的地浪费时间。

我不就意淫一下嘛，我不意淫又能干什么呢？手淫，伤身，似乎也太浪费；买淫，我这人似乎又有点无可救药的清高，以为玻璃窗后或晕灯下的女子每个毛孔都淌着肮脏的“艾滋”。《红楼梦》里警幻仙子对贾宝玉说：“吾所爱汝者，乃天下古今第一淫人也。”贾宝玉的淫在“意”。而“意淫”二字，唯心会而不可口传，可神通而不可语达。意淫可能是一种生活境界，也可能只是一种无可奈何的逃避方式。

可究竟如何定义“意淫”呢？准确定义确实有难度，泛泛地说一下倒还可以，如意淫用林黛玉评价贾宝玉的话说，是“银样镴枪头”；用《围城》里赵辛楣评价方鸿渐的话说是“你是好人，但全无用处”。

据说上海大观园更近于小说《红楼梦》描写的布局，但我仅从门口路过，没进去过。北京大观园其实是依据《红楼梦》描述而建的古典文化园林，是拍摄电视剧《红楼梦》的主要实景场地，位于宣武区南菜园街，我是在刚来北京的那个春天去的，后来没再去。大观园始建于 1984 年，于 1985 年 7 月试行开放，边建边供《红楼梦》电视剧组拍戏使用。1986 年 10 月正式开放，以后边建设，边开放，边投资，边创收，于 1989 年全部建成。大观园占地面积 13 公顷，建筑面积 1 万余平方米，各种景点 40 余处。其总体方案，均经红学、古建、园林、文博等各方专家群智而定，较忠实于《红楼梦》原著。园内分“元妃省亲”“红楼文物精品”“红楼文化艺术”“大观园”“曹雪芹家世生平”“红学学术研究”六部分常设“红楼文化艺术展”，并时常有关于“红学”方面的活动和学术演讲。

我觉得大观园里最好的是绕水种的那一棵棵硕大婆娑的老柳。老鞭后来跟随萝卜去游大观园，见柳絮飘飞，遮天蔽日，居然真的似雪飞，回来后好一番感慨，原来文学作品里柳絮似雪的描写竟然是写实，并非夸张性的修辞。这在我们这些南方人眼里，还是觉得很是稀奇。大观园里曲径通幽、怡红院、潇湘馆、元妃省亲下榻的顾恩思义殿等景点都熟悉而陌生，可我并不十分喜欢。各景点相依太近，不似小说里的描写，与想象存在着一定差距。同时，睹物思人，居然让我想起嫦娥来。嫦娥是个美女，鹅蛋脸，丹凤眼，爱吃辣，有灵气。嫦娥是我的初恋，初恋总是美好，因为不谙世事，因为不懂功利，因为不问未来。但随着时间的推移，年龄的增长，初恋越离越远，逐渐变成一朵枯干的玫瑰茶，偶尔抓出来泡泡，居然还有一丝淡淡的清香。但初恋时期的紧张、脸红、气喘、心跳、手心出汗，进而多情、忧愁和惆怅，一去不复返，再也难寻踪迹了。那时的嫦娥喜欢不厌其烦地一遍又一遍地看电视连续剧《红楼梦》，喜欢给我唱电视连续剧的主题歌《枉凝眉》，唱得好，可以以假乱真，专业水准：

一个是阆苑仙葩，一个是美玉无瑕。
若说没奇缘，今生偏又遇着他。
若说有奇缘，如何心事终虚化？
一个枉自嗟呀，一个空劳牵挂。
一个是水中月，一个是镜中花。
想眼中能有多少泪珠儿，
怎经得秋流到冬尽，春流到夏！

嫦娥叫萍，我曾戏称她叫颦颦，她很高兴。嫦娥是我在小鱼儿面前，给她取的一个名字，小鱼儿喜欢打听我的前尘往事。似乎觉得像我这样一个人，如果没有一点故事，是不可能的。小鱼儿的这种关注和探寻，我不知道是出于普通朋友的角度，还是想与我恋爱的原因。嫦娥喜欢林黛玉，喜欢演林黛玉的演员陈晓旭。但我知道我不是贾宝玉，今生不是，前世也不是，将来也不会是。我也不喜欢贾宝玉，贾宝玉的脂粉气太重。而且贾宝玉与林黛玉没有什么好的结局，我习惯逃避悲剧。

小鱼儿还是不厌其烦地问："你为什么不结婚？"

我说："因为我曾经爱过一个女子，她叫嫦娥。嫦娥后来到月亮上去了，而我却留在地上。嫦娥爱过两个男子，一个是射太阳的后羿，另一个就是猪八戒。我就是猪八戒。"小鱼儿听了哈哈大笑，不太相信，以为我在编故事。"因为她，我后来没法爱上别人，所以也就变成现在这副样子了——"当时，嫦娥的漂亮是让人流口水的漂亮，是让人怦然心动的漂亮，她是学声乐的，主攻民族唱法。嫦娥的歌唱得很甜，笑起来也很甜，人也长得很甜，待我也好，年少的我对她充满着痛苦的幻想。问题在于我认识她的时间不对，我是情窦将开未开，而她却如一团无邪的烈火。

小鱼儿觉得我说的是真话，但又不完全相信是真的，以为我在开玩笑。其实，年少时的我不谙世事，甚至连嫦娥的手都没碰过，我担心与嫦娥不会长久，而我渴望和向往一种长久而平淡的生活，我其实不需要太多的色彩和浪漫情调。我常责问自己，对于一个女子，连手都没碰过，算是恋爱吗？对于一个女子，连抱都没抱过，算是恋爱吗？对于一个女子，连唇都没吻过，算是恋爱吗？对于一个女子，连床都没上过，算是恋爱吗？我不知道，至少我无法回答这些问题，因为我仍旧不懂爱情。

爱情是一件多么不可思议的事情啊。年少时，那女子需要爱，而我却固执地寻找一个爱的理由；而如今，我需要爱，可那女子需要的只是一个爱的理由。很多年了，我在山里，我在水里，我在四处找寻爱情。可爱情究竟是什么？爱情早已被我放逐，如被楚怀王放逐的屈原，淹死在汨罗江里，喂鱼……究竟是我放逐了爱情，还是爱情放逐了我？一个女子在网上给我写的文章留言，她的签名很有意思，她说："女人很傻因为她相信了男人，男人很傻因为他相信了女人，其实我们都很傻因为我们相信了爱情。"

认为人生是荒谬的法国作家加缪说："人必须生存，必须生存到那想要哭泣的心境。"兰朵发挥说："我必须爱，爱到那想要哭泣的心境。"筱杨却说："我必须爱，因为爱那想要哭泣的心境。"我时常痴想，如果我们不再相信爱情，那我们应该相信什么？

2004年9月3日星期五于北京

丹柿小院

丹柿小院就是老舍故居。

我没想到老舍故居居然在闹市。王府井大街我是去过好些次的，却不知道在与王府井大街垂直的灯市口西街保留着一片平房，东城区丰富胡同9号竟然是老舍的故居。我是和馨游完白塔寺后，来到这里的，阳光比较猛，天气有些热。

我对老舍了解甚少，虽然我已没有当作家的幻想，但我对作家一直是很敬重的。老舍在我脑海里基本等同于《四世同堂》《骆驼祥子》《茶馆》《龙须沟》。小说《四世同堂》我是粗略看过的，但印象不深，电视连续剧曾经火爆一时，但我没耐心去看。看过电影《骆驼祥子》，记得有个虎妞。从萝卜那儿借来北京人艺演出的话剧《茶馆》录像看了一回，萝卜倒是请便便的天使去首都剧场看过一场北京人艺演出的话剧《雷雨》，不知道看没看过《茶馆》。我一直想带贾湖丽去剧院里，近距离体验一下话剧的感觉，总没成行。中学课本似有《龙须沟》的选段，我对此实在没有什么兴趣。这些都没给我留下更深刻的印迹，更别说老舍先生的其他作品了。所以来访他的故居，内心实在有些歉疚之意。

所以，在老舍故居里，我看得很认真。院子里种着一棵柿子，是老舍亲手所植，每到秋季挂满红柿，故居因树而名“丹柿小院”。这所院子其实是1950年老舍旅美回国后购置的。这是一座北京旧式小院，小小的黑门坐西朝东，进门为一小院，只有两间南房。向西是一座三合院，这是故居的主要部分：东西各有三间厢房，现辟为展室，从第一篇小说《小铃儿》到最后一部未完成的自传体小说《正红旗下》，老舍各个时期不同版本的作品荟萃其间，再现了老舍一生的创作成就。北房三间，左右各一间耳房，现为原状陈列，展示了老舍当年的生活原貌。明间和西次间为客厅，在这不大的客厅里，曾聚会过很多文化名人，周总理也曾三次到此做客，就坐在靠西边的沙发上，与老舍亲切交谈。东次间为卧室。西耳房即为老舍的书房兼工作室，书房小而朴素，硬木镶大理石书桌上至今还摆放着老舍喜爱的几件文玩：一枚齐白石为他刻的印章，一只冯玉祥将军赠他的玉石印泥盒，一方清代"笠翁李渔书画砚"。

馨有病，走得累，就坐在院子里的一块石头上休息。有一对台湾的老年夫妇邀馨为他们拍照，馨欣然应允了。我耳尖，听那台湾妇人问老伴："老舍是做什么的？"我内心觉得有点可笑，不知道老舍是干吗的何必来此呢？也许台湾民众对老舍也是陌生的。我没管馨，自个儿仍认真看院内的什物。

老舍，原名舒庆春，字舍予，满族，正红旗人，现代小说家、剧作家，曾任小学校长、中学教员、大学教授。老舍是他最常用的笔名，另有絜青、鸿来、非我等笔名。名字对于一个人来说只是一个符号，但当在这个符号上面附加了许多思想、阅历、故事和情感色彩时，这个名字就异乎寻常地丰富饱满起来，就不再只是一个符号。而当附着的思想、阅历、故事和情感色彩随时间的流逝，慢慢剥离、淡化、忽略时，这个名字又变成了一个符号。老舍 1899 年 2 月 3 日出生在北京，出生地就在丹柿小院附近，可见老舍是个恋旧的人。老舍的父亲是名守卫皇城的护军，八国联军进北京时，在巷战中阵亡，从此全家依靠母亲给人缝洗衣服和充当杂役的微薄收入为生。老舍在大杂院里度过艰难的幼年和少年时代。大杂院的日常生活，使他从小就熟悉车夫、手工业工人、小商贩、下等艺人、娼妓等挣扎在社会底层的城市贫民生活。大杂院的生活熏陶，使他从小就喜爱流传于市井巷里的曲艺、戏剧等传统艺术。

7 岁时，在别人的资助下老舍进私塾读书，3 年后转入新式学堂。1912 年，小学毕业后，他在普通中学读了半年，翌年考入学杂膳宿费用都由国家供给的北京师范学校。1918 年，老舍以优异成绩毕业后，任北京公立第十七高等小学校兼国民学校校长。“五四”运动爆发时，老舍自称只是“看见了‘五四’运动，而没在这个运动里面，……对于这个大运动是个旁观者”，说明老舍年轻时并非一个容易冲动的“愤青”。1920 年 9 月，老舍被提升为郊外北区劝学员，还陆续兼任私立小学教师、国语补习会经理等职。1922 年 9 月，老舍辞去所有职务，到以开明新派著称的天津南开学校中学部任国文教员，在那里写下了第一篇新文学习作《小铃儿》。1924 年去英国，任伦敦大学东方学院的汉语讲师，旅居英国 5 年期间，老舍创作了长篇小说《老张的哲学》《赵子曰》《二马》等。

1930 年 3 月，老舍回国。同年 7 月，到济南齐鲁大学任教。翌年夏，与后来成为国画家的胡絜青结婚，老舍也算是晚婚了。1934 年，改任青岛山东大学教授。他在这两所大学，先后开设过《文学概论》《欧洲文艺思潮》《外国文学史》以及写作方面的课程。课余继续长篇小说的创作。在山东大学教书时老舍写出《骆驼祥子》，抗战时写出《四世同堂》。抗战期间，曾主持过中华全国文艺界抗敌协会工作。

抗日战争胜利后，1946 年 3 月，应美国国务院邀请，老舍赴美讲学。中华人民共和国成立后，老舍于 10 月 13 日即启程回国，途经日本、菲律宾等地，于 12 月 9 日抵达天津。离开北京 14 年的游子终于回来了。对于出国的人来说，归或者不归总是一个艰难的选择。我就曾经劝法国妹妹说，既然千辛万苦到了国外，干脆定居法国得了，万不得已嫁个法国英俊男人，也是不错的选择。从 50 年代初起，老舍陆续担任政务院文教委员会委员、北京市人民委员会委员、中国文学艺术界联合会副主席、中国作家协会副主席及书记处书记、中国民间文艺研究会副理事长（副主席）、中国戏剧家协会和中国曲艺工作者协会理事、北京市文联主席等职务，兼管少数民族文学工作，注意青年文学工作者的培养辅导；多次当选为全国人民代表大会代表、中国人民政治协商会议全国委员会常务委员等；先后访问过朝鲜、苏联、印度、捷克斯洛伐克、日本等国。他以较之抗战时期更多的时间和精力从事政治、社会、文化和对外友好交流等活动；他也更加勤奋地写作，不断有新作问世。1951 年 12 月被北京市人民政府授予他“人民艺术家”的称号。

老舍的创作，受英国狄更斯、康拉德等人的影响，与中国传统的、主要是流行于民间的文艺更有深切的联系，作品具有大众化、通俗性、民族色彩浓厚、幽默等特点，从形式到内容都能够雅俗共赏。他取材多是北京胡同里小人物的日常生活，京味足，但和沈从文等人的“京派”却是两回事。物以类聚，人以群分，文学也是有圈子的。丁玲、茅盾、郭沫若是一个圈子，沈从文、林语堂、郁达夫是另一个圈子，钱钟书、曹禺似乎又在这些圈子之外，另成体系。由于每个作家所处的圈子并不一样，因而际遇也不尽相同。

回到院子里，邀馨离去。到门口，那对台湾老夫妇又请我为他们在“老舍纪念馆”的牌子前合影。在还他们照相机时，那妇人突然小声问我：“你们是小夫妻吗？”馨并没听见，或装着没听见。

“啊？”我突然笑了起来。没承认也没否认，我和馨有夫妻相吗？

看着那对老夫妇从前面走了，少年夫妻老来伴。馨问：“你刚才笑什么？”

我大笑。故意装得极随意地说：“那女人问我你是不是我妻子呢？”馨低着头不作声。

外地人如果到北京旅游，如果同时对北京四合院有些兴趣，不需要费力去寻，直接去看看老舍故居、鲁迅博物馆、茅盾故居、郭沫若故居就会有很直接的感受。但老舍故居看上去比茅盾故居寒碜点，不知道是什么原因，而最好的却是郭沫若故居。但即使最好如郭沫若故居，原来也只是清贪官和珅私宅里的一座花园，后成为恭亲王奕䜣府的草料场和马厩。

2004 年 9 月 4 日星期六于北京

德胜门

我们是五个人一起去的德胜门。

除了大傻、星月亭主和英子，还有就是兰朵。我曾多次邀请兰朵同游，但她总是很忙。

我对星月亭主说："有兰朵在，就会有诗。我们都陪她逛，回来让她做诗。"星月亭主笑而不言，算是默许。去钟楼那次，由于星月亭主的极力推崇，我在网上搜索了一下，发现兰朵竟然不只是网上名人，而且还是一个真正的诗人。我一直以为，这年头坚持写诗的人，不是火星来客，也应该是长着三头六臂的怪物。但兰朵的诗写得确实不错。

其实，我认识兰朵已有好一段时间了，但并不了解她。真正想了解一个人是不容易的，而且也很费力。我只是觉得像兰朵这样风都可以吹倒的，一个小巧瘦弱的女子，不知道为什么原因突然决定离开长沙，孤零零地跑到北京来闯荡，真不容易。而且来后，兰朵居然很快就爱上北京。我就纳闷，北京究竟有什么好？让这些来了的人，一边骂着北京，一边却不愿意离开。

兰朵是通过网络认识我的。因为她在网上读了我的散文《怀化六记》中的《沅陵的寺》，觉得奇怪，居然还有人那么深情地描述怀化那么一个地方。兰朵是沅陵人，沅陵隶属怀化。沅陵那个地方出文人和故事，我去过多次，喜欢那个地方天然的诗境和忧郁。但兰朵似乎是从沅陵那个地方"逃"出来的，她眷恋母亲，却不迷恋沅陵。她对沅陵有仇，她跟沅陵较劲。兰朵在长沙具体干什么，我没问，只是猜想她可能是个自由撰稿人，以卖文为生。

第一次见兰朵是在今年春天，天还很冷，天亮也比较晚，她打电话给我，让我在西客站接长沙开北京的 T2 次列车。她是第一次来北京，准备考北京电影学院研究生。我答应了，因为兰朵让我想起了嫦娥。当年我还在长沙读书时，我的语文老师母宫从怀化打电话给我，让我到车站接嫦娥，嫦娥那次准备考湖南师大的音乐系民族唱法。但那次，嫦娥提前一天到长沙，我没接到她。

那天我起了个大早，出门后接到兰朵手机短信，说："不用接了。车上碰到一人，行李可以拿得动。"那不行，你说不让接就不让接。我便到车站接了她来，并请她与她在车上认识的朋友吃了早餐，然后坚持把她送到电影学院才独自回来。

几个月后，她突然说她就在北京上班，而且单位和租的房都在六里桥附近，离得近。我吃了一惊，带着小王八去见她，并请她吃饭。她刚做了个新发式，显得青春而靓丽，像个小姑娘，我便说："你怎么变得这么漂亮了。"兰朵听了很高兴，反问我："年初你送我到学校，不是迷惑于我的美色？"我笑说："那时你穿着件花袄子，像个刚进城的乡下姑娘——我怕你找不到北，被人卖在北京了。""难怪你坚持要送我到学校，原来这样呀——"兰朵有点失望。那天车站接她，兰朵在车上熬一夜，再加上一心准备考试，显得憔悴而疲惫。兰朵说："真不好意思，让你看到我最丑的一面了。"我笑了笑，北京就是好，没来几天，兰朵也学会调侃自己了。

兰朵租的房在 16 层，是一栋塔楼的楼顶，月租 1500 元 / 月，是她刚到北京不久就租到的。这事她比较得意，觉得自己运气比较好，也证明自己还比较能干。房子是两居室的，家柜、厨具齐全，兰朵住一间，而另一间挤进了两个 80 年代出生也刚到北京漂的湖南小女孩，分担一部分租金。客厅摆了一张床，偶尔住住别人。一次，兰朵不无忧伤地说："不知道搬过多少次家，每次都落下不少东西，看到自己不断收集来的东西，又一件件一消失，就感觉到……"兰朵有些哽咽，但也不好在我这样一个"陌生"人面前掉下眼泪来。我也不好说什么，我只是说："我真的佩服像你这样的人，将来我一定要为你写篇文章。"

德胜门是京师九门之一，位于北京北城墙西段。由城楼、瓮城、箭楼组成。当年北京城是有城墙的，据说是趁着梁思成不在北京之际，给拆除干净了，只剩下一些城门垛子。我对此总有些怀疑，一个学者的能耐在中国没有这么大，学而优则仕，学者总是从属于官僚。拆城墙的预谋早就有了，梁思成即使在，城墙也照样会被拆除的，他不在，只是少些阻力和麻烦而已。

德胜门很是雄伟，进门的几间旧房里作为了北京钱币博物馆陈列着中国各朝各代的古钱币，我们都对收藏没多大兴趣，也不懂古钱币，但大家都看得仔细。我从包里翻出一张纸片，上面是西晋鲁褒的《钱神论》。这是我前段时间从网上下载的，兰朵说她没读过，央求我送给她。我笑她："《钱神论》这么有名，你居然没读过？我们不读没关系，你可是文人，不读可就是大问题了！"《钱神论》对孔方兄的评价很是经典，影响深远，说钱这东西可以"无翼而飞，无足而走。无德而尊，无势而热。危可使安，死可使活，贵可使贱，生可使杀……是故忿争非钱不胜，幽滞非钱不拔，怨仇非钱不解，令问非钱不发"。拜金主义者古即有之，现在更多。只是同行五人都是没钱的，也不知道将来谁会发财？

登箭楼远眺，我问兰朵："可有诗？"兰朵不答。我倒记起画家黄胄曾多次提起他在德胜门断城墙捡得一些青花残片，多为宋、元人所绘，让他叹为观止。黄胄在一幅《大鱼吃小鱼》的描摹古人画上题："此可能是元代青花碎瓷片上的花样，极生动活泼。古来画家无论八大山人还是九大山人，皆无此成就也。"黄胄捡青花的地方却不好找。

箭楼的二楼是一厅，办着画展，多为油画，外卖出售。我们多也不懂画，但兰朵却感兴趣。同行的大傻发现一幅画很奇特，画中坐着一个俄罗斯少女，不管你走到什么方位和角度，少女的眼睛都盯着你，带点神秘的魔性。我想，如果买回去，挂在很空旷的房子里，独处时，可能会生出些许恐怖的气息来。

下了城楼，我对兰朵介绍说，京师九门是有讲究的，各门的功用是不一样的。这德胜门取其谐音，军队出征时由此而出，凯旋时却不从此进入，走的是稍东的安定门。兰朵不无羡慕道："老青蛙真是个有闲人。"然后向星月亭主介绍我与她认识的经过。

兰朵这个女子其实不简单。我是通过阅读她发在网上的文章进一步认识她的。兰朵是家中幺妹子，被宠坏了。外表看上去瘦弱，骨子里却是刚毅、倔强、好强，忧郁并无可救药的理想主义。13岁她读的是师范中专学校，兰朵回忆自己那时是“苍白的脸，高高的马尾。喜欢写诗，喜欢看球，喜欢朗诵”。16岁毕业后在一家乡村学校教书，曾做过“自杀”的美梦，那年头似乎流行诗人自杀。她说那时的她“自卑。因为自负才华横溢却屈居乡村而自卑，因为贫穷而自卑，因为感情细密却没有遇到珍惜的人而自卑……童年的卑微，少年的悲凉，初涉人世的孤苦无助到爱情憧憬的一片苍茫，日积月累的自卑，一种绝望和一种因为绝望而无法放弃的悲悯与爱恋。彻夜地失眠，独自一杯一杯地饮酒，让孤独发出声响，在无人涉足的荒原，为自己制造一点声音”。后来她又重回校园读了大学，毕业后像已预谋好的那样离开沅陵，远离怀化那个地方。一个想做点事的人是必须要有一点不同寻常的梦想、憧憬、不甘心和野心的，安于现状或随遇而安也将无所作为。

但怀化那个地方留下她的青春、忧伤和伤口。兰朵结过婚，生有一子，我想象不出她的丈夫是个什么样的人，她的文章只字未提，对儿子的描述和思念在文章中似乎少之又少。这些事我都没当面问过兰朵，只是从她文章中留下的蛛丝马迹中了解到的，揭一个女人的伤疤是残酷的。有的时候兰朵坐在我对面，也莫名地走神，我不知道她在想什么，我也不清楚她到北京来究竟想找寻点什么。也许一如当年沈从文离开湘西到北京一样，能够寻找一点什么吧。我对文学爱好者或诗人的生活方式和精神状态总是欣赏和敬重的，但总是下意识地保持着一种距离。

读了很多兰朵发在网上的文章和诗歌，相对比，我更喜欢她的诗歌。沅陵文人我却认得几个，与兰朵探讨过这几个人的情况。她却发狠说，沅陵除她之外再无诗人。可见兰朵骨子里也是狂傲的，只可惜她生为一个女子。她的诗曾在很多杂志报纸上发表过，当她知道我认真读了她的诗歌时，问我最喜欢哪首。我说我喜欢她2003年3月29日晚跳舞回来后作的《在热舞会所》：

今夜，我的鞋子太小
只能站在一旁，看你跳舞
看碎玻璃和碎瓶子
在你的脚边燃烧
这大堆大堆的火
令我赤足，也不能舞蹈

今夜，这个城市
正在焚烧病痛：
碧玉色的湖面
正在冒烟
透明的淋巴，肿胀的关节
金块般滑进湖底
今夜，我在这个城市
诊治自己

没有哪只脚能忍受
鞋子太小。没有哪个人能在火中
赤足舞蹈。我看见，众多的人
在争抢氧气。这一池的沥青
墨黑的月亮，令我惊恐

亲爱的，令我惊恐的
其实只是你脚下的火：
灼热的血液，闪烁的
迷幻药。我在你的火中
看见自己——
我的脚踝节节颓败

我的青春南瓜花般

趋于枯萎

青春像南瓜花，多好的比喻呀，我怎么就想不到这样好的诗句呢。兰朵让我想起了丁玲，只不过丁玲胖，而兰朵瘦。兰朵是个奇怪的人，她的思想和字句里似乎充满着一种不可言喻的紧张和忧伤。她在一篇文章里甚至有些绝望地说："我不相信爱情，可我迷恋它。"

楠楠见到兰朵时，感觉兰朵很异样，她们在内心深处相互浅浅地敌视，她们是两种人，却活在同一个世界同一个时代里。楠楠后来对我说兰朵待你似乎很好。我告诉楠楠说，兰朵是我怀化的老乡呢。小王八和星月亭主还一度认为我在追求兰朵。但兰朵生病时，我给她送去了感冒药，说："一人在外，身体可要保重。"富人害怕生病，而穷人生不起病。

2004 年 9 月 14 日星期二于北京

中国人民大学

暖有一副好性格。乐观、开朗、健康、左右逢源、逢凶化吉，笑起来脸庞上泛起两朵浅浅的酒窝儿。

暖有旺夫相，谁娶了都会幸福一辈子。但暖已有男朋友了，我没见过，但据说是她上学时就好上的，关系很铁。但不知何故，暖对男友并不完全满意。因为我知道，曾经有人给她另外介绍过男友，她去见了面。

暖年纪小，是20世纪80年代初出生的人，我一向认为80年代的人与我是隔代了，所以一般敬而远之，尽量别惹他们。但暖胯宽臀肥，生孩子肯定不会难产，看上去显得比她的同龄人成熟多了。暖是北京平谷人，平谷位于北京的东北方向，产的桃很有名，个大、实沉、脆甜，而且白里透红，好看。暖在平谷有个小姑与我同龄，我开玩笑说："你干脆叫我叔叔得了。"暖不叫。

暖和小鱼儿一样，都是在西安上的大学，但暖学的是计算机专业，曾聘在我们单位干过一年。由于毕竟是外聘，得不到"国民待遇"，不堪忍受"歧视"，合同到期后"愤然"离去，就职于清华同方。我与暖真正打交道是在她离开我们单位之后的事，由于我心底抱着"兔子不吃窝边草"的心理，所以走后与她独处倒很顺当了。

暖很热情，这让我一度自作多情，想入非非——如果暖愿意，我愿意娶她。可暖后来解释说是她性格使然，造成我的错觉。暖其实是喜欢我写的文章，而我一直认为文章是作者身上的衣裳，我只想找一个真正喜欢"本我"

的人而不只是文章，喜欢我的肉体而不是衣裳。所以，我和暖在一起时很轻松，我们不谈文学，而是小心翼翼地谈些她的或单位里她认识的人和旧事。有次发薪，我让她请客，她居然答应了，并在木樨地请我吃意大利比萨饼。这是我第一次吃意大利比萨饼，觉得味道一般，但吃了不少，她也吃得高兴。

吃完饭，我请她到西城区工人文化宫电影院看电影。在电影院里碰到一名同事和他女友，暖没事似的迎上去打招呼，我倒显得有点不自然起来。看电影时，我很老实，老觉得有人在背后盯着我。看完电影，我突然有了抱一下暖的心思，突然搂了一下暖的腰，暖一把就将我推开了，嗔道："你干吗呢？"结果这一幕还被单位一老大姐看在眼里。老大姐曾给我介绍过剑等好几个女友，都没成。望着老大姐和她女儿远去的背影，我对暖说："完了，明天单位可就热闹了。再也不会有人给我介绍女友了！"暖说："那也都怪你——反正我不在你单位上班，我没事。你是不是有意的呀？"

隔了些时候，我给她打电话，说想到她的住地下厨，做几个拿手的湘菜让她尝尝。她说好。她住在中国人民大学北门附近的稻香园，莲花池附近有704路公交车可以直接到。暖是和好几个人一起合租的房子。到她住处，敲开门，一个圆脸女孩露出个脸孔问我找谁。我说："我是暖的朋友。"她说她不在。我说："她叫我等她？"我的意思是说能让我进门在家里等她吗？那女孩一脸的不信任，警惕性很高，说："我们这都是女孩，你进来多不方便呀！"弄得我挺尴尬的。这时正好接到暖发来的短信，说她买菜去了，一会就到，那我就在院子里等等吧。

暖回来时，买了很多菜。见我没进屋，对那个圆脸女孩很有些生气。屋里的姑娘借口有事都陆续出去了，只剩下暖和她要好的昭，昭是外地女孩，在北京打工。我送了暖一件景德镇产的碎细花瓷瓶，这是我在一次北京瓷器展览会上淘来的两件瓷器中的一件。另一件是一只扭曲的碗，属于现代瓷艺术品，我后来送给了楠子。

我对暖说："你可放好了，我可是用重金收购的，就像我的心一样易碎哦！"

暖信以为真，不敢收，说："你还是留着将来送你女朋友吧。"

"还没女朋友呢。等有了再说。到时候我送她更好的。"我笑笑。暖听此话，便也就收下了。

说好了我下厨，香菇炖排骨，香菇是我出差到桂林时买回来的，本想送给剑，没送出去，正好带了过来，炒一个啤酒鸭。我们三人吃饭，暖和昭姑娘都觉得菜好吃，我有些得意，其实我好久没做菜了。

吃完饭，暖送我出门，陪我到中国人民大学散步。中国人民大学一般简称"人大"，前身是1937年诞生于抗日战争烽火中的陕北公学，以及后来的华北联合大学、北方大学和华北大学。1950年10月3日，以华北大学为基础正式成立中国人民大学，为新中国创办的第一所新型大学。按道理来讲，人大应该是与清华、北大相比肩的学校，但北大培养的多是狂狷之士，清华培养的多是实干之人，人大培养的似乎更像幕僚、政客和公务员，所以还是有差别的。我曾陪小王八到人大旁听过司马南的一次演讲，当时小王八正在追一名人大的在读研究生。司马南问了好些问题，人大学生居然都答不到要点上，如人生最重要的问题是什么？司马南有些恼怒，在演讲结束时居然当着众人的面批评人大学生水平不如清华、北大，人大学生默然，竟然无一人站出来抗辩。不知是人大学生涵养高呢，还是校风即如此。暖只陪我在校园里散步，回想一下渐行渐远的校园生活，共同缅怀无知无识无烦恼的学生时代。看看天不早了，我便离去了。

就这样，由于忙，隔了很久彼此都没再联系。突然有一天，暖打了个电话过来，问："你们是不是分房子了？"

"啊？——你消息还挺灵通的。"我们单位下属企业搞集资建房，给本部职工要了22套，打分排名我差两名就能分到一套95平方米的房子。可到最后，没我戏。有了梧桐树，何愁无凤凰，在北京，有了房子，一劳永逸，很多事你就不用愁了。

"你分到了吗？"

"可能会有一套旧房子——而且单位规定：原则上只租不售。租金象征性收取一点，比市场价便宜。"我喃喃，猜想着暖电话背后的意图，但还是实话实说。忽然觉得我没必要如此吞吞吐吐，便开玩笑说："我的房子在马官营附近，是海淀区最南的一栋房子，两居室。这样吧，将其中一间租给你，如何？"帆子笑，什么海淀区最南的房子，你这人就会炒作概念。

"可以考虑，但那儿离我现在上班地太远。嗨，问你个事，你找女朋友的事怎么样了？"

"还没呢。"

"还没呢！这样吧，我给你介绍一个，如何？"

"好啊，不会是昭吧？也不会是你自己吧？这样吧，现在我有事正忙着，周末我请你吃饭，见面再聊，好久没见了。"暖在电话那边愉快地答应了。

周五下班后，我赶到暖的住地。她还没搬家，人也没变，只是眼中多了一丝淡淡的忧郁。我在人大北门附近一家川菜馆请她吃饭，吃得简单，主要是说说话。吃完饭后，我们又到人大校园里坐着，望着天空的月亮，说着一些无关紧要的话。暖说，想把她男友的妹妹介绍给我。我说好呀。暖介绍了男友妹妹的情况，学会计的，受过一次刺激。那是前些年的事，男友妹妹与人打了结婚证，正准备办结婚，谁知那人却与别的女人上了床，这个经历似乎与梅差不多。结果便退了婚。这给男友妹妹造成难以缝合的心理创伤。暖说，那女孩挺好的，觉得你俩挺合适的。我想暖介绍的不会差，她还不至于害我，可我不是医生，治不了她男友妹妹的病。

"行。可以见个面。"我有点搪塞和揶揄。

"只是觉得介绍给你，有点不好。"暖说。

"你是觉得我们关系太熟的原因？"暖不作声。"其实，我一直想找个像你这样的女子。"我大着胆子说。暖并不反对。

不知聊了些什么，时间很晚了。我送她回去。我开玩笑说："这么晚了，我干脆留你这算了——住你们沙发。"事实上我还从没在北京外面过过夜。

"那不行，房间还有这么多女孩呢。"

"能让我抱一下吗？"在房间门口，暖要进门的时候。

"不行。"

"抱一下，我就走。"说着我就紧紧地拥抱着她，她用双臂护着胸。我想吻她，却被她用力推开了。

回到家，我冲昏了头。给她发短信说："我真的想要你。"暖回短信说："明天我就将 QQ、MSN 等网络所有的联系方式删除，再也不理你了。"那天请她吃饭，其实我们一滴酒没喝。

从此，她在我的电脑上消失了。打她手机，要不就是不在服务区，要不就是不接，要不就是直接挂断了。我知道，我将暖彻底得罪了，做夫妻无望，做一般的朋友也做不了。

可我并没开玩笑，我当时是很认真的，但暖不会相信。

2004 年 9 月 17 日星期五于北京

法海寺

“认识贾湖丽，是我人生一重大转折。”当玟重新郑重其事地把贾湖丽介绍给我时，这是我心底的一点基本认识。

第一印象有时至关重要，不论在官场、商场，还是情场。因时间、地点、心态、机缘、氛围的不同，给人的第一印象是不一样的。正如张爱玲在那篇《爱》的短文表述的那样：“于千万人之中遇见你所要遇见的人，于千万年之中，时间的无涯的荒野里，没有早一步，也没有晚一步，刚巧赶上了，那也没有别的话可说，唯有轻轻地问一声：‘噢，你也在这里吗？’”

我对玟是信任的，她也不至于害我。当然，与贾湖丽交往结果会如何，现在还不可预料。因为恋爱这种事不好说，存在强烈的信息不对称性，你看到永远只是对方的一个侧面和一部分，你不知道背后和内心究竟藏着点什么，是地雷和陷阱，还是玫瑰、巧克力或其他意外收获。你以为美好，很可能实际上只是缺陷；你以为拙劣；很可能隐藏着某种不为人知的聪慧。

贾湖丽不是她的真名。我对她说：“我正写一组我在北京相亲和泡妞故事的文章，题目叫作《城·色》，你在里面就叫‘贾湖丽’吧？”她笑着轻轻地捶了我一下，没表示反对。

“我能看吗？”

“我才写了部分，在写的过程中，我一般不喜欢别人看。但你若喜欢，看看也无妨，帮我改改错别字，提提建议和意见。”

其实，我刚到北京不久，就认识贾湖丽了，但那时候她根本就不理我。

这让我多少有些诧异，我想我这人是不是看上去就很像“狼”，小女孩看见了，吓得转身就跑？往后我与贾湖丽就没什么来往，就像两条永远不会碰在一块的平行线。

直到我到北京快三年了，外面突然风传我又失恋了。失恋是一种生活状态，是“单身贵族”的一种生活常态。朋友玟闻讯对我说：“干脆把贾湖丽介绍给你吧。”

我半认真半开玩笑地说：“好啊……她长大没有？”

“怎么没长大？都25岁啦！”玟是东北人，在河北长大，吃面食养大的，个高，臀肥，有时说话容易激动，思维敏捷而敏感，不太习惯我说话的调侃方式。刚到北京的很长一段时间里，玟喜欢到我们办公室来玩，搞得空气很紧张，以为她瞄上烛龙、萝卜和我中的一个了。可是不知什么原因，她似乎突然间就结婚了，男人是在中关村搞IT的。

印象中，贾湖丽却是个不太爱说话的小女孩儿。玟申辩说：“那是因为不熟。人熟了，她话可多了！”玟与贾湖丽是好友，在一单位工作，玟结婚后，就一直立志于将贾湖丽“推销”出去，介绍很多男人让她认识，但都没结果。

玟叫上我和贾湖丽一块吃饭，然后自个儿先走了，而让我送贾湖丽回家。独自面对贾湖丽，我对她说：“怎么？还舍不得嫁人？——干脆做我女友得了，今后跟着我吃北京、逛北京吧？”我对新结识的女人已没抱多少奢望了，往往变得没皮没脸，说话也没遮遮拦拦，没那么费心思去拐弯抹角。

“好啊。”贾湖丽回答说。居然如此干脆，好像一个阴谋得逞似的。那为何前倨而后恭，也许我现在名气大了的原因吧。看来，虚名不是完全没有用处。

但贾湖丽是真的对我好，我感觉得到。从此后，有什么饭局我都叫上她，周末逛京城也带上她，我的京城泡妞史也随之少了许许多多形形色色的各样女子和色彩。其实，对于北京城贾湖丽应该比我熟，她在这里上的大学，毕业后又在京城找到工作。不过，好在北京的很多地方贾湖丽都没去过，包括法海寺。

从莲花池乘981路公交车一路西行，慢慢悠悠到石景山金顶街站下车，北行至模式口大街，游完田义墓，转道往翠微山上走。翠微山不高，很是幽静。一院落，种着几棵小柿子树，叶子脱尽，却挂满了红红的柿蛋，就像挂着一树的太阳，很是可爱。再往前，遇一渠，渠上有桥，桥下有水，水甚清丽，水面上源源不断漂浮着从山上落下的红红黄黄的叶子。有几个村妇，提着吊桶从渠中打水上来，冲洗刚从地里采摘来的青菜。过桥，道分两路，路边一些不起眼的石块上，刻着一些名人的字，显得有些奢侈。

贾湖丽叫了一声："快到了。"

问一妇人。果然，那妇人指着右边的道说："前面就是了。"

经四柏一孔桥，青松掩映之下，果然藏有一古刹。北京闹市里的寺庙很多，却少了法海寺这种山野的情趣和韵味。法海寺依山而建，原为明英宗宠宦太监李童集资，由宫廷工部营缮所修建的寺庙。始建于明正统四年，历5年建成。我携贾湖丽拾级到门前，见牌上写着：门票20元/人，学生半价。我便对管理员胡诌："我是成人。只是我带着一学生，忘带学生证了，不知道怎么办？"

管理员是个中年女子，不知道为什么，今天心境特别好，说："没事，让我看看，是学生就半价，但下不为例。"

贾湖丽就站在那里，浅浅地笑着，不作声。她看上去，就像一个在校的女学生。管理员说："好吧，那俩人就30元吧。"

进山门，古木参天，是个好去处。往上去，是四大天王殿，供着一尊弥勒佛，我和贾湖丽倒头就拜，叩了三个头，好像是拜堂似的。拜完后，我不怀好意地望着贾湖丽笑，她没在意，她很虔诚。四大天王殿的四周，挂着四幅天王画像，金刚怒目，威猛异常，很是特别。别了弥勒佛，贾湖丽问："大肚能容容天下难容之事，下一句是什么来着？"

"开口便笑笑天下可笑之人。"这可难不倒我。

再往里去，就是大雄宝殿。殿前两株高近百尺的白皮松，树龄据说已有千年，是北京地区最老的树种之一。贾湖丽没见过白皮松，不禁惊叹了一下。记得陈从周在《说园》里说："白皮松独步中国园林，因其体形俊秀，株干古拙，虽少年已是成人之慨。”到了法海寺，我才真正体悟到陈从周话的深意及白皮松的妙处。一个寺庙若没有几棵镇寺的老树，难称其为古刹。后来我到戒台寺看到九龙松，更进一步体会到白皮松的韵味了。

在殿的右边，挂一口两米多高的铜钟，制作极为精美，为建寺时的旧物，已500多年沧桑，却不知为何，没被大钟寺收走。其实，法海寺最有名的，还不是这些，而是大雄宝殿内的六面墙上，至今完整保留有10幅完整的明代壁画。这些壁画分布在大雄宝殿北门西侧、殿中佛龛背后和殿中十八罗汉身后的墙上。佛龛背后中幅绘的水月观音，右幅为文殊，左幅为普贤，周围绘有善财童子、韦陀、供养信士、驯狮、驯象人及鹦鹉、清泉、绿竹和牡丹等。殿前十八罗汉背后绘着如来、菩萨和两组“飞天”。殿后门两侧绘有“帝释梵天礼佛护法图”，由二十诸天神和众鬼怪组成礼佛护法的行列。此外，宝殿顶部三个藻井天盖上所绘“曼陀罗”和天花板上的“毗卢遮那佛”及“菩提树神”也都绘得十分精美，令人赞叹不已。

10幅壁画共绘有77个人物，姿态各异，栩栩如生。经侯仁之、单士元、金维诺、薛永年等文物界、美术界著名专家论证认为：“法海寺壁画的艺术水平、绘制工艺、制作工艺及保存完好程度等方面为我国明代壁画之最，代表了一个时代的最高水平。是我国元、明、清以来现存少有的由宫廷画师所做的精美壁画，是北京历史文化名城在壁画方面的杰出代表，与敦煌、永乐宫壁画相比各有千秋，并可与欧洲文艺复兴时期的壁画相媲美。”我没去过敦煌、永乐宫，更没去过法国和意大利，对这方面也没什么更多爱好，无从比较。

为保存壁画，大雄宝殿里的灯管都已取掉。殿内阴暗，参观时必须打着电筒观赏，我和贾湖丽都不懂壁画，只是惊叹于壁画经500多年还居然保存如此精美。那水月观音更是呼之欲出，美得就像随时要从墙上走下来似的。

我对贾湖丽说：“你就是我的观音哩！”

贾湖丽捶了一下我，让我别在佛堂里乱说话，小心亵渎了神灵。我想起《封神演义》里写商纣王是到庙里拜女娲娘娘时，动了淫心，结果女娲一怒之下，令狐狸精妲己迷惑他，让他丢了天下。至少在我看来，商纣王也算是个多情的男人，不爱江山却爱美人，只不过他爱上一个不该爱的人了。这样胡思乱想着，便淡淡一笑。我可不是商纣王，我一无所有，而且我也无半点亵渎神灵的心理和资格。只是在湘西，如果要称赞一个女子长得美，就说她长得像观音一样；如果要称赞一个男子长得英俊，就说他长得像岳云一样。而我却长得像只老青蛙似的，既不漂亮，也不奇丑。

而我又反向思考商纣王和妲己的问题。英雄总是怕这怕那，担心这担心那，像关羽、武松，虽顶天立地，却往往不敢爱不敢恨了。而江湖无赖和地痞却无所顾忌，敢爱敢恨，倒是轰轰烈烈。这是世间可笑的悖论。

法海寺的壁画、曼陀罗藻井、白皮松、铜钟、四柏一孔桥被称为法海寺“五绝”。“我和贾湖丽于今年今月今日到此一游，是法海寺的第六绝。”我对贾湖丽调侃。

“你胡说什么呀。”贾湖丽嗔道。

在大雄宝殿背后，我们看见有人在施工，据说经国家文物局特批，正在复建药师殿和藏经楼。复建后，法海寺壁画临摹复制品将安置其中，对现有的壁画真迹将实行保护性开放。专家建议，届时，法海寺壁画真迹可采取敦煌莫高窟壁画珍存方法，人均票价应在200元左右。

如果是这样，趁着法海寺现在还人迹罕至之时，我建议老鞭，若感兴趣，还是趁早去看看。

此行不虚。

2004年11月1日星期一于北京

银锭桥

银锭桥在什刹海，很小一景点，经不得游玩。

我去过什刹海之后，就喜欢上那地挥之不去的氛围和味道。我有个感觉，感得北京其实应该是什刹海这样的，不应该像北京其他地方，似乎被异化和扭曲了，车来车往，熙熙攘攘，人到处都打堆起坨，过于喧哗和热闹。而什刹海一带是安静和寂寥的，京味儿足。

记得中学课本中选过朱自清的散文《绿》，朱自清为了突出梅雨潭了不得和不同凡响的绿，不惜“贬低”什刹海说：“我曾见过北京什刹海拂地的绿杨，脱不了鹅黄的底子，似乎太淡了。”年少的我却因这句话，记住北京有一个叫什刹海的地方。

什刹海其实很大，由北往南，依次是积水潭的西海、后海和前海，再加上北海、中海和南海，像一串冰糖葫芦。又像一个珍珠串儿，极其随意地挂在北京城的胸前，似乎是北京这座城市的精神和魂魄所在。有不少历史名人的故居都藏在什刹海周遭的胡同里，有些地我确曾去过，有些地却也还不曾访。现在，后海沿岸越发火了，密密麻麻挤满了各类酒吧，夜来灯火辉煌，后来居上，大有超过三里屯酒吧街的势头。但我不知道，“风水”坏了，什刹海的京味儿还能否保留多长久。

后海和前海都是湖，连接处一收拢，成了一窄窄的水道。水道上架一桥，单孔，石质。桥不高、不宽、也不长，一不留神就有走过了的可能。桥虽小，名气却大，“银锭观山”是燕京小八景之一。银锭桥以东，转南，邻桥，有一家叫烤肉季的店子，两层楼，服务并不怎么样，但名气很大。我对萨之鱼说，这可是北京文人喜欢去的地儿，一不留神就会碰上个名人“斑猪”之类的人物。萨之鱼信以为真。我摘张中行写的《一溜河沿——北京什刹海的一个角落》中的一段文字为证：

> 小楼西邻是烤肉季，也是路南紧靠水边，比一间屋略大，简陋如临时工棚。南面没有墙，为的烤和吃的时候可以兼欣赏波光树影。屋内偏东设两个烤肉支子，木底座有圆桌那样大，周围有四条板凳。那时候北京人不多，外地人尤其少，来北京办事，都住在前门外一带，所以烤肉季虽然小有名气，像现在，座上客常满，还有不少立等的，几乎没有。人少，于“人多力量大”的高论不合，但有人少的好处。可以举出多种。一是清爽，入门去吃，没有拥挤之感，这就不像现在，入门要抢座，抢不到要忍耐。二是可以用古法吃，所谓古法，主要包括两项。一项是自烤，即用长竹箸夹子即在作料碗里搅拌好的肉片往下燃木炭火的铁支子上放，其后是可以看见油烟上腾，耳听肉片触热支子的嗞嗞声，鼻闻焦煳的肉香，再其后还容许自由散漫，就是，你喜欢吃嫩就少翻几下，喜欢吃老就多翻几下。另一项是烤和吃的姿势，据不成文法，要左腿上提，蹬在板凳上，然后举白干之杯，同声喊“干”，以显示这是吃烤肉，有游牧之风，与“履舄交错”的情况不同。以上这些都有诗意。在补充一些与诗意少关联的，是所吃肉片是牛肉，因为是精选的，我的印象反而比羊肉好。吃烤肉也要有今日咖啡所谓伴侣，前半是白干，后半是烧饼。烧饼是路北一家烧饼铺供应的，趁热送来，也有不成文法，要破个口，把烤好的肉片夹在里面吃。总之，前前后后要有些“野意”，与闺秀的娇柔相反，所以那时候也没有见过妇女来照顾的。烧饼之后还有小米粥，是烤肉季自做……是八十年代中期，在饮食公司工作的乡友凌公招待吃饭，说了几个地方，让我选择，其中有烤肉季，我想温昔年之梦，选了烤肉季。到那里，才知道路南的简陋木棚已经变为路北的两层辉煌。上楼，原来的土地变为地毯的软绵绵。供应的食品更大变，以菜为主，烤肉成

为附庸，而且是羊肉。烤肉的支子不见了，因为不许自烤，也不能见支子上的烟气，嗅到嗞嗞时发出的肉香。要了一盘，也许因为有旧时的记忆，觉得不好吃。时移则事异，又有什么办法？过去的只好让它过去吧。

张中行的文章，绵厚而淡远，古朴而情重，世俗却少有人喜欢，我以为有些不公平。季羡林认为张中行是高人、逸人、至人、超人。这是什么概念，我不得而知，好像记得《庄子》对此有过定义，我一直以为是传说中的神仙之类的人物，不可能真实地存活在这世上。季羡林如此说，是不是过于抬高张中行？季羡林在谈张中行的文章时说："我常常想，在现代作家中，人们读他们的文章，只需读上几段而能认出作者是谁的人，极为稀见。在我眼中，也不过几个人。鲁迅是一个，沈从文是一个，中行先生也是其中之一。"面对日趋浮躁和对时尚疯狂追逐的社会，"边缘化"似乎无可奈何，但也好像没太大坏处。萝卜曾在一次地坛书市，仅花了30元钱，买了中国社会科学出版社出版的六卷本的《张中行作品集》，让我羡慕不已，但萝卜却不十分喜欢张中行的文章。

周作人晚年写文章，主要是大段大段地摘抄别人的文章，有人赞许，有人嘲讽，却也自成一格。自是天下文章一大抄，看你会抄不会抄。我便从心底生出一股子倔气，用阿Q的话说是，和尚动得，我动不得？用我的话说是，周作人抄得，我怎么就抄不得？便抄下张中行这段文字，端出来给大家看，也免了我一番唠叨的口舌。

张中行认为婚姻也是有花期的，而他一生中最美好的花期仅有一次，就是与杨沫从相识到共同生活的前两年，仅仅两年时间，是他一生难以忘却的。他始终认为对人，尤其是曾经朝夕与共的情人，有恩怨，应该多记恩少记怨。

杨沫于1995年12月去世，张中行并没有前往参加追悼会。在遗体告别仪式的头天晚上，吴祖光曾打电话给张中行，问参不参加，他说不参加。张中行认为所谓告别，有两种来由，或情牵，或敬重，也可兼而有之，对于她，两者都没有。仪式后，张中行接到女儿来信，主旨是说生时的恩恩怨怨，人已故去，就都谅解了吧。张中行复信时说，人在时，我沉默，人已去，我更不会说什么。我对此，既极有兴趣，也感慨万千。

这日，无事。画漫画的老鞭、北大毕业余杰同班同学的阿辉、萝卜和他女友、中共中央候补委员的秘书和他夫人、孩子，相约到烤肉季吃饭。他们激我，怎么不带女友来？我说，信不信，我马上就叫一个过来。说着，我马上拨打了电话。

我拨通了萨之鱼的电话。萨之鱼是我常去玩的“贵州 E 友网白蚁书巢论坛”的版主，大四了，马上就要毕业，在北京见习，因在网上留言想让我带她逛北京城，我没答应。她在网上有一个很有意思的悖论似的签名——“被水搁浅”，被水搁浅的鱼还是鱼吗？我常以为，20 世纪 80 年代出生的妹妹跟我这样的人，一定是有代沟的。若长得还好，又可爱，倒可以介绍给小王八之类的，避免“资源浪费”。所以，虽然我心里还是犯怵，但还是决心乘此机会，邀她过来见个面。我在电话里，一是介绍银锭桥的烤肉季是不得了的地方，二是介绍今天来的人如何如何了得，三是银锭桥在钟鼓楼附近，我在银锭桥上等她，让她打车赶快过来。就在我站在烤肉季的二楼上打电话时，我们从窗玻璃望见对面萝卜和女友便便的天使租了一辆双踏自行车在幸福地绕着什刹海转悠。

时间过得飞快，天渐渐暗下来，萨之鱼却还不见踪迹，这几个却饿得饥肠辘辘。我有些后悔，她不来，我的面子实在过不去；来了，如果长得实在太丑，我的面子还是过不去——我这不是没事找事，把自己摆在支子上，让朋友们烧烤，看笑话吗？我说，你们先点菜，我到楼下银锭桥上等她……

我靠在银锭桥的桥栏杆上，盯着穿梭而来的每个孤身的美丽女子，我希望那张望着寻人的女子就了我要等的萨之鱼。

“老青蛙哥哥，我到银锭桥了。你在哪呀？”千呼万唤始出来，我手握着的手机终于响了。

“我也就在银锭桥上。怎么没见你？”我一边回着电话，一边四处张望，却没怀疑任何一个可疑目标。天呀，她不会从水里冒出来吧？这可神了。

“不就在钟鼓楼附近？”

“是呀。”

“可我就在桥上。”

“我也在。可我没见你。——你在后海边上吗？”

“我不知道。你等等，让我问问。大爷，这是银锭桥吗？什么？不是？是后门桥？那银锭桥在哪？——老青蛙哥哥，你还是来接我吧。”我以为萨之鱼都要急哭了。

后门桥也是一处极重要的景点，又称地安桥。始建于元代，原名万宁桥，木结构，后改为石筑。俗称海子桥，因在地安门之北，地安门又称后门，故桥也称后门桥。桥身为单孔石拱桥，桥两侧为汉白玉护栏，桥面较宽。位于北京城南北中轴线的北部为元大都城内通惠河上的重要通水孔道。元代京杭大运河的通惠河，在此穿过全城中轴线与什刹海相汇。在万宁桥上游一侧建有水闸，以控制水量，分水以入通惠河，使沿河北来的船舶可直接抵海子内停泊。万宁桥是架设在全城中轴线上的一座市井大桥。明、清两代通惠河不再进入内城，但什刹海水仍经桥进入玉河，联系着皇城内的水系。

“那好，你别动，我马上过来接你。”

其实，从后门桥随便找条路往东走就可到前海边上，再略北行就到了银锭桥。这是个什么样的笨丫头，我去看看。我是三步并作两步，一路小跑到达后门桥的。过街，见一小女孩跨着个小包，穿着一身浅绿色连衣裙。身材不赖，我心里暗自有了点底，近前一看，长得也不错，我便大喜起来，总算没有白等。我说：“你是萨之鱼吧。快跟我走吧，好多人都等着你呢！”

萨之鱼机灵。这鬼丫头嘴甜着呢，见男的就叫哥哥，见女的就喊嫂子，大家都喜欢。细问去，却是贵州玉屏人，土话与湘西没太大差别。而我也是在湘西怀化通道那个地方长大的，幼时混迹在一堆侗族孩子里，满口的侗话，曾做过父母亲的翻译，现在一个侗话词语都说不出。现在却在北京，听到乡音倍感亲切。她自述是侗族，萨是侗族膜拜的神，鱼是侗族崇敬的图腾，萨之鱼即“啥子鱼”，贵州方言即“什么鱼”。她是个有趣的人，人小鬼大，小小年纪，却开始思考哲学问题。其实，那天吃饭的朋友都弄错了，他们固执地以为萨之鱼是我的女友。老牛吃嫩草，我笑笑，不申辩，也不作声。

烤肉季的烤肉也不怎么特别地好吃，只是很贵。银锭桥的风景也没有什么特别，只是在银锭桥上等人的感觉很特别。站在桥上让我不禁想起卞之琳的诗歌《断章》：

你站在桥上看风景
看风景的人在楼上看你

明月装饰了你的窗子
你装饰了别人的梦

此外，银锭桥之所以名气大，还与民国“四大美男”排第一的汪精卫有点传奇性瓜葛。对于汪精卫，记得唐德刚在《袁氏当国》里说：“不能因为汪精卫当了汉奸，便把他前半生的形象一笔抹杀。事实上，汪在投敌之前，他在全中国的公共形象，实在是全国第一人。他在民初国民党中的地位，也是总理孙文的当然继承人，排位在黄、宋、胡之上。……汪是位很标准的文人、诗人、情人，他不应也不能搞政治。但是后天环境引诱他误入政坛，用非所长，接连犯了十大错误。全国人民、全党同志敬之、爱之、厚望之、原谅之，所以他犯了九次错误都能东山再起。只是他第十次则犯得太绝了，全国人民和绝大多数的历史学家都无法原谅，汪氏就遗臭万年了。”1910年3月31日，未满27岁的汪精卫与喻培伦、黄复生等人在银锭桥下埋藏炸弹，欲谋刺住在后海北沿醇亲王府（北府）的清摄政王载沣，事泄被捕，被判处终身监禁。汪精卫当时抱着必死之心，在狱中赋诗：“慷慨歌燕市，从容作楚囚。引刀成一快，不负少年头。”汪精卫时值少年锐气，抱必死之念，简直就是谭嗣同第二。若汪精卫就此而死，定然盖棺为英雄豪杰之士。但汪精卫却命大，没死，反因此名声大噪，挣足了政治资本，为其后的境遇埋下伏笔。

山不在高，水不在深，桥不在大，人有趣就成。

2004年12月6日星期一于北京

香山

有些地方似乎是一定要去的，比如香山。

听这名字，就很香艳而温软，让人浮想联翩，骨头里生出一股子亲热劲来，总得设法跑去遛遛。自到北京，一直就想去香山看看，但都没去，心里便生了个结。一方面似乎在寻找恰当时机和机缘，或春暖花开，或秋月叶红之时，都成。另一方面，似乎在等待和选择一个善解风情的可人女子同游。

小鱼儿考完试，终于想通了，给我打来电话，邀我星期六同游香山。我同意，但要求将时间推迟到星期天。我半认真半开玩笑说，周六我约好去相亲呢。小鱼儿说，那不行，星期天我有事，要去就星期六，不然就算了。

“那就改日吧。”说着，我毫不犹豫将电话给挂了，我不喜欢女人的命令口吻。我觉得小鱼儿一直在逗我玩，我可老大不小了，可不能再这样不明不白地耗下去了。我可不是像十七八岁的幼齿男，找女人玩，我是在找女人结婚。我常警告一鹤悠然说，别老用找情人的眼光去找妻子，也用这个观点暗自提醒自己。再说，总有个先来后到吧，我早已跟贾湖丽约好了，星期六一起爬香山，不能爽约。大不了，连续两天爬香山，多出一身汗，怕也累我不死的。

香山位于京郊西山东麓，在北京市区的西北，我和贾湖丽在六里桥北里乘 733 路公交车慢慢悠悠地到达香山脚下。香山的最高峰是香炉峰，形如香鼎，据说远望可见香烟缥缈，故简称香山。我也曾领教过离北京极近的河北涞水野三坡百里峡、白草畔，河南林州红旗渠，河北平山天桂山、西柏坡的风景，到过北京密云白河峡谷参加过野外拓展训练，对于我这个从南方山里出来的人来说，那哪算得上风景，居然在北京人中间很有些市场。所以，久而久之，在我心里形成了某种成见，在北方看看人文古迹就可以了，自然风景就甭提了，在南方随便找座小山也比北方的好。

但香山着实让我吃了一惊，北京居然还有如此好去处。

从东宫门进入，可见勤政殿，这儿原为皇帝召见公卿百僚听政的地方。左转，却见佳木葱茏，景色清幽，让我叹服，这在北方很少见。我和贾湖丽寻路前行，路边满是叫不出名的花儿和果儿，俩人也不需要地图，也不分景点，见甚说甚，兴致很高。其实，自金代起几个朝代的帝王，均在香山营建过避暑离宫别苑。清乾隆十年甚至动用了巨大的人力物力，在林隙崖间，增置了殿台亭阁，修建了宫门朝房，加筑一道周长10余里的外垣，形成规程宏大的皇家苑囿，并赐名"静宜国"。当时园墙分为内外垣，共有28景。当年，八国联军焚烧了圆明园、颐和园之后，香山也在劫难逃，多处古迹被烧毁。现仅存见心斋、昭庙、森玉笏、琉璃塔、西山晴雪、玉华山庄、半山亭、双清别墅、眼镜湖和香炉峰等景点。而勤政殿、香山寺、香雾窟等只剩遗址可供凭吊了。

上学时向往香山，是因为有一种纤纤细细的"香山红叶"书签卖，很是漂亮。红豆生南国，北国采红叶，只幻想着亲手摘几片香山红叶送佳人。到香山一看，才发现，根本就不是那么回事。香山真正的红叶是一种叫黄栌的植物，叶子多为圆或椭圆形，并不是枫叶枝枝杈杈地那样别致，有韵味，有诗意。

从山上下来，我和贾湖丽在一棵枫树下坐着，看不避人的松鼠在对面的树干上蹦蹦跳跳。我想吻贾湖丽，她本能地推了我一下，说："你不觉得太早？"我说："做我女友吧——这与时间有关系吗？"然后，我低头吻了贾湖丽，她没拒绝。这是玫重新介绍我认识贾湖丽的第三天，我有点犹豫起来。

而我的情书，还在通过网络一天一封（除了周六、周日之外）地发给自称不懂文学的小鱼儿的信箱里。如果文学是什么高深的东西，那么我也不懂。文学是人学，如果它变成只供极少数人放在书斋里研究的"宠物"，那么文学也应该很快会消亡了。在我看来，文学应该提供一种人生经验或“案例”，是一个人对另一个，或者对世界“讲话”。而我的情书很特别，没有什么海誓山盟，也没有什么爱恨瓜葛，只是找了一些作家和诗人的文章：

第一天：张爱玲的散文《爱》。

第二天：周作人的散文《初恋》。

第三天：郁达夫的散文《故都的秋》。

第四天：汪曾祺的小说《受戒》《陈小手》和散文《读〈边城〉》。

第五天：梁实秋的散文《女人》与《男人》。

第六天：余光中的散文《听听那冷雨》和诗歌《等你，在雨中》。

第七天：毕飞宇的小说《哺乳期的女人》。

第八天：汪国真的诗歌《热爱生命》。

第九天：罗门的诗歌《流浪人》。

第十天：摘自凌宇《沈从文传》中的《沈从文的爱情》。

第十一天：席慕蓉的诗歌《一棵开花的树》和《戏子》。

第十二天：纪弦的诗歌《你的名字》。

第十三天：洛夫的诗歌《众荷喧哗》和《长恨歌》。

第十四天：三毛的散文《拾荒梦——永远的夏娃》。

第十五天：艾青的诗歌《我爱这土地》。

第十六天：顾城的诗歌《远和近》和《一代人》。

第十七天：龙应台的散文《啊，上海男人！》。

第十八天：沈从文的小说《丈夫》和散文《沅陵的人》。

第十九天：北岛的诗歌《回答》。

第二十天：朱自清的散文《匆匆》。

第二十一天：杨绛的散文《记钱钟书与〈围城〉》。

第二十二天：余秋雨的散文《酒公墓》。

第二十三天：高尔基的小说《丹柯的故事》。

第二十四天：舒婷的诗歌《致橡树》。

第二十五天：路遥的创作随笔《早晨从中午开始》。

第二十六天：冰心译泰戈尔的散文诗集《吉檀迦利》。

第二十七天：贾平凹的散文《静虚村记》和《闲人》。

第二十八天：徐志摩的诗歌《沙扬娜拉》。

第二十九天：郑愁予的诗歌《错误》。

第三十天：刘亮程的散文《狗这一辈子》。

第三十一天：丁玲的小说《莎菲女士的日记》。

第三十二天：海子的诗歌《女孩子》。

第三十三天：邓友梅的散文《再说汪曾祺》。

第三十四天：梁小斌的诗歌《中国，我的钥匙丢了》。

第三十五天：钱钟书的散文性小说《上帝的梦》。

第三十六天：林语堂的散文《女人》。

第三十七天：卞之琳的诗歌《断章》。

第三十八天：李敖的散文《假如我是女人》。

第三十九天：痖弦的诗歌《如歌的行板》。

第四十天：非马的诗歌《醉汉》。

第四十一天：王小波的散文《沉默的大多数》。

第四十二天：瞿秋白的散文《多余的话》。

第四十三天：渡也的诗歌《面具》。

第四十四天：毕淑敏的散文《成千上万的丈夫》。

第四十五天：池莉的散文《一丈之内》。

第四十六天：关于张中行的一篇采访《最舍不得的是生命》。

第四十七天：郭沫若的诗歌《天狗》。

第四十八天：铁凝的小说《永远有多远》。

第四十九天：王跃文的散文《亲情四章》。

第五十天：陈宇的采访通讯《暮年金岳霖重谈林徽因》。

第五十一天：管管的诗歌《斜眼》和《山野》。

第五十二天：陈染的散文《女性用品》。

第五十三天：李银河的悼文《浪漫骑士·行吟诗人》。

第五十四天：张晓风的散文《一个女人的爱情观》。

第五十五天：艾芜的小说《山峡中》。

第五十六天：巴金的散文《怀念萧珊》。

第五十七天：培根的散文《论爱情》。

第五十八天：食指的诗歌《相信未来》。

第五十九天：张默的诗歌《夜读》。

第六十天：方方的散文《理想》和《女士购物病》。

第六十一天：梅里美的小说《卡门》。

第六十二天：白荻的诗歌《昨夜》。

第六十三天：废名的散文《初恋》。

第六十四天：王安忆的散文《世俗的张爱玲》。

第六十五天：苏青的散文《谈女人》和《谈男人》。

第六十六天：史铁生的小说《姻缘》。

第六十七天：张贤亮的散文《青春期》。

第六十八天：刘绍棠的散文《我差点跟一个比我大六岁的女孩子定亲》。

第六十九天：苏童的小说《女孩为什么哭泣》。

第七十天：韩少功的散文《性而上的迷失》。

第七十一天：鲁迅的杂文《随感录二十五》。

第七十二天：老青蛙的散文《香山》。

够了，够了。小鱼儿近乎愤怒了。孙猴子七十二变，而我，也觉得足够了。小鱼儿质问我："你发这么多别人写的文章，究竟什么目的？究竟想干什么？"我说："我不想干什么。其实我什么也不想干。"也许只想完成这么一篇文章而已。

记得学者钱穆在一篇文章里说："我们不必每人自己要做一个文学家，可是不能不懂文学，不通文学，那总是一大缺憾。这一缺憾，似乎比不懂历史，不懂哲学还更大。"钱穆甚至认为中国人学文学其实就是在学做人，我以为钱穆把文学抬得很高，文学离我们每个人似乎很近实则很远。我不懂文学，贾湖丽也不懂，小鱼儿更不懂。不懂虽是缺憾，但我们依旧要好好活着。

在世上做人，除了智商，还需要情商，有的人很聪明、很能干，却无情无义，行之不远。所以虽然不懂文学，可为什么还要阅读文学作品呢？我曾建议马车夫斯基把“文学与情商培养”作为一课题研究一下。我总觉得，一个人把一点感受和思想写成文章，并有人来阅读和传播，总是一件有趣的事情。

我想，香山不属于小鱼儿。想着这一点，我的眼泪几乎也要掉了下来。

2004 年 12 月 7 日星期二于北京

万寿寺

星月亭主终于在 9 月 22 日飞走了，而我因去东三环办事，没能去机场送她。她在钟楼上买的，准备到法国后送给国际友人的那四套《中国民间剪纸》却滞留在了我的手里，而准备专篇写她的这篇文章却一直都没有动笔。

中秋节就要到了，怎么不过完中秋再走呢？最后见她，是在走前的第二天黄昏，星月亭主陪兰朵过来，看我同事在湾子的一套预租房，我是不收费的中介人。房子看后，兰朵有点动心，但跟同室的小霞电话协商，却被否决了。我很奇怪，小霞比兰朵小很多，为什么不是兰朵拿主意？隔了几天，房子却转租给小霞的三个朋友，这是很奇怪的机缘。看完房子，恰巧英子打来电话，邀星月亭主和兰朵马上到西单去买旅行箱。我说明天我不一定能送星月亭主，中午一块吃个便饭吧，她们同意了。

作家老斌上门拜访兰朵时，兰朵正患重感冒，有气无力地在家休养。兰朵央我带星月亭主和周若芷出去玩，我带着她俩去游了万寿寺。周若芷与星月亭主一般年纪，本来年幼无知，却为了自我保护的必要故意装出一副少年老成的模样。周若芷是湖南人，算是我的老乡，似乎是学医的，到北京不是谋职，只是玩。反正兰朵交际面广，什么样的朋友都有。周若芷的名字也是我想当然编出来的，与金庸小说《倚天屠龙记》里周芷若毫无瓜葛。只是因为当时我问她叫什么，她却不说，也许是想提防我这个快有点变态和“狼心”十足的老男人吧。我并不介意，只是记得她姓周。周若芷的出现，在我，也许只是一个符号性的人物，一闪而过——现实生活中，这种人很多。说不定因什么样奇特的机缘，若干年后，难说不会变成新的一个丁玲，或新的一个杨沫。

从紫禁城到颐和园，如果画一条正西北方向斜线，大概在半中间就是有“京西小故宫”之誉的万寿寺。万寿寺坐北朝南，山门前有河，旧时设有码头，河道北接颐和园，南通紫竹院和动物园，而其西侧现紧挨西三环。万寿寺始建于唐朝，称聚瑟寺。明万历五年重修后改名万寿寺，自此成为皇家寺庙。起初主要用做藏经卷，后经板、经卷移至番经厂和汉经厂，万寿寺便成为明代帝后游昆明湖途中用膳和小憩的行宫。又经康熙、乾隆、光绪历朝的数次大规模翻建，万寿寺形成了集寺庙、行宫、园林为一体的建筑格局。清乾隆十六年和二十六年，清高宗弘历曾两次在这里为母祝寿。清光绪二十年，慈禧太后重修万寿寺行宫，在西跨院增修了千佛阁和梳妆楼，形成最后格局。

当年，慈禧往来于颐和园与紫禁城之间，多半走的是水路，每次都要在此下船，进万寿寺拈香礼佛，在西跨院行宫吃茶点，故这还有小宁寿宫之称。进得山门，便是天王殿，左钟楼，右鼓楼，“钟王”永乐大钟曾悬于此，大钟在乾隆八年移到大钟寺去了。再进，是大雄宝殿，内有三世佛、十八罗汉。十八罗汉像栩栩如生，极其精美。三世佛像的后边摆放着一尊观音像，据说面似慈禧，系太监李莲英拍马屁的功绩，慈禧“老佛爷”之名源于此。

此外，北京艺术博物馆也设在万寿寺内，宝贝极多。依次有“万寿寺沿革展”“明清家具展”“北京文物精华展”“佛教艺术展”“明清瓷器展”“绘画艺术展”“篆刻艺术展”等。馆内收藏各类古代艺术品5万余件，时代上起原始社会，下迄明清，尤以明清时期作品为佳。藏品门类广泛，主要包括历代书法、绘画、碑帖、名人书札、宫廷织绣、官窑瓷器、古代家具、历代钱币及玺印等，其他如青铜器、玉石器、竹木牙角器、佛造像、鼻烟壶等，不胜枚举。所以万寿寺是很有看头的一个地方。

除中国古代艺术品外，馆内还收藏有齐白石、张大千、徐悲鸿等现代大师的传世之作。艺术馆还收藏了上自宋代下至民国的古籍图书十余万册。经常按门类举办书法、绘画、陶瓷、印章、织绣、钱币等专题展览，轮换展出。该馆收藏的大量佛教文物也很有特色，其中唐吐鲁番佛教布画、北魏鎏金造像、元代白瓷观音和乾隆捻线绣宗喀巴大师像等都是稀世珍品。

我带着星月亭主和周若芷，很认真地从一个建筑走进另一个建筑，从一个展厅欣赏到另一个展厅。我总认为，古董和艺术品都是奢侈品，普通百姓拿着并无多大用处，有时还有害无利，记得《红楼梦》第28回有个小故事，讲贾赦看上了石呆子的二十把旧扇子，偏这石呆子是个“恋物癖”，冻死饿死也不卖，最后却被贾雨村弄了个倾家荡产，抄没了扇子，送给了贾赦。物有所属，每个人都在找属于自己的东西，每件东西也在找能够拥有自己的主人。此外，我觉得博物馆的宝贝总是隔着层玻璃，不如潘家园、报国寺等旧货市场，不管真古董假古董，不管是真懂还是假懂，都可以拿到手上把玩一下。

星月亭主和周若芷对这些宝贝既不特别感兴趣，也不特别讨厌。看累了，我招呼她俩休息一会。我一屁股坐在一棵雪松树下的椅子上，突然来了点玩兴，嬉皮笑脸地说：“来，过来，让哥哥抱抱，一边一个，一手一个，左搂右抱……”

“去你的。”星月亭主骂道，“怎么？现出色狼本性了？你还想不想找兰朵姐姐做女朋友了？就不怕我们告诉兰朵姐姐？”

“你们怎么知道我想找兰朵做女朋友？这叫英雄本‘色’。但这是两码子事。你们想告状就告状吧，随你们便。”

“这样吧，我们给你取个日本名字，就叫‘好色一大狼’，如何？”说着，俩人相视大笑，我亦大笑。

接着，星月亭主和周若芷开始嘀嘀咕咕，背着我，不知道在捣鼓什么。对于两个可以叫我叔叔的女孩，我就是再有邪念，也只能停留在光天化日的嘴巴上而已。管他叫什么，反正嘴上的便宜我是占了。有了精神胜利法，我便不理她们，自个儿想自个儿的心事。结果，俩人提出去西单买鞋子，我说我不去，我对买鞋一窍不通，也毫无兴趣，我还得在这待一会，感受感受这别样的清静，享受享受这异样的氛围。

星月亭主和周若芷说着便真的走了，留下我独自在这寺里。不知道过了多久，我才走出寺院，决心绕着万寿寺的红墙外走一圈。出门，往左转，黑旧的院墙，破败不堪，飞檐上长满枯草，似又一山门，很有些沧桑感。近前一看，竟依稀写着“延庆寺”三字，看着眼熟，只是一时记不得在哪见过。绕到山门后，是一个大杂院，住着好几户人家。两寺并列，一枯一荣，境况竟然相差如此之大。

回到兰朵住处，我很诧异，星月亭主和周若芷早就回来了。细问，才知她们根本就没去西单，而是从万寿寺直接返回，在兰朵面前告了我的状。而老斌却被自己带来的酒灌醉了，抓着我的手说：“我真羡慕你，这里的女孩子都喜欢你呢！你好好珍惜，我告辞了。后会有期。”

我说：“哪有这等事？我只是一个普通人，不像你，可是名作家和评论家。我不是你们圈子里的人。你的名片我有了。回头我给你打电话，我们不醉不罢休。”

老斌 1966 年出生，陕西人，是帆子老乡，可惜帆子不在。老斌毕业于山东大学中文系，中国作家协会会员、中国寓言文学研究会副秘书长，长于儿童文学和书评，出版过十余种作品集。荣获过张天翼童话寓言奖金奖、儿童文学基金奖、冰心儿童图书奖，江苏《少年文艺》优秀小说奖、散文奖，陕西文化厅颁发的陕西少儿蓓蕾文学艺术奖等二十余项文学奖。在《中华读书报》《花季雨季》《中外童话画刊》《中外童话故事》等报刊上开有个人评论、小说、童话、随笔专栏，别看老斌外表看上去并不特别起眼，却很有些名气。

在兰朵将老斌送下楼时，我突然记起，星星的眼睛不就是北京延庆人吗？难怪在万寿寺旁，看延庆寺的寺名，眼熟。兰朵感冒没好，老斌走后，心情更为恶劣起来，说：“你们男人怎么都这样？我可一直称老斌为老师，很尊重他的，今天他怎么也变了？”似乎是说好好的一人，碰上我，就怎么变坏了呢。

老斌究竟对兰朵说什么做什么来着，我不知道。他不像我，玩笑惯了，应该比较道貌岸然。只是星月亭主就这样走了，没能让她带点东西去法国，代我看望一下我的法国妹妹……

星月亭主应该在法国与法国妹妹认识一下的，因为我的缘故。

2004 年 12 月 9 日星期四于北京

西客站

北京西客站不是景点。

但我想，只要心在，何处又不是风景，把西客站作为景点又何妨？

西客站是世界上比较大的铁路客站之一，共有 9 个站台 20 条线路，设计最高客运能力每日 90 对列车 60 万人次，似乎却并不太实用。工程自竣工以来，设计、施工和运作等各方面都备受外界质疑。当然，这属于家国大事，不在其位不谋其政，不是像我这样的一介草民应该或能够说三道四的，不说也罢。

我曾通过 MSN 对绿子说："我前 30 年是围绕湘西一个叫怀化的地方转的，我希望后 30 年，或更长一点时间，能够围绕北京这个地方转。或者，围绕一个女子转。"绿子对我补充的后半句特别地认可和欣赏。

我的北京之旅和很多人一样，是从西客站开始的。几年前的某一个冬季的凌晨，天还没亮，莲花池想必已开始结冰，同事烛龙和萝卜在站台上接了我，然后把我带到西客站北面铁道大厦斜对面一家小旅馆住下。这一住，就是一年。这家小旅馆与我们单位有合约，单身职工基本都在此安顿。单位的办公楼在西客站南广场，所以每天早晨我们都要从西客站地下通道穿过来上班，晚上加完班，再从西客站地下通道穿回去。西客站地下通道的黑暗、阴冷、恐惧和尿臭，呈现出首都北京不为更多人知道的一面。虽然万幸，运气还比较好，居然没有碰上好莱坞电影里抢劫、绑架之类的暴力事件。但那段时间，给我的感觉就像是在北京出差，没有归宿感，我游离在北京的空气里。

待烛龙在马连道附近分到一套一居室的小房子，我和萝卜也搬到红居斜街9号楼。红居斜街虽并没远离西客站，但毕竟有了一点距离，在我心理上产生了一定的疏离感。这种疏离感是必要的，它让我对自己能够有一种审视和观察，确认自己确实到了北京。西客站之所以值得一写，主要还是我在这里结识了艳。这是一个猫一样的女人。女人如猫，这可不是一个好的比喻。想到这儿，我不禁笑了一下，又笑了一下。

艳长得其实很漂亮，只是皮肤有些黑，但脸皮子上看不出，估计是抹了雪花膏的缘故。之所以注意她的皮肤，是因为后来小王八告诉我的，他看得真切和挑剔。再一次见艳时，她穿了条半截长的裤子，我终于注意到她露在外面的小腿肚子上的皮肤确实比较黑。因此，我想起李渔《闲情偶记》里的一段话来，因为那理论有点信口开河地有趣，所以记忆犹新。李渔先说："妇人妩媚多端，毕竟以色为主。《诗》不云乎'素以为绚兮'？素者，白也。妇人本质，唯白最难。常有眉目口齿般般入画，而缺陷独在肌肤者。"然后提出一套稀奇古怪的理论："人之根本维何？精也，血也。精色带白，血则红而紫矣。多受父精而成胎故者，其人之生也必白；父精母血交聚成胎，或血多而精少者，其人之生也必在黑白之间。"这段话我曾饶有兴致地翻给贾湖丽看过，她看了只是笑，并没什么惊人的评价。

艳是湖南衡阳人，有一个很俗艳的名字。我母亲也是衡阳人，衡阳那地方很大，是湖南省第二大城市。城市大了，郊区也多，就像楠楠是北京延庆人，暖是北京平谷人一样，她们都吞吞吐吐声称是北京人，却似乎又底气不足。艳也犹犹豫豫，说自己是衡阳人，事实上是乡下姑娘城里打扮。艳长得高，穿上高跟鞋比我还高。艳的身材也好，赘肉不多，使她即使不穿高跟鞋，同样显得出类拔萃。这对我构成极大的压力，所以我最后还是"忍痛割爱"把她介绍给了小王八。

那天，我起得早，穿了件黑绒风衣，固执地要到西客站接从长沙开来的T2次特快列车，我是到站台上来接兰朵的。站台上依稀有几个人，不怎么起眼和特别。艳比我先到，穿着一件白里略浮着淡淡米黄色的大氅，因为冷，不停地跺脚，不停地在站台上来来回回踱步，显得很突兀。我很纳闷，这样一个看上去如此精致的女人也会起这么早，亲自到站台上接人？这是一个什么样的女子？接的又是什么人？她看见了我，我也看见了她，她眼神有点奇怪地盯了我一眼，她没上前来搭话，我其实很想与她套个近乎，但我并不是一个善于招惹是非的人。

隔了好一会，还是她凑上前来，问："你知道现在几点了吗？"

"马上就到了。"我伸出手腕给她看手表上的时间。

她说："哦。"然后准备离开。

"你——你是湖南人吧？"我决定抓住机会。

"嗯？你也……"

我点点头，等T2次的多半是湖南人，或与湖南人有关联的。然后我接着又问："你是湖南哪儿的？衡阳的？"

"你怎么知道？"她诧异地看了我一眼，她有衡阳口音。

"你看上去太漂亮——"我脱口就说，自己对这话也感到惊奇，我很少恭维女人。然后，我马上用半生不熟的衡阳话解释说："我母亲也是衡阳的。"

就在这时候，列车进了站。我连忙掏出了手机，并自我介绍说："我叫老青蛙，能告诉我你的名字和手机号码吗？"

我听见她扑哧地笑了一声，好像在问我怎么会叫这么一个名字。我迅速拨通了她的手机，我听见她的手机响了，扬扬手，她很快地消失在人群之中……

后来，我们通过几次电话，不是我忙，就是她在外旅游或有事，没有见面的机会。艳笑起来很好看，有一种我在现实生活中很少见到的危险的媚，让男人看了心脏不自觉地加快了跳动，生出一丝无可厚非不易察觉的"邪念"。艳是80年代出生的人，但已到了结婚年龄，看上去并不幼稚，却也不是那种过分成熟。艳学的是护士专业，毕业时正好碰到中南海来招人，把她招上了。我猜她是在中南海里做服务员，如今退役了被安排在一家国有的资产管理公司里打杂。我对80年代出生的女子一向都是保持一种敬而远之的姿态，所以我对艳一直都没有什么奢望，只是对曾经在中南海工作的人充满了一种神秘的好奇。

若不是小王八觉得天下女子总不如意，我是不会把艳介绍给小王八的。我和艳虽然都生活在北京，但城市太大，也许很少谋面，或者从此不再见面。艳说她已有男朋友了，多次回绝了我的介绍。其实我从一开始就知道小王八与艳根本不可能结婚，他们的差距实在太大了。我只是以为艳应该是一个很矜持的女子，又有恋爱的经验，所以想让认定天下女子都经不起追求的小王八在艳这儿碰个软钉子，给他一点教训。所以有一天，我跟艳打电话，再次隆重推荐小王八时，她居然同意了，事后才知道那天她与男友吵架，最是脆弱之时。结果，小王八几板斧下去，艳很快就招架不住了，而且进展神速。这多少让我有点失望，马奇诺防线形同虚设，没有发挥任何作用。

一次，小王八和艳一起来到我办公室，与我聊天。我给他们出了一个小鱼儿曾经考过我的测试题："假若你独自来到一片森林，你带着书、伞、信用卡、照相机和旅游指南五样东西，要将这些东西一一抛弃，请列出一个顺序？"艳首先抛弃的是信用卡，而我最后抛弃的才是信用卡。接着我问起了中南海里的一些情况，问起了原来和她一起在中南海里工作的姐妹的情况。

"你们姐妹中混得最好的怎么样了？"

"在国外呢。"

"有联系吗？"

"没有。"

"混得最差的呢？"艳不作声。我觉得不是在聊天，而是在温柔地审问。

"那有结婚的吗？"我换了一种方式问她。

"有。"

"都怎么样？"

"都很好呀——其中有一个还嫁得不错呢。只是结婚第三天就被杀在新房里。到现在案子还没破哩。"

"啊？有这等事。是情杀，还是仇杀？"我唏嘘不已，却也不好更深地追问了。有时我想，门当户对是有道理的，艳的那个姐妹也许没有承受那份幸福的福分吧！我的一番道理随口说了，说得艳不禁心事重重起来。

后来，艳的男友得知艳和小王八的事，又吵闹得轰轰烈烈，小王八渔翁得利，全身而退。小王八对我的解释是，一是艳的中专文凭太低，二是素质一般。

又隔了很久，记不得是"五一"，还是"十一"，艳突然给我打了个电话，求我帮她订两张北京到乌鲁木齐的火车票。我犹豫了一下，还是答应了，并积极托人订了票。谁知她倒是个急性子，每天打电话来问票的情况，我反复解释，火车站不是我家开的，要提前四天才能有消息。到了第四天，票快有消息了，她突然给我打了个电话说："票不要了。需要票的两个人改乘飞机了。"

"那不行。你说不要就不要了！"当时我正在喝闷酒，心情并不舒畅，脸一下便垮了，在手机里怒吼她。这女人要不得，太失信了。话说得很重。

艳在电话那头一下子就哭了："为什么你们都这样待我？这算什么？票退不了，钱我出。不就几个钱嘛！呜呜……"

我的酒一下子就醒了，怎么会跟女人一般见识？虽然并不只是钱的问题，费了很多精力，托了很大人情，最后却不要了，这不是拿我开涮嘛。我耐着性子劝她："你先别哭，我先试着退退票。若退不了，再说……"然后我便挂了电话。恨得牙根痒痒，恨不得马上变成一匹野狼，一口咬住艳的脖子，把她咬死。我见不得女人掉眼泪。但艳是第一个被我骂哭的女人，而且还是通过电话。

小鱼儿那个测试题里，书代表事业，伞代表朋友，信用卡代表财富，照相机代表回忆，旅游指南代表伴侣和夫妻。有什么不能有病，没什么不能没钱。钱，我所欲也；美人，亦我所欲也。二者不可得兼，舍鱼而取熊掌者也。谁叫咱缺的就是钱呢。

2004年12月21日星期二于北京

正阳门

正阳门没多大玩头，但是若有时间，去去也不算遗憾。

正阳门又称前门箭楼，是北京城中轴线天安门南端的重要建筑之一。宜远观，远观雄壮。出大栅栏牌坊，北行，正对着的就是正阳门。我带着贾湖丽，准备游完正阳门后，再去智化寺。由正阳门再北行，就是毛主席纪念堂。那天，去拜谒毛主席的人群井然有序地排成四路，拐折了两下，参观人群队伍从纪念堂的入口一直延伸到正阳门的后面。就像商场前排队抢购的人群似的，这让我着实感慨了一番。我来北京这么长时间，居然一直没下决心，去纪念堂瞻仰一下这位影响中国历史的伟人和湖南老乡。

正阳门是前门西大街和前门东大街的分界点。北京的街道很多是正东西、正南北走向的，很长，分段取名，如长安街自西向东，分别是石景山路、复兴路、复兴门外大街、复兴门内大街、西长安街、东长安街、建国门内大街、建国门外大街、建国路，然后接京通快速公路。前门西大街和前门东大街也是连通的，道路将正阳门从中切开，瓮城消失了，分成道南的箭楼和道北城楼两块。

我和贾湖丽登的是箭楼后面的城楼，没有上箭楼。箭楼很有名，是北京的标志之一。记得小时候玩烟纸壳游戏，曾有一种叫“大前门”的烟很是流行，烟纸壳上印着的就是箭楼。远远地望着箭楼，感到亲切，让人温暖，让人想起已遥远了的童年，也让人想起一些模糊的人和事……

正阳门始建于明正统四年，距我和贾湖丽登楼已 565 年了。其建筑形式为砖砌堡垒式，城台高 12 米。门洞为拱券式，五伏五券，开在城台正中，是北京内城九门中唯一箭楼开门洞的城门，专走龙车凤辇。箭楼为重檐歇山顶、灰筒瓦绿琉璃剪边。上下共 4 层，东、南、西 3 面开箭窗 94 个，供对外射箭用。明万历三十八年、清乾隆四十五年、道光二十九年，箭楼三度失火。一般来说，正阳门失守，紫禁城便唾手可得了。清光绪二十六年，八国联军攻入北京，箭楼被焚毁，第二年予以重新修缮。1915 年为改善内外城交通，民国政府委托德国人罗恩·凯格尔改建箭楼，添建水泥平座护栏和箭窗的弧形遮檐，瓮城月墙及东西闸楼被拆除，月墙断面增添西洋图案花饰。1949 年 2 月 3 日，中国人民解放军在此举行盛大入城式。

正阳门在老北京城的正南，德胜门在老北京城的北面。我刚写完《德胜门》，就从网上发给筱杨。筱杨看完文章，觉得好，很喜欢，并告诉我说她居住的上海那个区有一家名叫“德胜门”的饭店，主营北京风味的涮锅，还有各种北京的小点心，里面有长条凳、方桌和蓝印花布的门帘，还有高度的“一锅头”白酒。我只知道“二锅头”，却不晓得还有一种叫“一锅头”的酒，没喝过。这个世界太奇怪，往往因为一点无关的人、事、物、景和机缘，将一些看上去毫无关联的一个人与另一个人、一个世界与另一个世界、一个时空与另一个时空、一种存在与另一种存在轻描淡写地联系起来。筱杨提议，什么时候我再到上海，就在上海德胜门请我吃饭，我有点受宠若惊。

马车夫斯基、一鹤悠然、我和筱杨的很多网友都曾见过她的照片，筱杨是个美女，但照片总是有欺骗性质，让人诚惶诚恐。当我带着贾湖丽，经常州，绕道上海去广州时，我决心会会筱杨，一是我确实想见见这个传说中的美女；二是网上结识很久了，筱杨也想见见老找不到爱人的老青蛙究竟长得有多恐怖；三是我也想让筱杨见见贾湖丽，让她为我参谋参谋；四是请筱杨订了两张上海到广州的火车票。

由于时间紧张，我们没在约定的“德胜门”饭店见面，我和贾湖丽是在上海火车站外一家快餐店里，见到了久违的筱杨的。见到筱杨时，贾湖丽马上觉得有点拘束和紧张，因为筱杨长得实在太漂亮了，居然比照片还漂亮，这有点意外。筱杨是东北人，但在南方长大，在北京与她通电话时，我敏感地听出她话语里的东北口音。筱杨个子高，保留着北方人的豪爽气，能喝酒。一次，筱杨在网上对马车夫斯基说她在一次出差时，深更半夜不睡觉，却拉着年已半百的男同事，租三轮车上街闲逛。余兴未了，又到海边，爬上轮船，在甲板上溜达和聊天。马车夫斯基随手写了一首打油诗，以示劝诫：

小妮子，不设防；
老男人，大色狼；
你不慎，他发狂；
吃了亏，喊冤枉；
这怪谁？假儿郎！

筱杨得诗大笑，我读诗亦笑，马车夫斯基知筱杨和老青蛙因诗而笑，也大笑不已。筱杨有其交友任侠的一面，却也不失江南人的灵秀和娇媚，这一点竟让我想起了嫦娥。我给一鹤悠然打手机，说筱杨比照片还漂亮呢，希望他找机会来上海看看，并邀筱杨做摄影模特，拍一组真正的写真照片。可惜的是，筱杨早已结婚，并生有一女儿。一鹤悠然对已婚女子没有十分的兴趣。后来，我对马车夫斯基开玩笑说："筱杨不宜搞政治，因为她长得实在太漂亮。"漂亮的女人搞政治，是很危险的。幸亏筱杨仅在一家国有企业的基层单位的政工部门工作，我这么想，也许有点多余。

贾湖丽也不关心政治，甚至连中央电视台的新闻联播也少看。登正阳门箭楼而望，只见楼下车来车往，人来人往，匆匆忙忙，熙熙攘攘。我有美人同游，也不曾有半丝忧伤，不能像陈子昂，吟得《登幽州台歌》的千古浩叹。正阳门二层有北京内城九门的有关图片展，三层、四层却是一个素以画长城题材和民居题材著称，名叫彭世强水墨丹青画家的个人画展。对画，我不懂，贾湖丽也不懂，但我喜欢看，贾湖丽喜欢陪着我一起看。

彭世强是北京人，曾就读于北京四中，这次展出的作品是他近几年来以北京的长城、民居、园林和寺院为题材的绘画作品近 60 幅。在表现方法上摆脱了单纯墨色的作用，在色彩和墨色的融合上有新建树，画出了浓厚的北京风韵和时代特色。我却觉用色太多，有点俗艳，贾湖丽嗔怪我不懂画，别乱评。彭世强原工版画、油画和漆画，1995 年秋天偶然发现了北京门头沟区川底下村，并开始以该村为背景改画水墨画。

川底下村原名爨底下村，因“爨”字不好认，改成现在的名字。村庄有些历史，始建于明朝初年，明清时这里曾是交通要道，位于门头沟区斋堂镇西 3 公里，距苹果园地铁站 70 公里，是一个偏僻小古堡式村落。传说一村民因长得酷似康熙，并代康熙出家当和尚，而与皇家攀成亲戚，而在此盖了许多房子。现村中保存着 500 间、70 余套明清时代的四合院民居，坐落在北侧缓坡之上，依山而建，层层升高，村上一条蜿蜒东西走向的紫石、青石砌成的小巷，看去幽雅漂亮。村分上下两层，高低错落线条清晰，被称为京西“布达拉宫”，并被列为国家公布的首批历史文化名村。彭世强画该村画出了名，出版了《水墨丹青绘京西》。

睹画思村。这样的一个乡村，又在北京，又名列建设部、国家文物局联合公布的中国首批历史文化名镇（村）名录，倒是一直想找机会去看看。

游川底下村时，我想依然带着贾湖丽。

2004 年 12 月 27 日星期一于北京

东岳庙

学者顾颉刚在一篇《东岳庙游记》的散文里说过一句极有趣的话。他说："道教真是一个只有崇拜，没有思想的宗教。"

这么说，也许马上就会有人会跳出来与我争辩、反驳，或者指责我断章取义。幸亏，这话不是我的原创，我没有版权。读到这句话时，我也很诧异，真逗，禁不住直乐。贾湖丽告诉我说，这阵子玟子心境恶劣，常与人"吵架"，包括她老公。心情不好，可以找个清静地方散散心，甚或烧烧香拜拜佛，没必要憋屈着。我接话说，这就奇怪了，玟子年纪轻轻，就患更年期综合征了？贾湖丽斥我胡说八道。小夫妻吵架，习以为常后就是家常便饭，吵吵似乎倒很正常，不吵总觉得欠了点什么似的。可玟子最近常把老子"辩者不善，善者不辩"的格言挂在嘴上，不知道是什么道理？我想，学者的话不可作某方面的定论和断言，某某官员的话也大可不必成为放之四海皆准不可更改的"金口玉牙"。

坐地铁到朝阳门，沿朝阳门外大街东行200米就到了东岳庙。说是庙，其实是一道观。说是道观，却又是庙的格局。我曾与萝卜同访过泰山脚下的岱庙，这个东岳庙与岱庙一样，主祀也是泰山神东岳大帝。道教最大的两派是正一派和全真派，北京东岳庙是正一派在华北地区最大的宫观，而全真派的祖庭之一位于北京西城区复兴门外的白云观。东岳庙是东汉道教创始人张天师第38代后裔张留孙筹资兴建。自元代延祐六年始建，历4年竣工，距今已680余年。

庙门外有一座建于明代的三间四柱七楼彩色琉璃牌楼，正面刻有“秩祀岱宗”，背面为“永延帝祚”，我才疏学浅，不知何意，据说是明朝权相严嵩所书。没想到奸臣的字居然如此之好，所以对“字如其人”“文如其人”的说法，我总抱以某种警惕地怀疑。庙门前有一小广场，左鼓右钟，鼓楼额书“鼍音”，钟楼额书“鲸音”。东岳庙素以“三多”著称，即神像多、楹联多、碑刻多。进庙门，迎面是瞻岱门，白底黑字悬挂的一副楹联，让我坐在对面石凳上琢磨老半天，感慨良久：“阳世奸雄，违天害理皆由己；阴司报应，古往今来放过谁。”对联写得好，但事实不一定是这样的。从地狱里出来，没灌孟婆汤的好像没有，所以阴司报应不好说，尚且存疑。

东岳庙占地 6 万平方米，古建筑 376 间，经明、清两朝的不断扩建，形成由中院、东院、西院三院组成的规制宏丽的古建筑群。庙内主要殿宇有岱岳殿、育德殿、广嗣殿、阜财殿、炳灵公殿、三茅君殿及 76 司庑殿等。穿瞻岱门，沿着 1 米多高的神路（甬道）北行，甬道旁有两棵巨大的国槐，让人惊心。岱岳殿雄踞于 25 米长、19 米宽的台基上，在“灵昭发育”“庙宗昭贶”的匾额下，殿内供有东岳天齐大生仁圣帝、两侍女、两中侍、四丞相和两介士神像，可拜，但禁了烟火，不允许烧香。

岱岳殿后有穿堂，可通育德殿，这里是东岳大帝与淑明坤德帝后的寝宫。育德殿无灯而晦暗，有阴气，给人一种迷离感，不敢久留。殿内外共有 11 尊用金丝楠木雕刻而成的明代神像，是国宝级的文物，极其精美。殿内供有天官、地官、水官，传言是主宰人间祸福生死之神。这三尊帝王装束的菩萨，据说原是大慈延福宫所供神像，因建文化部办公楼，庙宇被拆，才移至此。其两侧及外间抱厦分立 8 尊文武府臣。据说木雕菩萨腹内本空，古人曾将经卷用丝绸裹成内脏形状塞满。

老北京人之所以喜欢去东岳庙，另一个重要原因就在于它“神像最多，酬神最易”。几个世纪以来，人们在“生活上无论起了何种的不安，或生了何种的要求，都可以到东岳庙里去请求解决”，使东岳庙成为凝聚北京社会生活的重要场所。庙内神像最多时达 3000 余尊，1936 年尚有神像 1316 尊。神像最为集中的是，在岱宗宝殿及其东西朵殿、东西配殿以及瞻岱门之间，连檐通脊的廊庑内，主掌人间善恶福祸、因果报应、生死轮回的冥府之神“地府判官”76司诸神。各司神像都如真人大小，多的有十二三尊，少的也有七八尊，共716尊。现在看到的全都是由“泥人张”第四代传人、中央工艺美术学院教授张锠主持修复的，虽好，却不是古董。

对76司，顾颉刚曾分成人事、自然界、鬼怪、阴司四类进行过研究分析，认为东岳庙76司神像比较杂乱。他如此评价说：

> 人事中，“婚姻”和“行旅”是何等的大事，但他们（东岳庙）却没有。自然界中，“五谷”和“树木”是何等的需要，但他们也没有，既然有了“三月长斋”，何以没有“终身长斋”？既然有了“胎生”“卵生”，何以又有“畜生”“飞禽”？“山神”之与“山林鬼神”，“土地”之与“真官土地”有什么的区别？最可笑的，既有“所生贵贱”，又有“注生贵贱”，难道所生贵贱司中是没有注册的吗？死的一方面，似乎重叠的太多了：有“促寿”，有“取人”，有“催行”，有“引路”，有“生死”，有“十五种恶死”，有“勾生死”，有“生死勾押推勘”，不知它们的权限是怎样分法？至于生只有“十五种善生”而无“十五种恶生”，死只有“十五种恶死”而无“十五种善死”，不知他们又作如何解释？总结一语，这七十六司乃是人类贪生恶死的心理的表现，可怜它表现得太卑怯了！

我看76司神像，匆匆忙忙，走马观花。和我到拉萨布达拉宫看菩萨像一样，不明就里，不深究其源。偶有所得，欣然自喜。这也许是学者与普通游客的区别吧。

历史上东岳庙碑石数量首冠京城，多达160余通，现共有89通石碑，完好的仅18通。其中最旧最珍贵并保存完好的是元代著名书法家赵孟頫书写的《大元敕赐开府仪同三司上卿玄教大宗师张公碑》。此外，老北京有“机灵鬼儿、透亮碑儿、小金豆子、不吃亏儿”的顺口溜，也是指东岳庙的四块重要碑石。我不懂书法，也不懂这些民谣，所以对碑只是远远地望望，便望而却步了，并没深入玩味。

我感兴趣的是御碑楼前立的铜特，传说是文昌帝君的坐骑，是长着驴面、骡身、马耳、牛蹄的动物，老北京人俗称铜骡子。原件已移到白云观，这里的是复制品。老北京曾流传“铜骡子能治病”的传说，哪里不舒服，只要先摸摸自己，再摸摸铜骡子相应的部分，便能感应神通，病自然就好了。又传摸了铜骡子的下体，能滋阴壮阳，早得贵子。许多人慕名而来，可是在摸的时候又害臊，男人遮遮掩掩、鬼鬼祟祟，女人忸忸怩怩、羞羞答答，要摸又怕人笑话，但是求子的心切，没有法子，索性摸上一把就跑，为此闹出了不少趣事和笑话，铜骡子也被摸得锃亮。“摸铜骡子”这一茬，事前我却不太清楚，没有摸铜骡子的下身，只带着贾湖丽摸了摸铜骡子的头，可能是比较傻的缘故，希望自己别像蠢驴一样傻吧……

我已去东岳庙两次。第一次是在中秋节，因贾湖丽有事，我独自去的。第二次是在与贾湖丽同登正阳门，游完智化寺之后，走着去的。两次去，感觉不一样，收获也不同，我觉得像东岳庙这样的地方是可以多去几次的。1997 年东岳庙后罩楼被改设为北京民俗博物馆的陈列室。后罩楼三面环抱，上下两层，共七十四楹，九个连续展室和四个独立的展厅。我去时，有分诞生礼、成年礼、婚礼、寿礼、葬礼五部分的人生礼俗文物展、北京人生产工具展、北京人生活起居展、东岳庙历史展和徐艳丰扎刻艺术展。我执意从后罩楼窄窄的楼梯上将贾湖丽背下来，背着她，我大声喧哗：“快来看啊，猪八戒背媳妇啰！”贾湖丽努力地捶着我的肩膀说，放下，快放下，别让人看见了。

第一次去，在后罩楼前小院正在举办具有浓郁中秋节特色的游园活动，好些老北京庙会玩意儿吸引了不少兴致勃勃的老外。我从东侧门进后罩楼小院，一幅嫦娥明月图，图前燃香，祭桌上摆满各式祭品，祭桌前设两蒲团，用于拜月。左转，有各式兔儿爷的泥塑卖，兔儿爷是老北京人的玩具，寄寓着老北京人某种怀旧的思绪。再前去，有好几人在玩抖空竹。旁边立一牌子，上前一问却是猜谜的，谜没猜出，倒有一个玩法，古诗出上句找下句，我随便就找得杜甫的“星垂平野阔，月涌大江流”和李商隐的“沧海月明珠有泪，蓝田日暖玉生烟”，居然在领奖处领得两套关于东岳庙的明信片。第二次去时，我还向贾湖丽炫耀了一番，一向认为读书无多大用处的我，居然在此还派上了一点小小的用处，得到小小的一点纪念。

后罩楼小院的西侧门，在“中国首届民族艺术节”上荣获金奖的民间艺人张谦正在表演“拉洋片”，我没有凑近前去看，而是远远地看他表演，很有趣。“拉洋片”在旧北京庙会是寻常见的玩意，现在却比较稀罕。张谦，北京密云卸甲山村人，56岁，个子不高，戴黑色瓜皮帽，黑脸黑褂黑裤黑鞋，其貌不扬，挤眉弄眼，手舞足蹈，是一见就能让人乐的人物。却说张谦自幼喜爱文艺，最拿手的是天津快板，表演“拉洋片”却是半路出家，并非祖传的玩意儿。可见什么行当出道并不在早晚，而在于有无天赋。张谦的表演很有特点，放得开，说唱的同时添加了快板，再配以夸张的肢体语言、丰富的面部表情，随着锣鼓的伴奏，时而鲜活，时而含蓄，张牙舞爪，音调抑扬顿挫，行腔张弛有度，口儿正，味儿足。我觉得看镜子后的“洋片儿”倒在其次，看他的表演却是主要的。

第二次带贾湖丽去时，却没见到张谦了，虽然仅一面之交，却有点怀念起他来。似乎张谦不在，东岳庙缺少点什么似的。人生多是如此，相见时难忘亦难，相见是一种机缘，也是一种可有可无的疼痛。

2005年1月5日星期三北京雪

大钟寺

当萝卜终于认出贾湖丽并非什么了不得的神秘人物之后，贾湖丽就是三年前那个贾湖丽而已，贾湖丽不是那女子的真名。萝卜满肚子乐事，他琢磨了好几天，终于想通了其中的一些玄奥之后，给我取了一个绰号，叫“三草先生”。我听了，先是一愣，然后也狂笑，深以为然，并不得不佩服萝卜半职业化的总结和高度概括能力。萝卜说：“老青蛙，你这可是老牛吃嫩草，兔子吃窝边草，好马吃回头草——三草先生。高人啊！”

对此，我深感无奈，也并不想辩解。在武汉的老同学铁云再次到北京出差时，关心的还是我什么时候结婚，我是初中、高中和大学同学中“最后一个匈奴”——唯一一个未婚者。在长沙上学时，我和铁云是上下铺，因为我名字里有一个“风”字，他一度改名称自己叫“铁云”，这样我们就成了几乎形影不离的“风云”二兄弟。十多年过去，铁云除了眼角多了一些皱纹，眼里隐含了几丝难以觉察的沧桑之外，依旧是好身材，和读书时一样长得精瘦，瓜子脸，一副谁也不能欺骗的精明样子。上大学时，就是铁云聪明，而我傻。

铁云在北京办完事，正好是周末，要求我陪他游北京，地点由我定。我跟贾湖丽商量了一下，建议去完大钟寺后，若时间还充裕，就去潘家园或报国寺的旧货市场看看。铁云没表示反对，他虽不搞收藏，但我知道，他对旧货和古董是有些兴趣的。我还悄悄背着铁云，对贾湖丽说，等我写到大钟寺的时候，就写他了。贾湖丽轻声骂了我一句，好一个假私济私的家伙。

红居斜街有932路公交车可直达大钟寺，大钟寺在北三环之外。萝卜还没谈朋友时，我和他曾经过去一次。陪铁云来，是第二次，大钟寺其实也是个可以多来几次的地方，我曾多次向小王八推荐。我的上司曾对我们说，他最不喜欢的就是看寺庙，因为寺庙的构造和布局大同小异。大钟寺也不例外，布局严谨对称，自南而北依次为山门、天王殿、大雄宝殿、观音殿、藏经楼、大钟楼等。但影壁已毁，方丈院位于寺的东侧。

大钟寺原名觉生寺，清雍正十一年始建，建成时并无出众之处，十年之后，也就是乾隆八年，即公元1743年，永乐大钟由万寿寺移入寺内，寺名遂随钟声播扬京城内外，觉生寺的本名倒被遗忘了。1985年，在寺内辟建“大钟寺古钟博物馆”，专门收藏、研究、鉴定、展览中外各类钟、铃文物。经过十余年的发展，现有建筑面积5500平方米，展览面积3000平方米，文物藏品700余件，辟有历史沿革展室、外国钟展室、战国编钟展室、钟林一展室、钟林二展室、精品钟展室、古钟简史展室、铸造演示厅、钟王五绝展室、永乐大钟展室、九亭钟园展区等11个展室。

大钟寺原为清帝祈雨场所，虽然早已绝了香火，但我喜欢寺里的安静。这种安静，我认为在北京是稀罕的。而大钟寺最吸引游客的倒不是这种氛围，而是那口号称“世界钟王”的永乐大钟。永乐大钟有“五绝”：第一绝是形大量重、历史悠久。大钟于明朝永乐年间，距今560多年，由德胜门内铸钟厂铸造，是明成祖朱棣迁都北京后，营建京师的三大工程之一，另两件是故宫和天坛。大钟高6.75米，直径3.7米，钟唇厚18.5厘米，重46.5吨，却没有钟楼上挂着的那口同样是永乐期间铸造的无字钟重。永乐大钟铸成之后，存放在汉经厂，直到万历三十五年才被移到万寿寺，并在万寿寺悬挂了20年左右，每日由6个和尚撞钟。到明末天启年间，大钟被弃于地。清雍正时，经朝臣们争论，根据阴阳五行说，金水相生，大钟属金，北方属水，决定把它安置在京城之北，雍正皇帝命在新建成的觉生寺内再设计建造钟楼，并开始移置大钟。

第二绝是钟上铭文字数最多。钟楼门上高悬“华严觉海”字样匾额，据说是乾隆御笔。贾湖丽问我是什么意思，我摇摇头，说：“我只知道佛经里有部《华严经》，可能与此有关。”细究，原来永乐大钟曾叫“华严钟”，因几百年来误传大钟所铸经文是《华严厉经》的缘故。近年查明，钟体内外皆铸有经文，外面为《诸佛如来菩萨尊者神僧名经》《弥陀经》和《十二因缘咒》，里面为《妙法莲花经》，钟唇为《金刚般若经》，蒲牢（钟纽）处刻《楞严咒》等，计有经咒 17 种，共 230184 字，无一字遗漏，皆汉字楷书，字体工整，古朴道劲，匀称地分布在钟体各处，相传是明初书法家沈度的手笔。沈度，字民则，号自乐，华亭人，善写各体，其书婉丽飘逸，雍容矩度。董其昌对二沈颇推崇，称：“文（徵明）、祝（允明）二家，一时之标，然欲突过二沈，未能也。”明太宗尤重度书，李绍《皇朝世说新语》载：“太宗征善书者试而官之，最喜云间二沈学士，尤重度书，每称曰：我朝王羲之。”沈度官至侍讲学士，与其弟粲名重一时，并称“二沈先生”“大小学士”。我对筱杨、素素说，想不到沈度还是上海人呢。上海往往让人想起张爱玲，而非其他。

第三绝是音响奇妙优美，素传这钟“幽雅感人、益寿延年”。明、清两朝，每逢辞旧迎新之际，大钟寺的和尚都要撞钟 108 下。据说一是因为一年有 12 个月、24 个节气、72 个候，三数之合为 108；二是因为佛教认为人有 108 种烦恼，敲 108 下钟，人听了钟声便可消忧解愁。2004 年 12 月 31 日 21 时 30 分在此举行了以“同心、同声”为主题的 2005 大钟寺新年鸣钟祈福迎新活动，共撞钟 108 下，但我没去现场，只是在第二天的《北京晚报》看见这条消息的。

第四绝是力学结构最佳。永乐大钟的悬挂纽是靠一根与钟体相比显得很小的铜穿钉连接的。别看穿钉很小，却恰恰在它所能承受 40 多吨的剪应力范围之内。

第五绝是高超的铸造工艺。永乐大钟是采用泥范法（中国的三大传统铸造工艺——泥范法、铁范法和失蜡法之一）铸造。先在地上挖一个大坑，用草木和三合土做好内壁，上面涂上细泥，把写好经的宣纸反贴在细泥上，刻好阴字，加热烧成陶范，然后再一圈圈做好外范。浇铸时，几十座熔炉同时开炉，炉火纯青，火焰冲天，金花飞溅，铜汁涌流，金属液沿泥制的槽注入陶范，一次铸成。永乐钟铜质优良，致密坚固，合金纯度考究。大钟含铜

80.5%，含锡16%，还有铅、锌、铁、硅、镁等元素。这种成分配比，与《考工记》中的“六齐”项下的“钟鼎之齐”的记载极其近似。钟壁薄而经得起重击，音质、音色驰名天下。大钟铸好后，待到冬天，先每隔一里挖一口井，再沿路挖沟引水，泼水结冰，然后开始搬运；大钟在路上步步滑行几十里才至宫中。再滑到冰土堆上，然后建钟楼，钟挂于楼顶，春天解冻后移走土而钟悬。大钟支架四臂八叉，钟纽分上下两节，中间用穿钉固定于横梁上，用木杵轻轻一撞，便发出震心惊魂的钟声。

上大学时，铁云很有女人缘，而我以一鹤悠然的话评价是“当初为一腼腆少男，凡见女子未语而面先赤”。铁云与同班掌心纹交好，又通过掌心纹认识她同宿舍建筑管理专业的随州同乡敏。敏看上去稳重而有心计，好强而努力，铁云倒是油嘴滑舌、甜言蜜语，会说笑话，会逗乐，常逗得敏心花怒放。谁也不经意，背着大家，铁云与敏已开始勾勾搭搭了。那时我懵懂，虽陪铁云一起去过一次长沙植物园和校园的后山坡扛刀，却没意识到铁云和敏那时在恋爱。

事实上，铁云在这方面早慧，上高中时他就有一女友，考上武汉民族学院。一次学校放假，我到武汉访我爷爷，他也跟了去。我不太喜欢武汉这座城市，但铁云第一次到这里，就深深地爱上这座城市，后来他告诉我说那时他心里就暗下决心将来一定要设法定居在这座城市里。然后铁云让我陪他去见他女友，他女友倒不俗，很热情，并把她同班同宿舍一怀化副专员的女儿介绍给我认识。那是一个很清纯的女孩，后来回怀化，我曾去过地委大院，在她家当着她父母的面，她请我喝过一杯浓浓的橙汁，太甜，我不太喝得惯。

铁云问我他女友怎么样？我说这怎么好评价，挺好一姑娘。

铁云又问：“比掌心纹怎么样？比敏又如何？”

“这个怎么好比较——各有各的好处吧。”我喃喃回答，觉得铁云问得奇怪。很长时间后，我才弄明白，铁云来武汉的目的却是与女友分手。

我们毕业离开学校时，我和铁云、掌心纹、小刀等各奔东西，而敏、法国妹妹还在学校里读书。这时候，铁云和敏并没什么结果。我辗转在广东修了几年铁路，而铁云却漂泊到四川内江修成渝高速公路。当我回到怀化修整时，我感到前程渺茫，没甚事，决心独自去内江访访铁云，看看他是怎么生活的。当时通讯不方便，还没手机，临上车前，我给铁云发了一份电报。

这是我第一次入川，一路不顺，所以四川没给我留下什么好印象。到达内江，铁云并不如我愿，没来车站接我。当我辗转找到他工地住处时，却被告知他不在，前两天刚动身去广西投两江机场的标去了。我千里迢迢，却扑了个空。我问铁云什么时候返回，都说不知道。我又问铁云收到我的电报了吗？收发室说，没有什么电报。我进退两难，决定暂且住两天再说。几天过后，我发给铁云的电报姗姗来迟，终于放到了我的手上，我感慨良多，而铁云何时返回却遥遥无信。最初期望铁云陪我游成都的打算也因没了兴致而放弃，我准备打道回府——一个人灰溜溜，途经贵阳时，下车会了会同学小刀。小刀当时还没认识桐梓新娘，也是啥事没有，经常熬夜打麻将。

听掌心纹后来介绍说，铁云与敏一直藕断丝连，敏毕业后分到武汉，也经别人介绍好些男朋友，但她都觉得不如铁云。待到修建大京九铁路时，铁云调到湖北黄陂工点。有一次我恰巧出差路过黄陂，到他所在工地，却说他才离开，到武汉会朋友去了，又错过见面的机会。后来，我才知道他到武汉去会的就是敏。再后来，铁云和敏通过方方面面的关系，将铁云调到敏的单位，俩人结了婚。铁云和敏，一红瘦一绿肥，一外向一内敛，一精明一沉稳，倒是很互补的。铁云结婚时，也没通知我和其他同学，当时我对婚姻一片茫然，单位的人安慰我说：“急什么，天涯何处无芳草？”我自己安慰我自己说：“大丈夫何患无妻？”

时间就在漫无目的中悄悄流逝了。等到“五一”节，在铁云我们几个的倡议和召集之下，在长沙开个同学会。我本想邀贾湖丽一块跟我到长沙，让同学们帮我参谋参谋。我哄贾湖丽说：“跟我去长沙吧。”谁知她思家心切，执意要回常州。

我甚至意味深长地说：“你不跟着我，我可是回长沙会老相好去哦。”

贾湖丽倒铁了心，不上当。还说：“你去就去呗，谁拴着你？像你这么丑，真有女子喜欢上你？”弄得我怪没面子的。

“猪八戒曾经说过，粗柳簸箕细柳斗，世上谁见男儿丑？”我倒搬出《西游记》里猪悟能先生的一句名言来。

“老猪说过这话？不会是你编的吧？”贾湖丽根本不吃这一套。我曾对绿子介绍说，贾湖丽是那种软硬不吃的女孩，绿子倒很严肃，警告我别当着贾湖丽的面这样乱说。

在长沙同学会上，铁云倒是起我的哄，我只好拿出贾湖丽的照片搪塞，其实我对贾湖丽没底，谁知道将来她会嫁给谁。铁云邀我同游大钟寺，其实也是为了看看传说中的贾湖丽。我曾对月儿调侃说：“我是无地图旅行，无目标生活。”月儿信以为真，作为格言记在心上。而在长沙同学会上，铁云不无得意地说，当时在学校，他早就瞄准了武汉这座城市；甩了高中女友，瞄准的就是敏。敏能干，在外比铁云还强，省事，铁云基本不要操什么心。掌心纹的老公也是同班同学，在一旁听铁云如此表述，唏嘘不已。

一个有生活梦想，并能为梦想奋斗不止的人，往往能够梦想成真。我曾对贾湖丽转述过一个案例，说英国有一个富翁去世了，留下一个遗嘱，谁能猜到他为什么富有，将获得他 100 万英镑的遗产。他将答案锁在银行的保险柜里，到期公布。大家都来猜谜，答案五花八门，但最后是一个 7 岁小女孩获得了 100 万英镑的遗产。

“你猜猜，小女孩猜的答案是什么？”

贾湖丽想了想，然后摇摇头。

“答案就两个字，野心。穷人没有做富人的野心，安于现状，安贫乐道，知足常乐，停止了奋斗的脚步。一个有野心的人，也就成功了一半。我也是一个没有野心的人。胸无大志。”

“那你是个什么样的人？”

“我是啊——我就像这大钟寺里的永乐大钟。永乐大钟不是五绝吗？我可是七绝男人……”

贾湖丽不屑地笑了，知道我又开始胡扯了。

2005 年 1 月 13 日星期四于北京

辽金城垣博物馆

在萝卜眼里，我这个人是有点怪的，虽然他不说，但我是隐隐感觉得到的。

我这人何止怪，简直就是变态。自从从西客站北的适中招待所搬到红居斜街后，时间似乎还晚一点，好像是萝卜与便便的天使热恋之后，我喜欢在宿舍的书架上放上一个新鲜的水果，放上一个或两个月。最初，只是一个苹果。以至于便便的天使跟随萝卜到宿舍几次后，就问了一个奇怪的问题："老青蛙是不是有苹果情结？""苹果情结"是个好名词，但它只是一个概念，没有承载任何故事和意义，也不牵扯到某个遥远的已隐藏在记忆深处的人，某个女人。

而后，我又陆续在书架上，放上一个梨，或一个橘子、一个橙子、一根香蕉、一个杧果，或其他什么。我并不吃，而是喜欢欣赏一个鲜艳的水果在北京干燥的空气里是如何一天又一天慢慢地枯萎、起皱和腐烂，就像在欣赏一出无声的悲剧，就像聆听一支小提琴独奏小曲，就像残酷地看着青春流逝……从中我体察和敏锐地捕捉到一丝淡淡的感伤。看着一只苹果的老去，就像看着自身青春无可奈何地飘逝。也许只是对青春的祭奠而已。喜欢或不喜欢干某事，一定要有理由吗？当水果坏掉时，啪地一下，扔进垃圾篓里，那不经意的神情和慵懒，那随手的动作和姿势，在那一丝淡淡的感伤中，我似乎能够收获或在心底溅起一丝隐隐的快感。这快感便刺激和诱惑我再找一只水果放在书架上，放在我眼睛不经意能够扫见的地方。对这一小小"癖好”，我一度有些担心，我是不是确实应该找一个女子结婚了。

我带贾湖丽从她的住地程庄路口，到辽金城垣博物馆正是北京天气奇冷时节。辽金城垣博物馆躲在北京丰台区右安门外的玉林小区内，并不好找，来的人少，再加上天冷，来的人更少。贾湖丽对此并不太感兴趣。

辽金城垣博物馆是一座建在金中都水关遗址上的专题遗址博物馆，建成时间不长，1995 年 4 月 23 日才对外开放。该馆建筑整体呈不规则多边形，青灰色的外墙，屋顶铺以灰瓦，城墙垛口式的檐下饰一兽头，远远望去仿佛金代北京城又重现眼前。进馆之前，在院子里，一个棚架下，陈列着几块墓碑和石雕，墓碑刻着方块字，却都不认识。我对贾湖丽说：“这可能是西夏文呢。”贾湖丽不置可否，淡淡地笑了笑。

入馆沿大厅左侧扶梯而下，映入眼帘的便是“金中都水关遗址原状陈列”，雄伟的金中都南城垣水关遗址是当时流经城内外的河水进出的水道设施，目前残长 43.4 米。水关以木柱、衬石枋、石板等构筑而成，整体结构合理坚固，是目前北京除部分金代城墙之外所仅存的金中都城市建筑遗址，也是迄今发现的中国古代都城水关遗址中规模最大的一座。现已成为展示和研究我国古代建筑和水利设施的重要实例。

地下，阴气重，我和贾湖丽不敢久留。但在那里，没甚事，我想起周幽王和倾国倾城的褒姒，我便跟贾湖丽讲起我最近贴在网上的一名为《妲己与纣王》的小说。记得沈从文追求张兆和时，为赢得张氏姊弟的喜欢，全靠一肚子故事，贾湖丽也喜欢听我讲故事。

“你胡说什么啊？这唐僧、猪八戒、妲己、纣王，哪跟哪啊，八辈子靠得上吗？再说，商纣王那时候，帝王都不叫朕，称孤道寡。所以说，帝王总是孤独，难免是要独裁的。”贾湖丽开始还听得津津有味，这会儿突然醒悟过来。我自个儿也笑了，这不是网络上胡掰吗？

其实，网络正在改变人们传统的生活，网络也是一种生活方式。说着，我又领着贾湖丽看博物馆里的藏品。馆内基本陈列“北京都城发展史”，由“辽金以前的北京”“辽南京”“金中都的城垣”“宫城”“城市布局”“漕运”和“金以后的北京”等几部分组成，展陈着各具特色的历代文物和介绍水关遗址的发现发掘经过以及水关建筑结构、价值的实物、照片、图表等。它以辽金时的城墙及水关遗址为主要线索，荟萃了众多珍贵文物，为渴望了解辽金时的北京城历史的人们提供了一个不可多得的好去处。我一个一个地看着，贾湖丽今天的兴致并不高，也许今天她只想出来走走而已。

从辽金城垣博物馆出来，我问贾湖丽："大堡台西汉墓，咱还去吗？"

"不去。"贾湖丽斩钉截铁说。

"大堡台西汉墓可比辽金城垣博物馆有名，也好看多了。"长沙马王堆我是去过的，"黄肠题凑"和棺椁肯定少不了。只是天气太冷，我也有些犹豫。

"我害怕。"贾湖丽解释说。墓地是死的家园，她是害怕的，这让我想起我们一起游田义墓的情形，贾湖丽紧紧抓着我的后衣，什么也不敢看的样子。

"你看我这人是不是有点变态？"

"你——岂止有点变态，你简直就是极品变态。"说着，贾湖丽就禁不住地自个儿乐了。在这方面我和一鹤悠然有点相似，既是理想主义者，更是完美主义者，有点儿自恋，有点儿自闭，有点儿自虐，还有点儿轻微的精神分裂。我不知道，帆子是否也这样。

但贾湖丽是健康和靓丽的，她远离和逃避灰色、悲伤和死亡。而我是个无可救药的悲剧主义者，虽然并不是一个悲观主义者。

2005年3月16日星期三于北京

红螺寺

“喂，你找谁？”红居斜街宿舍的电话又响了，不是找我，就是找萝卜。找萝卜的多，找我的少。

“便便在吗？”便便是萝卜的女友给他取的昵称，第一次听她这么在电话里无遮拦地叫他，我禁不住地内心直笑。

“他不是成天跟你泡在一块吗？”

“我把他给弄丢了……”便便的天使在电话里故意装得可怜兮兮的。

“不会吧——他的心中只有你，没有别人。他可能刚从班上出来，在路上呢……”

萝卜这个人很有些意思。刚到北京时，他曾宣布他恋爱“三不找”原则：一不找眼镜妹妹，二不找同行，三不找本单位本系统的。但我常想，男女恋爱前不管条件有多高，原则多么不可逾越，最后的框框或多或少总是被突破和篡改了。萝卜一直比较关注《城·色》的写作进程，这有点儿麻烦，因是同事，知根知底，隐私被窥，心里难免总有点那个。有一次我对萝卜和便便的天使说，一定要把他们写进这个系列，只是不知道应该给她取个什么名字？她随口就说，就叫天使吧，便便就这么叫她的。我不置可否地笑了，心里却想，那可不行，你是萝卜的天使，可不是大伙儿的天使。若成了大家的天使，萝卜可就苦了。那就叫她便便的天使吧。

萝卜和便便的天使正式确定恋人关系是在坝上，坝上是坝上草原的简称。但坝上超出了北京的边界，所以我写红螺寺。去坝上的路上，要途经红螺寺。北京人有时很霸道，觉得有用时，便把诸如承德、燕郊、香河、廊坊、涿州等周边视为自己的领地，想怎么玩就怎么玩，实际根本不是那么回事儿。秋天是北京最好的日子，但秋天到坝上，并不是最好的时节。那是我和萝卜到北京的第二年，几近中秋，部门组织员工到丰宁坝上玩，允许带家属，但我尚没家属，我是一个人去的，而萝卜和烛龙都带着自己的女友，我显得格外的孤独和忧伤。那时萝卜结识便便的天使时间不久，正屁颠屁颠鞍前马后大献殷勤。

由三元桥，沿京顺高速，经顺义，过怀柔，一路北上，到丰宁的大滩镇，就进了坝上。坝上号称京北第一草原，位于华北平原和内蒙古高原交界地。此地地势陡然升高，成阶梯状，经过几年的商业经营，如今已成为北京人避暑休闲的后花园。坝上西起张家口市的张北县、尚义县，中挟沽源县、丰宁县境内的大滩镇，东至承德市围场县境内的塞罕坝。

坝上骑马，人在马背上，如飞，那种感觉是很舒坦而奇异的，那是真正驰骋的感觉，这才知道电影里骑马飞腾起来的镜头不虚。有了这第一次，我才真正懂得为什么有人如此爱骑马，尤其是女人。在坝上，住的是农家帐篷，喝沙棘酒，品野菜，吃莜面，啖手抓羊肉。晚上烧篝火、烤全羊，对我都没有什么根本的吸引力。萝卜和烛龙都带着自己的女友，不知道都躲在什么地方卿卿我我去了，而我独自望着天空看星星。北京的夜空是很少能看到星星的，而看到如此多而全的星星，记忆中似乎只有童年和那一次与一鹤悠然到云南泸沽湖旅游时才看见过。但北方的星空却与南方不同，没有山的遮拦，天如盖，地如盘，更能体会古人“天圆地方”的宇宙观。我在夜空中极力搜寻到北斗七星和牛郎织女星，感到一股热泪涌向眼眶，似乎童年就在昨天……而我，何已到了这里？

坝上没什么可叙述的，上司在骑马时不慎将刚换不久的新手机给丢了，后花了3000元辗转从牧民手中买了回来，情绪低落，也影响了大家的玩兴，气氛有些郁郁。第二天，离开坝上返京时，途中又到位于丰宁县城西北10公里的九龙松看了一眼，无非照照相、拍拍照，不看可惜，看了也没什么特别的地方。这松号称“天下第一奇松”，栽植于宋朝中期，已有近千年的历史。高约2丈，覆盖面积达500多平方米。此树有四奇。第一奇：上下分四层，远看像盆景，若九龙盘腾；第二奇：不向高处长，而向四面伸；第三奇：只长个，不育籽；第四奇：没有树冠，但气势非凡。“九龙松”三字为爱新觉罗·溥杰亲笔。这松能逃避若干劫数活到现在，真不容易。除了此地偏远的缘故之外，倒让我想起《庄子》的一则寓言故事来：

> 匠石之齐，至于曲辕，见栎社树。其大蔽数千牛，絜之百围，其高临山，十仞而后有枝，其可以为舟者旁十数。观者如市，匠伯不顾，遂行不辍。弟子厌观之，走及匠石，曰：“自吾执斧斤以随夫子，未尝见材如此其美也。先生不肯视，行不辍，何邪？”曰：“已矣，勿言之矣！散木也，以为舟则沉，以为棺椁则速腐，以为器则速毁，以为门户则液樠，以为柱则蠹。是不材之木也，无所可用，故能若是之寿。

庄子得出的结论是：“山木自寇也，膏火自煎也。桂可食，故伐之；漆可用，故割之。人皆知有用之用，而莫知无用之用也。”庄子的“无用”学说是独创，在《逍遥游》《养生主》《人间世》和《山木》等文章里反复论述，这个结论很有趣。世上人很多不知无用之用，但也有很多人不善用有用之用。我有时想，水果、蔬菜类植物巧妙利用人类对食物贪婪的索取，从而保持种属的延续和兴旺，究竟是人类在利用它们，还是它们在奴役人类。世间事，谁是谁非，有时很难说得清。

北京很大，但有时候北京又显得很小。萝卜不丑，尚且聪明，所以给萝卜介绍对象的热心人络绎不绝，萝卜相亲的故事也是错综复杂。萝卜与便便的天使据说是在网络聊天室认识的，聊得很投机，又说住得很近，就认识一下吧……就这样认识了。茫茫人海，不早一步不晚一步，就这样认识了，可见网络也不全是虚拟，北京也不是想象那么大了。但萝卜曾跟我说过一事，说他刚认识便便的天使不久，请便便的天使到西单电影院看电影，排队买票时，却碰上了上周别人给他介绍的一个女孩跟着另一个男人也在买票看电影。相视一下，相对无言，便各走各的，也互不相扰。只是萝卜还是觉得尴尬，偌大的北京，何以这么巧呢。

我曾与帆子分析过萝卜与便便的天使恋爱的成功案例。我们认为，两情相悦是前提，至少互不讨厌。其次萝卜很努力，有次萝卜邀便便的天使游植物园，萝卜提前制定了周密的游览计划，带着水、零食和食品，何时休息何景点讲点什么故事他都考虑得清清楚楚，好女怕咻夫，世上无难事，只怕有心人，若不成功肯定是见了鬼了。三是便便的天使当时一个人住在广安门货站附近的一套小房子里，离红居斜街很近，便于接触和套近乎。一个男人与一个女人经常在一块，其他人无法插进来，久而久之，不是你的也是你的，因为其他人不知不觉中渐行渐远，心中唯有对方，不是恋人也成了恋人，不结婚也就结婚了。

车到怀柔时，时间尚早，大家决定停车再看看红螺寺。“南有普陀，北有红螺”，红螺寺名气大。红螺寺的自然景观十分秀美。北依红螺山，南眺红螺湖，山环水绕，层林叠翠，古木参天，整个寺院掩映在千亩松海之中，历来以古、奇、雄、秀、幽著称，又有“御竹林、雌雄银杏、紫藤寄松”三绝景点缀其间。现已逐步整理成红螺山、红螺寺、观音寺、呈秀园、松林御园和五百罗汉园六大景区。拾级而上，便看见一道古色古香的肃穆山门，步入古寺，即是一条宁静的竹林小径，院内更是翠竹成林，即“御竹林”。红螺寺的竹林很有名，据说已有600余年的历史，比紫竹院的竹子历史悠久，是北京竹林之最，当年康熙皇帝都曾亲临该寺赏竹。

红螺寺初建于东晋永和四年，距今已有1600多年。当时中国北方正处于五胡十六国的后赵统治时期。晋怀帝永嘉四年，西域高僧佛图澄东来中国传教，受到后赵皇帝石勒、石虎叔侄的优礼，遂在后赵国境内弘法授徒，广建寺塔。他是经国家正式批准在中国授徒（中国人出家为僧）的第一人。据《高僧传》记载，佛图澄在后赵弘法30余年，先后建寺达893所，红螺寺就是其中之一。红螺寺扩建于盛唐，原名大明寺，是唐代北京五大寺之一。明正统年间改名护国资福寺。红螺寺中有一山泉，名珍珠泉，据传玉帝两个女儿下凡，在泉水深处化为两颗色彩殷红的大螺蛳，每到夕阳西下之时，这两个螺蛳便吐出红色火焰，救济民众。山因传说名红螺山，寺因山名而改称红螺寺。

赏完珍珠泉，再沿石阶前行，就是红螺寺的主要建筑：天王殿、大雄宝殿、禅堂，以及由东西四座和诵经房组成的中院。红螺寺是历代佛家圣地，也是京华气功的发源地，素有“京北第一刹”之称。同时也是我国北方最大的佛教丛林，净土宗十三祖的第十二代彻悟大师和第十三代印光大师，都曾到此讲经说法。因此佛缘，红螺寺一直以来香火鼎盛，天南地北慕名而来的香客络绎不绝。

萝卜和便便的天使是如何游的红螺寺的，我已记不得了，也不是我应该关心的。我只是在红螺寺里拾得一点清静，我心底喜欢这个地方。此外，我知道北京特产中的果脯、茯苓夹饼、山楂卷、羊羹等以“红螺”牌最好，我曾多次买过好多送给亲戚和朋友，却不知道与该寺有没有什么渊源，没有深究。

萝卜与便便的天使已热恋两年了，基本上快结婚了，似乎只等房子。一天，萝卜对我说，便便的天使家养的猫快死了。猫叫咪咪，13 岁，猫有九命，但 13 岁的猫相当于人活了百岁，离死不远了。果然，几天后，便便的天使的电话又打到宿舍，说咪咪真的死了，便便的天使在电话那头痛哭，萝卜在电话这头束手无策，说了好多安慰的话。

便便的天使毕业于北京理工大学化学系，长得白，个子不矮，脸圆，戴眼镜，但眼镜度数不高，平常收在眼镜盒里。便便的天使的工作性质却与萝卜相似，唯一让人放心的是不在同一个系统单位里工作。萝卜说她脾气暴，我倒没看出来。便便的天使是名门之后，孙良诚是她的祖爷爷。萝卜说她长得像孙良诚，我想也许将门虎妞吧。便便的天使爱笑，笑起来声音清脆，笑起来萝卜就像是霜后的萝卜——骨头都酥了，心却甜。

2005 年 3 月 17 日星期四于北京

大栅栏

要是你用标准普通话问这个地名，北京人会明确告诉你："不知道。北京根本就没这地儿。" 因为地道的北京人不这么说，他们把"大栅栏"叫成"大什栏儿"，"栅"字音读"什"，发音极轻，在舌头上打个滚就过去了，一气呵成，很好听，也很自信。我觉得，就像喝不喝得了豆汁儿一样，会不会念"大栅栏"，都是证明地道北京人的试金石。便便的天使和小鱼儿念叨"大栅栏"时，都很顺溜。

我是在大栅栏见到 Jenny 的。Jenny 是湖南怀化人，我虽然并不怎么喜欢怀化这个地方，却因为对怀化怀着某种割舍不下的情感，所以我对所有怀化人心底似乎总存有一种天然的亲近。Jenny 和我是校友，她是玉兰白在大学时的同班同学同宿舍，都是学机械的。在校时，我既不认识 Jenny，也不认识玉兰白，我是学土木工程的，两个专业学起来都累，我们学校流行一句戏言："学土木的越学越土越木，学机械的越学越僵越机械。"

她们毕业后，玉兰白分配到湖南湘潭的一家工厂，而 Jenny 考上本校的研究生，后在长沙留母校当老师。玉兰白是我在网上认识的一网友，因工作和家庭原因，后来也考回母校，继续读研。和玉兰白在网上初识时，她有意隐瞒已嫁人的情况，导致我掉入陷阱，与她有过一段让我后来想着也啼笑皆非的网恋。其实，我这人并不轻易相信什么人，不是我那段时间情感过于脆弱，就是玉兰白"网络色像"太诱惑。网恋，也不图什么，只是作为那段时间的一种精神依托。后来，还算好，玉兰白终于良心发现，于心不忍地告诉我事实真相。我虽然非常伤心和消沉，但也没有从单位办公楼跳下去的勇气和理由。我一直回避欺骗，我不相信像我如此愚笨的人，居然还会有人费心思来骗我，况且还在虚拟的网上。现在回想，正如贾湖丽对我的评价：“老青蛙这人还是比较单纯和幼稚的。”我有时甚至怀疑自己，我这人活在这世上是不是显得过于简单和多余。

对玉兰白，想想，我有时恨不得咬她一口，但又无可奈何，因为从来就没见过，无从报复。只是有一次，她告诉我说，她要做丁克家庭，像绿子一样不要孩子。我便想做点好事，试图改变她的想法，也以期“报复”她一下。我苦口婆心地在网上对她说要孩子的几十点理由和好处，并极力推荐她看周国平写的《妞妞》。玉兰白听我的劝，果然买回了《妞妞》，读后竟然大哭一场，决心要孩子。玉兰白奇怪地问我：“别人的女人生不生孩子你也管，你的闲事可管大了？！还有什么事你不管的？”那当然，我口是心非地在网上回答说，这是我网上的主要工作之一。真的？玉兰白信以为真，其实她也没那么容易相信人。不久，玉兰白便如愿怀孕，后顺利生下一女孩。玉兰白央我为她女儿取一个名字，我想了想说叫“陈斐好”如何？源于《庄子》“子非鱼安知鱼之乐”，玉兰白征求其夫君旨意，没有同意。就女儿之事，玉兰白说感谢我，我说不用谢，孩子其实是父母生命的一种延续状态，基因的一种传承方式。可不知道为什么，我心底还是浮泛起一丝淡淡的惆怅。

玉兰白说，为了表示感谢和歉意，她决定将Jenny介绍给我，希望Jenny能成为我的女朋友。我一口应承了，其实这时候我心里对玉兰白已缺少了信任。Jenny属虎，也已老大不小了，经常挂在网上，包括周末。有时，我在网上问她在干吗。Jenny说在加班。我又问加班干吗。Jenny回答说画图。我感慨了一番，高知女子多是工作狂，哪来时间谈恋爱？而高知女子多是本分人家和好女子，自视甚高，却又往往找不到自己的情感归宿和心灵处所。她们没多少时间、心情、精力去搞那些乌七八糟的东西，她们向往浪漫，却没有多少机会去放浪。我对高知女子总是充满一种莫名地同情、悲怜和好奇。高知女子面对这个男权世界似乎总在拼命挣扎和抗争，似乎总想通过个体的努力和奋斗夺回某种本属于自己的权力和尊严。春天来了，高知女子就像一块冰，拒绝融化。已到荷兰留学的 Blueworld 和 Jenny 一样，也是一个高知女子。

我想见 Jenny，主要是想看看她到底是个什么样的人，为什么还不肯嫁人。我知道我与她是没戏的，一方面我不善于搞“一夜情”之类的故事，另一方面我对情感很认真也很现实，我是找女人结婚，不是找情人玩，我在北京，她在长沙，牛郎织女我不会干，她也不会同意。除非 Jenny 是天仙，我也许会——笑话，高知女子很少有漂亮的。再说如果是天仙，还会留着等你？老青蛙是哪根葱，谁不知道啊。

我和 Jenny 见面正是北京“非典”期间，她说与同事、导师来京参加一个国际机械博览会。Jenny 他们参加博览会很贼，白天广看博记，晚上回来草图就画在自己的笔记本上了。Jenny 先说是住在中国国际展览中心附近，后导师临时改变主意，住到了大栅栏。我心里倒觉好笑，觉得这导师倒是个有情人，大栅栏旅馆的房间倒是旧点，但老北京味足，处在闹市，离有名的八大胡同也不远。只是离办展的中国国际展览中心远了点，每天来回折腾，要辛苦些。

关于八大胡同，应该有很多故事，但那些故事与我都没有什么太大关系。八大胡同是老北京的红灯区，但旧时的妓院并非完全像现代人想象的那样暧昧。记得梁实秋在《北平年景》里说：“打麻将应该到八大胡同去，在那里有上好的骨牌，硬木的牌桌，还有佳丽环列。”赛金花、小凤仙曾住在八大胡同的陕西巷里，郁达夫在《街灯》《寒宵》《祈愿》等多篇文字里提到“北京的银弟”也藏在八大胡同里，与沈从文有过关系位于杨梅竹斜街的酉西会馆似乎也在附近……对这些，我没更多时间、精力去细玩味和考证。

下班后，我打车到大栅栏，准备在前门总店请 Jenny 吃全聚德烤鸭。老北京有句顺口溜：“看玩意上天桥，买东西到大栅栏。”大栅栏处在老北京城的中心地段，位于天安门广场以南，前门大街西侧，从东口至西口全长 275 米。自明朝永乐十八年以来，经过 500 多年的沿革，逐渐发展成为店铺林立的商业街了。大栅栏原名叫廊房四条，明、清时为了防止盗贼隐藏在大街小巷之内，经朝廷批准，在北京各街巷胡同两头纷纷建立了木栅栏，约有

1700余处，黎明开启，入夜掌灯时关闭。尤以廊房四条东、西口建起的两座大栅栏“高大坚固”与众不同，成为街巷的装饰标志物，人们习称“大栅栏”，久而久之取代了原来的街名，演化为正式的街名。

清末，在大栅栏全盛时有店铺约80家，而且家家是名店铺。如同仁堂乐家药铺、瑞蚨祥孟记绸布店、长盛魁干果店、东兆魁帽店、六必居酱菜店、荣宝斋文房四宝、一品斋鞋店、东鸿记和张一元文记茶庄、厚德福饭庄、聚庆斋饽饽铺、月盛斋熟肉店、天蕙斋鼻烟铺、豫丰烟店及广德、三庆、庆乐、大观楼等戏园、电影院等，都是久负盛名的老字号。据《帝京岁时纪胜》记载，过去正月十五，大栅栏逛花灯是轰动北京的活动，已不同于老北京的庙会形制和格局。

当我站在前门大街的路边，等着Jenny从对面大栅栏小巷里姗姗走来时，已饥肠辘辘。“非典”弄得到处都人心惶惶，首都不像个首都，人也不像人了。还没走到全聚德，我临时改了主意，领着Jenny进了路边“都一处”吃烧卖。“都一处”的烧卖是一绝，牌匾据传是乾隆御笔。Jenny似乎是打扮过的，穿着一件白色散着零星碎花的衬衣，中等身材，眉目清秀，胸不大，下额上长了颗痣，说是美人痣吧，却有黄豆般大小，有点显眼。邻桌一人突然轻咳了几声，吓了我一跳，不禁多盯了他几眼。那人也不畏我，反盯了我几眼，似乎在说想干什么，想干一架不成。特殊时期，还是少惹事为上策，我有点垂头丧气。Jenny话不多，敏感，她明显感到我因“非典”的焦躁，她说：“我爸爸说，‘非典’还没感冒死的人多呢。”我吃着烧卖，很高兴，觉得Jenny还有些趣，我可不是个怕死的人。

听了Jenny的话，我放松了很多。便问了她好些情况，觉得她的导师很有些情趣。话多了，我便给Jenny介绍说，沿大栅栏街往西走，可到新华街，再往南就是湖广会馆，往北能到琉璃厂。以往的琉璃厂名气可大了，相当于现在的潘家园，但现在的琉璃厂有点贵族化，我曾骑自行车来逛过两回，现在多是外国人在此出没。

后来，我又到大栅栏，请贾湖丽和她准备移民加拿大的同学慧及慧对我充满好奇的女友在“都一处”吃了一次烧卖，让静在前门全聚德请我和帆吃了一次烤鸭。帆子也是学机械的，后来我想应该把 Jenny 介绍给他认识一下的。但帆子对此似乎毫无兴致，也许帆子也有他的“三不找”原则。

2005 年 3 月 18 日星期五于北京

田义墓

到法海寺之前，我先带着贾湖丽几经周折终于在模式口街边，找到了不起眼的田义墓。这是北京唯一保存尚好的太监墓地，居然只是石景山区级文物保护单位，所以门票极便宜，性价比高，这多少让我感到有点诧异。

田义墓偏，去的人少。人少就显得静，静得过分，让人有点毛骨悚然，从心底生出一丝恐怖，贾湖丽寸步不离，紧跟我身后。我甚至认为，天黑之后，这儿定然是拍恐怖电影的好地方。这也是为什么有的男人谈恋爱，喜欢带女孩子去电影院看恐怖电影的缘故吧。田义墓北依翠微山，南临村落，建成于明万历年间，沿中轴线依山势，顺次建有门楼、华表、石像生、棂星门、碑亭、享殿、寿域门、石五供、墓碑、坟冢等建筑。

“法海寺的木工，田义墓的石工”，这是老北京民谚。到此一游，发现田义墓的石雕确实堪称一绝。由石门进入，石额坊上横书“司礼监掌印太监田公神道”。门北有一对石制八角形华表。华表为须弥座，束腰部位雕有狮、象、鹿、骆驼、马等动物的浮雕。在华表后为文武石像生，左武右文，三米来高侧立着，雕刻尤其精细，栩栩如生，给人一种震撼感，让我凝视良久。武官金刚怒目，一身铠甲，手持钢鞭。文官留须，头顶乌纱，身穿长袍，手持玉笏，一幅温良恭俭让的模样。我纳闷，如此精品，何以没被设于五塔寺的石刻博物馆收走？掠他人镇宅之宝，设立专项博物馆，虽方便了参观者，利于文物的管理和保护，就像进快餐店吃饭，于游览并没有什么好处。

石像生后为棂星门，呈四柱三门牌枋形，中间有石门两扇，石门两侧前后各有四面浮雕，阳面刻有雄狮，显示其震慑作用。右边的一幅有大小狮子两只，寓为太师、少师之意，阴面浮雕为两幅双鹿图，一鹿昂首行走，一鹿俯首觅食，一动一静，谐和自然，双鹿周围有松柏竹梅。树枝间有蝙蝠，鹿脚下花草盛开，象征福禄寿，表达长寿吉祥的寓意。

依次北行，有三座碑亭为八角砖石结构，分别为万历十年、十一年、三十三年建，碑亭上部呈圆形券顶，正中有石雕蟠龙两条，我在别地倒没见过。中间的碑亭为敕谕南京守备碑，碑文记载有田义为南京守备的圣旨全文。与其他地方不同，田义墓的石碑不是驮在龟蚨背上，而是立于一长方形碑座上。整座雕刻宛如一幅山水画卷，中间有雄狮呈待吼之状，身上的狮毛呈绒状，旁有松树两棵，枝叶在画卷的上方填补了上部的空白。一条小溪翻滚浪花从石雕的右上方潺潺流下，流入一片翠竹之中，浪花飞溅之状宛如工笔画卷。它的绝妙之处在于四只昆虫形象逼真。上部松树枝叶之间有一只蝉，翼之纹络清晰可辨。蝉后有螳螂一只，应为螳螂捕蝉，下部有棉蝗（俗称扁担勾）和蝈蝈各一只，四只昆虫均刻在石上，却犹如画在纸上一样。整幅浮雕凹凸部分非常明显，立体感强烈，宛如一幅精美的工艺品。

穿过已残破的享殿，进入寿域门，迎面是巨大的石雕，石五供，上有逼真的石香炉，供品有桃、石榴、柿子，均为石雕供器物。最后面有五座坟冢，坟的构造不同明、清以砖砌圆形的常见风格。它的宝顶是三合土从地面到锥形宝顶。四周有的为八角形，有的是由八块弧形石料砌成。石上的雕刻有法螺、法轮、莲花、宝瓶等八宝法器，有的雕刻民间传说的各种人物及故事。主要人物有道教的八仙，故事有西汉的苏武牧羊、羊续悬鱼等。我带着贾湖丽，下到田义墓的地宫转了一圈，地宫是空的，没人管，很小，有些阴冷，贾湖丽紧贴着我的身后，头顶着我的背，踩着我的脚跟，什么也不敢看。

武官石像生的身后，有一宅院，1998 年被辟为宦官文化陈列馆。宦官制度在中国有 3000 多年历史，陈列馆用大量的图片、文字分别从宦官的制度沿革、宦官的来源、宦官的职掌和使命、宦官的婚姻家庭和生产、宦官的生理和心理特征、历史上的著名宦官、宦官制度的研究资料等七部分进行了介绍。记得末代皇帝爱新觉罗·溥仪在《我的前半生》书中记述说：“役使太监的历史起于何年，我说不准，但我知道结束的日子，是在二次大战取得胜利，我从帝王宝座上第三次摔下来的那天，那时可能是太监最少的时候，只有10名左右。据说人数最多的是明朝，达10万名。清朝使用太监，在职务和数量上虽有过限制，但西太后时代也还有3000多名。辛亥以后，太监大量逃亡，虽然优待条件上规定不许再招阉人，内务府仍旧偷着收用。”

宦官主要有俘虏、罪人、民间被诱骗进贡到宫中者、为升官发财自愿阉割者四种来源。古代，男性被阉割时，在缺乏麻醉的原始手术状态下进行，被阉割者仰卧在炕上，一人固定其腰部，另外二人分别抓住其两条腿，并用布扎紧下腹及大腿上部，生殖器和阴囊用辣椒水清洗，这种原始的方法，实际是消毒过程。而后主刀者问被阉者“后不后悔”，待其说“不后悔”之后，随之用刀将阴茎和阴囊割下。为避免术后尿道被堵塞，需用白蜡管插入尿道，并用冷水浸湿的纸将伤口包扎。这种原始的手术方法，是一种残酷的折磨人的过程。被阉者在术后要由人架起走两三个小时才能躺下休息，术后为避免频繁尿尿，三天之内不能喝水，待三天后拨出白蜡管，尿液喷出，手术即告成功。据说，那种口渴，伤口干裂的痛苦使人痛苦异常，是一般人难以忍受的。手术的存活率比较低，据史料载，太平天国金田起义不久，就一次阉割十岁以下男童六七百人，存活者约“十之二三”。

鲁迅认为：“中国历代的宦官，那冷酷险狠，都超出常人许多倍。”被阉割后而入宫的太监，在生理和心理上属于不阴不阳的变态人，心理和心态极其扭曲。有一次，我与贾湖丽游颐和园永寿斋时，墙上有一介绍，太监供蛇、狐狸、黄鼠狼、刺猬为自己的守护神，这四种动物倒是见不得人。太监们为何以这四种动物为守护神，却不得而知。民间传言，自古宦官成为良臣者万无一人，所以明代刘瑾、魏忠贤，清代安德海、李莲英之流，多为祸害，被人诅咒，遗臭万年。

但也不能一概而论，宦官中也有杰出人才。该墓主人田义生于明嘉靖十三年，卒于万历三十三年，别号渭州，陕西华县人。他八岁净身入宫，因聪明过人，被选入内书堂学习，万历皇帝时升为文书房管事，在处理皇帝奏章时由于谨慎认真，又封为内官监太监。因其办事得力、功德显著，又被任命南京副守备。西边的碑亭中专为此记载了田义奉旨押发秦府永寿王府辅国中尉怀庸送至凤阳一事，由此深得皇帝信任。后官至司礼监印，酒醋面局印，总都礼仪房等重要职务。1998年春，石景山文化文物局对新中国成立前曾被盗的田义墓墓址进行重新挖掘，据地宫中出土的墓志铭中载，田义“周慎简重，练然志成，历事三朝，未尝有过……独公始终宠遇不衰，禄米岁增，至六百余石”，评价甚高。此外，发明造纸术的蔡伦、七下西洋的三保太监郑和都在历史上留下很高的声誉，留下不可磨灭的功绩。太监们的雄性荷尔蒙已经没有了，我不知道，如何用弗洛伊德的“力比多抑制—升华”理论来解释太监们的成就。随着中国最后一个太监孙耀庭于1996年12月在北京广化寺因病辞世，享年94岁，中国延续3000年的宦官制度终于消亡——但沉淀在中国男人心底的太监心态和太监心理何时才能完结呢？我不知道。

在我看来，中国文人有两个很不好的宿命“榜样”，一个是楚逐臣屈原，一个是受过腐刑被阉割过的司马迁。中国传统文人遵从臣道忠肃之道，不是被逐就是被阉，甚或一杀了之，株连亲朋，灭其九族。从游田义墓想到中国宦官太监制度，从宦官太监联想到司马迁，从司马迁又联想到中国文人。达则兼济天下，穷则独善其身，“不以物喜，不以己悲，居庙堂之高，则忧其民；处江湖之远，则忧其君。是进亦忧，退亦忧。”中国文人的外延与内涵往往被人为地缩小了，“中国文人意识”被强奸了，中国文人似乎难脱愁苦的宿命。而经世济用常常被摒弃于中国文人圈子之外，小乘修炼大行其道，中国文人变成几个酸腐名儒的代名词，再过多久也许连小乘修炼都会被摒弃了。

“你又在瞎说八道什么呢？”贾湖丽嗔道，“中国文人关你何事？你又不是文人。”

2005年3月21日星期一于北京

中国现代文学馆

一些天然复杂或积淀深厚的地方，总让我感到恐慌和害怕，因为我担心自己无法理解或被理解。我似乎总与外界保持一定距离，垫着脚跟拼命地张望。可我又究竟在张望什么呢？我又能张望到一点什么呢？

我可能什么都看不到。离开炎黄艺术馆，风有点大，我带着贾湖丽徒步寻找中国现代文学馆。在芍药居小区文学馆路45号，我们看到一座红墙蓝瓦的大宅院，开始还以为是谁家的别墅，走近一看，原来就是要找的文学馆。掌心纹在网上读了我写的小说《你为什么不结婚》《等待》后，告诉我说她想起了巴金《家》里的梅，希望我再接再厉，多写点清澈聪明的女子，以养眼。我有些吃惊，因为我根本没读过巴金的《家》，电影也不喜欢，而且潜意识里觉得《家》模仿《红楼梦》，却又没有《红楼梦》写得好，读《家》还不如多读一遍《红楼梦》。说实在话，我不太喜欢巴金的作品，读得也少，但我很佩服他的人品，一个活得很真实的人——一个没拿一分钱工资的真正自由撰稿人，一个专靠稿酬就养活自己和家人的人。

当我还在湖南怀化时，因为闲，上班也无什么大事，我曾认真地啃读过巴金的《随想录》，150多篇文章写得朴实、简单而沉重。知其雄而守其雌，知其智而守其拙，巴金在《随想录》里主动放弃了各种写作技法，回归到写作的"童稚"时代和"原生态"，我深深地被他的忏悔和真诚感动。

该馆是中国现代文学的资料中心，集文学博物馆、文学图书馆、文学档案馆、文学资料研究、文学交流的功能于一身。其任务是收集、保管、整理、研究中国现、当代作家的著作、报刊、手稿、译本、书信、日记、录音、录像、照片、文物等文学资料、档案资料和有关的研究资料。文学馆现共有藏品38万件，其中书籍23万册、杂志2100多种、报纸142种、手稿13824件、照片16173件、书信11600件、录音带360盘、录像带442盘、文物4380件。对作家整批捐赠的文学资料，建立了以其姓名命名的文库。目前已建立的有巴金、冰心等中国大陆，港、澳、台地区及海外华人作家的文库共81座。一个文学家在此能占一席之地，等于名字和著作步入圣殿，存在某种象征意义。在我看来，就像佛陀端坐寺庙的神台，耶稣走进教堂的神坛，所得所失，承继或嬗变，我有点说不太清楚。

中国现代文学馆有“九绝”。第一绝是门口的巨石影壁，是专门从山东莱州劈山取来的樱花石，8米长，2.5米高，厚1米，约50吨重，顶部刻意削成山状，以求“残缺”和自然美。影壁前后都刻有巴金的话。前面是：“我们有一个多么丰富的文学宝库，那就是多少作家留下来的杰作，它们支持我们、教育我们、鼓励我们，使自己变得更善良、更纯洁，对别人更有用。”背面是：“我们的新文学是表现我国人民心灵美的丰富矿藏，是塑造青年灵魂的工厂，是培养革命战士的学校。我们的新文学是散播火种的文学，我从它得到温暖，也把火种传给别人。”我不知道是何人所选，巴金说过很多好话，为什么却选这么两段？

第二绝是名人题写的四个馆名，文字一样，字体不同。在红色花岗岩墙面上，嵌着用产于河北曲阳“草白玉”石头雕成的“百花齐放”浮雕，据说是第三绝。

推门进馆，门把是巴金的手模翻做的，很别致，很新颖，我在国内别的地方从没见过。正门的两侧，高3.6米、总宽28米的彩色玻璃镶嵌画格外引人注目，它们分别是鲁迅《祝福》、郭沫若《女神》、茅盾《白杨礼赞》、巴金《家》、老舍《茶馆》和曹禺《原野》中的人物或意境。正门前厅的东西两侧分别立着两个大青瓷花瓶，每个高3米、重1.5吨，上面有5000多名中国作家的签名字迹。宽大的过厅两侧是两副令人震撼的18米长、2.8米宽的巨幅油画壁画《受难者》和《反抗者》，分别取材于鲁迅、茅盾、巴金、老舍、曹禺、叶圣陶、艾青、许地山、沈从文等的作品。这是文学馆的第四至第七绝。

文学馆设有四个面积分别为500平方米的展厅，底层和一层展厅为可更换展厅，二层和三层为固定展厅。我和贾湖丽去时，一层展厅正展出包括鲁迅、郭沫若、茅盾、巴金、老舍、曹禺、冰心7位文学大师的写作和生活环境的模拟实景为主要内容的“20世纪文学大师风采展”；二层展厅展出“中国现当代文学作品展”，我一一给贾湖丽介绍，如数家珍，好像在给她上一堂中国现代文学史的课，让她佩服不已——天啊，老青蛙，你居然还真的懂得文学。我曾对帆子说，泡妞一定要扬长避短，避实就虚，让女人敬佩和崇拜男人。但也不尽然，有时候处处想标榜聪明，适得其反，却处处显示愚蠢。

“文学是什么？高尔基说文学是人学。不，其实我并不懂文学，我只是不务正业，很多年来没事时，读过不少这些没用的杂书而已。”我对贾湖丽很认真地解释说。我时常幻想能够超越生活的常规和平凡，我还时常幻想能够超越生活的神圣和传奇，事实上我什么也不能超越。贾湖丽对此半信半疑，似懂非懂。文学馆的三层展厅是“作家文库展”，主要展示18位作家的模拟书房，全部都是作家捐赠的藏书和实物。三层展厅四壁的大书架共收藏属于“作家文库”的藏书8万册。设在底层展厅的“中国现代文学馆藏书票画原作展”，展示52位当今国内最有影响的画家为文学馆开馆创作的藏书票画。

走出主厅，已是黄昏，就快闭馆了。文学馆还有一个庭院，是按朱自清《荷塘月色》意境设计的池塘和喷泉；在绿地和草丛中，有当代一流雕塑家们分别为鲁迅、郭沫若、茅盾、巴金、老舍、曹禺、冰心、叶圣陶、朱自清、丁玲、艾青、沈从文、赵树理等13位文学家制作的雕像。除冰心的雕塑是用白色大理石制作的外，其他是铜或铁质的。这是第八绝。

第九绝是在文学馆东门内小广场上，在两列罗马柱廊中央，摆置着一块从北京房山找来的奇石，体积巨大，像一尾展开的孔雀屏，中心有一个溜溜圆的孔，透空，而且连着一个缺角，是一个逗号，似乎是寄寓中国的文学事业以“逗号”的未完待续。目前，中国现代文学馆的馆徽就是一个“逗号”。这个设计和寄寓都是我比较喜欢的。

除了展览之外，目前最有意义的是每两周在文学馆 B 座多功能厅举行一次的星期义务演讲——《在文学馆听讲座》，时间一般为周日上午 9 时 30 分至 12 时。自 2002 年 7 月，《在文学馆听讲座》于中央电视台“科学·教育”频道《百家讲坛》栏目每周三定期播出，我就经常看该节目，但没有在现场听过讲座。贾湖丽很少看这样的节目，她和我母亲一样，喜欢看那些甜甜蜜蜜、泪泪滴滴，花时间但不需要动脑子的电视连续剧。

人类一思考，上帝就发笑。我有时想，人生真的需要思索吗？这是另一个问题。

2005 年 3 月 25 日星期五于北京

慈善寺塔

去慈善寺塔，是因为到定慧寺附近访鬼哥的一点因缘。

与一个景点或一个人并非随随便便就能够碰到一起的，有缘千里来相会，无缘对面不相逢，总有点儿什么前因后果吧。有的人同在一座城市，同住一条街道，甚或同住一个楼道，却一直没有什么交往，可是若干年后到了北京或另外一座城市突然结识突然亲切起来，有了交道和交情。

鬼哥是贵阳人。物以类聚，人以群分，我这人笨，所以心底并不大喜欢贵阳人，贵阳人有点怪怪的，让人难以琢磨得透的机灵和诡秘。幸亏鬼哥算不上什么地道的贵阳人。我这么说，足见老青蛙内心不干净、为人不厚道，而且打击面太大，肯定会树敌很多，容易遭人闷棍。什么人才算得上“地道的贵阳人”呢？至少“地道的贵阳人”的内涵与外延，我都无法确定。而事实上，我虽然是个湖南人，却与贵州有着千丝万缕的关系，在现实生活中真正认识的湖南朋友不多，结识最多、影响最深、交情最厚还是些贵阳朋友。

认识鬼哥，时间其实很长。那时，他还在贵阳，在当时我所在单位的上级单位的党委宣传部里任宣传干事。由于鬼哥与同学小刀有些交情，交情的热传感性很强，所以与我也有了些交情。后来，在修南昆铁路时，我和鬼哥在工地上又为一点小事合作过一次。在修株六铁路复线时，鬼哥原来的老丈人却是我的直接领导，因这关系似乎又近一层。其实细想，也就这些了，没有太多或更深的交流和沟通，没有能够成为知交和诤友。只是后来，鬼哥突然就消失了，由于没有什么很深的交道，也没觉得有什么奇怪和不妥，日子像往常一样，不紧不慢地各自向前行走着。每个人的人生都是一条轨迹，不知道什么时候就会交叉碰在一块，又不知道何时，又会分道扬镳，各奔东西。

待我到了北京，通过小刀，才知道鬼哥住在太平小区。太平小区离莲花池很近，就在我单位的对面，近得离奇。想不到居然会如此近，心底便生出一点“他乡遇故知”的俗感来，自己也唏嘘不已。鬼哥给我打电话，那时我正无所事事，他让我抽空到他家吃贵阳米粉。米粉是鬼哥上午托人从贵阳空运带过来的。我也想念贵阳米粉，想念与一鹤悠然、马车夫斯基在贵阳双峰路上吃米粉的日子。

鬼哥的家在首航超市的旁边，临街，小两居穿堂的老房子。见到他时，鬼哥居然还是老模样，瘦瘦精精的，一脸蜡黄，一点也不显老。房子里除了他，还有一女子。因这女子，我吃了一惊。后来，与鬼哥独处时，他才吞吞吐吐告诉我了一个大概。几年前，他因病及其他原因辞职去了海南，后辗转到了北京攻读经济学研究生。一个学中文的大专生，去读经济学硕士，着实让我佩服了一下。更让人佩服的是，一年后他顺利通过了毕业论文答辩，并将在苏州读大学时的初恋现已离婚的百合从兰州接到了北京。而我怀疑，太平小区的这女子与他只是同居关系，我对此只是充满疑惑，并不敢多言别人的隐私。吃了米粉，味道着实不错，在北京要吃这样地道的贵阳米粉，难。

最大的秘密可能就是没有什么秘密。世界本来很简单，也许是被人为地复杂化了。对于鬼哥的事情我并不探寻和细问过他，事不关己，高高挂起。隔了一段时间，鬼哥给我电话说，将家搬到东五环之外红松园附近去了，虽偶尔还通个电话，因隔得实在太远，所以还是疏了来往。又隔了一段时间，鬼哥突然告诉我将家又搬到了定慧寺，并告诉我说，搬到朝阳区是一重大失策。为何失策，我并没深究。我坐公交车到定慧寺时，远远地看见昆玉河边一塔，还以为塔下就是定慧寺遗址。到了鬼哥新家，就说，等吃完饭，希望一起去访访定慧寺。

在鬼哥定慧寺租居的房子里，我第一次看见了百合。百合与我同年，大学毕业后，在兰州一所中学教书，结婚并生有一子。她儿子，我和贾湖丽后来在南四环的草桥鬼哥与百合购买的200多平方米空荡荡的复式楼里见过，尖嘴猴腮，好像有点营养不良，或是像他亲生父亲。儿子一般像妈，怎么没遗传百合的优点呢？百合长得漂亮，皮肤白，眼睛大而忧郁，北人南相。贾湖丽对百合的长相和气度，赞不绝口，甚至事后还痴痴地对我说："要是我到她那岁数，还能那么漂亮，那该多好啊。"

鬼哥究竟在折腾什么？我有些困惑。爱情是什么？爱情也许只是一团虚幻。我们从少年时，就开始苦苦等待和满世界到处寻觅爱情，而事实上爱情就像是我们放飞的一只风筝，越飞越高，越飞越远，留在我们手里的，也许只是舍不得丢弃的一点可以追索的依稀线索。我不问，鬼哥也不答。这样很好，相安无事，避免不必要的尴尬和难堪。吃完午饭，百合保持着南方午睡的习惯，准备休息，我便邀鬼哥一起去访定慧寺。鬼哥说定慧寺就在楼下附近，虽是近邻，却从来就没去过，值得去看看。那时候，百合刚到北京，正在恶补英语，准备考研。我们出去，一举两得，也可以不打扰百合复习。

下楼，往西去，不远，在街边的红墙上嵌写着"定慧寺，北京市重点文物保护单位"的石碑。该寺初名善法寺，后改名云惠寺。清康熙四十一年，赐名定慧寺。该寺在明、清两代属京西名刹。现仅保留有山门、天王殿、大雄宝殿及东西配殿，明代建筑风格。并保存有明正德、万历，清康熙、乾隆敕谕碑记等五块。寺内松柏多株，以松抱槐和皂角树而独具特色。但该寺似乎为属军管区，门口为军人把持，不得进入。我只能站在外面，远远地像特工一样向里望了望。

这多少让人感到一点遗憾。但我倒兴致勃勃邀鬼哥，顶着烈日，望街对面远远的塔去。塔在玲珑公园内，门票也如莲花池一般，极其便宜，这些地方多是附近居民平常休闲纳凉之地，外地旅游之人多不来。此塔附近居民称玲珑塔，官方称谓叫慈善寺塔。来到塔前，绕塔三圈，塔虽残破，却极具沧桑感，是座好塔，入心入肺。鬼哥倒觉得此塔平常。

细究此塔，还有一段典故。话说明万历皇帝神宗10岁继位，上皇后尊号为"仁圣皇太后"，上生母尊号为"慈圣皇太后"。他的生母李太后原是宫女，在宫中本来没有地位，只是一不小心被皇帝宠幸了，却偏偏怀了孕并生下儿子。而这儿子也很争气，没被宫廷斗争害死，当了皇帝。儿子当了皇帝，做母亲的仍然没有地位，吃饭时仁圣太后和万历帝坐着，慈圣太后却要站着。在明万历时期，内廷有仁圣皇太后坐镇，外朝有大学士张居正把持，而万历皇帝尚幼，才 10 岁，在这种情况下慈圣太后依靠什么来巩固和提高自己的地位呢？一天，慈圣太后夜里做了一个梦，在梦中神说她是九莲菩萨转生。政治有时候就这么奇怪，借着这梦，她趁热打铁，捐资在北京阜成门外修建一座慈寿寺，供奉九莲菩萨。寺中还修建一座高塔，名永安万寿塔，俗称慈寿寺塔，亦称八里庄塔。明朝人信佛，从此再没有人敢欺负慈圣太后这位现世“九莲菩萨”，不光如此，史载这位九莲菩萨还常有灵验的奇事。自古宫廷斗争是非常险恶的，慈寿寺可以说是这位草根皇后为自保而建的，也说明慈圣太后是很有心计的女人。

慈寿寺及塔建于明万历四年，距今已 400 多年历史，基址原为明正德太监谷大用墓地。清光绪年间慈寿寺废于一场大火，仅剩这孤塔。慈寿寺塔为八角 13 层密檐式实心砖塔，高约 50 米，仿北京天宁寺辽塔建造。塔基为双层须弥座，上面有 40 个小龛，刻有 200 多个人物，体态形式各异，有的依旧栩栩如生，有的却已风化。塔基上面是 3 层仰莲花瓣拱托塔身，塔身东、西、南、北四面有砖雕券门，南面券门额书“永安万寿塔”，其余四面为券窗，门窗两侧原有泥塑金刚力士神像，现已残破。密檐上每根檐椽都挂有铁制风铃，原共 3000 多个，有风时铃铃作响，人称“玲珑”，现在塔下辟为玲珑公园可能源于此。每层檐下均有 24 个佛龛，内供铜佛。塔刹为铜质鎏金宝瓶。慈寿寺塔是明代密檐塔的代表作。塔的两侧立有石碑，左刻紫竹观音像，右刻鱼篮观音像及关圣帝像。塔前不远处，还有两株古银杏树。

北京就是这样的一个地方，即使外表看来寻常的地方或寻常的人，都暗藏着一些异乎寻常的故事和事件。自从尼采判了上帝的死刑，上帝死了，我们还能相信谁？有人说：相信自己。但我是谁？老青蛙是我吗？自我同样是值得怀疑的。

2005 年 6 月 15 日星期三于北京

五塔寺

“你是好人吗？”小鱼儿问。

“不是。”我答。

“你是坏人吗？”贾湖丽问。

“不是。”我答。

“那你究竟是个什么样的人呢？”与贾湖丽同游五塔寺时，贾湖丽问我小鱼儿曾经同样问过我的一个问题。

这个问题让我困惑。我不知道自己究竟是个什么样的人。我既不能标榜自己是个好人，也不甘心把自己定位为一个坏人。在思想上，我承认我不是雷锋；在生理上，我承认我不是柳下惠。

五塔寺在北京动物园的后面，隔着长河。乘公交车到白石桥，沿长河北岸向东走约 500 米，就到了。若不嫌远，从万寿寺沿长河北岸，慢慢悠悠东行，经国家图书馆，也可到达五塔寺。我总觉得北京这座城市有个硬伤，不像世界许多著名的城市，也不如上海、广州、长沙等国内城市，有大江大河穿城而过，无形中使城市少了一份灵性。不仅如此，北京古老的水道因种种原因干涸了，干涸后又发展成为北京现代一些著名的斜街。长河不大，却是美丽的，静而不浮躁。

树荫丛中，门楣之上悬挂一匾，名“真觉寺”，五塔寺是其俗称。据史书记载，明永乐初年，印度僧人班迪达自西域而来，向明成祖朱棣呈献了五尊金佛和印度式“佛陀伽耶塔”即金刚宝座的规式。明成祖与他谈经论法十分投机，封他为大国师，授予金印，并赐地建寺，寺名“真觉”。

清乾隆为给其母做寿，曾两次重修五塔寺。乾隆十六年第一次重修时，为避雍正皇帝“胤祯”名讳，改名为“大正觉寺”。乾隆二十六年，当朝皇太后七十大寿，五塔寺作为祝寿的主要场所之一又进行了全面修葺，并请来1000名喇嘛念经，各国使臣都进贡了寿礼，头戴花翎顶戴的大臣们奔波于殿前塔后——当时热闹繁华的情景被绘制在一幅彩图中。图画再现了五塔寺当年的全貌：南临长河，南北向中轴线上依次排列着牌楼、山门、天王殿、大雄宝殿、金刚宝座、毗卢殿、后大殿，东西分别列钟鼓楼、廊庑配殿等大小200多间房屋。可惜这些建筑全毁于清末一场大火，留下的只是一些烧不掉的石头。

金刚宝座塔也是没烧掉的建筑，最为精美别致，该塔形状规式源于印度菩提伽耶大塔，但整体规模缩小了，宝座部分却加高了，五塔的比例也协调了，中国古建筑的檐、椽、斗拱随处可见。这座金刚宝座塔内砖外石，通高15.7米，南北辟券门。一进塔就是高穹顶过室，与回形塔室相连，过室东西两侧辟小券门，并将登上宝座的87级石阶巧妙地藏在过室东西两面墙体之内，曲折上下。

宝座上分立五座四角密檐式小塔，中间较高的塔高8米13层，四边小塔均高7米11层，中塔前建有一天圆地方式绿琉罩亭，结构比例与五塔相符相合。从须弥座的圭脚到塔顶的宝珠无一处不雕、无一处不刻：塔身嵌满精雕细琢的石刻，内容非常丰富，共有五方佛坐像1561尊，塔身上刻有梵文和藏文。为看得真切，我和贾湖丽绕着塔转了一圈又一圈，感慨很多，却知其然而不知其所以然。

进入塔内，首先看到的是头上的石雕盘龙藻井，雕刻精美的盘龙藻井是皇族身份的象征。塔内的四尊佛像：释迦牟尼佛、阿弥陀佛、燃灯佛（原佛像已丢失，现为班禅十一世所奉）、药师佛，分别面向四个方向。沿台阶登上宝座，从罩亭的北门向外看，就能看见中塔须弥座上的佛双足浮雕，这是北京城里唯一的一对石刻佛足，意为“佛迹遍天下”。站在宝座上，远眺四方，心旷神怡，微风吹过，塔檐上的铜铃响起，叮叮当当的清脆铃声萦绕耳边。我读过一点佛经，一知半解，贾湖丽不懂佛。有佛性的人，并不在懂不懂、知不知佛，其心即佛。

在佛教中宝座和五塔各有由来和讲究。按佛经上说，金刚有五方五界：佛部（中）、金刚部（东）、宝部（南）、莲花部（西）、羯摩部（北）。每部有五方主佛：中为毗卢遮那佛，东为阿閦佛，南为宝生佛，西为阿弥陀佛，北为不空成就佛。佛又有五方宝座，即动物坐骑：大日狮子座、阿閦象座、宝生马座、阿弥陀孔雀座、不空成就迦楼罗金翅鸟王座，所以五塔寺金刚宝塔宝座和五塔的须弥座四周都有狮子、象、马、孔雀、金翅鸟王等五种动物形象的雕刻。据说这种类型的塔，全国现仅存 6 座。其中 3 座在北京，分别立于五塔寺、碧云寺和黄寺。另在内蒙古呼和浩特、云南昆明妙莲寺、河北正定广惠寺各一座。而北京五塔寺的金刚宝座塔最为精美。

“《西游记》里悟空姓孙，八戒姓猪，挑担和尚姓沙。你猜猜唐僧姓什么？”由佛像我想到佛经，由佛经我想到了《西游记》，由《西游记》我想到了唐僧，我突然想考考贾湖丽，逗逗她，免得她觉得逛寺庙乏味。

“反正我知道唐僧不姓唐。”贾湖丽矜持了一下。

“怎么样？不知道了吧？”

“你显摆去吧。”

“唐僧姓陈。他父亲叫陈光蕊，母亲姓殷……唐僧一路西行取经，口里有事没事念的经叫《般若波罗密多心经》，也叫《心经》。这经很有名，《西游记》里说是乌巢先生传给唐僧的，事实上现今最流行的汉译本是唐玄奘自己翻译的，不长，仅 260 个字。释迦牟尼在《心经》里说：‘色不异空，空不异色，色即是空，空即是色……诸法空相：不生不灭，不垢不净，不增不减。’我心情浮躁时，翻翻或念念《心经》，心里顿觉特别清静、平和。很管用，这比较奇怪。你不信？找时间你自己试试。”

“不会吧，你也曾想当和尚？”

“你怎么知道？有段时间，我确实有过这样的想法……”

“啊？我知道你是什么样的人了。”贾湖丽犹豫了一下，然后一字一顿地说：“你啊，你是不好不坏、不阴不阳、不垢不净的一个人，你是又好又坏、又阴又阳、又垢又净的一个人，你是时好时坏、时阴时阳、时垢时净的一个人。”这话让我吓了一大跳。

“你这么说，是抬举我了。我可做不到你说的这种人，那可是佛的境界了。你想‘佛’字怎么写，右边一个‘弗’，左边一个‘人’，意思是‘不是人’的人。”

“我看你，就不是人。”说着，贾湖丽自个儿乐了起来。

金刚宝座塔前还有两株白果树，结着白果，熟透的果子落在地上，有小鸟啄食。树上有老鸦的巢，老鸦在天空和树梢上，自由地飞翔或跳跃。现在寺内没有香火，北京石刻艺术博物馆却设在里面。该馆现有藏品 1200 余件，陈列600余件，以金刚宝座塔为中心，在其东、西两面设8个石刻陈列小区，形成“众星捧月”的陈列形式：石刻综合陈列区，功德碑陈列区，墓志铭陈列区，书法碑帖陈列区、寺庙碑陈列区、会馆碑陈列区，石雕陈列区和耶稣会士碑陈列区。其中有元大都的石栏板，明代“平则门”门匾，体魄宏大的“广宁门外石道碑”“普胜寺卧碑”，雕刻精美的清代石享堂等珍贵文物。

漫步在这些石刻里，我只是感到闲静。我奇怪并问贾湖丽，北京石刻艺术博物馆收集了那么多的石刻，为何没将田义墓那两尊文武石像生搬了来呢？

2005 年 6 月 23 日星期四于北京

潘家园

我终于在潘家园旧货市场见到绿指甲时，我有些失望。绿指甲没有她贴在网上的照片好看和可爱。也许一如我第一次见兰朵一样，看见了这女子“最丑的模样”。

“你是什么血型？”刚结识小鱼儿不久，她便在网上问我。

“A 型。”我不觉得这有什么秘密和隐私。

“什么星座？”

“处女座。”

“啊？”我感觉到小鱼儿在网络那头微微地一笑，很暧昧。“什么属相？”

“属狼。”

“哪有这个属相？”

“你不是很聪明吗？再想想，有这个属相的。”

“哦，我知道了，你属狗。”因为我一直以为狗的祖先是狼，狼驯化后就是狗，我希望身上还残留一点狼的野性和粗粝。

那时候，小鱼儿热衷于为我算命，也许她热衷于核对她认识的每一个适龄男子与她在婚姻命相上是否匹配。她将我的命相结论从网上发过来，有几分似也有几分不似，有几分对也有几分不对。她告诉我说：

A 型血 + 处女座的人，一般来说，纯洁而善良，谨慎而怯懦，且有洁癖，不喜欢别人乱动自己的东西，侵犯自己的生活空间。但有时过度坚持，别人会误以为很小气，心胸狭隘，因一点小事便大动肝火。此外，自尊心极强，非常自负，对事物具有敏锐的观察力、正确的判断力，所以对人、对事总喜爱批评一番，而且往往一针见血，不留余地，难免会得罪一些人。加之对人颇不以为然，所以往往受到排斥。平日给人印象文静而有礼，完全没有抢功好利的毛病，因为能清楚地了解自己的能力所在，懂得做好分内的事，选择一个适合自己的立场，所以显得安静而淡泊名利，颇有君子风度。生活态度相当严谨，行事慎重而踏实，不会马虎行事，也不会不按牌理出牌，是一位循规蹈矩、细心谨慎的完美主义者。

忠告：趁着年轻应多与人交往，以充实自己，扩展视野。

“有点意思，还有什么？接着发过来。”我对小鱼儿说。

A 型血＋处女座的人，谈恋爱绝对真心诚意，死心塌地，十分专情，会关怀对方的一切，为对方做真诚的奉献，温柔体贴的心意会令对方感动不已。不过，在对方未表明心意之前，会因独自揣摩对方的心理及想法而苦恼不已。由于生性胆小，过分担心自己会承受不住挫折而受到伤害，所以遇到喜欢的人时，往往因为不敢表达自己的感情而错过了许多机会。因此，一般从认识对方到展开恋爱攻势，必须经过一段很长的时间，往往等你鼓起勇气向对方吐露爱意时，为时已晚，对方已名花有主，投向别人的怀抱了。由于不会故弄玄虚或刻意欺瞒对方，所以对爱的表现都相当坦诚、忠实。同时也期望对方能以实际的行为来证明对自己的信赖。唯有在得到对方信赖的情况下，才能安心地谈恋爱，对未来具有信心。但另一方面，自己又不够积极主动，跟对方总是保持着一段距离，交往无法更深入，这一点往往令对方感到困惑不已。一般都非常仔细，有很敏锐的视察力。对于性，你并非如字面上“处女”那般圣洁，性欲强，且好奇心颇重，喜欢尝试各种技巧，充分享受性爱的乐趣。不过有时未免对于第三者存在过于神经质，对爱情过分执着，常给对方不自在的感觉，而且有时对对方的要求又太烦琐，令人不忍翻脸。这可是令人难以忍受的性格，当对方无法承受这种负荷，可能就会离你而去了。

“你的嫦娥是不是无法忍受你这种性格而愤然离开你的？”小鱼儿问。

“有什么忠告？”我并没有正面回答小鱼儿的问题。

“忠告是想要遇到和自己性格相配的人并不容易，应试着扩大生活圈子改变自己的性格，去接受对方，否则恋爱成功概率将会大为减小。”小鱼儿又发了过来。

有点意思，虽然我没算过这些，也不太信，但已有了些兴趣。读这些命相评定，我和小鱼儿一样，是个旁观者，读着老青蛙的宿命。没待我回味完，小鱼儿接着又发过来一段：

属狗+A型血的人，诚实可靠，与人坦诚相交，对朋友忠心耿耿，朋友有难，全力以赴，受朋友之恩，必报。天生富于正义感，爱憎分明，疾恶如仇，对不公平的事，会提出抗议，指责对方，保护正义。性格坦率，有什么事开诚布公，从不做小动作，或阴谋诡计，或出卖朋友，为人正直，不善阿谀奉承，更不善吹牛拍马。平时过于坦率，无意中已树立了许多“敌人”，一旦自己在工作中有一点差错，就会遭到群起而攻之。平时要注意约束自己，不要太义正词严。大器晚成，经过年轻时的艰苦努力，道路基本铺平，中年时再不断努力，必成气候。属狗人在爱情方面直率而坦白。对恋人百般照顾，温柔体贴，一生都在追逐恋爱，一生都失望空虚，晚年凄凉，唯一的安慰就是回忆。

这些话中，有些说得倒极在理。我不知道绿指甲是什么星座、什么属相、什么血型，也无法也不想猜度这个女子的运程，也不知道她相信不相信这些。绿指甲身边有两个保镖，一个是她男友，另一个是她男友的同学，都用猜忌的眼神在我和陈金身上扫来扫去。绿指甲可能对北京水土不服，再加上参加“迷笛”音乐节，休息不好，上火，嘴皮子长泡，又感冒，状态欠佳。我本想请她吃顿饭的，见这架势，竟然不知如何是好。陈金不明就里，不作声，事后倒是在老鞭等朋友面前狠笑话了我一场。我对绿指甲倒没什么非分之想，只是在网上答应过用她答应在那份杂志上刊我文章的稿酬先请她吃饭，结识一下。现在只能逛逛潘家园旧货市场的书市，便道辞，各逛各的去了。

潘家园旧货市场是一个经营民间旧货、工艺品、收藏品、装饰品的假日市场，号称“全国最大的旧货市场”“全国最大品类最全的收藏品市场”“全国最大的民间工艺品集散地”。市场位于北京东三环南路潘家园桥西南，市场分为工艺品大棚区、古旧家具区、古旧字画书刊区、古玩区等四个经营区，共有3000多个摊位。市场的经营者来自北京、天津、河北、河南、广西、江西、云南、新疆、西藏等24个省、市、自治区，涉及汉、回、满、苗、侗、维、蒙、藏、朝鲜等十几个民族，市场经营的主要物品有仿古家具、文房四宝、古籍字画、旧书刊、玛瑙玉翠、陶瓷、中外钱币、竹木牙雕、皮影脸谱、佛教信物、民族服装、服饰及生活用品等。这儿什么稀奇古怪的东西都有，并且到处流传着“捡漏”暴富的传奇。

我到诸如潘家园、报国寺、大钟寺等旧货市场去，主要是“看”和“玩”，没有丝毫“淘宝”“捡漏”的意识和心态。看，是因为这儿的东西多、杂、乱、奇，而且可以拿到手里把玩一下，比逛博物馆，隔着玻璃看古董不知要好多少倍。玩，因为到了这儿，会有一种“这才是真正的北京哩”的感觉，北京味道足。书法家陈金有名士风度，喜欢逛北京旧货市场。报国寺离得近，我自己或跟他一块去过好几次。潘家园远，跟陈金来，很长见识。他在旧货市场淘了不少旧书和字画，舍得钱，他后来离开北京回武汉，运了几箱东西，都是在报国寺和潘家园买的，不知道有没有值钱的，也不知道值多少钱。但我后来听说他爱人下岗在家。当时，陈金跟我说，等回武汉后，准备也开一家旧货古董及字画的门面，也学着做做这方面的生意。我很赞成，但后来我没问他此事做没做成。

潘家园旧货市场起源于1992年上半年。当时一些当地下岗居民，在现址西南马路边的坡上摆摊，把家里的旧家具、旧电器等旧货拿来卖。几个摊，几十个摊，市场就慢慢形成了。当时摊主大多是自行车来，自行车去，面前摆一块布，布上摆着破收音机、破钟表之类，一站就是一天，不惧风吹雨打。因为当时的潘家园还比较荒凉，文物、工商部门对此地的监督也不那么严格，所以红桥、天坛附近倒腾古玩工艺品的商贩就看中了此地，大批迁移过来。两年下来，潘家园就有几百个摊位了，沿着马路边北上到了华威路。买的多了，卖的也多了，潘家园的人气就旺了起来。“在潘家园旧货市场能脱手文物”的说法不胫而走，渐渐地，临时的跳蚤市场也就演变成固定的古旧物品市场了。2002年6月6日，在现址完成第二期改造工作，并逐步形成了现在占地48500平方米的规模。

潘家园充满着各种各样“一夜暴富”的传奇。比如说，有人在山西花300元买了一对黄花梨椅子，结果拿到潘家园最终卖了24万；有人在潘家园花15元买了把宝剑，结果卖了15万；有人花300元钱在潘家园买了个碟子，经鉴定竟然是元青花，结果卖了37万；有人花300元买了1副麻将，结果卖了6万……信不信由你，反正我曾在中央电视台科教频道看过一个介绍潘家园做各行当生意的人物故事的系列节目，我喜欢那个节目，惊叹那节目里那些与我同时生活在北京这座城市的人和事。目前有据可查的是，希腊总理康斯坦丁·西米蒂斯、厄瓜多尔外长拉斐尔·科雷亚、奥地利联邦议会议长路德维希·比林格、罗马尼亚总理纳斯塔塞、泰国公主诗琳通等都来逛过潘家园，美国前总统克林顿的夫人希拉里甚至在潘家园买了一把民国小锡壶，并把此事写入她的回忆录。

外国人到北京四件规定“动作”是“吃烤鸭、登长城、游故宫、逛潘家园”，我总觉得没逛过潘家园的北京人算不了真正的北京人，没到潘家园逛逛算不上真正到过北京。我在潘家园的旧书市上淘过书，有时我想，要是贵阳的一鹤悠然和马车夫斯基也在北京，我们也会像在贵阳一样，一起去小十字“五之堂”特价书店淘书。潘家园的旧书很多，一两元一本。全新的好书，经常也只半价出售。

隔了很久，绿指甲在网上遗憾地告诉我说，我的文章没有通过终审，终审权在主编。我问是哪篇文章，她却不告诉我，吞吞吐吐地说，不记得了。对这样的结果虽然有些遗憾，但我亦坦然面对，文章用不用又有什么关系呢?

2005年6月28日星期二于北京

中国第四纪冰川遗迹陈列馆

我发觉自己越发有点儿变态了。有时候我会莫名其妙对自己大声发问：我在这里？我居然还在这里？我何以在这里？一个人还在这里踟蹰独行，究竟想寻找点什么呢？幸亏没有旁人，我自己经常被自己发问的声音吓一大跳。

“我这人是不是有点变态？”游完田义墓，离开法海寺，在绕道寻找中国第四纪冰川遗迹陈列馆时，我问贾湖丽。

贾湖丽矜持了一下，只是淡淡地说：“你这人，一个字：怪。”老青蛙这人有点儿让人琢磨不透的“怪”。

中国第四纪冰川遗迹陈列馆是个很小的地，其实从法海寺下来，沿永定河引水渠下行就可到陈列馆。但我和贾湖丽却绕了一大圈，走了很多冤枉路，问了很多人，才找到陈列馆的门口。如此僻冷之地，一年中怕也来不了几个人参观，难怪售票员神情如此冷漠，态度如此生硬，好像前辈子欠她什么似的。陈列馆位于京西翠微山南麓模式口冰川擦痕遗迹旁边，据说是世界上唯一的以第四纪冰川擦痕实物为基础建立的博物馆。建于 1989 年，占地 1950 平方米，建筑面积 750 平方米。陈列馆定位是研究中国第四纪冰川学，弘扬李四光及老一辈地质学家爱国敬业精神，地质科普知识的爱国主义教育基地。因为时间尚早，所以我们找到这儿来了，一并看看。

冰川擦痕是地质学家李捷在勘测永定河引水渠地质、地貌时发现的，并经过了李四光等国内外专家学者鉴定，于 1957 年被确定为北京市重点文物。

第四纪大冰川期，距今约200万年，是地球史上最近一次大冰川期。“冰川擦痕”就是冰川的运动造成山体岩石出现状貌相似、与山坡倾斜方向基本一致的条痕，这是由于冰川内沙砾或石块的棱角在运动中刻画出来的。陈列馆的展陈分为冰川擦痕遗迹和5米长的画廊，包括鸵鸟蛋、恐龙蛋、三叶虫、猛犸象牙等化石及各种大小不同的冰渍石实物标本和介绍冰川知识及冰川资源现状四部分内容。馆内设有四个展厅，都不大。第一部分是“地球——人类的家园”，主要介绍地球的产生、地球的位置、太阳对地球自然环境的影响以及地球的构成等内容。第二部分是“李四光关于第四纪冰川学说的创立和发展”，主要介绍冰川的基本知识和李四光创立中国第四纪冰川学说的过程。第三部分是“冰期形成的假说”，主要介绍当今科学界关于冰期形成原因的理论和假说等。第四部分是“当代地球科学的前沿——全球变化研究”，主要介绍第四纪冰川研究等一系列关于把地球科学的最新理论联系起来进行研究的内容。

我们没有找到进入冰川擦痕遗迹处的入口，只是在离开陈列馆时，隔着围墙，踮着脚，远远地看了看，天色渐暗，看不出个所以然来。

反正这世上，有很多东西，穷尽我们一生，也是我们所不能弄明白的，所以也没有太多遗憾。很多事，即使弄明白了，我们也只是活着；糊涂着，我们还是照样也活着——似乎并没有什么太大的区别和不同。

2005年7月5日星期二于北京

茅盾故居

离开德胜门，南行，经宋庆龄故居，沿后海北沿至烤肉季吃完午饭。看完钟鼓楼后，往西南巷子行，找到梅兰芳故居。不巧的是梅兰芳故居正在维修，不开放。然后寻着胡同小巷，调头往东去，终于走到后圆恩寺胡同13号，看见由邓颖超女士题写的“茅盾故居”横匾时，兰朵已累得不行了，连连嚷道：“走不动了。”我和大傻两个男人倒没事，英子和星月亭主体力还不错。

中学课本里《春蚕》的注释里曾经介绍过，茅盾本名沈德鸿，字雁冰。当时，我死记硬背，好像怎么都难以记住他的本名，心里就纳闷，他父母怎么不能给他取一个好听好记一点的名字呢。小说《春蚕》读来，又像是苦大仇深的黑白木刻画，甚觉讨厌，所以对茅盾并不太喜欢，甚至还有一丝淡淡的“仇恨”。真正喜欢，是在上大学时读了他的小说《霜叶红似二月花》之后的事了。因这喜欢，一时兴起又买了他的小说《子夜》和《林家铺子》，却又因这两本小说改编的电影太过沉重，终没下决心细读，所以对茅盾似乎也不太了解。但至少有一点是可以肯定的，兰朵和星月亭主对茅盾充满崇敬之情。

茅盾的经历比较复杂，1896年7月4日生于浙江桐乡乌镇，十岁丧父，由其母抚养长大，在单亲家庭里长大，这一点与瞿秋白很相似。但二者的人生道路因际遇不同，结果相差很大，瞿秋白似乎不太情愿地被历史洪流推上了政治舞台，而茅盾虽然一直贴近政治，却依然还是一个文人。从政从文人生境遇谁优谁劣，不好说。茅盾在北京大学读完预科后，因无力升学，而到上海商务印书馆工作，改革老牌的《小说月报》，成为文学研究会的首席评论家，也就是这一时期的事情。接着他参加了上海共产主义小组，参与中国共产党的筹建工作，下广州参加国民党第二次代表大会，任过国民党中央宣传部的秘书。国共合作破裂之后，茅盾从武汉流亡上海、日本，开始写作《幻灭》《动摇》《追求》和《虹》，从而变成了一个小说家。这段上层政治斗争的经历造就了茅盾的时代概括力和文学的全社会视野，早期作品的题材也多取材于此。

在左联期间，茅盾又写出了《子夜》《林家铺子》《春蚕》。抗战时期，辗转于香港、新疆、延安、重庆、桂林等地，发表了《腐蚀》《霜叶红似二月花》和《锻炼》等。当文艺界名流为他庆了五十寿时，他的声名日隆，就像金庸武侠小说里的武林盟主似的。建国之后，他历任文联副主席、文化部部长、作协主席，并任全国政协副主席，在文艺界的地位非常显赫，但已很难分身搞创作了。后来，他却从繁杂的事务中脱身，恢复到作家的原状态，又开始秘密写作《霜叶红似二月花》的续稿和回忆录《我走过的道路》。

茅盾在北京住过 30 多年，最后 7 年就是在后圆恩寺胡同 13 号度过的。后圆恩寺胡同古朴幽静，巷子里有数棵百年以上的古树，枝叶繁茂，绿叶浓浓。13 号院是一座僻静、安宁的两进四合院，这是一座百年老院，它没有气势宏伟的大门，也没有雕梁画栋的建筑。前院北房三间，东西厢房各三间，西厢房是茅盾的会客室和藏书室。东厢房原为厨房与饭厅，会客室里沙发旁边还有一个白漆脱落的冰箱。前院现在开辟两个陈列室，分别陈列和介绍茅盾一生的革命活动和文学活动，包括手稿、信件、手迹以及他主编过的文学刊物等 400 余件。

1986 年在前院立了一尊茅盾的半身汉白玉雕像。院内中央有个方形的葡萄架，茅盾在世时曾在架上装了个秋千，供孙女玩耍。后院里属于老房的只有北房，东西两侧的红砖小耳房是后期加盖的。后院正房进门一间是起居室，北墙有一排柜子，放的是茅盾著作的各种版本，书柜前是一对折叠式靠背椅。室内东侧临窗有一张大写字台，摆放着茅盾当年使用过的放大镜，撰写的手稿，阅读的书籍。台上的日历是 1981 年 2 月 19 日，是茅盾病重入院的前一天。起居室东有门可通卧室，卧室布置很简单，正中横放一张铁丝单人床。床左侧案几上堆放着写作回忆录备查的旧期刊，以及他平时亲手收集剪报资料和晚年经常阅读的书籍，铁床的西侧是一个极普通的写字台，书桌上有一个白搪瓷茶杯，一盏小台灯，茅盾把许多书籍堆在案头，纸笔常备。据说茅盾有个习惯，半夜醒来，想起些什么，就在台灯下阅读，阅读有所得，唯恐遗忘，赶紧写在纸上。

匆匆看完故居，故居的管理人员也到了下班回家时间，便开始催促我们。总的感觉，茅盾故居比老舍故居要大些、要静些、要“奢华”些。近年来，比较公允的看法是把茅盾确认为中国社会剖析派小说的坛主，国外远可追溯到19世纪法国巴尔扎克、俄国托尔斯泰的现实主义小说，国内可说是源于中国古典世态小说，而茅盾似乎进行了中西合璧，添加了时代元素。茅盾是以历史代言人的姿态进入文坛的，必然主张文学要对时代和社会做出反应。其早期文学主张是“人生派”的倡导者，要求文学表现人生，指导人生，对于人生要有意义。

30年代，茅盾的文学主张有所变化，强调小说应有政治功利性，担当起唤醒民众的重任，并主张小说应真实地描写人生，反对把小说写成宣传大纲，由此而形成在创作上表现出政治倾向（理性）与生活的真实性（情感）的矛盾。期间，茅盾先后创作了《子夜》《春蚕》《林家铺子》等小说代表作，这些小说是属于一种全新的革命现实主义文学模式，是在“五四”人生派的现实主义精神基础上发展起来的，这种小说主要依靠理性分析来开拓形象的深度的创作方法，从典型环境来解释并塑造典型人物，在戏剧性的情节中突现人物性格及其成长史的写法，并逐渐成为“左翼文学”公认的主流，影响深远。这类小说与“五四”时期张扬个性的“为人生”的小说不同，它是以全景式的方式反映正在发生的社会现实为主，所以与“五四”时期的小说划分开来，成为一个新的文学时代的标志。后来人们把这种小说称之为“社会分析小说”。社会分析小说的特点一般说来：具有鲜明的理性色彩；人物大多具有典型性和阶级性；故事情节的发展与当时的社会矛盾直接相关。

茅盾于1981年3月27日因抢救无效阖然长逝，其遗书一是将25万元稿费捐献给作协，作为设立一个长篇小说文艺奖金的基金，以奖励每年最优秀的长篇小说作者，即现在的茅盾文学奖的发端。那时候，中国的万元户都是极其稀少的，25 万元稿费无疑是个天文数字，看来茅盾不穷。二是要求恢复中国共产党党籍。茅盾辞世后的第四天，中共中央决定恢复其党籍。决定全文如下：

> 我国伟大的革命作家沈雁冰（茅盾）同志，青年时代就接受马克思主义，1921 年就在上海先后参加共产主义小组和中国共产党，是党的最早的一批党员之一。1928 年以后，他同党虽失去了组织上的关系，仍然一直在党的领导下从事革命的文化工作，为中国人民的解放和社会主义建设事业奋斗一生，在中国现代文学运动中作出了卓越贡献。
>
> 他临终以前恳切地向党提出，要求在他逝世后追认他为光荣的中国共产党党员。中央根据沈雁冰同志的请求和他一生的表现，决定恢复他的中国共产党党籍，党龄从 1921 年算起。

1981 年 4 月 10 日，党和国家领导人和首都各界约两千人向茅盾遗体告别。邓小平主持追悼会。胡耀邦致悼词，沉痛地宣布："中国文坛陨落了一颗巨星！"

米兰·昆德拉曾反复强调："小说家是一位希望消失在他作品后面的人。""那些比他们的作品更聪明的小说家应该改行。"米兰·昆德拉说，一旦卡夫卡本人开始比他小说里的人物约瑟夫更引人注目时，那卡夫卡去世后再一次死亡的过程就开始了。很多读者是因为被作家作品吸引而产生了解作家本人的兴趣，以为作家之所以能写出如此伟大或感人的作品是因为作家的际遇、经历、情感造就和导致的，殊不知相同的际遇、经历、情感并不能让另一个人创造出同样的作品，真正作家的作品有其不可重复性和创作"神秘性"的。作家总是用作品说话的，当读者关注作家本人的故事，而忽视作家的作品；或读者仅被作品中的故事情节所吸引，而不关注作家本人想通过作品和作品中的故事情节说话，这都是让作家本人痛心疾首的事情。而我在

《城·色》这个系列文章中反复淘洗一些作家本人的故事，并有意忽略作家作品的研究和阐释，让这些作家在我的游记里一次再一次地“死去”。

不想当元帅的士兵不是好士兵，我不知道兰朵和星月亭主怎么样，兰朵兴许是个诗人，星月亭主将来也许会是个文艺评论家或大学教授，反正我是没有当作家的野心和抱负。记得似乎是川端康成曾经说过：“作家的产生是继承了世家相传的艺术素养的。……可以把作家看成是行将灭绝的血统，像残烛的火焰快燃到了尽头。”我自愧没有这样的家世和遗传，当然也不敢有什么太多的奢望。只是许多事和人似乎离我们有些远了，我们却并没有因这些人和事产生多少感怀。

隔安定门内大街不远，就是府学胡同63号的文天祥祠。离开茅盾故居，我征求大伙儿的意见：“还去吗？”不待英子和星月亭主回答，兰朵抢先就说：“不去了。咱回家。”

天色渐暗，大家都同意。

2005年7月6日星期三于北京

牛街礼拜寺

外地人对北京小吃不感冒，味怪。北京小吃种类繁多，如面茶、豆汁、豆腐脑、豆面丸子汤、卤炸豆腐、杂碎汤、漏鱼、糖耳朵、糖火烧、焦圈、麻花、炸糕、奶油炸糕、螺丝转、墩饽饽、豆馅火烧、豆馅酥、蜂糕、碗糕、驴打滚、艾窝窝、豌豆黄、江米凉糕、蜜三刀、开口笑、姜汁排叉、卷果、炒疙瘩、爆肚等。

而这些小吃多源于牛街。牛街在广安门内大街路南，离帆子的住地很近。我常调侃帆子说：你在北京二环以内有住房，真不得了。牛街名字的由来有两种说法，一是说这片地界原是一片石榴园，称榴街。二是此处原为金代的柳堤，名柳河村。后因住户多为回族，做牛肉出了名的好吃，“牛”“榴”“柳”谐音，后改称“牛街”。离得近，牛街边上又有报国寺等景点，所以我去过好几次，一为到胡同里吃北京地道的风味小吃，二是顺道看看清真寺。

牛街礼拜寺是迄今北京保留的最古老、规模最大、最为宏丽、最著名的清真寺，也是世界上著名的清真寺之一。据《岗上志》载：在公元960年前，有一位阿拉伯“筛海”，名革瓦默定，携子来京传教，当时北京尚属辽地。革瓦默定的儿子叫纳苏鲁丁，是辽入仕阿拉伯学者，创建该寺，时值辽统和十四年、宋太宗至道二年，距今1100余年。牛街礼拜寺最初占地面积很小，后经元、明、清等朝的增修扩建，才具有今天的规模。明正统七年进行了大规模扩建后，在明成化十年奉敕赐名“礼拜寺”，清康熙三十五年又按明朝风格对牛街礼拜寺进行了修葺和扩建，在寺门楣间高悬“敕赐礼拜寺”的横额。

这座古寺面积约6000平方米，寺的建筑和布局，是典型的中国宫殿式和阿拉伯式相结合的手法，在中国传统的木结构形式上带有浓厚的阿拉伯装饰风格，形成了中国式伊斯兰教建筑的独特形式。牛街礼拜寺以礼拜殿为主体，殿堂楼亭，大小适宜，布局紧凑，形成了一个比较完整的建筑群。寺院大门向西，对面一座大影壁，在正门牌楼上悬有“达天俊路”金字匾额，不知何意，两侧有双重双字影壁及供出人的门楼。门内正中高耸着一座平面六边形的亭式楼阁，称为望月楼。楼上方悬挂着“牛街礼拜寺”金字匾额，而原“敕赐礼拜寺”匾额已毁。礼拜殿约为42间，面积600多平方米，可同时容纳1000多人做礼拜。大殿由3个屋顶环以围廊构成勾连搭形式，围廊上方有小型经文匾10块，内部组成一个大空间。作为外人，不信教，每次我都只是站在殿外向里张望，不敢像信徒一样脱鞋进去，所以里面对于我来说总显得格外地神秘。

礼拜殿的最前面是一座六角形的攒亭式窑殿建筑，内部穹窿结构，形状似窑，故称窑殿。窑殿顶上横壁的雕刻和绘画至今仍保留着原有的色彩。相传在宋代初建时，只有窑殿及面阔进深各三间的方形殿堂，到了明代弘治九年，向东接了大殿一座，两侧接建围廊。到清康熙年间，再接出面阔三间的抱厦，经过几次的修建扩充，才形成今天的规模。窑殿前方设置一龛式木雕经文阁，我站在门外向里张望，看得并不真切。清真寺里的龛一般都不供神佛，不设偶像，因为伊斯兰教信仰真主独一大能，实有而无形象的存在，不能用任何形象来比拟，所以只在龛的表面书写古兰经文。没有和不允偶像崇拜是伊斯兰教的特点之一，这不同于佛教、基督教等其他宗教。

窑殿两侧各有一个雕空的窗棂，图案为阿拉伯文，殿内前面两侧，挂有四个圆匾，殿内正中悬有金字匾额，并有主柱18根，组成了21个拱门，以上各处都写有古兰经文和赞圣的词句，经文字体苍劲有力，其中库法体较为突出。柱子上饰有番莲图案，皆为红地，沥粉贴金，精巧细致，完全按照原样油饰一新，殿内金光灿烂，彩艳夺目，显得十分庄严肃穆。殿内天花板上有描绘的赞词和真主的尊名，大殿里铺着供礼拜用的一排排洁白的毡毯。

大殿前有南北碑亭两座，亭内有碑文，乃明代弘治九年重修礼拜寺后所立，碑上以汉文、波斯文记述该寺的历史沿革，现已剥落不清。大殿两侧为南北讲堂，是讲解经典和学习的地方，北讲堂内尚保存部分带有阿拉伯经文的古瓷和手抄本及印版的各种经典。大殿正东有一楼亭，即宣礼楼，又称邦克楼；此楼的东面有一座对厅，俗称七间房，是穆斯林聚会的地方。大殿的南边还设有宽敞洁净的男女沐浴室。在男沐浴室上额书有“涤虑处”字样，可能是告诫信徒们不仅要洗净身体，而且应涤除杂念，洁净心灵。

在寺的东南跨院，有两座“筛海”坟，是远道而来中国传教，并在牛街礼拜寺去世的两位长老，一个名叫艾哈麦德·布尔塔尼，伽色尼人，卒于公元1280年。另一个名叫依玛顿丁，布哈拉人，卒于公元1283年。两座古墓碑文是用阿拉伯文书写的，字迹古朴清晰，是国内少有的文物。后来，我又带贾湖丽来看过一次，太静，她害怕，不愿久留，催我快走。而我却有点喜欢墓前冥想的那种感觉，我不知道有无人在先贤墓前悟过道的记录。

此外，寺内还保存着“圣旨”牌匾一块，那是康熙三十三年颁发的恩诏。传说在伊斯兰教斋月中，牛街礼拜寺夜夜灯火通明，来寺礼拜的穆斯林络绎不绝，有人为此向皇帝密奏：“回民夜聚明散，图谋造反。”皇帝为了解真相，曾微服入寺，查明了信奉伊斯兰教的回民遵从主圣，敬慎守法，毫无造反之意，于是他就颁发诏谕，通晓各省：如官民因小不忿，借端虚报回民谋反者，职司官先斩后奏，天下回民各守清真，不可违命。新中国成立后，于1955年曾拨款修缮。1979年9月，政府对这座列为重点保护单位的古寺拨巨款，进行了全面修缮。

牛街礼拜寺整体风格很古朴，让我流连。外地回族人来京，多要到此礼拜，而且无须门票。有一次，我站在大殿之外，见一阿拉伯少女立于塔前，面蒙轻纱，神秘而有韵致，好让我浮想翩翩。想什么？其实什么也没想，我需要那种接近异域风情的感觉。

2005年7月7日星期四于北京

周口店北京人遗址

我没和贾湖丽，也没和其他女子一起去过周口店北京人遗址。女孩子不会没有选择，对任何景点都感兴趣。

周口店在房山，是距北京西南约 50 公里的郊区。远，但我和萝卜在六里桥附近乘坐到十渡、张坊支线的 917 路公共汽车，到周口店路口下车却还算方便。“北京人”“山顶洞人”在中学历史课本上不知道死记硬背过多少回，1987 年周口店北京人遗址与长城、故宫、秦陵、敦煌一起被联合国教科文组织列入世界文化遗产清单，但周口店北京人遗址似乎没有其他景点那么如雷贯耳，引人关注。世界文化遗产对于学历史的萝卜是极具吸引力的，周口店是不能不去的。我总觉得萝卜有游遍中国列入世界文化遗产清单景点的雄心壮志，而我却少有野心，随遇而安。

一路打听着，找到周口店村旁的龙骨山，这是一个好去处。这个地方对于北京人来说显得避远而缺乏想象力，静而不张扬。山不高，植被不错，感觉上并不像“遗址”名称那么沉重。我们且行且看，心境舒畅，先去了“北京人”遗址挖掘现场，接着看了“山顶洞人”的遗址挖掘现场，最后才到北京人遗址博物馆里上了一回现场历史教育课，重温了一下中学的历史课本，记住了一些以往自己并不熟悉的故事和传奇。

因去过一次周口店北京人遗址，后来我在风入松书店的特价图书中淘了《裴文中史前考古学论文集》《任美锷地理论文选》两本书，一本是文物出版社出的，一本是商务印书馆出的，每本仅 3 元左右。因是学术著作，相对冷僻，无人问津，清仓处理，便宜得等于白捡。我买，并非证明我多有学问，也不是想搞什么学术研究，主要是想看看两本书中《龙骨山的变迁》和《北京周口店洞穴发育及其与古人类生活的关系》这两篇文章。

考古学家裴文中在《龙骨山的变迁》中较为详细地介绍了周口店北京人遗址挖掘历史，以及他主持发现第一块“北京人”完整头骨化石的详细经过。周口店的考古开掘，最早不是中国人。1920 年前后，中国北洋政府所聘的矿政顾问、瑞典地质和考古学家安特生，在周口店一带发现了古动物化石堆积，并着手考古挖掘准备。1921 年，安特生聘请奥地利古生物学家师丹斯基来中国挖龙骨。1927 年师丹斯基在龙骨山挖掘的化石中发现，有两颗牙齿很像人类的牙齿。消息传到北京，引起了学术界的重视。中国地质调查所与私立协和医学校协议去龙骨山继续挖掘化石，以求多得些“人类”的材料。此后瑞典人步林博士又从龙骨山的化石中发现了一颗牙齿，他认为这是介乎于猿与人类中间的一种原始人类牙齿，他给这一新发现的原始人类起名叫“中国猿人北京种”，俗称“北京人（Peking Man）”。但是，当时这一结论并没有得到国际学术界的认可。1929 年 12 月 2 日，由裴文中独立主持，在“周口店第一地点”发掘出一块距今约 60 万年前的完整的猿人头盖骨。消息一经公布，在当时被誉为“一颗重磅炸弹”，引爆了世界学术界。

1933 年，在裴文中的主持下，又在龙骨山山顶洞穴内发现距今约 1.8 万年前的人类化石。它们大约代表着 10 个人的遗骸，其中有三个完整的成年男女的头盖骨，被定名为“山顶洞人”，属晚期智人，具有原始蒙古人种的特征。考古认为：这三个人是有意被埋葬的，入葬时在死者身上还撒下了红色的赤铁矿粉末。在出土物中，还有骨针和各种装饰品。这是迄今所发现的我国最早的人为埋葬行为的证据。研究证明，山顶洞人不仅掌握了熟练的狩猎、捕鱼技术，还学会了应用骨针缝制兽皮衣服，学会了打孔技术，贝壳、兽牙等做成项链来美化自己，还有相当进步的制造装饰品的工艺技术，并产生了原始宗教萌芽。山顶洞人已进入旧石器时代晚期。

1935 年裴文中留学法国，龙骨山的挖掘考古工作交由贾兰坡主持，贾兰坡很有些传奇色彩，他比裴文中小 4 岁，他不像裴文中是科班出身，拥有北大地质学系毕业证、巴黎大学哲学博士的名头。贾兰坡没有大学文凭，但仍然成长为著名的旧石器考古学家、古人类学家、第四纪地质学家、中国科学院资深院士、美国国家科学院外籍院士、第三世界科学院院士。1936 年 11 月，贾兰坡在 11 天之内连续发现了 3 个“北京人”头盖骨。新生代研究室名誉主任、德国古人类学家魏敦瑞得知这一消息后，高兴得连裤子都穿反了。他在新闻记者招待会上说：“对于这次伟大之收获，我们不能不归功于贾兰坡。”贾兰坡当时才 28 岁。贾兰坡后来经常说：“没有周口店就没有贾兰坡。”

此后，科学家们又在周口店进行了连续数年的发掘工作，陆续在龙骨山上发掘出一些猿人使用过的石器和用火遗迹。中科院院士任美锷在《北京周口店洞穴发育及其与古人类生活的关系》文章结论中说：“北京人在猿人洞内居住的时间，至少从距今约 50 万年开始，直到距今 23 万年，连续居住几乎达 30 万年之久。这是由于猿人洞依山傍水，靠近周口河，取水方便。同时，因猿人洞是一个垂直型洞穴，除在洞口外，还向上(即向洞顶)开口，与洞外联通，故洞内的空气和光线都比较好，不过于阴暗，适合古人类居住。可见，北京猿人所以能在周口店长期居住生活，留下了丰富遗物，为世界古人类学研究提供珍贵的资料，这绝不是偶然的，而是与猿人洞的演化、充填以及当时的古地理环境有着密切的关系。”

通过对周口店的相关考古资料的研究，证明北京人距今约 69 万年，属直立人，他们过着以狩猎为主的洞穴群居生活，已经能够使用和制造粗糙的石质工具，并已学会使用火来取暖和吃熟食。特别是保存在洞内的几个灰烬层，最厚的一层超过 6 米。过去，在欧洲等地发现了不少人类用火的证据，但它们的年代一般不早于距今 10 万年左右的尼安德特人时期。周口店北京人用火遗迹的发现，把人类用火历史大大地提早了。而这时的周口店北京人尚处在旧石器时代早期。

在周口店北京人被发现之前，世界上虽然有德国的尼安德特人、海德堡人，印度尼西亚爪哇的直立人等人骨化石相继被发现，但尚未得到学术界的公认；即使是持进化论的学者，对于人类的起源问题、人骨化石在人类社会进化过程中的地位问题，也是众说纷纭、莫衷一是。自从北京人头盖骨以及石器、用火遗迹被发现以后，直立人的存在才得到确认，从而基本明确了人类进化的序列，为“从猿到人”的学说提供了有力证据。

在裴文中《龙骨山的变迁》的后面附有一篇题为《“北京人”的失踪》，文中叙述在1941年12月太平洋战争爆发之际，在周口店遗址出土的北京人化石、山顶洞人化石，以及大批石器等全部珍贵文物在被转移过程中全部失踪，留下可查找的线索是有可能运往美国，也有可能在日本，还可能遗失在中国的战火之中，至今仍然下落不明，成为一个世界瞩目的重大悬案。目前能够看到的，只是根据原件做的可以乱真的模型。1982年9月18日裴文中去世，2001年7月8日贾兰坡去世，都带着这个深深的遗憾离开了。让人稍有安慰的是，1966年在周口店再次出土了一件北京人的头盖骨。

周口店遗址历经80余年时断时续的发掘，科考工作目前仍在进行中。第一地点现已发掘了40余米，但还不到洞内堆积的一半。“北京人”化石从第11层至第3层均有发现，共出土骨头6具、头骨碎片12件、下颌骨15件、牙齿157枚、股骨7件、胫骨1件、肱骨3件、锁骨和月骨各1件以及一些头骨和面骨碎片。这些“北京人”遗骨分属40多个个体。但绝大多数化石，在珍珠港事变前后，下落不明。现存的第一地点的人化石，保存在我国的有7枚牙齿、1段肱骨、1段胫骨、顶骨和枕骨各1件以及一具保存完好的下颌骨；1927年以前发现的三枚牙齿则在瑞典，由早期在周口店工作的步林保管着。在周口店北京人遗址出土的猿人化石、石制品、哺乳动物化石种类数量之多以及用火遗迹之丰富，都是同时代其他遗址所无法相比的。

1973年，在龙骨山东南角还发现了介于北京人和山顶洞人之间、距今约10万年前的古人类牙齿化石，被定名为“新洞人”。这是一种新的人类，属于古人或者早期智人阶段。这些在这里生活过的新洞人比北京人的生活时期要晚，但比山顶洞人要早得多。在考古中，正好填补了二者之间的空白期。所发现的牙齿化石的特点是比猿人的短，这是由于多食熟食之故；但比山顶洞人的大，且牙根也长。因此，周口店北京人遗址，有了代表人类发展三个阶段的人类化石及其文化和居住地，这在世界上也是独一无二的。

根据对文化沉积物的研究，北京人生活在距今70万年至20万年之间。北京人的平均脑容量达1088毫升，而现代人脑容量为1400毫升，据推算北京人身高男的大约156厘米，女的大约150厘米。北京人属石器时代，加工石器的方法主要为锤击法，其次为砸击法，偶见砧击法，并能捕猎大型动物。北京人的寿命较短，据统计，68.2%死于14岁前，超过50岁的不足4.5%。其早期为距今70万～40万年，中期为距今40万～30万年，晚期为距今30万～20万年。北京人是属于从古猿进化到智人的中间环节的原始人类，这一发现在生物学、历史学和人类发展史研究上有着极其重要的价值。

几十年来，对北京周口店村各洞穴发掘工作的结果是：挖出了大约3万立方米的堆积物（约为全部堆积物的一半），6个头盖骨，15个下颌骨，153颗牙齿，以及一些肢骨、面骨等，代表了40多个男女老少的北京人化石，还有10万件左右石器，大量的、种类约在100种以上的动物化石，以及大量的用于熟食、取暖的灰烬。

萝卜说："北京人虽然在此活动，但可能早已绝种了，与现在生活在北京这座现代城市的人可能没有任何遗传关系，与生活在这片国土的人民也可能没有任何遗传关系，中国人多数是蒙古人种……"我愕然。我想，萝卜毕业后若像他的那些同学到一些考古研究机构，说不定现在也是一个著名的历史或考古学家。就像贾兰坡若不是在1931年考上中国地质调查所招考练习生，他也不会走上考古之路。人生的际遇有时很难说得清。

游周口店北京人遗址是刚到北京来不多久的事，那时还不认识贾湖丽，后来也没再去。不知道从什么时候开始，我开始带着贾湖丽四处逛北京，有时甚至到了夜里我们还踟蹰在北京的街头，我笑着对贾湖丽说："你看，我们像不像北京街头最后两个幽灵？"

我们在北京，从一个地方到另一个地方，从一个景点到另一个景点，游游荡荡，似乎在寻找点什么，似乎什么也不寻找。究竟想找寻点什么呢？对这个问题的终极追问，总让我茫然失措，惊慌而失语。就像裴文中、贾兰坡等考古学家在周口店反复考证、寻找人类的起源一样，总让人充满莫名的困惑。谁能证明祖先的存在，谁能证明我们的存在，谁能证明我们曾经存在于这座城市。

没有人能够证明，无论是别人，还是我们自己。这看起来让人感觉有些宿命。既然无法证明，更无法像“北京人”那样留下任何印迹和线索，芸芸众生，那么存在是不是可以认为是另一种虚幻。如果存在真的是一种潜在的虚幻，那么真正的存在与虚幻又有什么区别呢？

2005 年 7 月 11 日星期一于北京

智化寺

“请问，智化寺怎么走？”当我和贾湖丽终于找到东城区禄米仓胡同时，还到处询问。胡同里那人诧异地盯了我一眼，下巴一甩：“前面不就是嘛！”哪个前面？当我还是一头雾水时，贾湖丽指着门前有两头小石狮子的民宅欢呼雀跃，找到了找到了。

哪找到了？那明明是别人家宅嘛！凑近前去，看见山门上“敕赐智化寺”几个大字，以及山门旁边国务院1961年3月4日所立“第一批全国重点文物保护单位和北京文博交流馆”的标志，我不得不佩服贾湖丽眼尖。发现智化寺的山门门槛居然低于路面将近一米，门脸不大，我甚至怀疑自己走错地方了，这就是天下闻名的寺庙？

智化寺来头大，于明正统八年仿唐宋“伽蓝七堂”规制而建，距今560余年，初为明司礼监太监王振家庙，后赐名报恩智化寺。《明史》中，王振这个人很有些意思，明代宦官乱政起于他。王振是河北蔚州人，据说曾是地痞无赖，因犯罪被官府流放充军，因见当朝重用太监，便像岳不群练辟邪剑法似的发狠自宫，混入宫中。明宣宗驾崩后，年仅9岁的英宗继位，当时朝政尚由英宗母亲孙太后掌管。7年后，孙太后去世，16岁的英宗亲政，从英宗3岁被立为太子时便开始做其贴身随侍太监的王振从此得势。依仗皇帝的宠信，王振掌握了司礼监衙门，成为内廷总管。

公元1450年，北方瓦剌国兵犯山西大同。大同参将吴浩首战被杀，大将井源等率部出击也被击败，4万官兵全军覆灭，边境连连告急。王振见大敌当前，不做切实准备，便竭力怂恿英宗御驾亲征。当时英宗对王振几乎是言听计从，便亲统50万大军于7月15日出征。谁知8月1日进入大同后，即被瓦剌军队分兵包抄。根本不知道战争是什么的英宗闻报，便六神无主。王振遂代帝下令，火速东撤。瓦剌军队派出两万骑兵为前驱赶，对逃跑的明军穷追猛打，明军随之大乱，溃不成军。8月15日，退至距怀来县仅20里的土木堡时，瓦剌出动全部骑兵，四面合击，俘获了英宗。王振则被英宗身边的护卫将军樊忠一锤打碎了脑袋。这就是历史上有名的“土木堡之变”的大概情况。

消息传到北京，太子朱见深仅是个2岁的婴儿，尚在后宫妇人的手中，无法继位，朝中大臣便拥戴奉命监国摄政郕王接位，以稳定政局。郕王于当年9月6日，登基继位为代宗，改年号为景泰，尊尚在瓦剌当俘虏的英宗为太上皇。代宗皇帝继位后，依靠兵部尚书于谦，出兵击败了瓦剌军队，并迎回了英宗。回归后的英宗，被代宗安置在崇质宫。但英宗并不甘心仅做一个太上皇，于是开始秘密活动，寻机复辟。

公元1457年正月16日，英宗趁代宗病重，发动兵变，重新登基，改年号为天顺。这次政变，历史上称为“夺门之变”。英宗可能也是我国历史上唯一一个做了两次皇帝的人。由此可见，英宗并非一味昏庸，还是很懂政治的。我也由此约略窥见宋高宗赵构为什么会用12道金牌召回岳飞，不让他直捣黄龙，为什么会默许或授意秦桧以“莫须有”的罪名将岳飞杀死在风波亭的“苦衷”了。不要认为做皇帝的赵构很蠢、做宰相的秦桧很蠢，历史没有想象中那么简单。英宗复辟后，即于天顺元年在智化寺内为王振立旌忠祠，并塑像，看来皇帝对这名太监特别倚重，并不像外人把其定为奸人。有时忠奸是很难分辨的。天顺六年英宗又颁赐智化寺藏经一部、经橱两座，供藏在寺中的如来殿。

智化寺坐北朝南，主要建筑自山门内依次为钟鼓楼、智化门、智化殿及东西配殿（大智殿、藏殿）、如来殿、大悲堂等，排列布局具有明代特点。主要建筑物的屋瓦用黑色琉璃脊兽铺砌，虽经历代多次修葺，梁架、斗拱、彩画等建筑风格则保存宋代向明清过渡的明显特征，并开清代建筑风格的先河。北京现存明代木结构古建筑，多为单体建筑，而智化寺竟聚集了八座明代木构建筑，是北京最大的明代木构建筑群。自北宋元符三年李诫奉敕编《营造法式》以后，至清雍正十二年钦定颁布《工程做法则例》以前，元、明两代没有留下什么建筑规范，要想研究这一时期的建筑，只能求助于实物考证。时隔五六百年，元、明时代的建筑即使不毁也多为后世修建，从而使智化寺的建筑更为弥足珍贵。最令人注目的是寺中主要殿宇红墙之上皆为歇山黑琉璃筒瓦顶，这在国内现存寺院中并不多见。明皇家寺院、敕建寺院，主要使用黑琉璃瓦，而到清朝改用黄或绿色琉璃瓦。寺院用黑色瓦覆顶，依据佛经而来。佛经上有“四种色”之说，“息灾为白，增益为黄，敬爱为赤，降伏为黑”，喻“地、水、火、风”之四大。黑者，象征风大之色，风为大力之义；如来成道时，亦以风降伏恶魔。此义正与“智化”相呼应，上以“风”降伏恶魔，下以“智”度化众生。

其次是看智化寺的藻井。藻井是我国古代殿堂室内顶棚中最高级的做法。一般位于室内佛像的上方，呈伞盖形，由细密的斗拱承托，象征天宇的崇高。藻井上一般都有彩画、浮雕。智化寺后，是一座黑琉璃筒瓦庑殿顶重楼。同一座建筑上下层异称：下层名叫“如来殿”，上层名叫“万佛阁”，这楼是智化寺内最高建筑。如来殿面阔五间，东西约 19 米，南北约 12.6 米，四抹斜方格菱花隔扇。门上悬华带匾，上书“如来殿”三字。殿正中设八角形木制须弥座，上奉释迦牟尼佛。佛前二立侍，左持拂麈筐者为梵王，右持宝杵者为金刚。大殿两侧有高大精美的曲尺形经橱。如来殿佛像背后有东西二梯通楼上万佛阁。楼上面阔三间，拱券式门窗，门上悬匾，上书“万佛阁”。门外周边有廊，围有宝瓶木质护栏。楼上供有三尊佛像，中间为毗卢遮那佛，左供有卢舍那佛，右供有释迦牟尼佛。依据经书所说，此三佛分别是释迦牟尼佛的法身、报身、应身。两层山墙是，置有佛龛近万，内置小佛 9000 余尊，“万佛阁”之名即由此而来。

智化寺万佛阁藻井是我国明代大型木雕精品，藻井分三层，下层方井，中层八角井，上层圆井。下层边长 4.35 米，藻井顶部有一条俯首团龙，八角井雕有八条腾云驾雾的游龙，各斗拱间雕有法轮、宝瓶、双鱼等八珍宝及八位姿态优美的飞天。但智化寺万佛阁藻井已看不见了，早在 1930 年被美国哈佛大学与燕京大学交换学者劳伦斯·西克曼买走，现收藏于美国密苏里州堪萨斯城的纳尔逊艺术博物馆；智化寺大殿的藻井同样被另一个美国人霍雷斯·杰恩买走，现收藏在美国费城艺术博物馆。现在在寺里只能看到一些纸质文字介绍。此外，殿内正中原有白石须弥座，供木质漆金三世佛。1972 年三世佛像移往大觉寺。十八罗汉也被挪走。三世佛像后有一幅壁画，高约 3 米，宽约 4.67 米，绘的是地藏菩萨，两侧下方各有立像大人。整个画面人物生动、线条流畅、色彩绚丽。尤其是地藏菩萨，给人以出世超凡、和蔼可亲的印象。

第三个看点是藏殿。藏殿是智化殿前的西配殿，因殿中不设法座，仅置转轮藏一具，故名“藏殿”。转轮藏为八角形，高四米余，下为须弥石座，中为经柜，上为毗卢帽顶。石座转角处雕有天龙八部，经柜角住上雕象、狮、四不像和菩萨、天王、韦驮与金刚，顶部则雕有大鹏金翅鸟、龙、龙女和毗卢佛。经柜本身为抽屉式，每面九层，每层五屉，上面雕刻佛像。我准备抽开抽屉看看，却被一脸虔诚严肃的贾湖丽阻止了，她怕惊了佛。北京现存三副轮藏，除智化寺外，一副在颐和园，一副在雍和宫，后两副都是清代所制，比智化寺所藏晚几百年。

智化寺离建国门近，游览时我突然想起了蓉儿。蓉儿是暖给我介绍的一个女朋友，在中华英才网上班，搞 IT 的，与她见面比较特别。那是一个万圣节的晚上，她约我到建国门附近一家西餐馆吃饭，还有她的很多朋友，AA 制。她戴着一顶帽子，显得有些别扭和奇怪，圆脸，相貌在昏暗的灯光下看不真切。暖那天并没有来，但却有一个叫泉的纳西族女孩在那里快快乐乐地大呼小叫，泉是她老公去丽江旅游时认识并娶回北京的。泉在北京并不工作，在家，做我身边这个据说离开中国科学院下海开公司老帅哥的专职家庭主妇，我对传奇有一种天然地好奇。蓉儿姓荣，我乐观地问她是不是与荣氏家庭有什么关系啊？她回答说没有，她是陕西西安人，与帆子是同乡，但后来我也没将蓉儿介绍给帆子认识。

我和蓉儿通过网络 QQ 保持着一段时间的联系，她通过电话告诉我，她曾经爱过一个人，那人也表示爱过蓉儿，但那人最终却娶了与他青梅竹马的女子，没有娶蓉儿，蓉儿为此便把自己的头发铰了。这让我一喜一惊，喜的是蓉儿信任我，愿意告诉我她的故事，惊的是居然是这样的故事。后来，我又在西单请她吃了一顿西餐，看着她脱了帽子后露出的头发和眼里那丝淡淡的哀怨，我知道自己无法治愈这个女子的创伤。因为我的内心还千疮百孔、伤痕累累呢，慢慢地便断了联系……我就是这样，身边陪伴着贾湖丽，却不知不觉中又记起了头脑里另一个依稀有些模糊起来的女子。

而智化寺最出名的还不是这些建筑和历史，而是其保存完整、高深美妙的佛教音乐。1986 年 12 月，由欧洲国家联合文化处聘请，中国北京市佛教音乐团到欧洲巡回演出。这个由 12 人组成的佛教音乐团，横扫整个欧洲，所到之处，场场爆满。让外国人惊讶的是 540 多年前的中国，竟有这样高深而优美的音乐，他们不得不摇头叹息，打心眼儿里佩服。这个被视为世界音乐珍宝，而又有音乐“活化石”之称的北京智化寺佛教音乐，震撼了欧洲乐坛。

佛教认为，音乐有供养、颂佛的作用。《法华经·方便品》云：“歌呗颂佛德，乃至一小音，皆已成佛道。”几乎所有佛事活动都含有音乐内容，尤其是放焰口和水陆法会，音乐更是必不可少，因而大寺院都有专门从事演奏的乐僧。永乐二年，明成祖曾搜集唐、宋、元以来通行南北的佛教音乐曲调 400 余首，编成《诸佛世尊如来菩萨尊者名称歌曲》行世。智化寺音乐的曲牌，大都与这部曲集的名称相同。早在 20 世纪 50 年代，智化寺佛教音乐就引起了中国音乐界一些专家的关注并开始对其进行研究。1953 年 2 月，北京市文联在霞公府 15 号举行“京音乐”演奏会，到会的有丁西林、吴晗、老舍、赵树理、叶恭绰、巨赞法师等 150 人。老舍主持会议，由智化寺等 9 个寺庙 16 位僧人进行演奏。随后，智化寺乐僧又应邀赴天津国立音乐学院演奏，专家们纷纷撰文介绍和评论。在中央音乐学院、北京三时学会和文化界知名人士帮助下，乐僧们在广化寺成立了“北京音乐研究会”。一时间，佛教音乐研究达到高潮。

明代初年规定，佛教寺院分为禅、讲、教三类，要求僧众分别专业修行佛法。智化寺属于禅寺，局临济宗门下，禅僧地位高于乐僧。当时乐僧只收13岁以下小孩做门徒，入寺之后，要学习7年音乐，学习期间每日练习听音、发音，必须在很窄的板凳上练习吹奏和打击姿态，直到能在寒冷冬天或酷热夏日下连续演奏四五个小时，仍然韵真声满，字正腔圆，才算合格。经过严格训练的乐僧使智化寺音乐得以较为完整地流传到今天。智化寺初期住持皆由禅僧担任，以后乐僧地位提高，也可担任住持。

1982年北京市佛教协会恢复活动后，在凌海成等人积极推动下，一些老乐僧被请回庙里。当时共找到8名，分别是明声、秀全、增远、兆禅、绪增、福广、学礼、本兴。其中增远和福广是智化寺第27代和第28代僧，一个吹笛，一个捧笙，加上吹管的绪增，成为主要演奏者。智化寺音乐与西安城隍庙音乐、开封大相国寺音乐、五台山青黄庙音乐及福建南音一起，同属我国现存的最古老音乐。为了弘扬祖国的优秀文化遗产，1986年3月31日，北京市佛教协会成立了北京佛教音乐团。同年底，该团即赴西德、法国、瑞士等国演出，引起极大轰动。

我和贾湖丽去时，错过了表演的时间，没有听到。后来，萝卜带着便便的天使也去了，却听到了那音乐。我想，我还得再去一次，听听那音乐。即使苦瓜再苦，也得尝一尝；即使音乐再断肠，也应该体验体验。

2005年7月12日星期二于北京

京东大峡谷

京东大峡谷在平谷。平谷是北京的一个区，位于城市的东北部，距离北京城约 70 公里。暖是平谷人，平谷的桃好。

平谷地处燕山山脉南麓，华北平原北端。平谷东南倚盘山，北踞长城，泃河由东而西转南流贯全境，泇河自北而南汇入泃河。平谷顾名思义，大概因三面环山，中为平原谷地的缘故。平谷北邻密云，西接顺义，东、南毗邻河北兴隆县、三河市和天津蓟县。蓟县古称渔阳，“渔阳鼙鼓动地来，惊破霓裳羽衣曲”，安史之乱起于此。平谷历史长，据马家坟、海子、洙水等地出土文物，早在 10 万年前的旧石器时代，此地就有人类活动的遗迹。而平谷泃河流域独具特色的考古学文化还被命名为“上宅文化”。现代北京文化与上宅文化有无传承关系有待专家论述，我不能不懂装懂。至于暖是不是那个时候的人延续下来的土著血脉，这个问题不好说，我也没问过她，问她她可能也不知道。有史可查的是，到汉高祖十二年，这儿才始建平谷县，属渔阳郡，距今 2200 余年。平谷古时不属于北京。

平谷是北京上风上水之地，我到平谷觉得空气清新，全身轻松，不似北京城内空气的窒闷和浊郁。平谷的水质、土壤、气候特别适宜桃树生长，经过 20 年的发展，目前发展成为近 20 万亩的桃园，号称世界最大的桃园。据有关资料报道，2004 年平谷鲜桃出口日本、英国和意大利等国家达到 1500 万公斤，占平谷精品桃销售量的 12.5%。我据此反算回去，平谷年产精品桃产量大概在 12 亿吨以上——我心里实在难以想象如此多的桃是个什么样的概念，堆起来应该是座巨大的桃山吧。

平谷桃很有名，个大、色艳、酥脆、甜度高，不输于江南的水蜜桃。第一次吃平谷桃，我很诧异，桃居然还有这个味道。据说平谷的桃最大个的竟达 0.9 公斤，我没见过，也没品尝过。我只看过报道说，南方某地拍卖一只据说是何仙姑手植桃所结的鲜桃，价达 10 万元。我想，吃了那样的桃，也不会即刻成仙吧。让我买，我既不想买，也买不起。我关心的是，平谷是不是也搞类似的鲜桃拍卖活动。因桃好，平谷每年春天都轰轰烈烈举办桃花节，在秋天举办采摘节，人山人海，热闹非凡，让北京城里人过足了瘾，也让平谷人赚足了钱。

采摘节里去摘桃，是暖给我们安排的活动。暖的小姑在平谷区政府当公务员，招待我们八九个人吃了一顿饭。暖的小姑比我小一岁，但孩子已很大了，很是热情，但因辈分的概念，空气里显得有些异样。吃饭时，还见到了暖还在读书的妹妹，不谙世事，一副怯生生的样子。暖与她妹妹年岁其实相差不大，我诧异，暖看上去，为何如此成熟和干练。那时，萝卜刚在网上结识便便的天使没多久，萝卜借了一辆普通桑塔纳车，一路开往平谷。萝卜开车，便便的天使坐副驾驶位，我坐在后面当灯泡。因为这次采摘节和先前的卢沟桥的月色，萝卜取得了便便的天使的青睐和信任，从此开始“恩恩爱爱”；而我吃了一肚子的桃子，厕所里打一个转，便一无所获了。

时隔一年多，暖早已断了音讯。当单位共青团委组织活动，再上平谷赏桃花、种桃树、游京东大峡谷时，我和萝卜又想起了暖。而暖究竟在忙什么呢？不知道是不是准备嫁人了。那次暖和她小姑还提议邀我们去京东大峡谷游玩的，没去成。

我一向以为桃花是一种异常娇媚的花朵，飘零易谢，再加上不太分得清桃花和樱花的区别，所以也不是十分喜欢，而平谷的桃花让我莫名地想起玉渊潭的樱花来。虽是不喜，但我对唐诗里关于桃花诗歌却情有独钟。其一是崔护的《题都城南庄》：“去年今日此门中，人面桃花相映红。人面不知何处去，桃花依旧笑春风。”《唐诗纪事》和《本事诗》记载有关此诗的一段颇具传奇色彩的故事：“护举进士不第，清明独游都城南，得村居，花木丛萃。扣门久，有女子自门隙问之。对曰：'寻春独行，酒渴求饮。' 女子启关，以盂水至。独倚小桃斜柯伫立，而意属殊厚。崔辞起，送至门，如不胜情而入。后绝不复至。及来岁清明，径往寻之，门庭如故，而已扃锁之。因题 '去年今日此门中' 诗于其左扉。"人面桃花的故事让后代文人津津乐道，想入非非，反复意淫，传咏不坠。

其二是关于刘禹锡游玄都观的两首诗。第一首是刘禹锡被贬谪到朗州，即现今的湖南常德，十年后应召返长安，到玄都观赏桃花，写《游玄都观咏看花君子诗》："紫陌红尘拂面来，无人不道看花回。玄都观里桃千树，尽是刘郎去后栽。"此诗即出，马上传遍长安，有嫉恨和嫉妒其才的人很快到唐宪宗面前进谗说：刘禹锡这首诗表面是写桃花，实际是讽刺当时新提拔的权贵的。可见嫉贤妒才的历史源远流长，刘禹锡因此再贬播州，即现今的贵州遵义市，后在朋友帮忙下，改贬至连州，即今天的广东连州市。十四年后，当刘禹锡再返长安，重赏玄都观桃花，他写下了《再游玄都观诗序》："百亩庭中半是苔，桃花净尽菜花开。种桃道士归何处，前度刘郎今又来。"《旧唐书》载："人嘉其才而薄其行。"文人往往我行我素惯了，改不了"文字癖"和狂傲本性，像刘禹锡被称"诗豪"的人，可能比一般的文人更进一层，更不拘小节，更不重细节，更不吸取教训，不说话时口痒，不写字时手痒，又不善于处理好与同僚的关系。结果再遭谗言，皇帝也认为刘禹锡只是又在发牢骚而已，但没隔多久，还是将他贬出长安。

文人恃才自傲，不知悔改的较多，但也不能一概而论。诗人白居易在长安任翰林学士、左拾遗、京兆府户曹参军时，多直言参政，写讽喻诗针砭时事，终被贬江州，即现今的江西九江，写下著名的《琵琶行》。以贬江州司马为分水岭，白居易的思想便从"兼济"急遽转向"独善"，决心要做到"宦途自此心长别，世事从今口不言""面上灭除忧喜色，胸中消尽是非心"。此后白居易描写闲静恬淡境界、抒发个人情感的闲适诗和感伤诗增多，而前期那种战斗性强烈的讽喻诗则比较少见了。不是世界适应了你，而是你适应了世界，调整了人生态度，此后白居易的仕途可谓一帆风顺。元和十三年，白居易改任忠州刺史。十五年，召还京，拜尚书司门员外郎，迁主客郎中，知制诰，进中书舍人。又在长庆二年请求外任，出为杭州刺史。后又做过短期的苏州刺史。文宗大和元年，拜秘书监。次年转刑部侍郎。自大和三年白居易 58 岁，至会昌六年，共 17 年，他退居洛阳度其晚年生活，还先后担任太子宾客、河南尹、太子少傅等职。会昌二年，以刑部尚书致仕。他在洛阳过着饮酒、弹琴、赋诗、游山玩水和“栖心释氏”的生活，时常与刘禹锡唱和，时称“刘白”。会做官的白居易和不会做官的刘禹锡倒是不错的朋友。

我在湖南通道双江县城上学时，我家屋后的坡上种着几株桃树和一株梨树，春风吹后，一夜间，梨白而桃红，映入眼帘，让人狂喜，让人心跳，让人恨不得立即高歌一曲狂舞一回。平谷观桃花，多少能让我遥想起少年时的梦想来。到了平谷桃花海，一眼望不到边，着实吓了我一跳，没想到桃树居然还可以这样种的，桃花居然还可以这样开的，太不知遮掩了，太肆无忌惮了，太张狂了。桃花多了，居然没有独株时看得醒目。我只觉得没有经过诗人吟咏过的平谷桃花，只是经济的、商业的桃花，而非人文的、历史的桃花。

京东大峡谷在平谷山东庄镇鱼子山村，和北京周边其他小景点一样，多是供北京城里人周末出来透透气的。京东大峡谷分别有龙门湖、丹凤双龙厅、环翠厅、五潭（惊潭、险潭、怪潭、灵潭、响潭）、万丈崖、龙首崖、卧龙洞、通天峡、铁索吊桥、冷魂谷、景台山等景，多是些小山小水小景点，对于我来说实在是没有多大兴趣，呼吸呼吸新鲜空气，锻炼锻炼长期在电脑桌前晃荡的腿脚，换一换心境，松弛松弛，就是不错的收获。

我总觉得，像京东大峡谷这样的景点门票居然都比香山要贵，有所不值。但像香山，每到周末，往往人满为患，想去，又没了心境……

2005 年 7 月 13 日星期三于北京

北京展览馆

除了湖广会馆，我没带小鱼儿去过其他任何地方，包括北京展览馆。

“你这人有病。”小鱼儿笑着说。

“你不就喜欢有病的吗？”我嬉皮笑脸地调侃小鱼儿。“除了眼睛近视，什么病都没有。”我甚至将我的体检病历递给小鱼儿。

“你有病哩。”小鱼儿仍然坚持着说，并不看我的病历。

“啊？——是呀，我是有病哩。”我干脆顺着她的话说，“我有‘心病’哩。”

“你有神经病。”小鱼儿说。

“嗯。”我并不恼，“将来，我的眼睛也许会瞎。”

“如果现在，有一个人对你说，即使你瞎了，也愿伴你一生，你相信吗？”小鱼儿问。

“我不信。”我毫不思索马上回答。

“为什么？”小鱼儿眨着疑惑的眼睛，诧异地问我。

“俗话说，久病无孝子，何况夫妻。再说，庄子曾说，相濡以沫，不若相忘于江湖。一个爱你的人，你应该希望她幸福，若她碰巧遇上了一个比我更好更优秀更让她得到她想要的幸福的人，她就应该选择幸福，而非我。这既是对自己的尊重，也是对幸福的尊重。强扭的瓜不甜，捆绑在一起，两不愉快，何苦来呢？有爱，则聚；没爱，则分，而且应该趁早分开。”我接着阐述说：“但分离时，得处理好分离的相关事情，不能也不应该打打闹闹轰轰烈烈地处理相关问题。两人都应该把问题提出来，坦然面对，坦然相告。可以这样说，我现在不爱你了，或者说我现在爱上别人了，甚至还可以说我现在认识一个人，我爱他（她）更甚于爱你，怎么办？——凡事不要闷在心里。把问题亮出来，寻找出路，共同寻找解决的办法。我会认真考虑，如果我已不爱这人了，我就应该当机立断，离开，不应该因担心她找到属于自己的幸福而萌生报复之心、厌世之心，抓住婚姻的锁链，拖垮对方。如果我真的还爱着这人，我应该为她的幸福着想，她找到新的幸福，我应该替她感到高兴，淡然离开。”

我自顾自说得痛快，并没顾忌小鱼儿的情绪变化。我脑子里闪过林徽因和梁思成、徐志摩之间的爱情纠葛故事，但那是很难复制的别人的故事。

站在北京展览馆门外的广场上，我突然又想起小鱼儿和她提出的那个问题。北京展览馆位于西直门外大街 135 号，在动物园的隔壁，我曾在此参观过 2004 北京国际旅游博览会和首届全国安全生产及技术装备展览会，又因去北京交通大学上课和到动物园，曾无数次路过北京展览馆。但北京展览馆在我和其他新一代人心目中一样，并没有像它留在老一辈人心目中的那种情感和记忆。

北京展览馆原称苏联展览馆，俄罗斯建筑风格，金碧辉煌，显得极其独特，是新中国时期留下的建筑。萝卜曾介绍说，它是新中国“一五”计划时北京建设著名的十大建筑之一。有趣的是北京展览馆也是二十世纪外国人在北京留下的最后一批建筑之一。1952 年，政务院财政经济委员会副主任李富春访问苏联时，苏方提出在中国展示包括经济、文化、科技、建筑等方面的苏联建设成就。为此，中央决定在北京、上海建设苏联展览馆，以学习、借鉴苏联社会主义建设的经验，增进与苏联人民的友谊。苏联派了建筑专家来我国帮助设计和施工。

北京展览馆就是在这样的历史背景下，动工修建的。这座建筑是由原苏联中央设计院设计，参照了俄罗斯的经典建筑杰作圣彼得堡海军总部大厦，主楼高耸峭立，回廊宽缓伸展。人们形容俄罗斯这种建筑是高耸尖顶通向天堂，对称的回廊在拥抱世界。1953 年 10 月 15 日由彭真市长亲自主持了开工典礼，1954 年 9 月中旬全部竣工，仅用了 11 个月的时间，速度之快让人惊异。建成后，第一个展会是“苏联经济及文化建设成就展”。那时候新中国成立不久，百废待兴，全中国没有几座高层建筑，所以不论是在北京展览馆设计过程，还是建设过程中，都倾注了那个时代很多人的激情。站在北京展览馆广场上，我似乎还能隐隐约约听见当年的劳动号子。北京展览馆建成后参观者盛况空前，无数的苏联建设成就和建设经验在这里展示，使中国人对社会主义的信心倍增。

关于上海中苏友好大厦的建设，我读过一篇当年参加北京展览馆大剧场和上海中苏友好大厦电影馆设计的张乾源工程师的回忆文章。回忆中，有一件比较有趣的事情，说当年来华援建的苏联专家组有安德烈耶夫总建筑师、他的夫人凯丝洛娃建筑师和郭赫曼总结构工程师，安德烈耶夫和郭赫曼都是斯大林奖金获得者。上海中苏友好大厦的设计工作在北京展览馆动工后就提上了日程，1954 年 4 月中旬，郭赫曼到上海考察铜仁路哈同花园现场情况。当天晚上，在上海市领导为他举行的宴会上，郭赫曼喝醉了酒，在发言中竟然说出上海中苏友好大厦可在当年 5 月 1 日开工的大话。他的话立即博得了全体来宾最热烈的鼓掌。第二天一早，《解放日报》头条大字新闻“苏联专家郭赫曼说上海中苏友好大厦 5 月 1 日开工”！郭赫曼第二天酒醒后知道了这个特大新闻，自己也大吃一惊，立刻打长途电话给北京的安德烈耶夫。苏联专家怎么能对中国人食言，那太掉面子了。于是，安德烈耶夫立刻召集上海在北京的设计人员开会。安德烈耶夫说，郭赫曼已经在上海宣布了今年 5 月 1 日上海中苏友好大厦开工，并且报纸也登了，中国政府和苏联政府以及全世界都知道了！所以我们现在只能靠集体努力，千方百计拼命也要达到这个目标。当时参加会议的人都无法对答和辩驳，因为此时中苏友好大厦的设计草图连一张都没有，八字也没有一撇，要在 20 天后就正式开始施工，真是天方夜谭。但后经努力，于 4 月 28 日，由林俊煌、许惟扬完成中央大厅的箱形基础施工图，李莲霞、赵良圃完成了东翼、西翼的条形基础施工图和定位图，确保了 5 月 1 日的正式开工。这可能也开了中国工程边设计边施工的先河吧。这可能也是为什么北京展览馆和上海中苏友好大厦如此相似，像李生姊妹的主要原因吧。

上海我去过，分别见过筱杨和素素两个网友。可惜两人都早已嫁人，而且还有孩子。筱杨是个美女，喜欢写点散文之类的东西，是贵阳马车夫斯基、一鹤悠然我们共同的朋友。春节期间，我托她买了两张上海至广州的火车票，她居然买到了，还跑到上海火车站交到我手里。素素送我一套三联书店出的《钱钟书集》，很破费，她是希望我在写作上有所作为，但恐怕我是要辜负她的一片期望和情谊。上海倒是去过好几次，却没怎么好好游玩过，不熟，上海中苏友好大厦更没去过。也许今后有机会，定要去看看的。

在北京展览馆建设过程中有两件事值得一提，一是全国第一支青年突击队是在北京展览馆建筑工地组建的。时间是 1954 年元月，工程进入冬季施工的紧张阶段，18 名团员响应工地党委号召于 1 月 13 日组成木工突击队，用 3 个小时完成 7 个小时的工作量，接着又用 181 个工时完成了原计划用 478 个工时的工作任务，创造了高工效，并且保质保量地完成了工程任务。到 2 月中旬，这一活动形式迅速在工地推广，收到了很好的效果。1954 年 6 月，团中央帮助北京市团委总结了青年突击队的经验，确定“重点建设、逐步推广”的方针，先后在全国各地建立和发展了各种青年突击队。这些青年突击队从生产需要出发，在组织青年完成急、难、险、重任务中，发挥了突出的作用。而北京市张百发青年钢筋工突击队在第一个五年计划期间，承担过 834 项工程任务，其中 832 项是十分出色地完成的，成为全国建筑行业的一面红旗。

二是北京展览馆塔顶上有颗闪闪发光的红色五角星。五角星距离地面 103 米高，当初把几吨重的五角星吊上高空，并安放到细细的塔尖上绝非易事。用洋办法，当时的设备能力达不到，苏联专家们一筹莫展。最后却让丰台桥梁厂工人采用滑轮滚杠的土办法吊装上去了，这让苏联专家赞叹不已。当初红极一时的丰台桥梁厂，我去过几次，环境依然幽静，但今非昔比，工厂濒临破产搬迁，职工基本退休解散，土地让渡给房地产开发商进行开发了。1976 年 7 月 28 日清晨发生的唐山大地震造成“红星落地”，现在看到的星已不是原件，而是 1979 年夏重新安装的，这颗星直径 2.5 米，加上星体芒针长约 3.2 米、内装 128 盏灯的不锈钢框架，并镶嵌着红色有机玻璃的五角星，重量也轻了，仅 750 多公斤。

看完展览，听说北京展览馆莫斯科餐厅做的列巴正宗，于是我跟着同事到北京展览馆侧门的店面买了一块小列巴。列巴我没吃过，买回来，留给贾湖丽吃。贾湖丽认得列巴，贾湖丽吃过列巴，贾湖丽不喜欢吃列巴。但我不知道贾湖丽不喜欢吃列巴，贾湖丽不知道我不知道她不喜欢吃列巴，所以很有些扫兴。列巴是俄语的音译，是一种灰色大面包，味道是甜中有酸，外焦里软。

莫斯科餐厅是北京最早的西餐厅，名气非常大。莫斯科餐厅当时只是展览馆的配套设施，是为在展览期间解决苏联专家及工作人员的就餐问题，同时能容纳 500 人就餐。1954 年，历时近一年的苏联展览会结束后，苏联展览馆正式改名为北京展览馆，莫斯科餐厅开始对外营业。后来，莫斯科餐厅更名为北展餐厅，开始经营中餐。直到 1984 年 11 月 7 日，适值苏联十月革命纪念日，又恢复“莫斯科餐厅”的名称，这也成为一个重要的政治信号，并使两国僵冻的关系就此冰融雪化。最早的莫斯科餐厅凭券供应，能够获得餐券的人都非等闲之辈。莫斯科餐厅的高贵之处还体现在男服务员 50 年代就发皮鞋、料子裤子、发蜡和鞋油，女服务员则额外发香水。

不管如何，不论北京展览馆，还是莫斯科餐厅，其实都不关我事。不关我事的，也包括小鱼儿。

2005 年 8 月 4 日星期四于北京

先农坛

北京有很多景点过于火爆，人满为患。到了那里，根本就不是去观景，而是去看人。若要看人，不如去西单、王府井、三里屯。而北京有些景点虽极好，却冷冷清清，游人罕至，先农坛就是其中之一。

地图上，天坛和陶然亭之间，很不起眼地藏着“先农坛”三个字，还不如“北京古代建筑博物馆”几个字醒目。我跟着萝卜，按图索骥找到这里。萝卜从小就对地图敏感。我对萝卜说，对地图感兴趣的人一般都有军事潜能，萝卜听了很高兴。这并非一句恭维话，如林彪，对军用地图就爱不释手。

先农坛始建于永乐十八年，当时它和天坛都属北京老城外的南郊。嘉靖三十二年外城建成后，才被圈入城内。先农坛除了先农坛神坛之外，还包括太岁坛、观耕台、庆成宫、神仓、神祇坛等建筑，到清代时统称为先农坛。现在的规模形成于明嘉靖年间，以后历代都有修葺。全部建筑被内、外两道墙围住，占地约130万平方米。

先农神坛坐北朝南，是一座砖石结构的方形平台，仅一层，周长60米，高1.5米；祭祀先农的礼仪就在这里举行。坛北为正殿，殿内供奉先农神位，东西两侧是神库和神厨。先农坛的东南有一座观耕台，籍田仪式在这儿举行。观耕台原本是木结构的，始建于明嘉靖年间，清代乾隆十九年才改为砖石结构。台南向，也是方形平台，周长64米，高1.5米，比先农神坛稍大些。每年农历三月上亥日，皇帝要到这儿亲耕，行籍田礼。

先农神坛的东北是太岁坛，又叫太岁殿，祭祀太岁神。我对太岁神不太了解，只知道太岁头上动土是民间很忌讳的事情。看介绍，却说太岁神是值年之神。明嘉靖八年这儿曾设露祭，三年后建太岁殿，面阔7间，黑琉璃筒瓦绿剪边歇山顶，坐北朝南。每逢祭祀太岁、逢水、旱或出征、凯旋等重大事件时，皇帝要派官员来这儿行祭礼。

太岁殿的正南是神祇坛，包括天神坛和地祇坛两座，建于明嘉靖十一年。天神坛在东边，坐北朝南，方形砖石结构；地祇坛在西边，坐南朝北，也是方形砖石结构。天神坛祀风、云、雨、雷四神，地祇坛奉祀五岳、五镇、五山、四海、四渎之神，祈佑风调雨顺、国泰民安。

现在，北京古代建筑博物馆安置在先农坛内，展览主要集中在太岁殿这组建筑内。这是一座以收藏、保管、研究、展示中国古代建筑史、古建文化、古建技术为主要内容的专题性博物馆，于1991年9月正式向社会开放。我去时，博物馆的主要展览有"古坛掠影——先农坛史料图开展"和"中国古代建筑技术发展简史"。中国古代建筑在世界建筑史上占有重要地位，展览通过照片、实物、模型形象地介绍了中国古建筑技术形成、发展的历史及独到的美学价值。

在太岁殿门口，摆着梁思成《中国建筑史》等几套书，我心痒痒，忍着没买。萝卜原在一家房建公司干过，对梁思成这几套书赞不绝口。从梁思成，我想到了林徽因；从林徽因，我又想到了徐志摩、金岳霖。这是一个女人与三个男人的无法重复的爱情故事，让我感叹不已，也对故事的真实性或多或少有些怀疑和困惑。

林徽因的父亲叫林长民，早年留学日本，是新派人物。黄花岗七十二烈士之一、写过《与妻书》的林觉民是林徽因的堂叔。林长民与梁启超交笃，1918年年仅14岁的林徽因认识了梁启超之子梁思成。1920年4月林长民辞去北洋政府司法总长的职务，携林徽因游历伦敦、巴黎、日内瓦、罗马、法兰克福、柏林、布鲁塞尔等地。同年9月林徽因以优异成绩考入伦敦圣玛利女校学习，年仅16岁；10月林徽因在伦敦经济学院与上学的徐志摩初次相遇，当时徐志摩已是一个2岁孩子的父亲了，两人很快坠入情网。但徐志摩的妻子——张幼仪是林徽因当时迈不过去的槛。经思索，她不辞而别，即与父亲提前归国。金岳霖也在此时，通过徐志摩认识了林徽因。回国后，梁启超即派人从上海接林徽因回北京，仍进培华女中读书。

徐志摩果然是诗人，为了赢得林徽因的爱情，1922 年 3 月，毅然放弃剑桥大学正式生的资格，赴柏林，经金岳霖、吴经熊作证，与张幼仪离婚，并在媒体上发表了轰动一时的《徐志摩离婚通告》，以期实现和林徽因的爱情。但徐志摩不知道，此时林徽因与梁思成的婚事虽未定聘，但“已有成言”。10 月当徐志摩归国后赶到北京见她时，两人不欢而散。

但徐志摩与林徽因的交往并非因此而中断。1924 年泰戈尔应梁启超和林长民的邀请来华访问,4 月 23 日在日坛草坪讲演，林徽因搀扶泰戈尔上台，徐志摩担任翻译。时文报道：“林小姐人艳如花，和老诗人挟臂而行，加上长袍白面，郊荒岛瘦的徐志摩，犹如苍松竹梅的一幅三友图。”5 月 8 日，为庆祝泰戈尔 64 岁诞辰，林徽因、徐志摩等在东单三条协和小礼堂演出泰翁诗剧《齐德拉》，林徽因饰公主齐德拉，徐志摩饰爱神玛达那。当年 6 月，林徽因、梁思成同往美国留学。也就在这一年，徐志摩任北京大学教授，并结识陆小曼，终而“移情别恋”。第二年 3 月，林徽因与梁思成在渥太华梁思成姐姐家结婚，年底归国。婚后，梁思成问林徽因，为什么没有选择徐志摩，林徽因回答得很巧妙：“我想，我要用一生来回答这个问题。”

据梁思成继妻林洙回忆录记载，梁思成和林徽因住在北京总布胡同时，著名哲学家、逻辑学家金岳霖就住在后院，并另有旁门出入，平时走动得很勤快，就像一家人。有一次梁思成从外地回来，林徽因哭丧着脸对梁思成说她苦恼极了，因为自己同时爱上了两个男人，不知如何是好。梁思成苦思一夜，比较了金岳霖优于自己的地方，然后对妻子说：“你是自由的，如果你选择金岳霖，将祝你们永远幸福。”两人然后抱头痛哭。林徽因又原原本本把一切告诉了金岳霖。金岳霖的回答更是率直坦诚得令凡人惊异：“看来思成是真正爱你的。我不能去伤害一个真正爱你的人。我应该退出。”从那以后，他们三人毫无芥蒂，金岳霖仍旧跟他们毗邻而居，相互间更加信任，甚至梁思成和林徽因吵架，也是找理性冷静的金岳霖仲裁。但因深恋林徽因，金岳霖终身未娶。关于金岳霖，汪曾祺回忆西南联大教授时，写过一篇名为《金岳霖先生》的文章，很值得玩味。

而梁、林家的客厅，谈笑有鸿儒，往来无白丁，名人经常来此一聚，沙龙搞得很有名气，俨然就是"京派"文人圈的主要聚集地，其中萧乾就是通过沈从文介绍，来到这里结识林徽后步入文坛的，而徐志摩更是席中常客。对此，据说钱钟书的《猫》和冰心的《我们太太的客厅》都影射此沙龙。如果真的是，我觉得钱钟书的那篇文章虽然依然幽默，但也不免显得不够厚道，过于苛刻。1931 年 11 月 19 日，林徽因在协和小礼堂为驻华使节讲中国古代建筑，徐志摩为听林徽因学术报告，所乘飞机遇雨触济南党家庄开山身亡。梁思成与金岳霖、张奚若赶到遇难现场，处理后事，并取回一块飞机的残片，林徽因将残片一直挂在室内。徐志摩英年早逝，成也女人，亡也女人，死时年仅 35 岁。

据说当年留学，梁思成是因为林徽因喜欢建筑而学建筑的。建筑学是他们夫妻二人共同的事业，也是情感沟通的基础。1930 年至 1945 年，他们二人共同走访了中国的 15 个省，200 多个县，考察测绘了 2000 多处古建筑物，很多古建筑就是通过他们的考察和介绍才得到全国、世界认识的，进而得到保护。比如河北赵州石桥、山西应县木塔、五台山佛光寺等。也正是由于在山西的数次古建筑考察，使梁思成破解了中国古建筑结构的奥秘，完成了对《营造法式》这部"天书"的解读。有一幅图片两人一同倚坐在北京天坛祈年殿屋顶上，1936 年的林徽因自豪地相信，自己是中国历史上第一个敢于踏上皇帝祭天宫殿屋顶的女性，很有趣。1949 年以后，林徽因在美术方面曾做过三件大事：第一是参与国徽设计，第二是改造传统景泰蓝，第三是参加天安门人民英雄纪念碑设计。1955 年 4 月 1 日清晨，林徽因病逝在北京同仁医院，年仅 51 岁。遗体安葬在八宝山革命公墓，梁思成设计了墓体，墓碑上的石刻花圈图案是林徽因为人民英雄纪念碑设计的图案，上方刻着：建筑师林徽因之墓。李健吾曾评价说："林徽因的聪明和高傲隔绝了她和一般人的距离……绝顶聪明，又是一副赤热的心肠，口快，性子直，好强，几乎妇女全把她当作仇敌。"幸亏与林徽因打交道的多是男人。

林徽因与梁思成生有一女一子，女儿叫梁再冰，儿子叫梁从诫。1962

年梁思成继娶林洙，遭梁再冰的强烈反对。林洙和程应铨都是梁、林的学生，林洙的第一次婚姻是林徽因替她操办的。当时林洙收到父母从香港辗转寄来的信，让她和程应铨尽快完婚。为准备婚事，林洙准备卖掉自己的首饰。这事不知怎么让林徽因知道了，就对她说："营造学社有一笔用来赞助青年学生的专款，你可以先用这笔钱，以后再还。"说着就把存折给了林洙。第二天，林洙到银行里去取钱时，发现上面写着梁思成的名字。以后林洙每次要还钱时，林徽因总是把话题岔开。后来林洙才搞清楚，林徽因给她钱的时候，营造学社早就停办了，这其实就是林徽因自己的钱。梁从诫一家和金岳霖一直生活在一起，梁家人叫老金"金爸"。

林徽因、梁思成、徐志摩、金岳霖、张幼仪、陆小曼、林洙等绞合在一起，关系相当复杂，要一一理清其中的情愫和因果，并不是一件简单的事，但这绝对是一个极其特殊的个案，没有重复性。能调动如此多男人中的精英围着她转，林徽因真是世间少有的女子，也许就是传说中的尤物吧。我虽既无梁思成那样的家世渊源，也无徐志摩的诗人才情，更无哲学家金岳霖的博学和痴情，却也时时幻想着遇上一个像林徽因一样的女子……这不免有点奢望。

但在这世上，活着，总允许人做梦吧。做梦不是罪。

2005 年 8 月 9 日星期二于北京

三里屯

说是有一对年轻夫妇结婚不久，闹别扭，女的生气就跑回了娘家。留下男的，没事，就跑到三里屯，独自一人在酒吧里喝闷酒。微酣之时，见一女人，颇有姿色，坐在吧台边上，也独自喝酒。这男人便借着点酒劲，上前搭话。这女人见这男人长得也不丑，居然很聊得来。时间已近午夜，两人眉来眼去，都很有那么点意思，女人便主动伸出一手掌来，在男人面前晃了晃。谁知男人摇了摇头，伸出三个指头。女人诧异地愣了一下，然后迅速地点了点头。一拍即合，然后两人便离开酒吧，打车到宾馆开了房。一夜翻云覆雨，且按下不表，第二天一觉醒来，男人发现女人早已离去，却在枕头边发现3000元人民币……原来，男人把女人当“鸡”，女人却错把男人当“鸭”。

哪有这等好事？自己既轻松、快活了，还大把大把赚钱，这几乎就略等于天上掉馅饼了。这故事，对于每一个性饥渴的男人来说，都充满诱惑。这是北京流传三里屯最广的一个段子，版本很多，大同小异。但我最早听这个段子，却是从冰儿这个女孩子嘴里听到的。三里屯靠近使馆区，经多年的经营，形成了一条街的酒吧文化，名气很大，外地人也有将三里屯作为旅游点来玩的。我到三里屯去过两次，萝卜没去过，对三里屯充满一种玫瑰色的幻想。第一次是陪怀化来的贾老师去的“男孩女孩”酒吧喝啤酒，贾老师玩得很高兴。坐在我们前面的是两个女子，30元一瓶的啤酒，一瓶接一瓶地往嘴里倒，没心没肺、旁若无人地自灌。我对贾老师信口开河说：“那俩人一看就是同性恋。”贾老师疑惑地反问：“你怎么知道？”我倒被他问住了，我可没有同性恋经验，但我反应还算快，对贾老师说：“你不信？咱俩是孤男，她俩是寡女，正好成双结对，不信你上去打个招呼……”贾老师不敢。第二次是陪贵阳来的几个朋友到“52 酒吧”喝洋酒，酒没喝完，寄存在那儿，也不知道现在还在不在。

据说，北京第一家酒吧，名叫“捷捷”，在工体北门附近。20 世纪 80 年代初开的，当时刚刚改革开放不久。老板是从国外回来的。在国外，老板曾经喜欢一个女孩，叫 Jeny，名字很像我认识的怀化老乡 Jenny。这老板也算一个情种，回国后开酒吧，取名“捷捷”。“捷捷”大概只有 25 平方米，屋顶和椅子是一色黑。酒吧里卖的洋酒 12 元一杯，到酒吧的全是外国参赞和驻华大使，中国人很少有进去的。那时候，酒吧里放音乐用的是手提录音机，放的全是外国歌曲。装修也很简单，用三合板挡着，隔成一个个包间。崔健成名前和他的乐队曾经在“捷捷”唱过歌。那时候，酒吧里没有麦克风，崔健清唱，乐队伴奏。

三里屯最早的一个酒吧出现在三里屯南街，名叫“阿 Q”酒吧，大概开张于 1983 年到 1985 年之间。第二家酒吧叫“高尔顿”。1995 年前，酒吧街的店铺主要经营面对老外的工艺品、礼品、鲜花、服装和瓷器，还有汽车配件，整条街相对比较安静。直到 1995 年 4 月，酒吧北街出现了名为“云胜酒屋”的酒吧，最初也不过摆放几张桌子，搞一个吧台，供人们闲暇时喝咖啡呷酒品尝西式糕点。可以说三里屯酒吧业由此开始兴起。酒吧能在三里屯兴起，起源于周围有许多的大使馆，外国人多，有市场。先在三里屯南街兴起，是因为那时候三里屯北街没有房子。从 1995 年北街第一家酒吧出现，到 1998 年，三里屯酒吧街的店铺经营逐渐进入高峰。那时候，经常有新的酒吧进入，也有酒吧退出。除了外国人，还有好多中国人也开始进入酒吧消费。酒吧最火的时候，是 1998 年到 2000 年，至今也没有降温。

小王八因丫儿的事，搞得很狼狈，诸事没了兴致，我决心给他介绍一个女朋友——希望他浪子回头金不换。但对于小王八，我心底还是直打鼓，没底儿。

我在北京交通大学认识同事的侄女小潇，东北人，但在合肥长大的，高大威猛，却也不失灵秀，配小王八应该绰绰有余，只是好久没联系，不知有何变故没有。小潇是80年代出生的，80年代出生的一般得叫我叔叔，所以80年代出生的女子我基本不碰，避免把持不住，增加发生“乱伦”事件的概率，我所认识的80年代出生的女子，我统统介绍给小王八认识。

幸好我手机里存有小潇的电话。我给她讲明情况，但她马上表示“还君明珠双泪垂”的意思，说她已有男友了。开始我还以为是谦逊地推却做法。再三向她推荐小王八，她思考再三，有点松动，在手机上对我说：“这样吧，周末你们到南三环和四环中间的四通路来，我把我同学和男友叫上，一起吃个饭，如何？”

这有什么不好，我答应下来，马上回过头来动员小王八买单，相亲，万一成了，小王八的辈分就降了下来——这买卖还合算的。待到周末，我和小王八衣冠楚楚打车到达四通路，去了小潇租的房子，她母亲和一阿姨在，对小王八左端详右端详，左打听右打听。小王八嘴甜，左右逢源，逗得大伙儿乐哈哈的。好不容易等到小潇的同学冰儿，从长辛店兴冲冲地赶了来。冰儿居然是一美人儿，身材高挑，不像小潇一如妇人，身体已开始有点儿发福，眼睛灵光，只是皮肤黑点，不过据说沈从文的妻子张兆和也长得黑，是个黑美人儿。冰儿说话声音也响亮，见过些世面的。倒是我暗暗有点后悔，小王八那三板斧下来，冰儿肯定受不了，只怕又糟蹋在小王八手里了。

晚上吃饭，没在家里，而是我们四人到外面找了家餐馆，点了几个小菜，边吃边等小潇的男友从中关村那边过来。小王八见冰儿有些意思，又不矫情，善于言谈，便放着心要啤酒，既灌自己也灌别人。灌醉别人，当然另有图谋；灌醉自己，可以打胡乱说，浑水摸鱼。

光喝酒不行，还得一人说一个段子，冰儿说了一个，该我了。我便说：“事情是我在长沙读大学时发生在校园里的真事。一天早上起床，校园的广播照常转播中央人民广播电台的新闻节目。播完几条新闻后，播音员突然郑重其事地播报说：据国家天文台消息，一颗小行星将于今天撞到地球，世界末日来了！校园一下子便乱了套，我也惶惶不可终日。结果，当天校园里很多处女失贞，很多童男经历了人生的第一次，都匆匆忙忙地赶着世界末日到来之前，经历人生没有经历的事和情感。我却只有自认倒霉，想临时抱佛脚都找不到一个女人为我献身，我在绝望中等死……但第二天一早，我居然又很平安地醒过来。我听到校园的广播又响起来了，播音员带着止不住地笑道歉说，昨天4月1日，是愚人节。多年后，我仍旧记忆犹新，中央人民广播电台不至于开如此玩笑。我想也许是校园播音员搞的口音播报的模仿秀吧……”

“你讲的不好玩，我给你们讲个很‘黄’的。”小王八抢着讲。一个女人是不是处女，对于一个有着“处女情结”的男人真是一个艰难的问题。待到21点半左右，又催了几个电话，小潇的男友才终于现身。小潇的男友个子居然比小潇还矮，湖南人，是我老乡，也有些胖，喝了不少酒的小王八开始装疯卖傻，准备灌他酒，他却是老江湖，一再推却。气氛弄得很尴尬，最后小王八买单，草草收场。

小王八与冰儿交换了手机号后，有一段时间俩人卿卿我我，打得火热，我俨然一局外人。当我在红居斜街的宿舍见到冰儿时，我轻叹了口气。后来，小王八在我面前说冰儿这不是那不是，最主要的一条是说冰儿上学时谈过一个男朋友，早已不是处女了。是不是处女，对于小王八来说，不是关键，只是借口。我又叹了口气，我知道完了，小王八把冰儿弄上手，又要将冰儿甩了。过了很久，我再跟冰儿联系，准备介绍她与帆子认识一下时，她兴味索然，我也就罢了。

只是每当提到三里屯，我就不自觉地想到那个段子，想到那个段子就乐，想到那个段子就想到冰儿，想到冰儿却怎么也乐不起来。三里屯的存在，似乎有点虚幻和不真实，在我的印象里雾蒙蒙的，逐渐模糊起来。三里屯也许更是为某种传奇准备着的，它是一座舞台，许多故事在这儿上演和落幕。

2005年8月11日星期四于北京

鲁迅博物馆

周氏兄弟曾同为“五四”新文化运动的斗士，一位长枪短剑，一位细雨和风，散文都极好。鲁迅刚猛，周作人冲淡，相比较，我似乎更喜欢周作人的文章风格。鲁迅的文章似火，慷慨激昂，似匕首和投枪，让人激愤或拍案；周作人的文章似水，绵软而淡远，似清茶和苦雨，有时让人摸不着边际。可惜晚节不保，在日伪时期，北平陷落，周作人做了汉奸。

我和萝卜骑自行车到阜成门桥时，我的手机突然响了，是长途，长沙打过来的。在我似乎被爱情遗忘的时候，谁又会在这个周末的这个时候想起我呢？

“喂，你好。”手机那面竟然是一个女的，声音听起来还不错，“我现在街上，比较闹，马上就到鲁迅故居了，听不太清你说话，你是谁？”

“老青蛙，是我。”

“你是谁？——玉兰白？啊，没想到是你。怎么？想我了？是不是又感到无聊了，那就到北京来吧，让我泡你。”萝卜在一旁，听得云里雾里，看不出我也会打胡乱说。玉兰白是我在网上认识的一长沙网友，大学老师，在读博士。因为聊得来，我们很快坠入网恋“状态”。她居然打来了电话。这个电话是在玉兰白介绍我认识 Jenny 之前的事了。

挂断电话，我和萝卜来到阜成门内大街鲁迅博物馆前。鲁迅博物馆分为陈列馆和故居两部分。鲁迅在北京住过四个地方，阜成门内西三条 21 号院是目前唯一完整保留下来的地。1912 年 5 月 5 日鲁迅第一次进京，时年 31

岁，与我进京岁数差不多。但至今我也没写出《狂人日记》似的文章，今后似乎也没有能够写出《阿 Q 正传》的征兆和潜力。当时，鲁迅住宣武门外南半截胡同西的绍兴会馆，这和沈从文进京初期情境相仿，但沈从文进京时年仅 20 岁，更像一个不懂世事到城里来瞎撞的乡下人。当时沈从文住的也不是湖广会馆，而是前门外杨梅竹斜街的酉西会馆。会馆其实就是各地设在北京的办事处，可以免租金或少交租金，为旧时旅京人士的权宜之计。

鲁迅在绍兴会馆一住就是 7 年。在这里，鲁迅写出了中国第一篇现代白话小说《狂人日记》，并首次以鲁迅为笔名，发表在《新青年》杂志上。之后，鲁迅的创作一发不可收拾，在此陆续写出了《孔乙己》《药》《明天》等小说。经济上宽裕了的鲁迅，因而考虑到搬家。鲁迅日记上记载，他外出觅房屋 15 次，看房数十处。从看房、买房至修理房屋、安装上下水设施、购置家居用品等，鲁迅忙了 9 个月。

终于在 1919 年底，鲁迅携周作人一家，搬进了西直门内路北公用库八道湾 11 号，随后将母亲和原配夫人朱安接了过来。这是一座三进的北京大四合院，大门是一座正方形的门楼，门内正前方是一座影壁墙，外院十分开阔，穿过外院进前院有一排坐北朝南的前罩房，共九间，每三间一套。中间位置的三间，就是鲁迅当年写《阿 Q 正传》的地方。

鲁迅全家初进八道湾的时候，是个和睦、热闹的大家庭。一家大小 13 口，再加上门房、厨师等佣工，好不热闹。但 1923 年 7 月周家兄弟发生冲突，并从此决裂，分道扬镳，演绎决然不同的两种人生。其中原因，两兄弟讳莫如深，闭口不言，成为一谜。1923 年 8 月 2 日下午，鲁迅怀着痛苦的心情，携朱安离开了八道湾，迁居西四砖塔胡同 61 号。直到周作人的儿子周丰一在 1985 年前后搬走，八道湾的宅子一直归周作人一家居住着，现仅为一大杂院。据鲁迅母亲回忆，鲁迅出生时，胎盘先下来，按绍兴乡俗，孩子将来会有出息，但命薄，易早夭。鲁迅一岁时，长庆寺的和尚给鲁迅取了个法名叫长庚，是天上黄昏出现的一颗星。而周作人别名叫启明，是早晨五更天出现的一颗星。这意味着两星永远不相见。这很有一点宿命的味道，但两兄弟的绝交似乎又在印证这种宿命的可信度。

鲁迅搬离八道湾不久，即大病一场，时间长达一个半月。鲁迅去世时，周作人在兄弟失和13年后，第一次直接谈到鲁迅时说："说起他这肺病，本来在十年前，就已经隐伏着了……"可能就暗指此病，伤身且伤心。从1923年至1927年长达四年时间里，鲁迅在一些文章的字里行间，都直接或间接透露出鲁迅对失和一事耿耿于怀，每有触及，即引起揪心的苦痛与难忍的愤怒。1924年9月鲁迅辑成《俟堂专文杂集》一书，署名"宴之敖"。据许广平回忆，鲁迅对这笔名有过一个解释："宴"从门（家），从日，从女；"敖"从出，从放，意为"被家里的日本女人驱逐的"。由此可见，鲁迅将兄弟失和的责任，归于周作人的夫人羽太信子。

1925年3月16日鲁迅发表《牺牲谟》，对专要别人牺牲的"利己主义者"予以嘲讽。1925年6月29日鲁迅作《颓败线的颤动》，表现了一个被家庭逐出的老女人的复仇意志。1925年11月3日鲁迅以周作人1917年在北京患病的经历做素材，写小说《兄弟》，无情地揭示所谓"兄弟怡怡"的不可靠。1927年4月3日鲁迅作《铸剑》，用"宴之敖"命名复仇者"黑的人"。折磨着鲁迅的，是一种"被利用"的感觉；他为他的所爱者做了最大限度的自我牺牲，在失去了利用价值之后，就被所爱者无情地放逐，这是鲁迅绝难忍受的。一时间，"眷意与决绝，爱抚与复仇，养育与歼除，祝福与咒诅"交织于心，其沉郁与愤世，有增无减。

表面上，周作人似乎比鲁迅平静得多，他照样地作文，上课，出席各种会议。但1924年6月，在兄弟间大打出手后的第二个月，他写了一篇《"破脚骨"》。据川岛说，这是针对鲁迅的。在文章中，他暗示鲁迅是个"无赖子"，并且做了一连串的"考证"："破脚骨官话曰无赖曰光棍，古语曰泼皮曰破落户，上海曰流氓，南京曰流尸曰青皮，日本曰歌罗支其，英国曰罗格……《英汉字典》中确将'流氓'这字释作劫掠者，盗贼等等也。"这恶毒的咒骂出自温雅的周作人，几乎是难以置信的；足见他心中怨恨也极深。折磨着周作人的，是一种强烈的"上当受骗"感。1923年7月25日所写的《自己的园地·旧序》里，他重复了7月18日给鲁迅的字条里所说的"过去的蔷薇色的梦都是虚幻"这样的话。他确实有一种幻灭感：他觉着在受了自己最信任的人的欺骗以后，就很难再相信人生的美好和谐。所以他说“现在所见的”充满了残酷的、欺骗的、虚伪的不和谐，不完全的人生“或者才是真的人生”。但他在《自己的园地·旧序》里又说：“我已明知过去的蔷薇色的梦都是虚幻，但我还在寻求——这是人生的弱点……”他要“订正我的思想，重新入新的生活”，这就是不再追求“蔷薇色”的浪漫主义的理想，而选择一条“在不完全的现世享乐一点美与和谐”的享乐主义的人生道路。就这样，痛下“杀手”，周作人与自幼保护、指导着自己的大哥永远决裂，同时也意味着周作人与童年时代，以至青年时代的理想主义人生的真正诀别。

周氏兄弟的决裂是个比较典型的案例，值得深入研究和探讨。鲁迅在西四砖塔胡同61号仅住了9个月，于1924年5月25日方才搬进了阜成门内西三条21号院。1926年8月鲁迅离京南下后，他的母亲和朱安一直在这里生活，直至她们相继去世。朱安去世后，小院无人照顾。为使鲁迅的手稿、藏书不致受损，鲁迅生前的好友从法院的渠道，以“接管”为名，把鲁迅故居“封存”，才使得它完整保存了下来。1954年文化部决定在鲁迅故居旁建立鲁迅博物馆，这是新中国成立后最早建立的“人物传记性文学博物馆”，1956年10月19日鲁迅逝世20周年，纪念日落成开放。

鲁迅故居是座精巧的小四合院。往里去，南房三间，北房四间，东西各一间小厢房。再往里走，穿过一截小过道，后面还有一个十多米见方的小院。前院的三株丁香树和后院的黄刺梅，是1925年4月5日鲁迅请云松阁的花匠种植的。我去时，丁香树正花繁叶茂，我没见过如此大的丁香树，甚为喜欢。我一直不相信文人定然穷困潦倒的论断，文人相对于商人和官僚来说，可能并不富有的，但即使是陶渊明，在乡下也是有房产和耕地的，并非像一些不负责的人传说那样，不为五斗米折腰，就去农村当农民了。陶渊明不穷，鲁迅也不穷。

真正的文人，愁苦但不穷酸，“居庙堂之高，则忧其民；处江湖之远，则忧其君。是进亦忧，退亦忧。”文人的愁苦在其内心的漂移感、不稳定感，以至于无处安心，而非外在的潦倒。南房是会客室兼藏书室。东厢房是当时女工住的地方，西厢房是当时的厨房。北房正面三间，东头的一间，是鲁迅母亲鲁瑞的住室。北房正中的一间，是全家人吃饭和洗脸的地方，屋内右侧放着方桌和洗脸架，洗脸架下放一铁桶，是提水用的。进门处有一柳条箱，那是鲁迅放换洗衣服的地方。北房的西屋是朱安的住室。鲁迅曾说，朱安是“母亲送给他的一件礼物”，朱安是鲁迅名义上的妻子，这种情况在张中行等人身上也存在。倒是做汉奸的汪精卫、周作人却坚守着一夫一妻制，细想去，这很有点黑色幽默的意味。

三间北房后面接出一间，由于是拖在后面的，活像一条尾巴，人们称它为“老虎尾巴”，鲁迅自己称它为“灰棚”，也曾带讽刺意味的称它为“绿林书屋”，这是为反击当时诬蔑他为“学匪”的人。老虎尾巴是一间仅有八平方米的斗室，鲁迅的工作室兼卧室就在这里。在这里，在一盏煤油灯昏暗的灯光下，鲁迅写下了《野草》《华盖集》的全部，及《华盖集续编》《彷徨》《朝花夕拾》《坟》中的部分文章，以及翻译作品等230余篇译作。鲁迅在《秋夜》里描绘：“在我的后园，可以看见墙外有两株树，一株是枣树，还有一株也是枣树。”有人研究，认为这是一种修辞手法。我曾模仿过，却有人批评我说是废话，行文不简洁，我很困惑，名人用是修辞，为何我用却成了多余的赘话？所以我很想看看现实的场景，很可惜，那枣树早已枯死，建馆后，虽经补种，而1981年博物馆扩建时，又被移走，没看着。

在故居旁兴建的博物馆是座四合院式的仿古建筑，有文物藏品3万余件，其中有关鲁迅的文物有21000件，包括手稿、书信、日记及先生的藏书、汉画像砖、墓志拓片等。展厅陈列内容共分七大部分，随鲁迅生活足迹的变化，以大量的手迹、照片、图片等，生动形象地展现鲁迅不平凡的一生，其中有新发现的鲁迅佚文手稿、《阿Q正传》的唯一一篇残稿、鲁迅20多岁所写《自题小像》手稿、鲁迅在仙台医专时的解剖笔记等。我常对贾湖丽开玩笑说，别看我的字写得丑，潦草涂在那些废纸片上的东西你可要用心收藏着，将来，等我一不小心也出名了，可能就会变成文物呢。贾湖丽不置可否，轻轻地笑着，我看着贾湖丽笑了，也随之哈哈大笑起来。陈列厅内以原木色、白色、黑色为主色调，每一部分的建筑设计都各具地域特色。

看见陈列厅里摆着的鲁迅在三味书屋上学时用的桌子，我记起周作人

《知堂回想录》里的一段叙述，便对萝卜复述道："鲁迅一回来，就往三味书屋寿家上学去了。这大约是端午节吧，他是在这以前就已在那里读书了。记得初去的时候，还特地花了两块钱，买了一顶两只抽屉的书桌，这个我还记得很是清楚。后来关于这书桌流传有许多神话，说这桌子是楠木的，又说鲁迅因为要立志不迟到，在桌面刻有一个'早'字，这些话我却是不知道的了。"中国人喜欢造神，喜欢把事件神化，所以此事也值得怀疑。

博物馆的地下，有一间书店，萝卜在这买了一本《鲁迅画传》，我什么也没买。倒是有一次，到报国寺淘了一本"文革"期间出版的《鲁迅杂文》，淘回来我并不看，丢在一边，后来便囫囵寄给了父亲。待我和萝卜搬到红居斜街单身宿舍时，一次萝卜见我书架上立着两本书，一本是钱理群的《周作人传》，另一本是周作人的自传《知堂回想录》，是在贵阳时和马车夫斯基、一鹤悠然逛小十字"五之堂"特价书店淘回来的。萝卜不禁调侃我说："可惜你成不了鲁迅，至多当个周作人。"我先是愣了一下，萝卜明显是褒鲁迅贬周作人派的。其实，遭枪击事件之后，除了做汉奸，周作人没有什么太大的不好。

文人参政，却又不懂政治，总有其悲剧性的，而周作人不免书生气重些，他迷信幼时算命先生说他"老而为吏"的命运，周作人似乎是按着算命先生的论断，亦步亦趋地走过来的。而我，崇尚"无地图旅行，无目标生活"的生活方式和生存状态。我比较喜欢周作人的《初恋》，到了北京后，又粗略翻阅过他写的《北平的春天》和《北京的茶食》。周作人在两篇文章中都在抱怨，一是抱怨北京没有春天，二是抱怨"可怜现在的中国生活，却是极端地干燥粗鄙，别的不说，我在北京彷徨了十年，终未曾吃到好点心"。周作人的著述很多，拼命著述如陀思妥耶夫斯基、古龙，多用于还赌债、酒钱和女人，而周作人似无此方面的爱好，多用于贴补家资。除此之外，以张中行的观点，周作人写得多的原因并非自身勤奋的缘故，是闲不住，写习惯了，没事时，总要涂涂画画。周作人一直活到1967年，时年83岁，周作人常自谦或自嘲，"寿则多辱"。

活着是件好事。我有时想，刚烈如鲁迅，声称"一个都不饶恕"，为何独交好于瞿秋白、方志敏等呢？说明鲁迅的内心深处有着对革命或革命者的同情和向往。当沈从文挑起文化界“京派海派”之争时，鲁迅在上海自觉不自觉地卷了进去，批判“京派”，却又不甘当“海派”，结果左右并不讨好。那时的鲁迅，似乎对北京这座城市，也有着某种异样的看法，怀着某种异样的心态。

张中行曾反复在自己的文章里，声称自己既怕苦又怕死，能对人明说自己好逸恶劳，我觉得张中行老来讲话老实，难得，比较可爱。我想，如果要让周作人学着王国维、老舍的样，自杀了事，他是不会干的。

2005 年 8 月 14 日星期日于北京

皇史宬

历史是什么？面对历史，对于像我这样一个混在北京的小人物来说，立即显得茫然和惶惑。若对“历史”的能指和所指，做一番苦行僧或书生似的终极思考，立刻让我遽然失语。

历史也许是马王堆汉墓里的一副遗骸，皮肉都已烂尽，只余几根未烂的骨头，人们根据骨头猜测和复原先人的故事和仪容，想给古人穿什么衣裳就是什么衣裳。我去年曾到广州看过古越王墓，玉吸人气，金缕玉衣里甚至连骨头渣子都没剩下，那么历史很可能变成一只空杯，你想装什么饮料就是什么饮料。

中国是一个比较重视历史记载的国家，从司马迁的《史记》到《明史》，《二十四史》及《清史稿》，可谓浩如烟海。萝卜是学历史的，烛龙是学哲学的，而我是学理工的，用现在的学科分类法，我跟这些根本就不沾边。我读书有个坏毛病，往往不究大义，却关注细节。我读《史记·老子韩非列传》，知道老子是“周守藏室之史也”，用现代话讲，好像是周王朝国家图书馆、档案馆、历史博物馆三馆合一之类机构的馆长，难怪他创立的学说，后世戏称为“老子天下第一”。

读《史记·齐太公世家》中有一细节：“齐太史书曰‘崔杼弑庄公’，崔杼杀之。其弟复书，崔杼复杀之。少弟复书，崔杼乃舍之。”这一段，实际上是司马迁从《左传》里，原封不动地抄下来的。《左传》里除了说齐国史官实事求是地记下“崔杼弑其君”的史实，结果被权臣崔杼杀了。然后任命他二弟当史官，他二弟仍然照实书写，拒绝粉饰和曲笔，崔杼将他的二弟又杀了。再让他的三弟当史官，三弟仍然照实书写，崔杼没法，只有放弃继续屠杀，除此之外，《左传》还记载说："南史氏闻大史尽死，执简以往，闻既书矣，乃还。"也就是说，如果三弟也被崔杼杀了，即使一家人被杀绝了，还有"南史氏"继续来送死。读此，我既佩服又对古人的思维方式表示费解，古人真有很多不怕死的，敢于轻弃其身，敢于舍生取义，今人多秉承"识时务者为俊杰"的意思，如高举"顺生论"的张中行，就很怕死。同时，我以为崔杼虽狠，但似乎厚黑得不够，或者说残忍得不够彻底，杀了两个太史，就"心慈手软"了，狠不下去了。殊不如后世，有杀了成千上万人的，眼睛都不眨一下，这也可能算是时代的另一种"进步"吧。

读《史记·晋世家》，讲晋灵公是一暴君：

> 十四年，灵公壮，侈，厚敛以雕墙。从台上弹人，观其避丸也。宰夫胹熊蹯不熟，灵公怒，杀宰夫，使妇人持其尸出弃之，过朝。

大臣赵盾屡谏听，反遭灵公谋害。赵盾没法，只有出逃。《史记》载：

> （赵盾）遂奔，未出晋境。乙丑，盾昆弟将军赵穿袭杀灵公于桃园而迎赵盾。赵盾素贵，得民和；灵公少，侈，民不附，故为弑易。盾复位。晋太史董狐书曰"赵盾弑其君"，以视于朝。盾曰："弑者赵穿，我无罪。"太史曰："子为正卿，而亡不出境，反不诛国乱，非子而谁？"孔子闻之，曰："董狐，古之良史也，书法不隐。宣子，良大夫也，为法受恶。惜也，出疆乃免。"

这一段话，实际上也是司马迁从《左传》里搬过来的。俗话说："天下图书一大抄，看你会抄不会抄。"司马迁尚如此，何况其他呢。比较崔杼、赵盾与史官两起事件的异同，很有些意思：崔杼和赵盾都分别是齐国和晋国的权臣，都被史官定性为"弑君"，但崔杼是奸臣，而赵盾是良臣，崔杼是真的杀君而想篡改历史，赵盾没有弑君而被维护王权的史官写成弑君。最后连孔子也感叹道，如果赵盾出国而不是待在边境观望，就可以免除“弑君”的责任和恶名。出国与否，我看不出这是一个什么定性的理由和是非界限，难道赵盾没出国，而是在边境观望事态变化，遥控指挥和主谋杀死灵公的吗？

所以说，文人之笔，武士之刀，俱是杀人之物，此言可信。古人似乎很看重史官有历史定性权。古人信神、怕鬼、畏惧身后声誉，担心千古骂名，不像现代人什么都不怕，什么都不信，缺少敬畏。有信仰好还是无信仰好，很难说。汉武帝雄才大略，司马迁也很钦羡，但汉武帝把司马迁的卵子割了，司马迁找不到地方出气，怎么办？司马迁于是把项羽写成个顶天立地的大英雄，把刘邦写成一个无赖、地痞、流氓，恨项羽不智，没得天下。若得天下，我司马迁也不至于将传宗接代的家伙给丢了。骂刘邦，其实际是骂汉武帝的祖宗。骂了汉武帝的祖宗，也就等于骂了汉武帝本人。这是中国人比较源远流长的骂人逻辑。

沿长安街，从太庙往东去，到南池子大街，有一座朱红围墙的古建筑群，这就是我国明清时期的皇家档案馆——皇史宬。我很吃惊，因为没多少人会到这里来。皇史宬，始建于明嘉靖十三年，竣工于嘉靖十五年，是我国现存最大的古代档案馆。它初建时，定名为“神御阁”，建成后敕赐名“皇史宬”。“宬”，据《说文解字》释：“屋所客受也”。清段玉裁注：“宬之言盛也”。顾名思义，皇史宬即收藏皇家档案文献的地方。

皇史宬坐北朝南，主要建筑有皇史宬门、正殿、东西配殿、御碑亭等，四周围以红墙，总面积达8400多平方米。正殿坐落在高大的石台基上，四周绕以汉白玉石护栏，面阔九间，黄琉璃筒瓦庑殿顶，拱券式砖石结构。我只在外面观瞻了一下，没能进去，据说殿内无梁无柱，南北墙厚分别为6米，东西墙后分别为3米。门设两重，殿内筑有一座1.42米多高的汉白玉须弥座，上放152个雕云龙纹铜皮樟木柜，即所谓“金匮”。柜内曾收藏着列朝的实录、圣训、玉牒，以及《永乐大典》副本、《大清会典》等重要档案文献。殿内北、西两侧，放置着两块石碑，一块是《恭送列祖皇考实录御容及玉牒至盛京尊藏》，另一块是《恭瞻皇史宬》七言古诗一首，均为清高宗乾隆御笔，这皇帝喜欢到处写字刻石，这当然是当皇帝的特权，主观上希望青史留名，事实上似乎价值也并不大。正殿建筑气势恢宏，不得了。偏居一隅，很是安静。整个建筑与装具设计完美，做工精良，功能齐全，华贵耐用，即能防火、防潮、防虫、防霉，且冬暖夏凉，温度相对稳定，极宜保存档案文献。

正殿前的东西庑为砖木结构，规模较小，是皇史宬的配殿。东配殿之北，是御碑亭，重檐、四方形，建于清嘉庆十二年。亭中立有《重修皇史宬记》石碑，碑文详细记述了修建皇史宬及其收贮典籍的历史情况。皇史宬今天仍是保存清代档案文献的重要场所之一，而且每年还在此举办各种展览。

我和贾湖丽是无意逛到此，见不要门票，建筑规模又不大，便顺路进去看看。

"问你一个问题，好吗？"贾湖丽问。贾湖丽对这些建筑古董其实兴趣并不很大，却喜欢问东问西。

"好。不能太难。要不然我拒绝回答，或用外交辞令：无可奉告。"

"你究竟是喜欢简单一点的女子，还是复杂一点的女子？"文不对题，在皇史宬，她怎么会问这样的问题，这让我怎么回答啊。女人的问题总让我从心底害怕。

"我喜欢，嗯，我喜欢——我喜欢当我喜欢这女子简单时这女子就简单，当我喜欢这女子复杂时这女子恰好就复杂的女子。"

"你讨厌。你怎么总这样。为什么我问你问题，你总不正面回答，你总是嬉皮笑脸的，总是这样不认真回答我呢？"贾湖丽假装有点失望和生气。"我这可是替圆圆问的？"

圆圆是贾湖丽同宿舍的同事，不是吴三桂冲冠一怒为红颜的那个圆圆，比贾湖丽小几岁。吴山桂的陈圆圆倒是贾湖丽的同乡，常州奔牛镇人。贾湖丽解释说："别人刚给圆圆介绍一男友，接触没两次，那男人说她太简单了，然后便 over。所以帮圆圆问问你。"潜台词是：难道简单，也是一个女子的错？

我可不能代表所有的男人。听贾湖丽这一说，我心里想笑但没笑出来。

我说："士为知己者死，女为悦己者容。当她碰到的那个男人喜欢复杂一点的女子，她就应该复杂；当她碰到的那个男人喜欢简单一点的女子，她就应该简单。这话反过来，针对男人说，也可以。"

贾湖丽对我的回答，嗤之以鼻。

2005年8月19日星期五于北京

月坛

曾路过月坛，但都没进去过。

据说月坛里早已不是皇家祭月神之地，20世纪50年代末，中央电视台发射塔急于选址，仓促之下建在了月坛里面。当中央电视台新发射塔在海淀区西三环八一湖对面建成后，月坛里的塔仍为备用塔。与此同时，月坛里挤进了西城区婚姻登记处、西城区老龄委、西城区园林市政服务中心、西城区园林局、西城区社保中心等6单位及150多户居民。近年来，政府花大价钱整治月坛，这些单位和居民才陆续迁出。迁出后，经过整治的月坛不知道究竟是个什么样子。

周末，与贾湖丽一起，陪母亲游天坛，聊起北京的五坛八庙。说起社稷坛、地坛、日坛、月坛，我倒口若悬河，如数家珍。明、清两代帝王，讲究每年“冬至”祭天，“夏至”祭地，“春分”祭日，“秋分”祭月。《明宫史》中记载：“凡冬至圣驾躬诣圜丘郊天，由正阳门出也。”“凡夏至圣驾躬诣方泽坛祭地，由安定门出也。”每年春分日（寅时）进行祭日，即“圣驾春分躬诣朝日坛，则由朝阳门出”。每年秋分日（亥时）祭月，即“圣驾秋分躬诣夕月坛，则由阜成门出”。

因月坛想起月儿，好久没她的消息了。月坛公园位于西城区月坛北街南侧，南礼士路西侧，原名夕月坛，明嘉靖九年建。祭坛由白石砌造，面积196平方米，1969年被拆除。祭坛四面有棂星门，正殿3间，东西配殿各3间，周有围墙，门南向，是皇帝更衣和休息的地方；北有钟楼和遣官房；南有神库、祭器库、宰牲亭和神厨。祭坛东、北各有天门一座，各3间，歇山调大脊，绿琉璃瓦顶，东天门外有礼神牌坊。1953年，牌坊被拆除。清末，祭祀夜明神的活动被废弃，月坛遂成为驻兵场所。日本侵华期间，月坛内外树木基本被砍光。几经折腾，我想月坛“家当”也许所剩无几了。

月儿原在北京市殡葬管理处联营公墓管理所工作，小王八去过她的单位，好像在八宝山附近，我没去过。月儿是通过《北京青年报》一个交友栏目的一则报道结识小王八的，而我又是通过小王八认识月儿的。月儿是北京人，个子高但脚小，圆脸蛋，身材丰满，像满月，不像月牙儿，2001年毕业于首都师范大学中文系。父母离异，脾气总让人觉得有点儿不适应，思维方式似乎跟我这样的人也搭不上界。

在小王八调香港、新加坡工作后，有一次月儿通过电话找到我说有急事求助，我说成，下班后我和帆子到街对面的卢月轩饭店请她吃羊蝎子。她说一事，吓了我和帆子一大跳。

事情原委是这样的：月儿刚毕业时，一起分来到单位的有三女一男，由于其他三人都不是北京人，所以单位将两名女生安排住进了一套两居室的住房，并由单位给配齐了冰箱、彩电、床等家具和日常用品，给那男生提供了宿舍，月儿跟自己的奶奶住，所以没有任何安排。看着同时分配来的同事都有了住房，寻找自立的月儿就不断向单位提出申请。直到2003年7月底，单位终于在北京市石景山区鲁谷路附近，给她找了一间闲置的单位自建房。这是一座依着鲁谷商店的一面墙，然后又砌起了三面墙，并在上面搭了个斜顶的房子，相当于一个临时建这么一个棚子。房子有了，但月儿嫌太简陋，所以仍然一直跟奶奶住着，这儿她基本上也不来。

但戏剧性的事情发生了，就在月儿住进去还不到一年的时间里，这个地区就接到了拆迁通知。根据房屋拆迁方面的有关规定，月儿得到了一笔数额为12.5万元的拆迁安置费，这对于一个大学毕业不久的月儿来说，简直是天大的一笔钱。月儿曾私下跟我说过，若按她现在的工资收入水平，至少得工作十年，不吃不喝，才能赚到这样一笔钱。月儿咨询过法律专家：专家认为，北京现在实施的房屋拆迁补偿规定分为两个部分，一部分是财产补偿，另一部分搬迁补偿和奖励。一般情况下，这两部分补偿都应该发放给房屋产权人。但是由于月儿居住的是福利房，是单位的自建房。因自建房属于一种没有产权的房屋，所以这块补偿是不存在的，就是没有给予这块补偿，那么拆迁公司给予的补偿应该理解为是对于月儿这个居民，住在这个房子里头人的这种搬迁补偿，是一种搬家费的一个补助，包含特困户补助费，那么这两块补助，都是针对居民个人的，就是说是对居住在这个房屋里头人的一种补偿，而不是房屋所有权人的补助。

就这样，月儿理所当然、兴高采烈把这笔钱装进了自己的兜里。没隔多久，单位就知道这件事了。要求她把这笔钱交还给单位，月儿犟，不还。所长便拍着腿大骂，并立即把她调到大钟寺服务站工作。这地不但离她住地远，很快月儿发现，工资收入也大幅减少。大钟寺服务站那儿是介绍墓地的地方，一年都没几个人去，一年也许做不到十个业务，而且在那上班的人大都是即将退休的职工。工资收入在这儿与业务挂钩，而月儿的奖金工资已从上面下令，事情没有结果之前，一律停发月儿的工资。

月儿就此陷入工作和生活的困境。病急乱投医，月儿四处托人，想调转工作，她甚至问我们单位要不要人。但她单位领导却说："你档案在我手里边呢，你要是不把这个钱交出来的话，我在你档案里放一个处分，比你档案还厚，到时候任凭你上哪儿你都找不着工作。"为此，她还特意应邀就此事到北京电视台法制播报栏目作了一期《福利房引发劳务纠纷》的电视节目。

麻烦很大，我听了头皮也炸，幸亏事情不是发生在我身上。看来月儿也是能折腾的人。虽然单位领导拍桌子瞪眼，把月儿给吓得够呛，腿肚子打战，吓得她发烧两天。但我对月儿说："若我遇到这样的事情，首先得考虑，这笔钱我能拿吗？或者说我能拿走多少？房子虽然是单位的自建房，没有产权，但房子毕竟是单位建的。当初，你拿到钱，对前景估计得乐观点，你就将其中的一半或两三万元送给领导，领导见钱眼开，帮你罩着，其余钱也就是你的了；对前景估计得委屈点，你就留下其中的两三万元，其余的用来打点领导和相关人士。这事就这么过了。而且也拉近你和领导的关系，将来什么好处都会想着你，升迁发财都有你的一份。不至于像如今这样被动。其二，你也太贪，这么一笔钱，想独吞，单位职工哪个不眼红，谁捅到领导那儿，领导那儿都摆不平。”

“问题是事已至此，该如何办呢？”事到如今，月儿似乎是走一步看一步。

“事已至此，你就得顶着了。你现在再去交钱，那你什么都没了。最后可能得走劳动仲裁或法律裁决的路子，只是到那时候，输赢对你的工作都不太好说了。”

我常对月儿说，我是无目标生活，无地图旅游。月儿竟当人生格言听进去了。月儿是个很有能力的女孩子，需要一个男人的呵护，碰到这种“大事”也好有一个人给她出出主意。帆子认真研究了一下月儿的案例，很害怕，认为月儿是“猛女”，我却不这么看。月儿爱钱，是因为没钱，却并不谙于人情世故。此后，因为实在帮不上月儿什么忙，便失去了联络，不知道月儿现在怎么样了？不知道找到可以依靠的男人没有。

2005年8月22日星期一于北京

紫竹院

萝卜是四川眉山人。萝卜的老乡苏东坡，很幽默，他说："宁可食无肉，不可居无竹。无肉使人瘦，无竹使人俗。"

当然，萝卜人微而苏轼名著，萝卜在今而苏轼已古，世人常言今不如古，没有什么可比性。我这么说，只是潜含着一点自嘲的冷幽默，就像阿Q"咱先前也曾阔过"。苏东坡是中国典型性文人，后世文人多标榜为楷模。苏东坡文章、诗词都写得不错，虽屡遭贬谪，但去的地方都是好地方，官也当得不赖。大小总还是一个官，吃肉对于苏东坡来说，应该不像当时普通平民百姓，不算是件难事，要不然也不会有"东坡肉"这道名菜。在住地能种上几拢竹子，当然风雅，但那不是一般人能做得到的，不光只是要有房，还得有可养花种树的庭院，也不是寻常人能够办得到的。

北京赏竹的佳地，一个是红螺寺，另一个就是紫竹院。红螺寺远，对于像我这种"京城无车族"来说，比较麻烦，所以便对位于西直门外的紫竹院格外垂青起来。紫竹院的历史悠久，应该比北京城古老。公元三世纪紫竹院所在地及湖泊就是古高梁河的发源地之一。金中都时，因水量有限，漕运不利，开通了从昆明湖到紫竹院的渠道，引水入高梁河。元大都时，为解决漕运，水利学家郭守敬引昌平白浮泉水到昆明湖，再利用金时故道，引水经过此地，再到积水潭，被疏浚的故道就是长河，又名玉河。

明代万历五年，慈圣皇太后出巨资，在广源闸西边兴建万寿寺时，便顺手将紫竹院的庙宇并入万寿寺，成为下院。由于广源闸是座不能启闭的石桥，大船无法通行，于是在紫竹院湖泊南岸凿一河汊，供明代帝后到西郊游玩所乘龙舟绕行用，使紫竹院有“别港”之称。当时，据载，在湖的东侧还有一座名双林寺的庙宇和一座九层密檐实心塔，我猜想，可能与八里庄的慈寿寺塔相仿。双林寺位置应该是现在国家图书馆的所在地。而那座塔历经千年的风霜雨雪的侵蚀，塔顶早已圮毁，后来因公园落实“突出竹子”的批示，壮观的塔基与塔身被人为拆掉了。我去时，已迟，没见着，也没弄清楚塔址的具体位置。

紫竹院原无竹，想必原来也不叫这个名字。清朝乾隆年间，仿照苏州城葑门外朝天桥港汊“芦苇深处”的水乡风光，在此垒砌太湖石，遍种芦苇，取名芦花渡，俗称“小苏州芦花荡”，并改“别港”龙王庙为“紫竹禅院”，作为内务府官员和太监的办事处。由于芦苇引自江南，长得比北方的芦苇挺拔粗壮，每到秋末冬初，经霜后，苇秆呈紫黑色，放眼望去，宛似一片茂盛的紫竹林；又因这里寺庙供奉观音菩萨，而观世音的道场恰是普陀山的紫竹林。景意相映成趣，紫竹院的名字在北京的民间不胫而走。此外，记得像《红楼梦》里的号称潇湘妃子的林黛玉，也是住在竹馆里的，竹是植物中的君子。普陀山是我国佛教四大名山之一，我曾去过，在神殿前曾为楠楠烧过香。由于心不诚，观音菩萨没答应，返京后，我与楠楠还没开始，便莫名地分了手。而现在的紫竹院满眼竹林，水里种着莲莲的荷，再也见不到紫黑色的芦苇了。

庚子年八国联军进北京时，紫竹院遭洗劫，古庙、行宫、花草树木，破坏殆尽。辛亥革命后，紫竹院仍属逊清皇室财产，由清室内务府管理。由于经费困难，清室于1920年曾将行宫部分房屋土地出租给王敬玺，每月的租洋300元。1924年6月，清室为了讨好京畿卫戍司令王怀庆，作为私产相赠。后来因政权更替，连年战争，行宫中的寺庙、房屋、陈设都荡然无存。

新中国成立以后，紫竹院才得以大规模重修。1952年开始挖湖、堆山、筑路、修桥、种树、栽花，辟为公园。1958年，又疏浚河湖，在湖的中山岛上建揽翠亭，在明月岛旁建双层水榭问月楼，修曲桥回环，并从四川、福建、江苏、南京和苏州等南方省市引种青竹、紫竹、寿星竹、金镶玉竹、早园竹、箬竹、斑竹、云竹、锦竹、石竹、巴山木竹、金银碧玉、碧玉金银、甜竹、淡竹、方竹、人面竹、四季竹、桃枝竹、佛肚竹、凤尾竹、琴丝竹、孝星竹、苗竹、金竹、棕竹等54个竹子品种，达50万株。所种竹子，以紫竹为多。一举成为京城最大竹园胜地。

我去过紫竹院三次。第一次是独自去的，穿过公园到国家图书馆买了两本书，又原路返回，并在湖的南岸的古屋里购买了一瓶蜂蜜和一瓶花粉送给贾湖丽。据说蜂蜜养颜，贾湖丽很高兴。第二次是与贾湖丽逛完动物园，往西行，进了紫竹院。第三次，又邀上了帆子，与贾湖丽一起，三人同游，登揽翠亭，见对面问月楼人头攒动，十分热闹。“那边没去过，过去看看？”我对帆子建议说，贾湖丽也没反对。

到了问月楼，却见一些老太太、老头子拿着纸板或照片在那里接头榷商，好像特务在对暗号似的。我觉得有趣，以为老人们在明目张胆找老伴呢。贾湖丽却明白，拽着我就沿湖岸往西走。回到红居斜街的单身宿舍，恰见北京电视台的一则报道说，由于北京年轻人早上赶车上班，晚上赶车下班，周末睡大觉，补瞌睡，根本无时间恋爱，造成现在大龄青年特别多。孩子的父母便到紫竹院和玉渊潭等地为孩子相亲，互相交换条件，谈好了交换电话号码，逼儿女再去见面。有成功的案例，也有一厢情愿地乱点鸳鸯谱。我后来开玩笑对帆子建议说，把我母亲或帆子母亲接来北京住，没事就让她们到紫竹院和玉渊潭给帆子相亲去。帆子听了，笑逐颜开，却并不认真当回事儿。

再往前行，见一片古宅，很是古朴，门却上了锁，门的墙上嵌一牌子，牌子上书“行宫”。万寿寺和紫竹院正好在紫禁城到颐和园的中间，当年慈禧太后往返紫禁城和颐和园时，就在这儿歇息。我和贾湖丽在颐和园的南湖岛上看过一张照片，慈禧着观音菩萨的装束，坐一太湖石上，总管太监李莲英扮韦陀站在她身后，另有宫女扮童子和龙女分立左右。这照片很有名，拍得也不错，其实是在紫竹禅院拍摄的。

行走到此，帆子突然觉得眼熟，说他曾到前面不远之地，听过茅于轼的一堂演讲课，很是精彩。到那一看，还是锁着门，让人失望。说起茅于轼，我很有兴趣，由于读过他写的《中国人的道德前景》，深入浅出，觉得很在理，并将书推荐给马车夫斯基。茅于轼的伯父是著名桥梁专家茅以升，茅以升是学土木工程的，是我的祖师爷辈的，而茅于轼本是学机械的，与帆子同一专业，不知道怎么搞的，后来却转而搞社会学和经济学研究去了，成绩斐然。我对帆子说，职业并不是一辈子固定的，可以改行，就看个人的人生兴趣、造化和机缘了。

紫竹院的雪景据说很好，我没看过，竹子却是特色。古人爱竹，常以竹入诗入画，多因竹有节，喻人有气节；竹腹空，喻人应谦虚；竹竿直而不屈，喻人耿直有豪气。古人尊竹为岁寒三友之一，寓人耐寒。以物喻人，或把物人格化，或赋予物以人类某种高贵的品质，其实质是人的一种自恋形式和过程，与竹子本身并不相干。古人有时是很讨厌的，把很多好话都说尽了，搞得后人没得话说，很难受。如古人言："无肉使人瘦，无竹使人俗。"肉食者，鄙。笋子倒是好东西，刮肠子，但以吃竹为生的熊猫好像并不瘦。

人好像是不吃竹子的，吃竹子不就变成熊猫了吗？熊猫是国宝，是一种很好玩、很有幽默感的动物，人见人爱，这有点像小王八。小王八若把两只眼睛涂黑，趴在地上，一定惟妙惟肖。有人考证说，熊猫古称有貘、白豹、虞等，原是种肉食动物，在动物学分类上属于哺乳纲食肉目。放下屠刀，立地成佛，不知何故，后来熊猫改吃荤为吃素，做了苦行僧式的人物，吃起竹子来，真不容易。

熊猫是动物界的修行者。这世上，真信并身体力行参禅悟道的人似乎已越来越稀罕了。

2005 年 9 月 19 日星期一于北京

中国美术馆

中国美术馆是画家的圣殿。一个以绘画为职业或生存状态的人，若他的作品能走进或陈列在中国美术馆里，那一定已是一名知名画家了，他的画作很可能由前卫走向经典。我常痴想，作品成为经典，是作者的幸还是不幸呢？很难评判。

我是不懂画的，在北京我认识的画家也仅杨君。杨君是我的湖南老乡，湘阴人，比我小四岁。可能是考虑艺术和生活问题太多的缘故，也开始谢顶，看上去比我显得老成。因杨君夫人的父亲是广西美术学院的院长，2001年杨君从中央美术学院国画系毕业时，被分配到广西美术学院，但他没去赴任，而是留在了北京，做了一名自由职业者，开始他正式的北漂生活。他会漂，所以混得比我成功，有房有车有老婆，他的收入主要来源是办学，他自任校长。主要做法是利用北京一些中小学寒暑假闲置的校园，比如在东四环租用一所较为偏僻的中学的教室，办考中央美院的美术补习速成班，高薪请中央美术学院教授走穴来讲课。

我跟贾老师去那儿造访过他一次，由于教师功夫了得，生源火爆。在那儿，我才第一次知道报考专业美术院校和报考师范类院校美术系是两个概念，专业美术院校培养的人才定位多为美术家，师范类院校美术系培养的人才定位多为初高中学校的美术教师，审美情趣和艺术追求是有很大差异的。后来，我应杨君邀，到王府井北京皇冠假日饭店一楼的国际艺苑美术馆参加他的一个画展，看到原件，我暗自惊叹，与通过照片拍摄下来的画相比较，意趣竟然相差十万八千里，我喜欢他画的题名《大雨》的大写意泼墨和一幅题名《有故事的人》的画。用国画笔调画人物肖像别有意趣，我孤陋寡闻，却是从杨君这儿开始了解到的。

杨君是贾老师介绍给我认识的，贾老师是我初中同学，在湘西一所中学教美术。他来北京多次，找过我三次，第一次我陪他到三里屯酒吧喝酒。第二次他大包小包带着摄影摄像机、吃的穿的和老婆女儿，乘火车轰轰烈烈地出来旅游。我安排他一家人住在红居斜巷的单身宿舍里，一则比较安全，二则可以省一大笔旅馆住宿费。我没陪贾老师去中国美术馆，贾老师很有意思，在北京待了三天，第一天整天都在动物园，第二天上午去动物园，下午去科技馆，第三天上午去科技馆，下午去动物园，第四天乘飞机飞大连，过了一把飞机瘾。然后从大连乘船到天津，由天津直接返北京，然后带上我和贾湖丽给他们买的一大包北京特产乘火车返回湘西怀化了。有一次萝卜到怀化出差，见到了贾老师，贾老师送了当地的特产——几双草鞋，让萝卜带回了北京。萝卜觉得贾老师很有意思，是个比我更彻底的理想主义者。第三次，暑假期间贾老师组织一大群学生到北京搞夏令营，参观中央美术学院、清华大学美术系和中国美术馆，匆匆忙忙在北京只待了三天。

贾老师住红居斜巷单身宿舍时，没见到老鞭，此事我多少觉得有点遗憾。我是同老鞭及老鞭的同事阿辉一块去的中国美术馆。中国美术馆是国家级造型艺术博物馆，位于五四大街，沿王府井大街或皇城根公园北行都可到达。中国美术馆于 1958 年动工，1962 年竣工，是中华人民共和国建国十周年十大建筑之一，也是国内最大的美术馆。中国美术馆建筑群的总面积为 27000 余平方米，主楼面积达到 22000 余平方米，画库 4000 余平方米，办公楼 1000 余平方米。展览总面积 8500 余平方米，展厅 21 个，展线总长 1916 米。主体建筑为仿古阁楼式现代建筑。顶部用黄色琉璃瓦装饰，四周有廊榭围穿，具有鲜明的古典民族建筑风格。馆内分上、中、下三层，三集色防紫外线荧光灯照明。

中国美术馆第一任馆长是著名雕塑家刘开渠。中国美术馆主要职能是收藏、保管、陈列、研究我国近现代优秀美术作品和民间美术作品；主办各种类型的中外美术作品展览；进行国内外美术学术交流；建立我国近现代美术史料、艺术档案，编辑出版藏品画集、理论文集。美术馆现收藏近现代美术作品和民间美术作品6万余件。品类有中国画、油画、版画、雕塑、年画、连环画、宣传画、漫画、素描、插图、水彩画、漆画等各类具有时代特点和不同艺术风格的优秀作品以及木偶、皮影、剪纸、风筝、泥玩具、刺绣等乡土艺术品。明、清及近现代艺术大师赵之谦、石涛、朱耷、任伯年、虚古、吴昌硕、齐白石、黄宾虹、徐悲鸿的作品。当代著名画家李可染、张大千、傅抱石、潘天寿、李苦禅、钱松、石鲁、林风眠、刘海粟、刘开渠、吴作人、蒋兆和、古元、张乐平、崔子范、何海霞、杨之光等都对该馆有大批捐赠。罗工柳、黄胄、吴冠中等人的代表作均有收藏。藏品中尚有许多中青年画家的优秀作品。德国收藏家路德维希夫妇捐赠欧美艺术品117件，其中有毕加索作品4幅。

开馆以来，举办过历届“全国美术展览”，举办馆藏陈列展60多个。个人画展、群体画展、影展、书法展、儿童绘画、民间美术作品展等展览活动逐渐增多。近些年来，年平均举办180多个，所以常看常新。80年代以来举办外国艺术作品展百余次，如“法国十九世纪农村风景画展览”“波士顿博物馆美国名画原作展览”“罗丹艺术大展”“西洋绘画名作展”和奥地利、日本、俄罗斯、德国、韩国、马来西亚、挪威、以色列等国的许多美术展览。此外，馆藏作品先后赴港澳台地区及法国、美国、日本、俄罗斯、捷克斯洛伐克、土耳其、希腊、韩国等地展出。随着对馆藏美术作品及现当代美术史的深入研究，中国美术馆先后编辑出版了《中国美术馆藏品选集》《齐白石作品集》《黄宾虹作品集》《任伯年作品集》《20世纪中国美术——中国美术馆藏品选》《中国美术年鉴》《蒋兆和论艺术》《李可染艺术集》《崔子范精品集》等大型画册和论著。

老鞭借调到北京，在我所在企业的一家报社里当编辑，编头版。企业报的编辑处境总有一点尴尬，报纸是内部刊号或没有刊号。老鞭比我长一岁，但常称我为兄。老鞭是画漫画的，四川乐山师范学院美术系毕业，后补读了四川大学新闻学院新闻学专业，为四川省漫画艺术研究会常务理事。妻在成都一家报社任编辑，结婚几年，有一女。老鞭把自己30来年的简历概括为如下几句话："生于三台，长在眉山，家在蓉城，飘在京华。驰骋成都北京双城，漫笔漫话世间百态。"在北京，老鞭开始过起牛郎织女式的生活，每年飞成都一两次，见见老婆和孩子，心境坦然。

我住单身宿舍时，有时在晚上，我去编辑部找他聊天或上网，他有时在电脑上画漫画，有时在电话里给女儿讲故事："从前有座山。""这个讲过了。"女儿在电话那头抗议说。"那就换一个讲——"老鞭几乎每周都要绞尽脑汁为女儿编故事，并通过编故事找寻漫画素材和绘画灵感，老鞭的漫画经常刊登在《北京晚报》《新京报》之类副刊上。但家庭分居是长期困扰他的一个问题，老鞭有时也觉得这样在京漂着没什么意思，前景渺茫，曾想打退堂鼓回成都算了。就此，老鞭专门与我探讨过，我的意见仅供他参考："一是这张报纸既然创刊，效果上上下下有目共睹，不会停刊。二是你回成都，若能提你一级，当个副总编之类的，可以考虑返回。三是北京机会很多，你不为自己，也应为女儿奋斗一下。"老鞭深以为是。萝卜是眉山人，同从成都到北京，俩人惺惺相惜，算是有缘人。

阿辉是老鞭同事，编同一张报纸的第三版。报纸一周一期，后改为一周两期，工作量不大，日子过得平稳而惬意。阿辉也是四川人，是从本企业下属在北京的一家单位借调过来的。阿辉是北大中文系毕业，据说大学时与余杰上下铺，对此我有些怀疑。阿辉高考时，同县有一女孩考取清华，是他的恋人，现定居加拿大。所以阿辉后来回老家娶了一名中学老师做妻子，与老鞭一样，过着夫妻两地分居的日子。阿辉在北京活得潇洒。

我曾想把一鹤悠然弄到北京来，做老鞭和阿辉的同事。一鹤悠然比我小3岁，贵州大学中文系毕业，能力和知识都高于我。在贵阳时，我和一鹤悠然比较合拍，常自嘲为双峰路上最后两个游魂。一次，贵阳飘着小雨，一鹤悠然口寡得很，食不甘味，对我说："走，吃豆花饭去。"豆花饭我倒没吃过。说着，他便邀我出门，打车到一处冷僻的大排档吃豆花饭，然后再打车回来，车费倒是饭的几倍。一鹤悠然出门，总是西装革履，外套是送干洗店的，衬衣经常是自己烫得平平帖帖的，皮鞋刷得锃亮。钱是一个不存，吃光花光，相信现世，不管明日，今朝有酒今朝醉。一鹤悠然身上有独特的公子气度、贵族气质和名士风味。我曾在网上发一短文，是这样介绍他的：

> 一鹤悠然，男。70年代初出生，年纪比我小，有牛气。贵阳人，未婚，帅哥。眼镜，有文化，真斯文人。无事时喜吟："青青子衿，悠悠我心；但为君故，沉吟至今。"查，为曹孟德之言。心中却藏："相濡以沫，不若相忘于江湖。"出于庄子。男，可与之为友；女，可与之为妻，亦可为情人，退而还可为红颜知己，再退可为友。其人友善，难为敌。为此短文，笑之，并记之。

马车夫斯基读此短文，竟大笑，认为我为一鹤悠然的好友诤友益友铁哥们儿。绿子读后，说"很像"。北京的机会相对较多，只要离开贵阳，可以以这家企业报纸做跳板，万不得已，我认为一鹤悠然完全可以像兰朵一样，做一名自由职业者寻找出路，只要有两刷子，在北京找碗饭吃是绝对没问题的。必要时，还可请绿子等朋友帮忙，出出主意，找找路子。但在北京，若想要有更大的作为，就得看个人的机缘和造化了。但在此期间，一鹤悠然的父亲得了癌症，查出时已是晚期。一鹤悠然虽有姐妹，但作为独子，秉承"父母在，不远行"的古训，为尽最后的孝道，一鹤悠然不敢离开贵阳——对此我甚表怀疑。待送父亲归西之后，借调的机会却也错过了。

一鹤悠然与马车夫斯基同在贵阳一家企业报里任编辑。马车夫斯基比我年长，女儿今年考取了大学。我称他老师，他把我当朋友。马车夫斯基常说此生最大的成功是找了一个好老婆，在贵阳时我去过他们家几次，在他们家吃过饭。马车夫斯基的夫人是北京人，其夫人读章诒和的书后感慨万千，北京情结很重。马车夫斯基的老岳父与俞平伯有亲戚关系，原在北京就有交往，她家搬到贵阳后，两家还有书信往来。马车夫斯基的老岳母去世时，他夫人烧了好些以前俞平伯儿女的来信，马车夫斯基甚觉可惜，只强行留下来一封。

马车夫斯基的老岳父抗战期间在国民党军队，参加过"淞沪会战"、"长沙会战”、“桂林会战”等等，身负重伤致残，左手缺了两个指头，得过勋章。离开军队后，老岳父在国民党革命委员会，跟朱学范到重庆、香港搞工运工作。长沙第一机械厂在临解放时，就是在他老岳父的策动下，组织工人护厂队保护下来的。马车夫斯基解释说，国民党革命委员会即国民党左派，后简称为“民革”，是民主党派的重要一支。50年代末老岳父一家被从北京下放到贵阳支边。后来，朱学范还邀请老岳父到昆明开会聚会游玩。老岳父去世前，已离休多年，副厅级待遇，受聘于贵州老年大学教古典诗词。他的对联在现在的许多碑林都有，不过字不是他写的，而是贵州有名的书法家张星槎写的。虎父犬女，马车夫斯基的夫人很像便便的天使，但马车夫斯基的夫人还很小布尔乔亚，却很精明能干。

当筱杨到贵阳出差，“突袭”造访马车夫斯基和一鹤悠然的办公室，并用一鹤悠然办公桌上的电脑，通过QQ与我联系时，我对筱杨说：“感觉如何？是不是觉得确有前生来世？”筱杨以为是。

马车夫斯基倒是对绘画和音乐有独到的喜好的。他曾给我看过一张拍摄于1978年11月4日的黑白照片，照片中十三个人分三排，片头题写着“皮却林美术学院合影留念”几个字。皮却林美术学院犹如《围城》中的三间大学，子虚乌有，却可知这群人当年受前俄罗斯文化影响深刻。照片中有两位就是年轻的马车夫斯基和他夫人的哥哥，也可能因为这层关系，成就了马车夫斯基的姻缘。马车夫斯基曾读过我的一篇《水浸的牵牛花·画梦难成》的文章，是叙述我少年时当画家的梦想未成的一点记忆，际遇弄人，马车夫斯基感慨万千，因为他最终也未能圆画家之梦。马车夫斯基夫人的哥哥却是画家，其人其画被收入了《中国当代美术史》，我想他的画作应该是在中国美术馆展出过的吧。马车夫斯基夫人的哥哥从四川美术学院毕业后，又曾在北京读研究生，后留学德国，现定居加拿大。

2005年9月20日星期二于北京

白云观

鲁迅曾说："中国的根柢全在道教。"鲁迅是在给许寿裳的一封信中就这么蜻蜓点水似的提到了一下，虽掷地有声，却似乎也只是随便说说而已。在京城待久了，去的宗教寺庙也多起来，但道教，我向萝卜极力推荐位于西便门外的白云观。

推荐白云观的原因有九，具体情况分析叙述如下：

一是白云观仍有香火。我觉得这一点，在北京城内，特别难得。而且白云观香火颇盛，不像北京其他庙宇，如白塔寺、太庙、报国寺、法海寺、万寿寺、东岳庙、大钟寺、红螺寺、慈善寺、五塔寺、智化寺、天宁寺、卧佛寺等佛教寺院，因防火或其他原因，空有其名而无其实。由此可见，佛教在京城已衰微。护国寺就是一例，我还没来得及去访看，就因一场大火，烧了个干净。

寺庙的布局，大同小异，不容易看出什么名堂来，所以很多人不喜欢游寺庙。古时候，寺庙是有特权的，成为文人或其他一些人的避难所。如此等等，便生出许多让人津津乐道的故事来。除此之外，我到西藏，觉得藏传佛教中的喇嘛庙很像学校，藏族孩子成长期一般都有一段到寺庙里当喇嘛的经历，若没有什么悟性和佛缘，便还俗，过普通人的生活。

二是白云观仍有道士在活动和修行，现中国道教协会、中国道教学院都设在此，地位显赫。北京城内的道家寺庙比佛教寺庙少，在我的印象中似乎除了东岳庙，就是白云观，物以稀为贵，所以白云观更值得一看。

三是白云观的名气大，是北京最大的道观，号称“全真第一丛林”“龙门派祖庭”。

四是白云观历史悠久。白云观始建于唐，名天长观，唐刘九霄《再修天长观碑》中记载：“唐玄宗为斋心教道，奉祀老子建此观。”金正隆五年，契丹南侵，焚于兵火。金大定十四年重建，规模更胜从前，先后改名为十方大天长观、太极宫。元初，丘处机应成吉思汗之聘，西行归来在此住持，再次改名为长春宫。丘处机仙逝后，其弟子在长春宫东建处顺堂安置灵柩，并以此堂为中心建下院。元末，长春宫再次毁于兵火。明永乐年间，以处顺堂为中心重建并扩建，更名为白云观，才基本形成现在的格局。后，历代不断修缮，现存殿堂为清代建筑。

五是白云观坐北朝南，占地面积大，规模宏伟，殿堂巍峨，建筑群由中、东、西三路和后院四部分组成，在里面行走有如走在建筑迷宫里。白云观进门临街为一座四柱七楼金碧辉煌的大牌楼。牌楼之南，隔街为一座高大的一字照壁，照壁上镶嵌着“万古长春”四个烧制的绿琉璃大字，实是赵孟頫所书，却讹传出自丘处机之手。牌楼之北是石拱雕花的山门，山门为石砌的三拱门，三个门洞象征天神、地祇、人鬼三界，跨进山门就意味着跳出三界，进入神仙洞府。牌楼与山门之间是一个小广场，两侧有配房。山门里是一座汉白玉石拱桥，俗称“窝风桥”——这种设置我在其他地方倒没见过，显得新奇和别致。

中轴线上由南往北依次有五层殿。第一层殿为灵官殿，供道教的护法神王灵官王善。第二层殿为玉历长春殿，供昊天金阙至尊玉皇大帝。第三层殿为老律堂，供全真道七位真人丘处机、马钰、谭处端、刘处玄、王处一、郝大通、孙不二，他们都是王重阳的弟子。第四层殿是丘祖殿，供白面无须长春真人丘处机的塑像。丘处机不长胡子，是由于他自宫的缘故。为什么自宫？是因为要练《葵花宝典》，还是献身宗教事务的需要？不得而知。殿中巨大的瘿钵据传埋着丘处机的遗骨，这钵是宋代遗物，用一古树根整雕而成，为清乾隆皇帝所赐，说是灾荒之年，观中道士可用此钵到皇宫中去化缘。这也只是一说法而已，似乎并没有可行性和用过的记录。第五层殿为二层楼建筑藏经阁，上层曰三清阁，供玉清元始天尊、上清灵宝天尊、太清道德天尊。下层曰四御殿，供昊天金阙至尊玉皇大帝、中天紫微北极大帝、勾陈上官天皇大帝、承天效法土皇地祇。中轴线上各殿内的塑像，都是旧塑和古董，精美而有神，比东岳庙的泥塑耐看。各层正殿两侧均有配殿，分别为三官殿、财神殿、救苦殿、药王殿。

西路为祠堂、元君殿、文昌殿、元辰殿、吕祖殿、云集园；东路有南极殿、斗姥阁、真武庙、火神殿、斋堂、罗公塔。供奉着众多的神仙，白云观内是神仙大聚会，与东岳庙相似，酬神极容易。另有供道士居住生活的房舍，及放生圈、菜园子等。

四御殿之后是后花园，名曰云集园。花园入口处的门楣上悬挂“小蓬莱”匾一方。园中主要建筑有云集山房、戒台、退居楼、云华仙馆等，园中堆砌假山三座，山上建“友鹤”“妙香”二亭。楼馆之间有游廊连接，曲折幽深。树木葱郁，花草繁茂，颇有江南园林风光。白云观的这座后花园，是慈禧太后的副总管太监刘诚印捐白银两万两修建的。后花园还有一景叫小灵山。白云观历年打碎的瓷器都不扔掉，道士在外云游，看到名贵瓷器的残片也带回观中，以示道家爱惜万物之心。观中把这些碎瓷片，堆砌成一座高约一米多，长约两三米的一座假山，名曰小灵山，俗称瓷儿山。《京华春梦录》也说：“小灵山者，在观东，以碎瓷砌成。”在堆砌时，凡带年款的器物，所有的年款都朝外，以便参观欣赏。尽管都是碎瓷片，但因其中不乏历代名窑中的珍品，也十分难得。小灵山不仅吸引了瓷器爱好者前来观赏研究，也是一些善男信女朝拜的对象，到“山”前磕头烧香者也大有人在。有了这座后花园，使得我突然怀疑白云观是不是宗教场所，不像什么寺庙了，倒像是旧时官宦的深宅大院。这也不是我信口开河，完全的没有根据，如泰山脚下的岱庙，不像庙宇，倒像专为皇帝登泰山祭天封禅修的行宫别墅。

六是不得不看的镇观三宝。白云观内保存了三件稀世珍宝，被称为镇观三宝。第一宝“藏经阁”明版《正统道藏》，计5350多卷，是目前研究我国道教历史的唯一一部珍贵实物资料，内容博大精深，涉及天文、医学等诸类，现转由国家图书馆珍藏，现存观内的是复印本。第二宝是唐石雕老子汉白玉石刻坐像，雕刻精细、传神。雕像出土于金代瓦砾，丘处机建长春观时奉安神位，明、清时又埋入土中，新中国成立后掘出奉祀。第三宝为西部祠堂院中北屋内墙壁上嵌刻的元代大书法家赵孟頫所书的《松雪道德经》和《阴符经》石刻，被书法家视为至宝。这些宝贝看看即可，看不出什么名堂，寻常人家拿在手里藏在家中也没多大用处，说不定还是个负担。

七是不能不说的丘处机。白云观的兴盛离不开丘处机。丘处机是山东栖霞人，字通密，号长春，19 岁入道，20 岁拜王重阳为师。王重阳是陕西咸阳人，在金庸的武侠小说《射雕英雄传》中可是不可匹敌的武林高手，历史记载他举进士不第，“复试武举，遂中甲科”。说明王重阳却有武功。王重阳当了十多年官，在他47岁的时候，突然“辞官解印，黜妻屏子，拂衣尘外”，创立全真教。在金大定七年，王重阳开始在山东传道，并先后收“全真七子”为弟子。王重阳革新道教旧要义，为全真教的发展奠定了全新的理论基础。此前的道教，重“丹鼎奇技”“符篆小数”，重术、贵术，注重内丹，强调精、气、神的修炼，以期长生不老，斥外丹为邪术。王重阳将道教内丹派和佛教以及儒家理学相结合，融“三教”于一体；以神为性，以气为命，主张性命双修；以明心见性、养气炼丹、清心寡欲等为内修之“真功”，以传道济世为外修之“真行”，主张将“真功”与“真行”相结合。

我读王重阳传略，方才知道儒、道、释三教合一源远流长。所以我一直以为中国文化是一种“阴”的文化，是一种“善处下”的文化，是一种“知其雄，而守其雌”的文化。就因为这样，使得中国文化具有别样的包容性、吸纳性和母性，也可能因此而使得中国文化成为四大文明古国中唯一能存活至今的内在原因吧。

王重阳创教，功不可没，从而使道教真正变成一门宗教，而非只是一门哲学，或邪术。但真正让道教发扬光大，建立几百年风光的却是丘处机。王重阳逝后，丘处机穴居今陕西宝鸡七载，潜心修炼，开创了全真龙门派，名声渐著。金明昌元年，金章宗下诏“禁罢全真及五行毗卢”，丘处机不得不暂归栖霞故居，与当地贵族达官相交甚密。金大安二年，成吉思汗大举进攻金。随着金迁都开封，燕京失陷，女真统治的金朝大势已去。此前，丘处机曾于金贞祐二年请命招讨山东登州、宁海一代的义军，“说至皆投戈拜命，二州遂定”，为金立过汗马功劳，名噪一时，同时也引起了成吉思汗的注意。元太祖十四年，成吉思汗听名医刘温荐言，遣亲信刘仲禄诏请丘处机西上。丘处机审时度势，一改以往多次拒绝金和南宋的召请态度，于第二年率弟子18人从莱州出发，不惧艰辛，历时三载，行经十余国，行程万余里，抵达今阿富汗境内的大雪山，见到了成吉思汗，时年已经74岁。丘处机此次西行，我认为与唐僧西天取经有一比，都是让人钦佩的壮举。

一个人终其一生，能完成一件大事，就是了不得的功德。我以为，丘处机见成吉思汗是中国道教史很重要的事件，丘处机已经预感到宋、金难以长久，蒙古人即将入主中原，蒙古朝廷的态度对全真教日后的发展至关重要，而成吉思汗对日后入主中原统治对宗教的依傍也有强烈的要求，所以丘处机不顾年逾古稀，万里赴约，显示了机敏的政治眼光和超人的意志力，一举奠定全真教其后几百年的繁盛基础。成吉思汗问丘处机治国之道，丘回答说：“不嗜杀人。”劝成吉思汗采取怀柔政策。这对制止蒙古贵族的疯狂杀掠起到了一定作用。成吉思汗又问长生之道。丘答：“有卫生之经，无长生之药。”要清心寡欲，这些话很对成吉思汗的心思，说是天降仙翁使他醒悟，称丘为“神仙”。

我到银川，曾谒西夏王陵。在西夏开国皇帝李元昊陵前，想起人民出版社的《中国通史》中一段历史来：西夏建国期间，宋朝正在大力提倡孔孟儒学。但李元昊尚武，而长子宁明却喜学儒、道。一天，元昊问宁明，什么是“养生之道”。宁明答“不嗜杀人”。又问什么是“治国之术”。宁明答“莫善于寡欲”。元昊大怒，说“这小子说话不伦不类，不是成霸业的材料”。宁明因此而失宠于父王。不久，宁明即病死，元昊另立子宁令哥为太子。宁明所言与丘处机答成吉思汗问，大同小异，没有什么本质上的区别，但结果却是天壤之别。两相比较，有如下几点耐人寻味：一、丘处机和宁明所言确为中原文化的内核，没有编造；二、丘处机审时度势懂政治而宁明懵懂无知不懂政治，成吉思汗和李元昊同为开国之君，但年龄、目标、抱负等不同，对国家战略定位和选择也不同，其国家发展结果也不一样；三、同样的话语，不同的人在不同的时间、不同的地点对不同的人说，其效果是不一样的。

丘处机请准东归时，成吉思汗祖赐以虎符、玺书，命丘处机掌管天下道教，并诏免道院和道人一切赋税差役。丘处机回燕京后，就住在白云观。从此丘处机成为北方道教风云人物，白云观也就此成为北方道教中心。全真道成为北方道教最大派别。丘处机开创全真道鼎盛局面四年后逝世。元世祖至元六年诏赠“长春演道主教真人”。至大三年又加封为“长春全德神化明应真君”。丘处机对传播全真道功绩甚著，道教中人常将他与王重阳相提并论，谓：“是教也，源于东华，流于重阳，派于长春，而今而后，滔滔溢溢，未可得而知其极也。”全真七子死后，亦以丘处机门徒最盛，以他为祖师的龙门派，在明、清至近代，一直是全真道之主流。丘处机的修炼思想以断情绝欲为修道的前提，以清静无为为修炼要旨。认为“一念无生即自由，心头无物即仙佛”。主张性命双修，但与金丹派南宗相反，倡先性后命，以性为主，谓“吾宗唯贵见性，水火配合其次也”。

八是民俗讲究。白云观的庙会在京城可以算得上首屈一指，并以开放时间最长、香火最旺盛、最具特色享誉京城。白云观每年正月初一至十九日开放庙会，为期十八天半。十九日下午关闭庙门。当年内城的人到白云观进香游览，一般都沿着宣武门外的护城河西行，过铁桥出便门。沿途有达官显贵的大鞍车、轿子；平民们有骑着临时租赁来的小毛驴的，也有坐牲畜拉着的敞车的。当年，骑驴、坐敞车逛庙是老北京人最大的乐事之一。庙期，从老远就可以看到白云观的一对高大旗杆，挂着黄龙旗，上书“玉皇大天尊，玄穹高上帝”。庙的东侧，摊贩云集，除了卖北京地方风味小吃外，多系应节的耍货，如大糖葫芦、风车、空竹、噗噗登儿、红纸片鱼、金银纸的元宝、绒花等等。广场的西部是茶棚，有的很讲究。新席起脊，四面镶有红蝙蝠图案的玻璃窗，内设金漆八仙桌数张，铺着洁白的桌布，上面摆了干鲜果品，板凳上罩有绣花套。棚内设火池，可以玫暖。还有些串棚唱竹板书、莲花落的，且走且唱，向茶客们要钱。茶棚的西下坡是大车道，辟为跑马场。庙会之日，每天下午有跑车赛马之事。

庙会期间，庙内有两项传统活动：摸石猴和打金钱眼。老北京民谚：“神仙本无踪，只留石猴在观中。”白云观山门石壁上雕刻着各种精美的图案，其中有一只巴掌大的小石猴。传说，石猴便是神仙的化身，摸了它可以祛病、避邪。因此，游人至此必要摸摸，讨个吉利，石猴因而被摸得锃亮。白云观还有一谚，“三猴不见面”，另两只石猴藏在哪，却要费点心思去找寻。我和贾湖丽游时，也只找到两只猴，第三只不知道躲在哪里，不好找，没找到。

进了山门，第一层院子，有座单孔汉白玉石拱桥，桥下无河也无水，只是一大方坑，本是纪念王重阳甘河桥遇仙事。现名曰窝风桥。据传，当年有个僧人，因与道家斗法，自名西风和尚，为取“西风吹散白云飞”之意，在白云观以西建了一庙，名为西风寺。丘处机洞察其意，在东边假山上修一降风洞，又在山门里修一窝风桥，让西风吹到桥洞里，窝死在里边，以破其计。我以为，这个传说说明佛道之争由来已久，据说历史上京城曾搞过几次这样的大辩论，不知道什么原因却都以道教败北结束，也由此可以说明佛理体系的相对缜密。但争来争去，却还是变为儒、释、道三教同源的结果。

白云观里道士生财有道，在桥洞两边各挂起两个木制仿铜钱，钱孔内挂一铜铃。香客游人们在桥畔以现钱换取铜板、硬币来打这个金钱眼。谓打中者一年诸事顺遂，平安吉利，财运亨通。贾湖丽花了十块钱，买了一打铁币，我投中一个，她也投中一个，玩得很高兴。

老律堂前有一马头骡身、驴蹄牛尾的动物铜像，是文昌梓潼帝君的坐骑，名“特”，我和贾湖丽游东岳庙时见过。据说在白云观里的是原物，东岳庙里的是后来重做的。这动物很神奇，也被游人、香客摸得锃亮。

白云观庙会是结合道教节日的祭祀活动进行的。正月初八日“顺星”（即祭星）。此日香客们朝拜星神，以求一年平安吉庆。星神殿（即元辰殿），内供着金、木、水、火、土、太阳、太阴、罗侯、计都以及二十八宿等星神像。每尊像前设有牌位，上书干支、属相、年岁。香客们根据自己的属相、年岁，去给自己的“流年照命星”烧香礼拜，敬献香资，还可以求签，以卜今年吉凶。俗话说：“男怕罗侯，女怕计都。”如当年为罗侯、计都星“照命”，均属不吉，必须少出门，少说话，少管闲事，以免招灾惹祸。

顺星日，白云观历来有舍大馒头之举。据说，这主要是玉器行（因丘祖为该行祖师爷），梨园界（因唐明皇是该行祖师爷）和其他绅商各界诸善信人士出资举办的。因道教全真派主张“三教圆融”，故舍馒头的对象不拘僧道，以出家人为准。只要是道装、僧装（披袈裟做僧装者须剃光头），不问真假，均可领到一个约一斤重的大馒头，去早了可以领双份，去晚了则领不到。晚间庙里还有祭星大典，星神殿燃灯一百零八盏，两旁列有二十八宿和七星灯盏。由方丈率全体道士披法衣，鸣钟击鼓，诵《玉枢经》。

正月初九日为玉皇大帝诞辰，白云观照例有祝诞仪式，道士们要诵经礼忏，祝愿国泰民安，风调雨顺；山门鼎盛，香火绵延，道侣芬芳，道法兴隆。是日玉皇殿香火最盛。有的信善人士印了佛、道两教的善书，连同写有“念诵玉皇大天尊，玄穹高上帝如同念诵南无阿弥陀佛一样”的黄纸条，一并送给香客和游人。正月十三至十七日为“灯节”（上元节），白云观有夜庙，举行大型灯会。殿外墙壁上高悬纱灯。灯上绘有《封神榜》《精忠传》《西游记》等故事，吸引游人观赏。

正月十八日夜，有“会神仙”之举。传说正月十九日是丘处机的生日，十八日夜里至十九日凌晨，仙人或化作缙绅，或化作乞丐，下界来超度有缘者，遇到神仙者则“延年却病”。是时，有的善男信女争相布施，宿于观中，有的则露宿于星神殿后边的广场上。道士们也都彻夜不眠，静坐于观前的松林或山门前，期待着与神仙结缘。因此，赶档子的饭摊、小吃摊、茶摊、茶棚也多参加“会神仙”，通宵营业，与香客们互道“您多虔诚”。宴丘会也叫燕九会，在正月十九日上午举行。香客游人摩肩接踵，丘祖殿香火极盛，庙内有盛大法会。庙外四周除有出售各种玩物、小吃的摊贩之外，还有扭秧歌、踩高跷、耍狮子、龙灯、跑旱船、赛马射箭、作樗蒲戏的，人们对此称为耍燕九。它与新春厂甸、上元观灯同称“上林盛举”。也有滑头的乞丐故意胡言乱语，装神弄鬼，骗人钱财，所以有首《竹枝词》写得有意思：“绕过元宵没几天，白云观里会神仙，沿途多少真人降，个个真人只要钱。”假神仙爱钱，记得《西游记》里讲真神仙也爱钱，说唐僧胜利到达西天极乐世界求索真经，阿傩、伽叶却向唐僧讨要“人事”。神仙尚且如此，更何况凡俗之人呢？

九是白云观门票便宜，性价比高，可琢磨和深入探究的东西很多，若带足水和干粮，即使在白云观里逗留一天，也不嫌累。

因为白云观离得近，似乎随时都可以去，所以萝卜和便便的天使并不因我的极力推荐就去了。

2005 年 9 月 29 日星期四于北京

日坛

想着泰戈尔也曾游过日坛，我对日坛便格外地敬重起来。

日坛在朝阳门外东南，原名朝日坛，建于明嘉靖九年，是明、清两代皇帝祭祀太阳神的地方。坛高五尺九寸，方广五丈，被正方形的外墙围护。以坛址为中心，周围还建有神库、神厨、钟楼、燎炉、瘗坎和宰牲亭等为祭日服务的附属建筑。这些附属性建筑的存在，常使我产生一种错觉，以为这些古代神坛并非是祭祀之地，而似不同季节里帝王的郊游之所。坛面原是红色璃砖，清代换成方砖，象征意义减了很多。四面有棂星门，只有西面正门是三门，其余皆一门。今人又在原来古迹的基础上进行了增建和改建，增添了“清晖观日”“曲池胜春”“鸢飞鱼跃”等现代景区。坛东有一株古柏，坛西有一片日本樱花。公园西北是曾任中共北京市委书记马骏的墓，对其事略不甚了解，不知何故竟能葬于此地。

泰戈尔是亚洲第一位诺贝尔文学奖获得者，诺贝尔文学奖是中国作家心中难以解开的结。20 世纪 80 年代末，沈从文似乎就要获得该奖，却不是时候地去世了，而诺贝尔文学奖只颁发给健在的作家，所以让人倍加期待。诗人已老，开始吃老本，泰戈尔晚年开始频繁出行，到处演讲，也到处碰壁，在西方国家受冷遇，在东方国家似乎也不讨好。泰戈尔先后两次来华，第一次是在 1924 年，游走于中国的各大城市，发表了一系列演讲，不专谈文学，受到了陈独秀、胡适、鲁迅、林语堂等人的强烈抨击和嘲讽。第二次是在 1929 年，属私访，没有惊动外界和媒体，悄悄躲在徐志摩上海的住宅里，待了几天，就走了。

青春期时，我曾强烈地被泰戈尔的作品所吸引，站在自家的阳台上，大声吟咏由冰心翻译的《吉檀迦利》和《园丁集》，被邻居视为疯子，而我却被那些富有哲理和美的诗句深深打动。又因泰戈尔，我又喜欢上屠格涅夫的散文。但不知道什么原因，我并不怎么喜欢读冰心的作品，也许是读得少的原因。我似乎只对她的《小橘灯》有些记忆，其他的没有留下更深的痕迹。也许是因为她的《繁星》和《春水》是模仿泰戈尔的《飞鸟集》的缘故吧，好虽好，毕竟是模仿的，少了点对原创作品阅读的神秘感和新鲜感，少了阅读的冲动。这也许是阅读领域里的“处女癖”吧。

但我对冰心这样一个才女的婚姻却有一些异样的研究和“偷窥”的兴趣。冰心的丈夫是吴文藻，和贾湖丽一样，都是江苏人。吴文藻是个学者，著名的社会学家、人类学家、民族学家，也是个书呆子。我以为，吴文藻之于冰心，犹如赵明诚之于李清照，胡兰成之于张爱玲，人们并不熟悉他们。女人也许都跟张爱玲一样，在世俗世界里拼命张望，寻找着“流言”和“传奇”。记得贾平凹对张爱玲有一句评价，我以为很是精辟——张爱玲这样的女子，做老婆似乎太浪费，做情人好。如果像张爱玲似的女子真的来到我面前，我也许会显露出“叶公”的怯懦，不知所措。

吴文藻于1916年考入清华学堂，1923年赴美留学，1928年获美国哥伦比亚大学博士学位，并被确认为该校“最近十年内最优秀的外国留学生”。1929年回国后，先后任燕京大学社会学系教授、系主任并兼清华大学教授、云南大学社会学系主任和文法学院院长等。1953年后在中央民族学院任教授。夫以妻显，师以徒彰，吴文藻培养出来许多著名的学生，费孝通就是其中之一。

冰心生于1900年10月5日，比吴文藻长一岁。冰心对内对外常称吴文藻为“傻姑爷”，从冰心孩子的回忆文章里，我觉得吴文藻在家里似乎也没什么地位，比较“惨”。冰心不理解吴文藻，与张兆和难理解沈从文、杨绛难绝对认同钱钟书是一样的。钱钟书也是江苏人，杨绛在《记钱钟书与〈围城〉》中这样描述钱钟书的“痴气”：“众兄弟间，他比较稚钝，孜孜读书的时候，对什么都没个计较，放下书本，又全没正经，好像有大量多余的兴致没处寄放，专爱胡说乱道。钱家人爱说他吃了痴姆妈的奶，有‘痴气’。我们无锡人所谓‘痴’，包括很多意义：疯、傻、憨、稚气、騃气、淘气等等。他父母有时说他‘痴癫不拉’‘痴舞作法’‘呒著呒落’（‘著三不著两’的意思——我不知正确的文字，只按乡音写）。他确也不像他母亲那样沉默寡言、严肃谨慎，也不像他父亲那样一本正经。他母亲常抱怨他父亲‘憨’。也许钟书的‘痴气’和他父亲的憨厚正是一脉相承的。我曾看过他们家的旧照片。他的弟弟都精精壮壮，唯他瘦弱，善眉善眼的一副忠厚可怜相。想来那时候的‘痴气’只是稚气、騃气，还不会淘气呢。”是江苏男人都有痴气，还是江苏的文人都有痴气，还是仅是个案，我不得而知。

看来，女人抱怨男人，由来已久。冰心对吴文藻的“积怨”以深，“忍无可忍”，终于在一次清华校友聚会之时“爆发”了，冰心作了这样一首宝塔诗：

马
香丁
羽毛纱
样样都差
傻姑爷到家
说起真是笑话
教育原来在清华

冰心是项庄舞剑，意在沛公。她原意是想通过这首打油诗，把这一腔怨气发泄和转嫁到清华身上，但在座的清华校长梅贻琦也不是省油的灯，当仁不让，马上笑着补上两句：

冰心女士眼力不佳
书呆子怎配得交际花

当时在座的清华校友都哄堂而笑，冰心也只好认栽，承认自己“作法自毙”。冰心于1914年入北京教会学校贝满女子中学学习，1918年入北京协和女子大学预科，后协和女子大学并入燕京大学，她改入文学系，1923年从燕京大学毕业。冰心一定以北大校友自居，嘲笑清华，可见清华与北大之争，由来也久。诗里藏有吴文藻的几个典故和笑话，旁人是无法看懂的。我想，当时冰心肯定是作为笑料，向在座的清华校友做过一一注释的。

“马”和“羽毛纱”的笑话，发生在抗战前的北京。有一天，冰心一家同去看望她父亲，冰心让吴文藻到街上，给孩子买一种叫萨其马的点心，给老丈人买一件双丝葛的夹袍面子。吴文藻到了稻香村点心店和东升祥布店，两样东西都叫不上来，只说是要“马”和“羽毛纱”。“马”是冰心孩子的用语，是对点心萨其马的简称，更不知道“双丝葛”如何在吴文藻那儿就变成了“羽毛纱”。亏得那店铺与冰心家熟，都打电话来问清楚，吴文藻才算交了差。冰心却对她父亲说：“他真是个傻姑爷！”老丈人倒算开通，笑着说：“这傻姑爷可不是我替你挑的！”“香丁”的典故，是在一个阳光灿烂的春天上午，一家人在楼前赏花，吴文藻的母亲让冰心把他从书房里叫出来。吴文藻出来站在丁香树前目光茫然地又像应酬冰心似的问：“这是什么花？”冰心忍笑回答：“这是香丁。”吴文藻竟然点了点头说：“啊，香丁。”引起家人哄堂大笑。

几件事，冰心一定经常挂在口上，反复回味，作为家庭中的常备笑话，以“证明”吴文藻的“傻”。除此之外，我觉得他俩夫妻间有一事，特别值得一提。冰心年轻时的一张照片，吴文藻放在书桌上。冰心问吴文藻：“你真的每天要看一眼呢，还只是一件摆设？”吴文藻很认真地说：“我当然每天要看了。”有一天，冰心趁他去上课。把一张影星阮玲玉的相片，换进相框里，过了几天，吴文藻也没理会。后来还是冰心提醒他：“你看桌上的相片是谁的？”吴文藻看了才笑着把相片换了下来，说：“你何必开这样的玩笑？”冰心慧而狡黠，而吴文藻拙而沉稳。由此可见，女人和男人关注的事情是不一样的，世界在女人和男人眼里是有区别的。

像冰心这样的才女怎么会嫁给一个书呆子？鲜花为什么喜欢插在牛粪里？这样的问题总是让人很费解，世俗一种幽默的解释是牛粪较其他，对于鲜花来说更有营养。若知道这个道理，一鹤悠然也不应该一再地愤愤不平了。我常想，稳定的婚姻是不是更应该追求互补性，而不一定要强求郎才女貌、志同道合。冰心 19 岁就走上文坛，很早就出了名，这比较符合张爱玲“出名需赶早”的人生追求和理想。冰心在燕京上大学时，教授是周作人，但周作人开始并不知道冰心就是谢婉莹，而且就在他的课堂上听课。他在讲台上讲冰心，下面的谢婉莹羞得抬不起头来，可见冰心当时的知名度已很高。1921 年成立的文学研究会，冰心和茅盾、郑振铎、王统照、周作人等大人物、大男人一样，都是发起人，而唯有她是小姑娘、大学生，这在中国现代文学史上恐怕是绝无仅有的。

冰心一直都有肺病，家人和友人一直都以为她活不长，谁知她却是最长寿的一个，所以到 1999 年 2 月 28 日辞世，99 岁的冰心作为“五四”新文学运动的最后一名元老，被称为“文学祖母”。常患小灾小病不一定不能长寿，平常无灾无病不一定寿比南山，吴文藻早已于 1986 年就因病去世，享年 85 岁，比冰心少活十余年。今年春节比较早，没有“立春”，世俗传言没有“春天”，是“寡年”，结婚不利。我对贾湖丽笑说，这没什么道理，像蜜蜂家族里的公蜂，生存的目的就只是为了能与蜂王交配一次，寿命肯定没蜂王长。而女人的平均寿命一直都要比男人长，而男人多半找比自己小的女人做老婆，所以这世上注定做寡妇的女人是比较多的。你比我小九岁，要是我们今年结婚，也无所谓的。这个宿命，也应该是符合客观规律的。女人不愿意在“寡年”结婚，说明这个女人很大度，希望自己的男人比自己长寿。只是让我想起了林觉民的《与妻书》里的那段精致论述来，只怕会苦了那决心嫁给我的女子。

冰心如何会看上吴文藻的呢？冰心从燕京大学毕业后，以优异的成绩赴美留学。1923 年 8 月 17 日，冰心在上海登上了美国邮船杰克逊号。这是一艘直达美国西雅图的轮船。这一次船上的中国学生把船上的头等舱位住满了。其中光是清华留美预备学校的学生就有 100 多名，因此横渡太平洋的两星期光阴，和在国内上大学的情况差不多，不同的是没有课堂生活，而且多认识了一些朋友。冰心先期自费赴美的同学吴楼梅写信让她在这船上找她的弟弟，清华学生吴卓。上船第二天，冰心请同学许地山去找，结果许地山把吴文藻带来了。结果就这么阴差阳错地认识了，女人是相信缘分的，这样的缘分总能为后来的故事打下很好的伏笔。在船上，冰心与吴文藻聊起天来，冰心问他到美国想学什么？吴文藻说想学社会学。吴文藻也反问冰心，冰心说想学文学，想选修一些英国十九世纪诗人的功课。吴文藻就列举几本著名的英美评论家评论拜伦和雪莱的书，问冰心看过没有？冰心却都没有看过。吴文藻说："你如果不趁在国外的时间，多看一些课外的书，那么这次到美国就算是白来了！"冰心后来是这样回忆："他的这句话深深地刺痛了我！我从来还没有听见过这样的逆耳的忠言。我在出国前已经开始写作，诗集《繁星》和小说集《超人》都已经出版。这次在船上。经过介绍而认识的朋友，一般都是客气地说'久仰、久仰'，像他这样首次见面，就肯这样坦率地进言，使我悚然地把他作为我的第一个诤友、畏友！"男人和女人，从奴隶到将军还是从将军到奴隶，很难说。

文无定法，人亦无定法。这也算泡妞的一条经验，男人追女人，不一定都得像条哈巴狗似的，奴颜婢膝献殷勤，鞍前马后总围着女人身边转。女人可能往往会因此而腻烦，小看你一等。当时冰心已相当出名，在诸多男士纷纷对她说奉承话时，吴文藻恰到好处地出现了，这番话给冰心留下了深刻的印象，以至于后来冰心入学美国威尔斯利女子大学研究院后，得到过许多同船的男女朋友的信，都只用学校的风景明信片回复，唯独给吴文藻写了一封信。我想，这可能也是小王八在女人面前，屡屡得手的原因之一吧。

1929 年，冰心已 29 岁，在那个年代的新式女人中也应该算是个老姑娘了吧，吴文藻留美归国，应了燕大和清华两校教学之聘，俩人终于结婚。

刘晓庆说，做女人难，做名女人更难。我和萝卜倒是认为，做名女人的丈夫难上加难。同事山子，山东人，找了个在读的清华女博士琴儿，很让人羡慕，也是山子聊以骄傲的资本。山子总是满脸喜悦地炫耀说："找了个名牌老婆。"山子比琴儿高两届，是校友，在校期间同为学生会干部，可能那时就"勾搭"上了。后来，山子毕业参加工作，四处奔波，并将琴儿培养为硕士。山子调到北京工作时，琴儿又以第一名的成绩考取了清华博士。"都读博士了，再怎么样，也飞不了了。”果真，山子与琴儿便结婚了，但结婚之事，不知何故，却瞒着了琴儿的导师。我们开玩笑说山子是“博士后”——站在女博士后面的男人，是“博导”——博士的创造者和引导者。

我就是这样，由日坛联想到泰戈尔，由泰戈尔联想到冰心，由冰心联想到吴文藻，又由他们联想一些其他的无关紧要的人和事，任思想信马由缰，胡思乱想。冰心在一篇《论婚姻与家庭》文章里写道：“没有恋爱的婚姻是不道德的。”马车夫斯基认为冰心这句话是从恩格斯“没有爱情的婚姻是不道德的”化过来的。细品，这两句话还是存在着略微的差别。但对此，我深表疑虑，像文成公主进藏、昭君和蕃尚且如此，何况普通百姓人家，究竟有多少婚姻是道德的呢？而道德又是什么？尼采对此嗤之以鼻，尼采要重估一切价值。

一鹤悠然有时也很幽默，他引用尼采的话说：“去见女人之前，别忘了带上你的鞭子。”我对此狂笑不已，哲人之言不可不听，疯子之说不能全信。

2005 年 10 月 9 日星期日于北京

南堂

我原来一直以为自己是一个坚强，或者说内心倔强的人，心如裸露的花岗岩一样，属高密质材料。我甚至一度期望做一个铁石心肠的人，心如钻石，透明而坚硬，管他风动幡动。但心毕竟藏在皮肤之下，藏在肋骨之下，藏在血肉之下。

我是独自骑着自行车去游的南堂。南堂在西城区前门西大街 141 号，路北，是北京最古老的教堂。基督教分为天主教、东正教和新教三大派别，我对《圣经》的了解比较泛泛，对基督教也缺少研究，因而对这三个派别的异同也不怎么分得清楚。有资料显示，中国现有天主教徒 330 万人，不算很多，但仅北京就有 4 万余人，数据来源并不可靠，我不知道是否准确。但我知道，只有小学文化程度的沈从文当年是读着《史记》和《圣经》走进老北京城的，这让我很惊讶，总觉得这对当前社会过分强调学历是一种反讽。一次，我到上海出差，见到大学同学小刀和他夫人，他夫人是个基督徒，出生后就在贵州桐梓的教堂里受过很正规的洗礼，桐梓位于川黔交界之地，非常偏僻，一般人很难想象，如此遥远的地方居然也有基督教的传播。小刀的夫人见我对西方宗教有些兴趣，在我离开上海时，意外地送了我一本黑皮子《圣经》，意味深长。事实上，基督教早在唐代就传入中国，时称景教。北京教堂较著名的是四大堂，我只去过南堂。此外，东堂是王府井天主教堂，小巧，显得很精致，也很有韵味，每次逛王府井时，总要到此教堂前的广场上小憩一会，静默一下，但这座教堂的门似乎总是锁着的，我没能进去看过。最大的是北堂，西什库教堂，在历史书上名气很大。西堂位于西直门内大街路南。北堂和西堂我倒也没去拜谒过，比较生疏。

我不是基督徒，但并不妨碍我对宗教和宗教徒的敬重。南堂的前身是意大利传教士利玛窦在首善书院内所建的经堂。明万历二十八年，利玛窦从广州来到北京，以朝贡为名，带来了许多西洋的新奇物品，如天主图像、圣母像、天主经、珍珠镶十字架以及报时自鸣钟、万国图志、雅琴等等，博得万历皇帝的欢心，特许利玛窦在北京买地设堂传教。利玛窦买下了首善书院后，立了一个小小的经堂，开始传教，明代礼部尚书徐光启、湖广监察御史冯应京等都是第一批教徒。所以，基督教再次传入中国，走的似乎也是“上层路线”，想传教务必先拿到“传教权”，这与丘处机千里迢迢拜会成吉思汗的路子有点相似。

清顺治七年，天主教耶稣会传教士德国人汤若望，在利玛窦所建经堂旧址上正式营建南堂。南堂原叫“圣母无染原罪堂”，堂院宽大，除正式大堂外，相传还建有天文台、仪器室、藏经楼和司译的住宅等。基督教认为人生而有罪，亚当、夏娃偷食“禁果”被逐出伊甸园就把罪传给了后世，因而人到人世间来，不是来享乐的，而是来赎罪的。想着“原罪”心态竟然是西方文明的根基，这很有趣。顺治皇帝曾 24 次来到南堂，与在清政府内任钦天监职的汤若望神父交谈，并赐匾“通微佳境”，称汤若望神父为“通微教师”。教堂建成后，曾经历两次地震，损失很大。清顺治十四年重修，堂前左侧现保存的一座“御制天主堂碑记”可佐证。清乾隆四十年又遭火灾，全被焚毁。

现存建筑为清光绪三十年重建。顶为圆形拱顶，正面有精致的砖雕，柱顶有木刻浮雕的镏金花纹，窗户嵌彩色玻璃，堂中木柱，现改为砖砌，四周镶以水磨石。堂内讲坛后墙上挂着油画“圣母无染原罪像”，像前供着独台灯具等器。坛左边为约瑟油画像，右边为耶稣圣心油画像。两壁挂着耶稣受难的油画。堂中悬挂着四盏五彩吊灯。在我看来，教堂似乎比寺庙、道观简约，更为人性化，走进教堂似乎就走近了基督，走进寺庙仍然觉得自个儿是“槛外人”，不知佛在何处，道在何方，我在何地。南堂从康熙二十九年到咸丰十年的整整 170 年，都是北京天主教教区的主教堂。1900 年的义和团运动，曾烧毁了这座教堂，杀死了教堂董神父，这可能与南堂远离使馆区有一定关系。

明末，可以说没有一个西方人在中国的影响超过了利玛窦，他被尊称为“利西泰”，被明末士人视为西方的儒者。一个外国人，何以不辞万里，来到中国传教呢？利玛窦于1552年出生在意大利安可纳州马切拉塔城一个贵族家庭。21岁时入耶稣会，23岁在罗马学院接受神职教育，在从名师学习文学、法律、神学的同时，还进修了几何学、天文学、地理学等自然科学。1580年他28岁时升任神父。1582年奉耶稣会远东巡阅使范礼安之命到澳门学习中文。次年随另一意大利耶稣会士罗明坚前往广东肇庆定居。为了适应中国当时佛教流行的社会风俗，他削发穿着僧服，自称僧人，还把自己的住所定名为仙花寺，是地道的“洋和尚”。为了更有利于传教，利玛窦利用传授自然科学的方法来吸引人群。他把从西方带来的自鸣钟、三棱镜、书籍和自己制造的天文仪器、自己手绘的《万国舆图》，陈列在自己的住所，让前来的中国人参观。在同中国官员、士绅、儒生的交往中，也是先介绍西方的自然科学知识，而后开始传教。1589年利玛窦移居韶州，聘请教师讲授“四书章句”，自行意译成拉丁文，并加注释，利用4年多时间翻译完毕。这是“四书”最早的外文译本。利玛窦在译本的序言中称赞儒家的伦理观念，把“四书”和罗马哲学家塞涅卡的名著相提并论。利玛窦总结他在广东的多年生活，深感僧人的社会地位不及儒生，就向范礼安建议：传教士废除僧名，留须蓄发，谒见官员要穿丝绸服装。这个建议获准施行。

期间，利玛窦还写作了第一部中文宗教论著《天学实义》。他在书中援引儒家经典来论证基督教教义，并自称：“我太费心思，从那儒教先师孔子身上觅取我们的见解；我援引书中有意义不明的章句，做有利于我们意见的解释。”又说：“如果我们毅然对（儒、道、佛）三教同时进攻，那么我们就没有回旋的余地了；可是我们对于现下一般不循左道的儒士所有新创的意见，仍必加以攻斥，不稍姑息。”正是出于这种考虑，利玛窦的传教方法不同于一般的西方传教士，他改变一般传教士“要求奉教受洗礼者必须同时采用西方的姓名，接受西方的生活习惯”的做法，他引用儒家经典中关于天、上帝的概念，论证基督教至上神的存在，并服从祀孔、祭祖等传统礼仪与社会习俗进行传教，获得了良好的效果。这说明利玛窦是个非常务实、聪明而功利的人。而同时期西方某些其他传教会及其在华教士，则认为祀孔祭祖带有异端色彩，极力加以反对。这就引发了教会内部长达一个多世纪的“中国礼仪之争”。这场论争，也从另一个侧面反映了利玛窦的巨大影响。

1595 年，利玛窦穿着儒生服装自韶州北上，定居在江西南昌。他广泛结交官员、儒士和皇族，与他们谈论天文、地理、哲学、神学，并宣传基督教教义。他还写作《交友论》，传述亚里士多德、西塞罗、塞涅卡、奥古斯丁等哲学家关于交友之道的格言。他用汉语向中国的儒生们讲述他交朋友的哲学，阐明他交朋友的诚心。他说：“吾友非他，乃第二我也，故当视友如己焉。友之与我，虽有二身，二身之内其心一而已。”他的这种动情的肺腑之言，获得无数来访的中国人的好感，使他结交了不少亲如手足的朋友，包括名重一时的官员和颇具影响的科学家徐光启、李之藻等在内。徐光启和利玛窦合作翻译了拉丁文原著《几何原本》一书。《几何原本》是公元前三世纪古希腊著名数学家欧几里得所著，全书共十五卷，是世界上最早的一部系统的几何学著作。利玛窦将拉丁文口译为汉语，由徐光启笔译完稿，译完后嫌词语深奥，又反复琢磨修改，前后三易其稿，中译本终于在 1607 年在北京正式出版。此书的出版使几何学第一次传到中国，是我国最早翻译的一部自然科学著作，对我国数学乃至自然科学的发展和传播都起到不可估量的重要作用。而利、徐二人翻译《几何原本》确定下来的数学专用名词，如平面、垂直线、直角、锐角、钝角、对角线、外切等等，沿用至今。

1597 年，范礼安任命利玛窦为耶稣会中国传教会会长，同时指令他以北京为永久驻地。利玛窦进京之前，基本上在学习中国文化，寻找传教的切入点和时机。1600 年，即万历二十八年，利玛窦来到北京，第二年获准向明神宗进贡。明朝廷又因为他具有天文、地理等自然科学知识，授予官职。利玛窦到北京后，写了《经天该》和《乾坤体义》，同李之藻合译《浑盖通宪图说》，这是三部天文学著作。他用中文写作《通天该》，此书是用七言古诗形式书写，全书写了 420 句诗，显示出他的汉语功夫。他又亲手制造了地球仪、浑天仪、日晷，把西方的天文仪器介绍到中国。利玛窦还把地理学介绍到我国。他亲自绘制的《万国舆图》，将地球分为东西两半球，应用椭圆投影法绘制，刻以经纬度，并且特别把中国绘在地图的中央。这幅中文世界地图，使中国的知识分子大开眼界，“天圆地方”说受到冲击，“地圆”说流行起来。

利玛窦在中国的功过、正面影响和负面影响，理论界争论不休，似乎不是我能够把握和阐述清楚的。利玛窦在 1610 年 5 月 11 日病逝于北京，享年 59 岁，按照当时中国的惯例，外国人死后都要移葬澳门。但是中国的教友为了纪念利玛窦，上奏朝廷，申请赐地，下葬北京，开外国人死葬北京的先例。

利玛窦墓在车公庄北京行政学院院内，不远，我一直想去看看，但直到现在，也没去成。

2005 年 10 月 11 日星期二于北京

中国紫檀博物馆

俗话说，到了北京才发现官小，到了广州才发现钱少，到了海南才发现身体不好，到了重庆才发现结婚太早。潜台词是说，北京的官僚多，广州的富人多，海南的妓女多，重庆的美女多。其实，真正最有钱的可能还是在北京，只是北京像我这样的工薪阶层似的穷人太多，富人就像冰山，大多潜在水底，看不见。

北京下雪的时候，室外，有时是极冷的。虽然这天北京突降瑞雪，白茫茫一片真干净。我和贾湖丽穿得很厚，裹得严严实实，像两头猪，从达官营登上 57 路公交车。帆子住在广安门，是单位分的房子，虽小，却在二环以内。我们与他电话约好，恰好可以在报国寺登上同一趟车，然后一起慢慢悠悠地摇向四惠，谁叫我们什么都缺，就不缺时间呢。我们的目的是去高碑店访一访名气很大的中国紫檀博物馆。帆子之所以愿意当灯泡扛刀，主要是那时帆子还没谈恋爱，周末实在没什么地方可去，也没什么事值得去费心去做一做，不如跟着去，散散心。

到了四惠，一打听，据说高碑店不远，仅两站地，于是决定走着去。结果寒风刺骨，三个人在路边蹦蹦跳跳，像青蛙一样，靠运动增加身体的热量。却见人行道上，一美女领着一老外在努力跑着，口中念念有词。美女倒是全副武装，穿着羽绒服。只是那老外蹊跷，赤着双脚，冻得通红，不得了，在结了冰的路面上跑步，引来路人的惊呼。我讶异不已，对帆子说："瞧人家！"凡干大事，也许都应先苦其心志，劳其筋骨，饿其体肤，空乏其身。

而我和帆子都做着小温小饱小富即安的小市民痴梦，看来都成不了什么大事。贾湖丽只微微一笑，惯常地不作声。

一路打听了来，好不容易找到题有“紫檀宫”的房子前，才知所谓的中国紫檀博物馆却在这里。原经常由京通高速到首都机场接送人时，见过这个牌子，想当然地以为是一座新造的什么道教庙宇，假古董。近前一看，却很气派。馆前广场据说有 1000 多平方米，可以停泊各式小车，采用的是只有过去皇家使用的海漫斗板地面——大青砖铺设后再浸润桐油。门票也贵得惊人，50 元一张，加上地点偏僻，显然博物馆的主人定位很高，并不欢迎或者说并不需要太多的闲杂人员造访和参观。

我从电视报道上早就知道，中国紫檀博物馆是中国首家规模最大，集收藏研究、陈列展示紫檀艺术，鉴赏中国传统古典家具的专题类民办（私立）博物馆，却不知另有奥妙。参观完这座博物馆，我才知道它的主人叫陈丽华，2003 年美国《福布斯》评出的中国富豪榜上，她身家 55 亿人民币，号称内地第一富婆，是个神秘人物。陈丽华能量很大，1999 年她花了 2 亿元人民币兴建此博物馆，当时她将新中国成立初即在故宫博物院工作的木作专家、瓦作专家和画作专家聘请来指导整个工程，而这些专家一向被称作“活国宝”。博物馆的正门是 400 多立方米的全纯木结构，支撑大门的四根柱子高 8 米，粗 0.6 米，无论是规模还是材质，在北京的仿古建筑中都是罕见的。

博物馆的馆名由赵朴初题写。展厅面积总计 9569 平方米。设有中央大厅、陈列厅、会议厅、贵宾厅、多功能厅及临时展厅等。进入中央大厅，迎面是曾著有《明式家具研究》《明式家具珍赏》《锦灰堆》等专著的文物学家王世襄做的《前言》。有一事陈丽华记忆深刻，说在 1990 年她向亚运会捐赠了一扇紫檀屏风，请了故宫的四位国家级研究员来做鉴定。见面时，她主动伸手想跟他们握手，但他们连看也不看她，谁都不同她握手。这给她很大打击。她自己回忆说：“我当时脑子一片空白。我敢拿出我的紫檀作品，也是我的胆量。怎么连手都不同我握，让我面子上很难看。等到他们看了我的作品，我听见他们说了一句：真是藏龙卧虎啊，当时我的眼泪都要下来了。”可能这些专家开始时也把她当作附庸风雅的一般暴发户看待。此后专家态度发生了

180度的转变，特地提供一些故宫图纸，让她仿做宫中的家具。摆在中央大厅中的“金銮宝座”，就是仿故宫太和殿1:1比例做的紫檀精品。

此外，一至三楼，除了她收藏的300余件明、清家具外，其他2000余件都是20多年来在她自己的工厂生产出来的珍稀紫檀精品。分成若干展区：近30年来陈丽华精心指导制作的传统家具精品展示；有佛教文化艺术品展示；有传统家具材料、造型、结构展示；雕刻工艺展示；微缩的中国古建筑景观：故宫的角楼、紫禁城御花园中的千秋亭与万春亭、山西五台山龙泉寺牌坊、北京四合院、山西飞云楼等，都是用珍贵的紫檀木制作而成。让人叹为观止。

四楼据说是贵宾室和多功能厅，游人止步，我未能上去。在三楼我还看见李瑞环同志早先自做的几件家具，很有些意思。此外，在一厅的墙上挂满了各国政要来访博物馆和博物馆出访展出情况的照片。这让我生出研究一下陈丽华生平经历的兴趣。资料上说，陈丽华是满族后裔、正黄旗世家，陈系汉姓，我怀疑可能与曹雪芹家系同，在清入关前其祖即满族贵族的包衣人。陈丽华1941年生于颐和园，高中就辍学，为生计所累，做起了家具修理生意。社会统计学家有一项统计，财富与学历并不对等。这是有道理的，《西游记》中师徒四人西天取经，最没用的是唐僧，却是师傅。《水浒》108将中，既不能文，也不能武，最没本事的是宋江，却是水泊梁山的头领。学校里教的知识大多是为应试准备的，学得文武艺，卖与帝王家，有用的也只是臣道，而非王道。创业打天下，是需要一点痞气、流氓气、匪气、霸王气。司马迁分析，项羽之所以玩不赢刘邦，是因为项羽是英雄，而刘邦是小人，项羽厚黑得不够，刘邦厚黑得彻底。

20世纪70年代，陈丽华定居香港，那时能移居香港，总应该有点门道和来头的，不是寻常人家能够办得到的。只是说那时候能够去香港的应该不只她一人，但最后能干到她这份上却也稀少。那时候，人们对“万元户”都钦佩有加，羡慕不已，她可不只是个万元户吧。1978年她创办了香港富华国际集团有限公司，任董事长。现在该集团已发展成为一家知名的跨国集团公司，主要经营业务为房地产业、高级会所及高档公寓、物业管理及酒店管理业、紫檀木工艺品研制、大型国家级（私立）博物馆以及旅游、商贸、网络信息、航空服务等领域。下辖长安俱乐部，此俱乐部为北京第一高档私人会所。所运作的丽苑公寓、金宝街等项目开发都是北京绝无仅有的黄金地段，很不可思议。穷人看富人，或富人看穷人，都会觉得不可思议。据说，她起家的第一桶金是在香港掘到的，80年代初，她用从事家具生意赚得的钱在香港比利华购置了12栋别墅，低价买进，高价出手，几个回合下来，便积累了相当可观的创业资本。而且运气比较好，恰在香港金融风暴到来之前，她果断决策重返回内地发展。人的好运究竟从哪里来呢？这总是让人困惑，真的是上辈子修的福分吗？

陈丽华平常低调，只是在1990年，她与早两年热播的电视连续剧《西游记》中演唐僧的演员迟重瑞结婚，轰动一时。那年，她近50岁，而迟重瑞才38岁，老妻少夫，媒体报道其乐融融。陈丽华有一子两女，儿子姓赵，不姓迟。迟重瑞也因结婚，而淡出演艺圈。婚姻就像穿鞋，合不合脚，只有自己知道。我只是想着觉得有些意思，《西游记》里唐僧肉哪个妖怪都想吃，吃了据说可以长生不老，现实中的“唐僧”却被她“吃”了。

在博物馆的后面，这个建筑群还有两部分，并不对外开放。据说，穿过紫檀博物馆，行经一假山花径，就到了第二进院落，这幢楼占地面积与博物馆相仿，牌匾上是李瑞环同志亲笔题写的“丽华阁”几个大字。一楼东侧是一间剧院，许多演艺名流曾在此挥卷云袖，陈丽华曾与来自36个国家的驻华大使在此欢聚共贺新春。二楼是一间陈列室，里面有她与中国几乎所有国家领导人和外国多位元首、政商名流的合影。三楼到六楼是陈家的客房，室内家具都以紫檀木为主，十分华贵，设施可媲美五星级酒店。其中有一间总统套房，曾迎接过德国前总理科尔。这些客房大多时候都是空的，六楼到九楼是陈丽华和先生、儿女们的居所。第三部分是有5万多平方米的紫檀国际艺术交流中心，不知道建没建成。

20%的人掌握着社会80%的财富，对于富人世俗总以为“为富不仁”“无商不奸”。记得龙应台在一篇文章中倒为金钱辩护，留给我的印象很深，她说：“我向来理解，权力使人腐败，金钱却是一个可以化腐朽为神奇的东西。”别以为想当诗人就得学屈原投江、海子自杀，别以为想当历史学家就要像司马迁一样把男性的生殖器阉了，别以为想当哲学家就非得把自己弄成尼采一样发疯不可。诗穷而后工，我对网上“文人应穷困潦倒”的论调极其厌恶、嘲讽、抨击，此论调很恶毒，把文人推向极其危险的境况，以满足别有用心人的险恶希望。事实上，李白、陶渊明、鲁迅并不穷，他们即使“穷”，也只是相对于皇族富豪而言的“穷”，不是相对于平民大众的“穷”。李白可以“千金散尽还复来”。陶渊明乡下是有“别墅”和地产的。鲁迅的月平均收入大约420大洋左右，约合现在人民币15000元，当时的钱钞在花费上可能比现在还要经用些，据鲁迅回忆，他在北京请朋友吃当时最高档的鱼翅席，10个人吃下来15块钱左右，相当于同一时期一个工人一个月的收入，但对鲁迅来说显然不算什么，鲁迅的收入据他自己说只能算中上水平。所以，我一直以为，文人应该有钱，而且应该比社会平均水平还应高一些才成。

法国妹妹曾郑重其事地问我的人生理想是什么，那神态似乎是想满足我一个愿望似的。我告诉她说，我希望有一大笔遗产，然后能够慢慢地挥霍掉。但这个理想基本上不可能，除非买彩票中个头彩，但我基本上不买彩票，而我又没有一个很有钱的父亲。法国妹妹听后也不作声，似在想什么，又似什么都没想。退而求其次，我希望有点钱有点权而有大量的闲暇时间，钱不一定要多够用即可，官不宜大不被欺压太惨就成，有事可做但不能整天忙忙碌碌不知所终……人生在世，何以能干点自己真正想干，真正属于自己的事情呢？

2005年10月28日星期五

天宁寺

"天宁寺，在广安门外，石路之北，北魏古刹，其塔为隋代造，又有开皇经幢二，今恐无存，昔年寺中设花肆，尤以桂花、秋菊为有名。同、光年间，为士大夫招伶人宴饮之所，故越缦堂日记每每言及。"

这是一本名《道咸以来朝野杂记》的书所记北京天宁寺的一段文字。千年古寺，似乎凡记北京景物的书都要提及。因离得近，刚到北京时，我和萝卜骑着自行车，隔墙望着天宁寺内的塔，钻过寺周边的胡同巷子。天宁寺是北京地区创建最早的庙宇之一，唐幽州城和辽南京城时就存在了，是北京城市发展的重要标志物之一。北魏孝文帝时，叫光林寺，唐开元时改称天王寺。辽代，在寺后建塔，元末寺院毁于兵火，只余高塔。明成祖朱棣时重修庙宇，明宣德年间才改名为天宁寺，至清代，曾修葺三次。寺坐北朝南，山门为灰筒瓦硬山顶，石券门窗，门额正书"敕建天宁寺"，山门后面为弥陀殿，殿前有月台，两侧分列螭首方座石碑各一座，为乾隆年间重修天宁寺碑记。塔立于殿后中轴线上。

天宁寺塔非常雄伟壮观，比慈善寺塔还高，年代还要久远，每次乘公交车路过，总能远远望见。该塔为八角十三层檐密檐式实心砖塔，通高57.8米，建于一方形砖砌大平台上。两层八角形基座，基座之上为平座，平座之上用三层仰莲座承托塔身。塔身平面也是八角形，以上即十三层塔檐，檐下均施仿木结构的砖制双抄斗拱，各层塔檐自正而上逐层递减，塔檐的角梁均用木制，檐瓦和脊兽、套兽为琉璃制作。塔顶为砖制两层八角仰莲座，上承宝珠作为塔刹。1976年唐山地震将塔刹震落。

北京天宁寺我虽没进去过，但贾湖丽老家常州的天宁寺，我却是进去烧过香拜过佛的，不知道这两座寺有无历史渊源。常州在我的印象里，一是出了个让吴三桂“冲冠一怒为红颜”的陈圆圆；二是瞿秋白、张太雷、恽代英“常州三杰”的故乡，瞿秋白母亲为其兄弟不至于饿死和能够在宗族抚恤下接受教育，自杀而死的事迹，触目惊心，所以记忆深刻；三是记得高鹗续本《红楼梦》的最后一回里，贾政从金陵乘船沿运河返京，途经毗陵驿，遇见走失的贾宝玉。父亲在船上，儿子在岸上，在冰天雪地里作别。据红学家考证，毗陵驿就在常州。

在与贾湖丽正式交往之前，我认识两个常州妹妹，一个叫美如刀，一个叫娟紫。美如刀和我都属犬，但她比我小一轮，我是老狗，她是小狗，是我在贵阳刚学会上网聊天时在网上认识的。我不太喜欢娟紫这个名字，听起来好像《红楼梦》里一丫鬟的名字似的。娟紫属龙，小我6岁。那时，美如刀还是一个纯情小姑娘，喜欢在网上发帖子。有一次，她从网上发了两张照片给我：一张是黑白的艺术照，侧着脸，穿着件旗袍，坐在一张圆抚椅凳子上；另一张是彩照，穿着件橘红的毛衣，蹬在一片绿油油的美人蕉地里。我喜欢她的黑白照片。她老是说网上没人找她，我说你把QQ号和密码给我，我帮你包装一下，肯定天天都有人找你，而且都会是男人。

“真的？”说着她真的就将QQ号和密码告诉了我。我给她取了“美如刀”这样一个网络名字，在个人说明里写道：“我将杀1000个男人，如果杀不完，还有来生——因为我在苦苦寻找那第1001个。”结果，网上找她的人蜂拥而至，应接不暇。没隔多久，她又烦找的人太多了。我只有大笑，人总不知足，静时向往热闹，闹时向往静境，真正红火时却又怀念渐行渐远的清淡岁月。

娟紫是我到北京后，别人给我介绍的对象。碍于朋友脸面，加上那段时间实在无聊，我给她打了长途电话。娟紫说喜欢我的声音，便义无反顾地说爱上我，要嫁给我了。这着实吓了我一跳，我反复打电话解释说，声音是有迷惑性的，人都没见面，何以一见钟情。何况我是不相信一见钟情的。再说，我这人老大不小，个子也不高，学历普通，人又长得丑，无钱无房无车，根本没女人喜欢。是人见人弃的“垃圾”，你也喜欢？越这么说，这女子就越来劲，死活做不通“思想政治工作”。最后，我使出“撒手锏”说，我们俩属相针尖对麦芒，相克呢。她在电话那头便沉静下来，她信命，她家人也信，即使两情相悦，家人的工作确实也不好做。一计刚完，我又出一计，我用了缓兵之计，对她说，我敢断言，我确实不是你要找的人，不信哪回我到上海出差，我专程到常州让你看看，你就知道了。

去年国庆节前，我恰到上海出差，办完事，为了让娟紫死心，我来到了常州。这时，我跟贾湖丽已开始正式交往有一段时间了，她国庆节回常州。我给贾湖丽打电话，她正在家给她姐姐的孩子囡囡洗尿片呢，我说我准备到她家去看她和她父母。但被贾湖丽坚定地拒绝了，她说：“我们才交往不久，你就到家来，算什么呀？”各地有各地的规矩，我是一个不懂规矩的人。过后一想，若我那次懵懵懂懂去了贾湖丽家，结果却没与贾湖丽结婚，对于贾湖丽来说，后果是很严重的。

我便分别跟娟紫和美如刀打电话，说我来常州玩，想分别见见她们。娟紫安排了我的住宿，带我去淹城去玩，请我吃常州小吃。然后，给我摊牌，说奉父母令，第二天就去与一男人定亲，而且双方父母都出面。那架势，只要我点头，她马上就学着卓文君的样，愿意跟我私奔似的。我便耐心地分析情况，劝她还是听父母的话，明儿去定亲吧，婚姻是现实的而不是虚幻的，是平常的而不是浪漫的，是柴米油盐酱醋茶而不是诗歌散文和小说的。

“那明天我去了，你怎么办？”隔了好久，娟紫终于问我。

“没事。我自己会安排的。”

第二天，我先去了瞿秋白故居看了看。然后给美如刀打电话，约她见面，让她请我吃饭。美如刀在加班，工作单位在文化宫广场附近，她让我到广场等她。

到了广场，我给美如刀发了一个手机短信：“我到了，你在哪？”

美如刀回短信：“你在哪？长什么样？我马上来找你。”

我回短信：“站在基督教堂前，最丑的那个男人就是我。”

我坐在常州文化宫广场基督教堂对面的台阶上，晒着秋日里暖洋洋的太阳，注意对面人来人往的人流，捕捉每一个可能熟悉的面孔。当美如刀终于从我侧面出现时，她比我想象中要苗条些，我以为应该叫我叔叔的小女孩其实早已成熟。我知道，她再也不是当年那个喜欢上网的纯情女孩了。我们在一家韩国烤肉店吃饭，美如刀叫来她女友做伴，青天白日里是不放心我，还是有其他原因，我不是很清楚。吃完饭，结果还是我买的单。

作别美如刀，我决定一个人去天宁寺烧烧香。常州天宁寺名气很大，素有“东南第一丛林”之称，它始建于唐朝永徽年间，距今已有 1300 多年历史，与扬州高旻寺、镇江金山寺、宁波天童寺并称为我国佛教禅宗的四大丛林。天宁寺的开山祖师是法融禅师，其有“殿大、佛大、钟大、鼓大、宝鼎大”五大特点，寺内主要殿宇有八殿、二十五堂、二十四楼、三室、两阁等建筑，总面积过 110 亩。乾隆曾三次到天宁寺拈香，并为寺题“龙城象教”匾额和楹联；清代光绪年间翰林院编修费念慈题写“大雄宝殿”匾额；晚清洋务派先驱冯桂芬书“不二法门”；“天王殿”匾额为赵朴初所题，此外还有谢稚柳、苏局仙，沈定庵、沙孟海、刘海粟等人留有墨迹。罗汉堂里五百罗汉的塑像不知出自何人之手，在大雄宝殿两侧墙上嵌有石刻罗汉像 518 幅，值得一看和玩味。寺的中轴线北端正在兴建亚洲最高大的佛塔——天宁宝塔。该塔高 153.7 米，采用唐、宋楼阁式的风格，八角形布局，钢筋混凝土结构，共 13 层，占地面积 1 万平方米，建筑面积 2.7 万平方米，耗资 1 亿多元。建成后，据说宝塔将创下“第一佛塔、第一金顶玉身塔、第一铭文瓦塔、第一塔林、第一经文碑林塔、第一地宫塔、第一高钟塔”七个中国第一。我不知道地方政府和相关单位，出于什么目的，要建这么一项工程。争这么多的“第一”，似乎悖于佛理，过于功利。我想，只有在修成之后，再找机会登临一览吧。

我在常州天宁寺三世佛前为娟紫烧了一炷香，衷心祝福她一生幸福。传说观音有 32 相，相相皆空。我总痴以为出现在我生活中的每一个女子都是观音菩萨，都是我的观音，不管美还是丑，不论胖还是瘦，总是在适当时候出现，又在适当时候消失。有的仅在人海中惊鸿一瞥，便永远消失在我的视野里，有的仅认识一天，有的仅相处一周，或一个月，或一年，或更长一些时间，不管多短或多长，最终她们似乎都得离开。出现时是为了渡你，消失时还是为了渡你……所以，我常痴想，应该也必须善待生活中遇见的和将要遇见的每一个女子。

檀香袅袅，梵钟杳杳，让我想起诗人徐志摩那篇《常州天宁寺闻礼忏声》的散文诗来：

……我听着了天宁寺的礼忏声！这是哪里来的神明？人间再没有这样的境界！

这鼓一声，钟一声，磬一声，木鱼一声，佛号一声……乐音在大殿里，迂缓的，漫长的回荡着，无数冲突的波流谐和了，无数相反的色彩净化了，无数现世的高低消灭了……

这一声佛号，一声钟，一声鼓，一声木鱼，一声磬，谐音盘礴在宇宙间——解开一小颗时间的埃尘，收束了无量数世纪的因果；

这是哪里来的大和谐——星海里的光彩，大千世界的音籁，真生命的洪流：止息了一切的动，一切的扰攘；

……

在梦里，这一瞥间的显示，青天，白水，绿草，慈母温软的胸怀，是故乡吗？是故乡吗？

光明的翅羽，在无极中飞舞！大圆觉底里流出的欢喜，在伟大的，庄严的，寂灭的，无疆的，和谐的静定中实现了！颂美呀，涅槃！赞美呀，涅槃！

徐志摩是有佛性的，佛教是讲缘分的。十年修得同船渡，百年修得共枕眠，不是你不好，也不是我不好，往往是我们前世的修为不够啊。

在北京，我常怂恿贾湖丽到广安门外的天宁寺逛逛。有一次，我们去了，寺前是一个不小的花鸟市场，寺内正在维修，门口挂一牌子：仅初一、十五开放。我们只能隔着门，垫着脚跟，向里张望。

2005年11月1日星期二于北京

植物园

我将马官营的房子弄好后，我请母亲到北京待了一个月。马官营这个地名很有些意思，让人不自觉地联想起《西游记》里做过弼马温的孙猴来——上了天，芝麻大点官儿，以为不得了了。我和贾湖丽先后陪母亲逛了天安门、香山、植物园、动物园、北海、景山、天坛等景点。母亲评价最高的是北海，其次是植物园，因为都有山有水。

植物园与香山为邻，地理位置得天独厚。1956 年经国务院批准建立，划地 400 公顷，以收集、展示和保存我国华北、东北、西北地区的植物资源为主，集科学研究、科学普及和游览功能为一体。植物园很大，现已建成开放区约 200 公顷，由植物展览区、名胜古迹游览区和自然保护区组成。植物展览区包括观赏植物区、树木园、盆景园、温室花卉区，引种栽培植物 56 万余株，5000 余种（含品种），铺草 90 万平方米。观赏植物区由牡丹园、芍药园、月季园、碧桃园、丁香园、木兰园、集秀园（竹园）、海棠栒子园、绚秋苑、宿根花卉园、水生植物园和正在筹建中的梅园等 12 个专类园组成；树木园由银杏区、松柏区、槭树蔷薇区、椴树杨柳区、木兰小檗区和正在兴建的悬铃木麻栎区、泡桐白蜡区组成；盆景园于 1995 年建成开放；2000 年 1 月 1 日对外开放的展览温室栽培展示来自世界各地的数千种热带亚热带植物，是目前亚洲最大的植物展览温室。门票也贵，50 元一人。因嫌贵，我们隔着玻璃罩转了一大圈，并没进去。北京的中学生至少有其优势，学《植物学》，若想看植物样本，有时间有兴趣有精力，倒可以来此寻寻，增长些感性认识。

植物园中名胜古迹游览区由卧佛寺、樱桃沟、隆教寺遗址、“一二·九”纪念亭、梁启超墓地、曹雪芹纪念馆等组成。我们主要去了卧佛寺、梁启超墓地、曹雪芹纪念馆三个景点。

卧佛寺实称十方普觉寺，该寺始建于唐贞观年间，是座千年古寺，原名兜率寺，又名寿安寺。兜率是梵语，翻译成中文大概是“知足”的意思，《西游记》中太上老君住的地方好像就叫兜率宫。知足常乐，常乐即神仙。以后该寺历代有废有建，寺名也随朝代变易有所更改。清雍正十二年重修后改名为普觉寺，雍正曾赞此为“西山第一兰若”，“兰若”也是梵语，指“寂静之地”。也有“红学家”考证说，此寺为《红楼梦》中“太虚幻境”的原型，这个结论争议肯定很大。

由于唐代寺内就有檀木雕成的卧佛。后来元代又在寺内铸造了一尊巨大的释迦牟尼涅槃铜像，因此俗称卧佛寺。近年来此地香火颇盛，拜佛的又以年轻人和学生居多，原因有点莫名其妙，说是“卧佛”与英语“offer”音近，“卧佛寺”与英语“office”音近的缘故，所以想出国留学的和想进公司当白领的，信与不信，都来此烧一炷香，有所求。只是法国妹妹出国前，好像是没来过这里，不知近况如何。

寺庙的结构大多大同小异，只是卧佛寺北依寿牛山，其后有条樱桃沟，深约千米，环境幽静，是个好去处。进卧佛寺前有条甬道，古木参天，有皇家气势，很是特别，在别的寺庙少见。寺里倒没什么特别可以叙述的，查慎行的《卧佛寺》倒写得不错，可一读：

古寺无僧佛倚墙，卧听蝙蝠掠空廊。
晚来光景尤萧瑟，叶叶西风戏白杨。

离开卧佛寺，往东南行，可到位于植物园东环路东北的银杏松柏区内的梁启超墓。墓地偏居一隅，绿草萋萋，游人罕至，阴气重，独自一人还不敢来。墓地总面积 1.8 公顷，分东、西两部分。东部为墓园，西部为附属林地。

因不懂风水，不知道内中有什么讲究。墓园雅致，是由梁启超之子梁思成设计。墓园背倚西山，坐北朝南，北高南低，东西宽约90米，南北长约100米，面积4300平方米。四周环围矮石墙，墓园内栽满松柏。

梁启超，字卓如，号任公，又号饮冰室主人。1873年2月23日出生于广东省新会县茶坑村，故又称梁新会。1889年中举，次年入京会试未中，此后始注意西学。1895年再次入京会试时，适逢清廷割地赔款，与康有为一起联合1300余名来京会试的举子上书光绪皇帝，提出变法，此即历史上著名的“公车上书”。1898年6月参加戊戌变法，成为康有为的得力助手。变法失败后，逃亡日本。清亡后曾出任北洋政府熊希龄内阁的司法总长，段祺瑞政府财政总长。晚年著书立说，执教于清华大学国学研究院，是四大导师之一。平生著述1400余万字之多，代表作有《饮冰室合集》。1929年1月19日在北京协和医院逝世，后即葬于此。

墓园内北墙正中平台上是梁启超及其夫人李蕙仙的合葬墓。墓呈长方形，高1.08米，宽2.75米，长4.52米。墓前立着“凸”字形墓碑，碑高2.8米，宽2.18米，厚0.71米。阳面镌刻“先考任公府君暨先妣李太夫人墓”14个大字。碑阴刻“中华民国二十年十月，男梁思成、思永、思忠、思达、思礼，女适周、思顺、思庄、思懿、思宁，媳林徽因、李福曼，孙女任孙敬立”。碑前有75厘米高的供台，两侧各有一段带雕饰的直角形衬墙。墓碑、墓顶及供台衬墙，均为土黄色花岗岩雕筑而成。墓碑没有碑文，也没有任何表明墓主生平事迹的文字，这是梁启超生前遗愿。我绕墓一周，而贾湖丽已走不动了，坐在平台前的石凳上休息。

平台下的柏林中，甬路东侧为其弟梁启雄之墓，甬路西侧为其子，炮兵上校梁思忠墓，女梁思庄墓。梁思庄为中国著名的图书馆学家，其墓碑的碑座为八册巨书石雕。甬路再西侧有一精美小巧白色的八角石亭，四周辟有洞门，周围建有平台，穹顶雕花瓣图案，亭内空无一物。原设计亭里立一尊梁启超纪念铜像，后因财力不足未果。在墓园的前方不远处，砖砌甬路左右各立一座造型优美、挺拔凝重的清康熙年间的皇族墓碑。这本是梁家从没落的皇族墓地买来的废碑，准备磨掉旧碑文重刻新字，后也是因财力枯竭，无力镌刻碑文而弃置于墓园内了。后由植物园将石碑立起。

离开梁启超墓，寻路南行，至曹雪芹纪念馆，母亲和贾湖丽都累得走不动了。但我执意让她们等等，自己进去看看。其实，这儿并非真正的曹雪芹故居，而是根据曹雪芹的好友如“门前古槐歪脖树，小桥流水野芹麻”和“残杯冷炙有德色，不如著书黄叶村”等诗的描述，重造的一处人文景观。曹雪芹晚年离开京城，住在西山，似有定论。但具体是哪一处民居，似难考证，但为什么要在此建曹雪芹纪念馆呢？原因是1971年4月4日下午，正白旗村39号旗下老屋住户退休教师舒成勋的老伴在其家西小屋搬床时，碰下西壁上的一块灰皮，发现它的下面还有一层灰皮，且有诗文墨迹。待主人舒成勋从外回来，已是掌灯时分，闻悉便挑灯辨读，细加揣摩，结合自己听到父老关于曹雪芹的传说，认为事关曹雪芹，又系发现文物，不敢怠慢，便于次日向香山街道办事处反映情况。同年4月9日，北京市文物管理处派人前来查看，而后做出了否定的看法；5月27日，资深红学家吴世昌应有关单位之请也来看诗，回去后便写出了调查报告，认为诗写得不好，字俗，还有错别字，大概是清末小官吏所为云云。由于吴世昌是红学权威，其否定之说反倒激发更多的人前来看诗猎奇，一时形成了一股群众性的研究“曹雪芹题壁诗文”的动态。个中有红学家、学者、干部、工人、农民及海外人士。仁者见仁，智者见智。如吴恩裕认为这里是“拙笔”故居；张正宇认为可能是曹雪芹故居……自此，前来39号研究墙壁诗文的人络绎不绝、五花八门、形形色色。终于在1984年4月在此建成纪念馆并正式对外开放，馆内有三棵古槐，东边的一棵还真为歪脖古槐。纪念馆现有5个展室，分别布置有关曹雪芹资料和文物。

带母亲走北京的几个景点，有的我去过，有的还没去过，我建议是先远后近，所以最先去的是香山和植物园，植物园是我原来没来过的。而萝卜和便便的天使刚开始谈恋爱时，就早早来过，萝卜甚至早早拟定一份游览计划，当时让我佩服不已，可见当时萝卜对便便的天使很上心也很用心。但萝卜和便便的天使在植物园中待了整整一天，既没去梁启超墓地，也没来曹雪芹纪念馆，不知道干什么去了。

萝卜有次吞吞吐吐问我："老青蛙，奇怪，经常听你谈到你母亲，怎么没见你说到你父亲？"我知道，萝卜的父亲在他高考那年因病去世，老家仅剩母亲和妹妹。我说："我父母早已离婚。"萝卜便不再作声了，觉得不该问。其实人生是有缺陷的，有缺陷的人生才是真实的人生。

母亲那一辈人，算是什么都赶上了，没享过什么福。毕业时，正赶上"上山下乡"，因从地图上看，通道离桂林近，桂林有铁路，通衡阳，回家见父母方便，她就这样糊里糊涂分到了通道县那么一个偏僻地方当了一名"赤脚医生"。后嫁给了我父亲，生了我和两个妹妹，母亲与父亲总为一些事情吵吵嚷嚷，辩论来辩论去，公说公有理，婆说婆有理，最后发展为打架，在我们家搬到怀化后，终于离婚了。我常想，既然要离婚，何必当初结婚？既然要离婚，何必当初生孩子？父母的婚姻悲剧不是孩子能说得清的。但对我和我的人生有无影响，我至今也不太清楚。我常想，如果我患有"结婚恐惧症"，父母应该脱不了干系。母亲退休后，到广州给大妹妹带孩子，这让我想起莫泊桑的长篇小说《一生》中的那个母亲形象。有个问题让我想不通，若世上确实存在轮回，那么"我"是事先存在的，在转世投胎时是"我"选择了我的父母，很可能"我"是主动的，而父母是被动的；但是若前提是虚拟的，灵魂并不存在，也没有阴阳轮回，那么"我"就是被动的了，若没有父母的"错误"，他们不认识，不结婚，不恰在那个时间生下我，也就没有现在我的存在。错误其实也是有价值的。

我对贾湖丽说："我要么不结婚。若结婚，就坚决不离婚了。我懒，懒得离婚。"结婚又离婚，何苦来？太麻烦，我这人怕麻烦。贾湖丽听了仍然只是笑。

但世上人结婚时，都是信心百倍，喜气洋洋，大概都想着"执子之手，与子偕老"，没打算日后会有离婚这档子事吧……

2005 年 11 月 16 日星期三于北京

潭柘寺与戒台寺

“我要带你去见100个人，若有80个人认可，我就娶你。”当玫子刚介绍贾湖丽给我认识不久，我便对她如是说。贾湖丽既没有说行，也没有说不行。

请贾湖丽吃过很多次饭，见过很多人，没有几个说她坏话的。贾湖丽表面不说，心里面肯定暗自得意。这让我想起《战国策》里那篇《邹忌讽齐王纳谏》文章来，不会有人当着我的面说贾湖丽的坏话的。所以，我决心让办公室的大姐们看看，也许能给我一两点中肯的建议和意见。为此，在霜降之时，香山游人如织，挤着赏红叶时，我精心策划，为办公室的大姐们组织一次到西郊去看潭柘寺和戒台寺的活动，并生拉硬拽地把贾湖丽也叫上了。

潭柘寺和戒台寺挨得近，相去仅约8公里。潭柘寺以泉胜，戒台寺以松名。戒台寺始建于隋代开皇年间，居今已1400年，唐朝初武德年间，高僧智周在此以戒行见称，时称麓聚寺。辽代成雍年间，高僧法均在此开坛传戒，建立了戒坛。戒坛在中轴线北院，殿宇雄伟，殿内汉白玉三重戒台，高3.5米，呈正方形，底层23米见方，坛基雕刻精美，环坛雕刻着数百个一尺多高的戒神，其中有24尊高3尺、戴盔贯甲、神态威武的戒神，是群像之首。坛上有新塑的释迦牟尼像，像前有10把雕花木椅，这是受戒时三师七证的座位。明代正统年间，又进行了重修，改名万寿寺。此后，清康熙、乾隆年间，又经多次修葺与扩建。由于戒台寺的坛与福建泉州的开元寺、浙江杭州的昭庆寺的戒坛共称为“天下三大戒坛”，而北京戒台寺的戒坛规模又居三座戒坛之首，故有“天下第一坛”之称。站在寺门口，贾湖丽问：“明明是写着‘戒壇寺’三字，为什么叫戒台寺？”我一时竟语塞，答不上来。许是色即空，空即色；坛即台，台即坛的缘故，戒壇寺就是戒台寺吧。我很奇怪，北京寺庙的名称往往从其民间叫法，大名不详，俗名远扬，潭柘寺、戒台寺如此，白塔寺、五塔寺、大钟寺亦如此。

由于可以授佛门的最高戒律，戒台寺在历史上的中国佛教界占有重要的地位，又因其曾持有辽代道宗皇帝亲笔抄写的金字《大乘三聚戒本》，所以从辽代到元代中期，一直是北方佛教律宗的中心。戒台寺自辽代建立戒坛以后，一直受到历代朝廷的重视，很多代住持都是皇帝亲自选派，不少名僧还被委以各种官职，有多位皇帝到此进香礼佛，特别是自明代以后，戒台寺开坛受戒必须要有皇帝的“敕谕”，将戒台寺从此置于朝廷的直接控制之下，地位显赫。

此外，戒台寺的古树名木甚多，仅国家级古树就达88棵，其中最著名的当属古松。这些古松经过了千百年风霜雪雨的磨砺，形成各种奇特的造型，具有很高的欣赏价值，明、清时期戒台寺的“十大奇松”就已经闻名天下了。一进山门，迎面看到两棵挺拔的青松。在一般的庙宇天王殿前，常有雌雄两棵粗粗的银杏树，这里却代之以四棵松树；穿过大雄宝殿，登上台阶，就能看见有名的古松了。其一是“活动松”，据说此松心境好的时候，拉它任何一根树枝，整个松树都会动摇起来。乾隆皇帝曾两次到此游历，并题有碑记；其二是“莲花松”，又叫“迎客松”，树身枝丫向外展开，树下有块石碑，却题着“自然松”三字，上刻“民国壬申六年重游题此，海城陈兴亚”。陈兴亚，据说是“东北王”张作霖手下的一个军官；其三是“卧龙松”，那松树从地上蜿蜒伸出去，正好横躺在台墀下一块石碑的顶上，宛如一条古拙的苍龙，即将腾空飞去；其四是“抱塔松”，树身迂回地伸展出去，正好环抱住埋葬辽代高僧法均遗骨的圆塔；其五是一棵白皮松，名“九龙松”，九枝树干像九条巨龙，张牙舞爪地扑向天空，这让我突然忆起与贾湖丽同游法海寺的情境来。

找一家饭馆，点几个山野小菜，吃完饭，我们接着驱车前往潭柘寺去。一路上红叶浸红，红得很纯粹，引来大家的一阵惊呼。这时节香山人满为患，另辟蹊径，此时要赏红叶不如到八大处或这里来。北京历来有“先有潭柘寺，后有北京城”的说法，潭柘寺实名岫云寺，只因寺后有龙潭，寺前有柘树，山名潭柘山，而俗称潭柘寺，是北京郊区最大的一座寺院。据记载，潭柘寺前身是晋代嘉福寺，距今已有1700多年，而北京城如果从元大都开始算起，大约比潭柘寺晚了800多年。唐代潭柘寺扩建、金代重修、清代又予大修，具备了今天的规模。潭柘寺风水极好，寺后有九峰环抱，寺前山峰则如巨大屏风，俗云：“前有照，后有靠，左右有抱。”因山建寺，殿堂逐级向上，参差错落层层排列，四周有高墙环绕。寺院内外古木参天，寺前流水淙淙，僧塔如林，修竹成荫。寺院坐北朝南，主要建筑可分东、中、西三部分，中路就是中轴线：山门外是一座3间4柱的木牌坊，牌坊前有古松两株，枝叶相互搭拢，犹如绿色天棚，牌楼下有一对石狮。过牌坊，是一单孔石拱桥，名怀远桥，过桥就是山门，正中券门的石额上是康熙写的“敕建岫云禅寺”。进得山门，迎面是天王殿，殿中供弥勒佛像，背面供韦驮像，两侧塑高约3米的四大天王神像。天王殿前有一口铜锅，直径1.85米，深1.1米，是和尚们炒菜所用。据说此锅原在东跨院北房西次间，现在那里还有一口更大的锅，直径4米，深2米，一次煮粥能放米10石，需16个小时才能煮熟。由于锅大底厚，文火慢熬，故而熬的粥既粘且香。相传用这口锅煮粥，甭管多少人用餐，总是喝不尽吃不完。有“潭柘寺的粥锅，添人不加米”之说，全国各地慕名而来的和尚络绎不断，大小和尚只要来此，既不登记也无须旁人引见，来了便收，便有饭吃。

天王殿两旁为钟鼓楼，后面就是全寺地位最高的建筑大雄宝殿。正脊两端各有一巨型碧绿的琉璃鸱吻，是元代遗物，上系以金光闪闪的鎏金长链。据说，康熙皇帝初来潭柘寺时，看见鸱吻跃跃欲动，大有破空飞走之势，于是命人打造金链将它锁住，并插一剑，今吻上“镀金剑光吻带”就是康熙所赐。大雄宝殿后只剩两株娑罗树和两株银杏树，树体高大。尤其是东边的一棵银杏高达十几米，树冠遮盖了大半个庭院，树干之粗要数人牵手才能合抱，辽代所植，距今已有千年，但仍然枝叶繁茂，毫无衰态。乾隆游潭柘寺时，此树新出生一侧枝，似表庆贺，于是乾隆赐名“帝王树”。

中轴线终点是一座楼阁式的建筑，名毗卢阁。寺院东路由庭院式建筑组成，有方丈院和清代皇帝的行宫，主要建筑有万岁宫、太后宫。院中幽静雅致、碧瓦朱栏、流泉淙淙、修竹丛生，颇有些江南园林的意境。离竹林不远有一座方形流杯亭，名猗轩亭。寺院西路大多是寺院式的殿堂，主要建筑有戒坛、观音殿和龙王殿等等。观音殿是全寺最高处，上有乾隆手书“莲界慈航”。观音殿原有忽必烈的妙严公主之拜砖，妙严原为一战将，后来此出家，每日在观音殿拜佛，天长日久，脚下的砖竟留下30厘米深的脚印。明万历年间，孝宗太后将砖以梨木镶起。观音殿西侧有龙王殿，殿前廊上有一石鱼，长1.7米，重150公斤，看似铜，实为石，据说是天上掉下来的硕石，可能是陨石。大姐们听说，摸之可治病，纷纷解囊摸之。据说石鱼身上13个部位代表13个省，哪省有旱情，敲击该省部位便可降雨，不知是真是假。石鱼与宝锅并称为该寺的二宝。

从两寺回来，意犹未尽，居然从书堆里翻出朱自清的一篇题名《潭柘寺戒坛寺》的散文来，这篇散文虽没《荷塘月色》《背影》《桨声灯影里的秦淮河》等文章那么名气大，读来却别有一种风味。竟然有点羡慕朱自清骑驴骑骡游寺和在寺中小住一夜的经历来，他的文章是这样开头的：

> 早就知道潭柘寺、戒坛寺。在商务印书馆的《北平指南》上，见过潭柘的铜图，小小的一块，模模糊糊的，看了一点没有想去的意思。后来不断地听人说起这两座庙；有时候说路上不平静，有时候说路上红叶好。说红叶好的劝我秋天去；但也有人劝我夏天去。有一回骑驴上八大处，赶驴的问逛过潭柘没有，我说没有。他说潭柘风景好，那儿满是老道，他去过，离八大处七八十里地，坐轿骑驴都成。我不大喜欢老道的装束，尤其是那满蓄着的长头发，看上去啰里啰唆龌里龌龊的。更不想骑驴走七八十里地，因为我知道驴子与我都受不了。真打动我的倒是“潭柘寺”这个名字。不懂不是？就是不懂的妙。惰懒的人念成“潭柘”，那更莫名其妙了。这怕是中国文法的花样；要是来个欧化，说是“潭和柘的寺”，那就用不着咬嚼或吟味了。还有在一部诗话里看见近人咏戒

坛松的七古，诗腾挪夭矫，想来松也如此。所以去。但是在夏秋之前的春天，而且是早春；北平的早春是没有花的。

朱自清对两寺的评价是："潭柘以层折胜，戒坛以开朗胜；但潭柘似乎更幽静些。"他是先游潭柘寺，再到戒台寺，秩序正好与我相反。风景与风景，寺与寺，各有各的不同，各有各的妙处和好处，各人还有各人的体验、理解和领悟。

第二天，办公室的其他人倒没说什么，只有杨大姐对我说："小女孩很不错。只是不怎么喜欢说话。"这是她对贾湖丽的评价。

我叹了口气说："与大家不熟。私下来，对我可凶了！"

"怎么？还不满意？"杨大姐审视我说。

我别有意味，笑着并很谦虚地回答说："不存在满不满意的问题。时光不饶人，年岁大了，好孬都只有将就点了……"

2005年11月17日星期四于北京

炎黄艺术馆

一次，帆子的弟弟从西安过来，帆子邀我作陪，一起在报国寺附近的一家名叫“麻辣诱惑”的川菜馆吃饭。帆子的弟弟比帆子小几岁，却高出半个头，春风得意，看上去就属于那种“少女杀手”类型的青春猛男。帆子的弟弟有时也没大没小，兄弟俩无话不说，曾用邮件教训帆子说他三十而立，却一事无成，要事业没事业，要家庭没家庭，连媳妇至今都没影儿。帆子羞愧难当，自是心事重重。我开解帆子说：“大丈夫何患无妻？！”

吃完饭，作别兄弟俩，我独自又去逛报国寺，在西厢一房里，我看见一张有黄胄签名的速写，问老板价，老板说：“40 万。”吓了我一大跳，简直是狮子大开口。由于黄胄作品在拍卖会上的行情持续井喷，市面上不断出现其伪作和赝品，其家属甚至通过媒体向外界发布各种声明。

黄胄何许人也？搞绘画的杨君、贾老师和老鞭应该是知道的，至于像我这种美术界之外的一般懵懂民众，能知道徐悲鸿的马、齐白石的虾、李苦禅的鹰、李可染的牛就已经算是不错的了，若还能知道画驴的黄胄，那一定是对中国画情有独钟，或有一定了解的人了。至少在艺术修养方面，能够上一个台阶。

我知道黄胄的存在，其实只是因为与贾湖丽参观炎黄艺术馆的缘故。黄胄原名梁淦堂，字映斋，河北蠡县梁家庄人，是写小说《红旗谱》的作家梁斌的堂弟。黄胄曾受梁斌之邀，为《红旗谱》作过插图，他俩的身份很像作家沈从文与其表侄画家黄永玉。黄胄是其艺名，源于他读中学时，在学校组织的体育比赛中获得了一面写着“炎黄之胄”的锦旗。黄胄是天才型的画家，自学成才，年幼时，家里仅希望他成为一名普通职员，而他立志要当画家，结果真的成了画家。前人学画一般都从临摹古人入手，而黄胄是从写生入手，另辟蹊径。1940年，年仅15岁，黄胄从赵望云学国画。1948年参加中国人民解放军，随军到甘肃、青海、新疆等地，任西北军区战士读物出版社美术记者和编辑。

徐悲鸿有个学生叫吕斯百，曾留学法国，在画界很有名，新中国成立后主动要求去边疆，被分配到西北师范学院。他曾经向徐悲鸿要美术教员，可徐悲鸿回答说：“为什么向我要教员呢？在你们西北就有一个画得很好的青年画家，叫作黄画胄。”吕斯百听了徐悲鸿的话，就开始四处寻找“黄画胄”这个人。找了很久也没有找到，于是他又去问徐悲鸿，徐悲鸿说好像是在军队里。吕斯百又去军队中寻找，终于找到了，原来不叫什么“黄画胄”，而是叫梁黄胄。因此机缘，黄胄得以在1950年兼任西北师范学院艺术系讲师，在学院里黄胄认识了他的学生郑闻慧。郑闻慧写有一本题为《炎黄痴子——回忆我的丈夫黄胄》的书，其中写到黄胄给她的第一印象：

> 到了1950年我们开学大约有一个月的样子，吕先生领着一个中等个子、脸膛黑红的青年来到了我们教室。这个人的腿有些瘸，我们正在奇怪的时候，吕先生说道：“大家注意了，这位就是梁黄胄先生，他将给你们教创作课。由于他在军区去青海剿匪，右腿受了伤，又得了严重的关节炎，所以在上课时你们一定要搬一把椅子给他坐。梁先生在军队的工作任务很重，星期一到星期六都没有时间来给你们上课，只能利用星期日的时间，所以星期天你们就不能够玩了，因为从上午9点到下午3点都是上创作课的时间。”听了吕先生的话，我们的心里都有些别扭，那时我还不到19岁，正是贪玩的年龄，好好的星期天却不能休息玩耍，要听这样一位其貌不扬一拐一瘸的“老师”讲课，真是没意思。

第一印象有时很重要，先入为主，有时决定一切，有时似乎也无关紧要。有的人第一印象总是其貌不扬，总是不尽如人意，但处久了，却越发知道他的好，愈久弥香。黄胄的求婚过程也很有趣，值得一鹤悠然和帆子学习和借鉴，概而要之，大约属于“单刀直入”的法门。郑闻慧的回忆录是如此深情地回忆和描述的：

> 联合公园很美，我们找到一处幽静的地方，然后肩并肩地坐在一起，聊我们的生活、工作和未来，一切都是那么美妙。
>
> 可是我忽然感到有些害怕，怯生生地对黄胄说：“我有点儿怕你。”
>
> 他说：“你为什么会有怕我的感觉呢？”
>
> 我说：“以前我一直叫你梁先生，现在改口都改不过来。”
>
> 他说：“我知道这不是主要原因，最主要的是你怕生孩子，对不对？”
>
> 我说：“是，我很害怕生孩子。”
>
> 他说：“那我们尽量不要孩子，好吗？”
>
> 我说：“好。”
>
> 他接着说：“我的假期有限，我们就决定在8月4日举行结婚仪式好吗？”

果然，他俩在1954年8月4日结了婚，这时的黄胄已29岁。他俩也不是没要孩子，后来生了一儿一女。我猜测，婚姻上黄胄“从一而终”，应该是一个很本分很专注的人。直到1997年黄胄去世，他俩相识相伴47年。从生肖命相学说，黄胄属牛与郑闻慧属羊，相差6岁，相克，一辈子过来，却也相安无事。可见，属相配对的说法并不可全信，只是心理暗示方面的作用太大。

1955年黄胄调北京中国人民解放军总政治部创作室任创作员。1959年调中国人民革命军事博物馆任创作员。1975年调至轻工业部艺术美术公司任顾问。曾任中国画研究院副院长，中国美术家协会常务理事，全国政协委员。黄胄擅人物、动物画，长于运用速写表现人物，善于抓住人物的特征，阔笔纵横，线条流畅而有力，特别注重刻画人物的面部表情和细微动作，整体效果生动，风格奔放而隽永，生活气息浓郁。善画毛驴、骆驼、鸡、猫、狗等，造型准确，意态生动，简括传神。作品多次入选国内外大型美术作品展览并获奖。主要作品有《苹果花开的时候》《打马球》《帐篷小学》《祖国的眼睛》《金色的道路》《洪荒风雪》《载歌行》《奔腾急》《丰收图》《巡逻图》《赶集》《亲人》《谈心》《欢腾的草原》《百驴图》等。其中《苹果花开的时候》获1952年全国美术作品展览一等奖,《打马球》获全国青年美术作品展览一等奖,《爹去打老蒋》参加第一届全国美展，获一等奖;1956年创作《洪荒风雪》获第六届世界青年联欢节国际造型和实用艺术展览会金质奖章，为中国美术馆收藏;《赶集》于1959年获世界青年联欢节铜质奖章。

炎黄艺术馆是由黄胄发起创建的我国第一座民办公助的大型艺术馆。早在20世纪60年代初，黄胄就和一些艺术家、收藏家憧憬过建立一所集自己的收藏和艺术品，由自己管理的博物馆。1986年黄胄个人画展在新加坡展出，画展非常成功，华人华侨提出为黄胄在北京建设个人艺术陈列馆，并得到正在新加坡进行考察的北京市有关负责人的同意。1987年10月7日北京市纪委批准了立项报告，总造价为2400万元，由黄胄自筹三分之一。但1992年，情况发生了变化，时任常务副市长的王宝森在建工局给北京市的报告上批了一句话:“炎黄艺术馆既然是民办的,(工程款)就应该由黄胄自筹。”推翻了之前北京市对炎黄艺术馆赞助工程款的承诺，总共1009万的工程款没有了着落。艺术家碰到了政治，很多事难说清，郑闻慧敢在公开场合点王宝森的名，肯定还有更深的原因隐藏其中，却不是我能和我想知道的。郑闻慧在2001年写的一篇题为《炎黄艺术馆十年回首》文章中介绍说:“这是一个不小的数字，顷刻之间，黄胄成了债务累累的画家。但黄胄是热血汉子，他下决心要还清所欠的‘债务’，他先后卖了《听琴图》《育羔图》等7幅作品，还了一部分借款。随后又在朋友们的帮助和精心运营下，还清了所有债务，这对他的健康和精神造成了极大的伤害。”通过努力，炎黄艺术馆终于在1991年9月28日建成对外开放。

炎黄艺术馆造型上采取了非对称宫廷式建筑格局，紫色琉璃瓦屋顶和青石板面墙壁，馆内设有展厅、理事厅、多功能厅、文物库和多种必备的现代化设施。这组建筑在北京亚运村一带显得极其突兀、别致和特别。

郑闻慧在文章中叙述说："黄胄早在建馆之初，就规定了艺术馆的基本任务，是为广大观众提供高品位的艺术展品。从举办《海峡两岸中国画名家作品展》《北京市文物精品展》《蒋兆和先生画展》《李可染先生画展》开始，翻开了炎黄艺术馆以陈展中国画和历代文物为主的一页。到 2000 年底，比较成功地举办了 160 多个各种类型的展览活动。其中具有重要影响的有《吴昌硕、黄宾虹、齐白石、潘天寿四大家画展》《近百年中国画展》《抗日画卷》《列宾及同时代画家作品展》《董其昌书画展》《黄胄艺术大展》等。结合重要展览，先后举办 11 次较高层次的学术研究活动……艺术馆另一项重要功能就是收藏展示祖国的文物和艺术品，10 年来在这方面做了大量工作。特别是黄胄在世时，许多艺术家和收藏家无私捐赠了自己的作品和藏品。谷牧将多年珍藏的《百梅图》原作捐赠给艺术馆，邵宇捐赠了收藏多年的《藏童上学》，萧琼把蒋兆和的遗作《苦难》(《游民图》草稿之一)、《孔明》赠给艺术馆。董寿平捐赠了 52 幅书画作品，彦涵捐赠了自己各个时期的代表作 72 幅。何海霞、俞致贞、刘力上、田世光、白雪石、梁树年、唐云、启功、黄苗子等都捐赠了自己的书画作品。李少言和韩国书画家金膺显及新加坡陈文希也捐赠了自己的作品。华君武等 42 位漫画家捐赠了他们的代表作 85 幅，新华社香港分社捐赠了宋人绢本山水等。"

我和贾湖丽并不懂画，只是觉得黄胄所画驴着实可爱，难怪他的老师赵望云也曾夸奖说："黄胄画的驴能踢死人！"此外就是黄胄的新疆人物和风情画让人耳目一新。在馆内，我购得一本由郑闻慧主编的《黄胄谈艺术》，其中有许多观点和评价很有趣，如："中国古代很多画家的文学修养是很强的，譬如那位郑板桥，造型能力很差，但他通过画竹子，题诗写自己的思想抱负、自己的内心世界，给人很多感染。你打不倒他，郑板桥永远是郑板桥。"再如："吴昌硕 50 岁以后才画画，他的画就是那么几个构图、那么几个题材，从画的要求来说，还是不够的。"

看完艺术馆上面，我们来到地下，地下展厅里挂着一些油画，好像是黄胄孩子画的油画，我虽不懂，却是不太喜欢。君子之泽，五世而斩，中国似乎没有真正的“贵族”。但我常觉奇怪，名人的子女却也很少有承继父业的，作家如此，画家如此，科学家亦如此。我常对人宣扬一个观点：子女超过父母，是做父母最大的成功；子女不如父母，是做父母最大的失败。人类要繁衍，是必需生育要孩子的，可作为个体而言，就不一定，如绿子的丁克家庭。而对于我，第一我想结婚，第二我想要孩子。我曾通过网络，对远在长沙的网友玉兰白说：“人生长寿莫过百，不能长生不老，而孩子留下你一半的遗传基因，有了孩子等于你有一半生命的信息被传递下去……”结果，玉兰白以为然，放弃不生育或晚生育的想法，生下了一女孩。

那次我和贾湖丽同游五塔寺后，从后门溜进动物园，我开玩笑地对贾湖丽说：“将来我们要是有了孩子，小名就叫‘逗逗’，好吗？”

“你究竟什么时候说话是认真的，什么时候说话不是认真的？”耳熟，记得似乎小鱼儿也曾问过我同样的问题。

“我什么时候说话不算话了？我什么时候说话都是认真的，别看有时候我说话像在开玩笑。不是‘豆子’那个‘豆’，是‘可逗’那个‘逗’，‘逗乐’那个‘逗’，好吗？”我不依不饶，接着说：“有趣，今天是个值得纪念的日子。因为从今天开始，我就有孩子了，名字叫逗逗。哈，哈，哈。”

“去你的，别傻笑。”贾湖丽既不予肯定，也不予否定。

最近，我听贾湖丽说单位一女同事生一双胞胎，玟子很着急，因为她早就着手要小孩了，可是怎么也怀不上。“上医院了吗？究竟是玟子的原因，还是她老公的问题？”我问贾湖丽。

“去了。但不知道是谁的缘故。”

“你问问玟子，需不需要我帮忙？”我暧昧而不怀好意地对贾湖丽说。

“你有胆子，你就去啊。——流氓！”贾湖丽看上去很生气。

我大笑。男人不坏，女人不爱。这年头，被人，特别是被女人称为流氓似乎是件很时尚的事情。

2005 年 11 月 30 日星期三于北京

八大处

“喂，楠楠，我是老青蛙。你在哪儿啊？你的手机信号不太好……”

“八大处。”

“什么？我正准备找你上八大处呢。你倒好，周末了，自个儿跑去玩去了。怎么不邀上我？”

“我跟我妈和我姐一家在这烧香呢。近来比较倒霉，来换一口气，去去邪。”

“怎么倒霉了？是不是和我交往觉得委屈啊？”

“不是。”

“是不是认识我觉得特倒霉？”

“不是。”

“你不是答应过要带我一同游八大处的吗？”

“嗯——下回吧。好吗？我得挂了，手机快没电了。”

挂吧挂吧，我知道，不是手机没电了，而是楠楠不希望她家人见到我，或我见到她家人，所以我和楠楠是彻底没“电”了。事隔很久，到如今，我早已与楠楠断了联系，不知道这小妖精勾引住了哪个男人，一同商量着明年什么良辰出嫁的事情。自从我的老手机在洗衣机中洗过之后，许多储存在手机里的电话号码也被洗掉了——楠楠彻底从我的世界里消失了。但八大处却在我心底似乎是一块挥之不去的痛，总得找时机去一去。

八大处的名字很有些意思，其实只是北京西山的一处地名。香山红叶红时，此地亦佳。八大处拥有西山群峰中的翠微山、平坡山和卢师山，因高低错落地建有长安寺、灵光寺、三山庵、大悲寺、龙泉庵、香界寺、宝珠洞、证果寺等八座古刹而得名。我猜想，先有山，后有寺，大概八大处这个名字应该在这些寺庙修建之后取的。

若要遍游八大处，不走多的重复路，当首先光顾灵光寺。灵光寺位于翠微山麓，始建于唐代大历年间，距今1200多年，初名龙泉寺。金代重修，改名觉山寺，明代再次重修，改为现名。灵光寺最出名的是“佛牙”。据赵朴初考证，释迦牟尼火化后，留下了四颗牙齿，其中一颗传到中国新疆和田。公元5世纪，法显和尚西游时将它带到南京，此后历经各代，辽时移入北京，安放于灵光寺招仙塔内。八国联军进北京时，由于义和团在此设坛，八国联军炮轰灵光寺。在清理废墟时从塔基中发现一个石函，函内有沉香木匣，匣内就是佛牙。1955年，缅甸佛教代表团专程从我国迎奉佛牙回国，缅甸举国上下盛况空前，8个月后又专程将佛牙送还我国。为安放这件稀有的佛教遗物，中国佛教协会于1959年在灵光寺新建一座8角13层佛牙舍利塔，高50多米，比原来的招仙塔还高三层，将佛牙供于塔内。灵光寺南院有金鱼池，池内金鱼据说是清代道光、咸丰年间养殖的，最大的有70多厘米长。

出灵光寺，北上是三山庵，因地处翠微、平坡、卢师三山之间而得名。寺内有一块长方形的门道石，汉白玉制，俗称水云石，石上有山水、花鸟等花纹。寺内还有一座敞亭，远望翠微山景，历历入画。

离开三山庵，再往上就是大悲寺。该寺原名隐寂寺，康熙赐改今名。历史上，大悲寺曾是天下僧众向往的地方，寺内有十八罗汉像，仪容端肃、道气深沉、工精入化，是八刹中特有的雕塑精品，相传是元代刘元的作品。寺庙的形制其他都差不多，灵不灵，香火旺不旺，差别却很大。有时，我也问，宗教究竟是什么？当科学被神化之后，宗教是不是显得格外必要。父亲收到我和贾湖丽从潭柘寺要来的那本《波罗蜜多心经》后，回信说宗教都是欺骗。丹麦的宗教哲学家克尔凯郭尔认为，人在通向上帝、成为自我的过程中，可能有三种不同的存在方式或存在状态，他称之为“生活道路诸阶段”，即审美阶段、伦理阶段和宗教阶段，宗教是最高阶段。在网上，我曾与马车夫斯基讨论过，宗教境界有可能是人生最高境界，而马车夫斯基对宗教充满疑惑。

佛教教理太深太博奥，身体力行又太难，似乎总让人云里雾里，摸不着头脑。妄谈佛法的，多又欺世盗名。相传五代后期，由于全国财务困难，周世宗下令毁掉天下铜佛像，用来铸钱。他的理由是：我听说佛教以身世为妄，利人为急，如果佛本人真身尚在，为了解救苍生，一定连真身都肯牺牲，何况这些铜做的假身呢？明朝末年，张献忠“屠戮生民，所过郡县，靡有孑遗”。有一天，他的部下李定国见到破山和尚，破山和尚为民请命，要求别再屠城。李定国叫人堆出羊肉、猪肉、狗肉，对破山说：“你和尚吃这些，我就封刀！”破山说：“老僧为百万生灵，何惜如来一戒！”就立刻吃给他看，李定国算是个讲信用的，盗亦有道，只好封刀。李敖认为，周世宗和破山和尚才真是第一流深通佛法的人，因为他们真能破“执”。佛法里的“执”有“我执”和“法执”。我执，是一般人所认为主观的我；法执，是一般人所认为客观的宇宙。因为他们深通佛法，所以能为天下苍生黎民百姓，毁佛金身，开如来戒。而一般的佛门人物，整天谈世间法、谈出世间法，其实什么法都不能真的懂、真的身体力行。

出大悲寺，再住西北方向去，就是龙王堂，又名龙泉堂。此堂建于清康熙年间，尽管规模较小，但风景绝佳，一股山泉曲流入池，水声淙淙，衬得小院格外清幽。由龙王堂沿迂回山路前行，路旁有一块巨大岩石，经地质学家李四光鉴定，为数十万年前的冰川擦痕，1964 年特建亭保护。这又让我忆起与贾湖丽同游中国第四纪冰川遗迹陈列馆的情形来。

再行不远，就到了香界寺。这是八大处的重点寺院，古代皇帝前来游山降香时，都要到这里休息。香界寺始建于唐代，称平坡大觉寺；明代重修，改称大圆通寺。当时寺内藏有一座高 7 尺的观音像，但重量极轻，常人即可举起。一次明宪宗到寺内游玩，见一金刚脸黑，笑说：“此似火里金刚。”不久，寺院竟然起火被毁。楚王好细腰，宫中多饿死，上行下效，前言后应，帝王、名人和为政者不应与普通百姓同，是不能够随便说话和开玩笑的，应三思而慎行，不然会造成一些意想不到的后果。康熙、乾隆时又予重修，改名香界寺。寺内现有石碑，刻有乾隆御制碑文。

再往上爬，就到了八大处最高的一座寺院宝珠洞了，因寺内有一座岩洞而得名。寺前牌坊上“观喜地”“坚固林”六字都是乾隆手笔，路旁巨石上还有乾隆题诗三首，乾隆写诗极多，题诗也不少，但能够流芳百世的大概也没有。这没法，作为皇帝，操纵着近乎随心所欲的话语权。宝珠洞洞深约5米，传说是香界寺的桂芳和尚所凿，洞内原供桂芳和尚像，俗称鬼王菩萨。桂芳系河北定兴县人，清初到宝珠洞修行，四十年如一日。称他鬼王菩萨是因为香妃死后，乾隆召桂芳到宫中诵经。说来也怪，乾隆在经坛后面的镜内发现了香妃的影子。于是，认定是桂芳勾来了香妃的灵魂，当即封桂芳为鬼王菩萨。一个人的境遇改变，竟然如此简单和充满戏剧性。宝珠洞后就是山顶了。

接着就是证果寺，这座寺庙位于卢师山半山腰的绿荫深处，是八大处中历史最悠久的一座寺院。建于唐代天宝年间，名感应寺。元代重修，改名大天源延圣寺。明代多次重建，又名清凉寺、镇海寺，明英宗时又改为证果寺。证果寺最有名的是秘魔崖，指的是一块从山顶凭空伸出的岩石，如狮子大张口，岩下辟有石室。传说隋仁寿年间，有个姓卢的和尚从江南坐船北来，不用篙橹，任其飘荡，发誓说：“船止则止。”结果，小舟经永定河至此搁浅，卢师和尚便在秘魔崖修行。不久，两个自称龙王之子的童子前来拜他为师，号大青、小青。其后正赶上北京三年大旱，卢师设坛祈雨，二童子登上法筵，未出三天，大雨如注，童子化龙而去，投于山下深潭，即青龙潭。从此以后，人们称此山为卢师山，建感应寺，称卢师为感应禅师，崖下还刻有二童子侍师像。这个神话给秘魔崖增添了神奇动人的色彩，但故事的本身似乎经不住推敲。

最后，再回头游长安寺。该寺在翠微山东麓，始建于明代，初名善应寺。该寺共有两进殿院，前殿供释迦牟尼，后边是娘娘殿，最早的时候塑有十尊天兵像，状甚诡异，还有关羽铜像，庑下有五百罗汉像。现在，前院保存有一口明万历铜钟，后院有两株元代种植的大白皮松，都是珍贵文物。

记得还是住红居斜街单身宿舍时，萝卜对我说过这样的话，他说：“别看现在我们对做爱充分渴望和向往，等到真正结婚的时候，可能倒厌烦起来，躲都躲不了……”结婚前，往往就是这样，夜里做春梦，昼里做白日梦，对性充满幻觉和冲动，就像城外的人拼命想冲进城里去一样。

其实，八大处也就是这样一个地方，没去过，心里总是歉歉的，好像缺一块什么似的；真正去了，又无先入为主的成见，无非走一走，爬一爬，喊一喊，啸一啸，散一口恶气，出一身臭汗，锻炼锻炼身体，淡泊淡泊心志。回来冲一个澡，能够不用做梦，睡一个好觉。据说，参禅悟道到一定境界，看山还是山，看水还是水，回归本源。觉睡得好，不做梦，也是人生的一种“平常”境界，但许多人已经做不到了。

记得杜牧曾言：“十年一觉扬州梦，赢得青楼薄幸名。”老杜境界，高山仰止，不敢妄比。我辈自然也达不到小杜的境界，品味不到那份人生独特的况味和潇洒。

人生难寻一好觉，且睡，且睡，管他七荤八素。

2005 年 12 月 7 日星期三于北京

法源寺

法源寺离得近，丁香特别有名，所以我极力向萝卜推荐。

萝卜听了，先是愣了一下，笑着说：“教子胡同附近的法源寺？去过了。咱俩刚到北京，同游牛街礼拜寺时，不是已顺道儿去过了吗？”

是吗？这让我很震惊。去过的地方，我怎么一点印象都没有呢？这让我着实惶惑起来，认真疏理着自己的记忆，是不是我老了，记忆力衰退，有了“老年痴呆症”的前兆，应该记住的没记住，应该忘记的却没忘记，没用的东西记得清清楚楚，有用的东西却稀里糊涂。面对《城·色》这一大堆文章，我不禁困顿了，我究竟写的是真实的散文还是虚构的小说？这些文章里的人和事是真实的吗？这些人真的与我生活在同一时空，是真实存在的吗？那些事是真实发生过的吗？我曾在同一时段里阅读爱新觉罗·溥仪的《我的前半生》和丁中江著的《北洋军阀史话》，让我疑惑的是我竟然怀疑末代皇帝和袁世凯是生活在同一个时代的人？而活在两个不同的世界和时空里的两个人，又怎么会碰到一块去了呢？

也许《城·色》确实是真实的，是一些现实当中刚发生过或确实存在着的人和事物，但陆续化成了我脑海里的一部分回忆和想象。由于我记忆的“损伤”“残破”“增补”“幻化”和“演绎”，思考和思维的自我“调整”“扭曲”“剪辑”“拼接”和“变形”，这些人和事变成“唯我独有”的了，不再是原有的客观存在。

如果是这样，那什么是可以信赖的呢？虽然贾湖丽一再表示曾与女友去过法源寺了，可我还是携着她一起再去探个究竟，寻找失落的记忆。法源寺位于宣武门外教子胡同南端，唐贞观十九年，唐太宗李世民为哀悼北征辽东的阵亡将士，诏令在此设寺纪念，但未能如愿。二十年后，在武则天当政之时才建成，赐名悯忠寺。因为有这样一段历史，李敖想当然地认为法源寺是个很阴冷的地方。安史之乱时，此寺一度改称顺天寺，平乱后恢复悯忠寺名称。唐末景福年间，幽州节度使重加修整，增建悯忠阁。辽清宁三年，幽州发生了一次大地震，悯忠寺被毁，但不久即奉诏修复，形成今天的规模和格局。明朝正统二年，寺僧相王容法师募资进行了修葺，易名为崇福寺。清雍正十二年改称法源寺。乾隆四十三年，法源寺奉诏再次整修，竣工后乾隆皇帝亲来到法源寺，御书写下“法海真源”的匾额。法源寺的历史和名称变更，可以由立在大雄宝殿前的几块碑记佐证。

法源寺应该是北京市区内现存最古老的寺庙了，文化底蕴深厚。法源寺占地面积 6700 平方米，主要建筑有山门、天王殿、大雄宝殿、悯忠台、无量殿、大悲坛、藏经阁、大遍觉堂、钟鼓楼和东西廊庑等，布局结构与其他寺庙大同小异，倒没有什么更多特别的地方。走进山门，左右两侧分别为钟楼和鼓楼。前边是雄伟的天王殿，殿内正中供奉着弥勒菩萨的化身布袋和尚铜像，高 1.12 米。弥勒佛背后是铜铸的护法神韦驮坐像，高 1.7 米。两侧是铜铸的四大天王像，一般高，1.2 米，这些都是明代遗物，很耐看。

其后就是大雄宝殿，为清乾隆四十三年重修，殿中供奉着“华严三圣”，即毗卢遮那佛、文殊和普贤菩萨像。为明代制作，木胎贴金罩漆。正中的毗卢遮那佛端坐在须弥座上，像高 2 米。加上背光，通高 3.97 米。文殊、普贤分立两旁，像高 2.14 米。大殿两侧为十八罗汉坐像，像高约 1.35 米，木胎贴金，为清朝制品。大殿中迤南两表石柱础，作卷叶莲瓣，可能是唐初建寺时原物，因为它的花纹与庙中业经佚失的唐开元十四年石幢而仅保存下来幢座上的花纹，在风格上极其相近，石质也不是一般北京附近所产的白石。

再往北行，可登悯忠台，也叫念佛台，又称观音殿。台基高 1 米多，周围护以砖栏，殿堂建于台上。此殿结构独特，外墙以十二柱为架，室内以十二柱支撑，式样与故宫御花园万春亭相同。这里保存着法源寺的历代石刻、经幢等，以唐《无垢净光宝塔颂》《悯忠寺藏舍利记》《承进为荐福禅师造陀罗尼经幢》，辽代的《燕京大悯忠寺菩萨地宫舍利函记》最为珍贵，被书法家推崇。殿外山墙还嵌有清代翁方纲复制的唐"云麾将军碑"残柱基，另有《法源八咏》及《心经》等碑刻，是研究佛学和法源寺历史的重要资料。悯忠台院中还有一具石雕香炉，雕镂精致，刀法细腻。

悯忠台后面的殿堂叫净业堂。堂前有一巨大石钵，双层石座，周围雕着海水花纹和山龙、海马及八宝等形象，雕刻极为精美，可与北海团城的渎山大玉海媲美。净业堂内供奉着一尊明代铜制的巨型毗卢佛像，高及屋顶，共分三层：下层为千叶莲瓣巨座，每一瓣上楼一佛像；中层为四方佛，面向东、西、南、北；最上层为毗卢佛。整座佛像古朴、精美，却是我在其他佛寺里没见过的。

绕到净业堂的后面是大悲坛，这里陈列着历代佛像、石刻及艺术珍品，有中国最早的佛像——东汉时代的陶佛座像，有东吴时代的陶魂瓶，有北齐石造像、唐石佛像、五代铁铸佛像、宋木雕罗汉、元钢铸观音、明木雕伏虎罗汉等，都是珍贵文物。另外还有不少各国赠送的经像文物。

最后的殿堂是藏经阁，大殿全部用青砖铺地，阁中供有一尊巨大的木雕卧佛，头枕右臂，面容祥和，也是明代的作品，可与卧佛寺的卧佛一比；阁内还陈列着自东汉至清代的诸多佛像、石雕、经幢、佛龛等等，都是稀世珍品。

此外，法源寺的故事典故较多。宋钦宗赵桓被金兵俘虏北上，就曾囚居在这里。宋遗臣谢枋得抗元失败，遁隐福建建颐唐石山中，被俘，也是关押在此，并在此绝食身亡。1980 年 5 月，日本国宝鉴真大师像到中国巡展时，曾在这里供奉了 7 天，有 16 万信徒和群众前来瞻仰、观看。1956 年，中国佛学院在这里成立。1963 年，亚洲 11 个国家和地区的僧教徒会议也在这里召开。1980 年，国家再次拨款修复寺庙，并创办了中国佛教图书文物馆，使之成为佛教文化和佛学研究的中心之一。清代的法源寺以其花木见胜，誉满京都。寺内种植的牡丹达百余种，每当花开时，万紫千红，十分艳丽。寺内的前庭后院都种植有丁香，这里的丁香号称"香雪海"，芬芳浓郁，极负盛名。每岁春季花开，寺僧必备素斋，邀集文人名士赏花。至今，寺内名贵树木花草仍十分茂密，前院有唐松矗立，钟鼓楼前宋柏相伴。藏经阁前的银杏有几百年的历史，树冠如盖，枝繁叶茂，荫蔽半院。寺内翠竹、松柏掩映，菊花夹道，丁香满院，文官果、龙爪槐、海棠、古槐等郁郁葱葱，把整座寺庙点缀得格外幽雅、清静，让人心静，让人去了一次还想再去。

重游法源寺，记忆复苏，点点滴滴重现眼前。我读李敖的小说《北京法源寺》，很有些趣味，也佩服李敖居然能把小说写成历史教课似的东西。我很奇怪，李敖访北京，仅去了利玛窦墓，不知为何却没来法源寺。虽然小说《北京法源寺》刚出来时，热炒过一段时间，传说李敖准备凭这本小说谋取诺贝尔文学奖，当时我竟然还有点担心，担心因此小说的获奖而影响中国文学将来的走向。2004 年 12 月 24 日，82 岁的诺贝尔物理学奖获得者杨振宁与 28 岁的翁帆结婚，网上炒得沸沸扬扬。相差 54 岁的婚姻，让我再次想到了李敖和比他小 30 岁的王小屯的婚姻。李敖 1935 年 4 月出生，与他有着密切关系的女子大概有七个：第一个是初恋“罗”，李敖曾为她自杀未遂，再痛苦的初恋总会幻化成一种甜美的回忆；第二个是王尚勤，与李敖同居后，生一女；第三个“小 Y”，是个喜欢与他争论问题的女子；第四个是小蕾，长得有点像王尚勤的女子；第五个是与他同居的刘会云；第六个是电影明星胡茵梦，结婚仅三个来月，即离婚，轰动一时。胡茵梦却也因这段情感，迷上了文字。

李敖的第七个女人才是王小屯。1985 年 3 月 11 日下午，在台北市仁爱路上，李敖看到一个候车的女孩子正在看他坐牢时编发的《李敖千秋评论》丛书第三期。再看那读杂志十分投入的女孩子，身高几乎与小蕾相同，也有一米七以上，颀长而丰满。特别是她读书的神态几乎与小蕾一模一样。李敖看着看着，就情不自禁地走近了女孩子……就这样他和王小屯相识了。1988 年 6 月，在经历了不长也不短的三年恋爱以后，王小屯终于成为李敖的妻子，并分别在 1992 年 8 月和 1994 年 11 月为李敖生了一子一女。李敖曾说：“我不喜欢很无知的女人、很粗糙的女人、很凶悍的女人。有些女人长得还好，像我的前妻，但是很凶悍，动辄要向男人瞪眼睛，就不好了。你可以强硬，利用男人，玩男人，欺负男人，奴役男人，占男人便宜，都可以，但是手段不能太粗糙。手段很重要，味道很重要。人一撕破脸，就不对劲了。我喜欢的女人，温柔是很重要的，要很女性化。新女性主义说，你是大男人主义，欺负我们。不是的！不是说女人横眉怒目，就可以与男人去一争短长。不是这样的。”李敖前妻是指胡茵梦，其他女子虽可能同居但并未结婚。

我认为李敖是个比较率真的人，所以他曾经坐过牢。他说：“50岁以前我在马路上看到漂亮女孩会去勾引她，我太太就是这样勾引来的，我根本不认识她，我不能等别人给我介绍，没有机会了，只有自己上去了。”李敖也是一个比较恋旧的人，所以他找的几个女子据说都比较相像。

李敖追王小屯时，刚好50岁，而王小屯才20岁，李敖与王小屯父亲岁数相当，我不知道翁婿见面时该如何打招呼。像李敖这种厚颜赖皮的追女精神，我没有，帆子没有，一鹤悠然也没有。

我对贾湖丽说，婚姻这东西很奇怪，年龄其实并不是婚姻的必然障碍。其实我与贾湖丽的年岁相差并不大。

此外，教子胡同与法海寺前街交接拐弯处，有一家名叫大顺堂的清真饭店，店面不大，生意很火，卖有一种名叫“炸回头”的很好吃的小吃，我和贾湖丽都吃了不少。

2005年12月8日星期四于北京

地坛

我本来是不想写地坛的，因为地坛绕不开一个人，这个人叫史铁生。

我对残疾人写的作品有点先入为主的腻怕，担心文字里一把鼻涕一把泪，抱怨上天不公。因为史铁生双腿残疾，我读史铁生其实很少。我对残疾人并无歧视和轻盱的心态，只是天然不喜欢的缘故，就像我怎么也下不了决心，去读患有严重的哮喘病，终年生活在一间门窗经常不打开的房间中的普鲁斯特写的 15 卷本的长篇小说《追忆似水年华》一样。又不想当大师，何必劳神费劲去读这样的大部头呢？但司马迁的《史记》对我来说，倒是个例外。

史铁生有地坛情结，他写的《我与地坛》也很有名，他在《我与地坛》里叙述说：

> 地坛离我家很近。或者说我家离地坛很近。总之，只好认为这是缘分。地坛在我出生前四百多年就坐落在那儿了，而自从我的祖母年轻时带着我父亲来到北京，就一直住在离它不远的地方——五十多年间搬过几次家，可搬来搬去总是在它周围，而且是越搬离它越近了。我常觉得这中间有着宿命的味道：仿佛这古园就是为了等我，而历尽沧桑在那儿等待了四百多年。

套用王国维的话讲，史铁生这样的叙述是“有我之境”的写法。也因这，只要说到地坛，人们就会自然而然想到史铁生；说到史铁生，人们也会自然而然想到地坛。地坛是史铁生作品的背景，地坛是史铁生人生的背景，地坛成全了史铁生的思考，而史铁生赋予地坛“史铁生”的个人色彩。而我对于地坛来说，仅是一个轻描淡写的游客，一个可有可无的行人，一个无足轻重的旁观者。

因为地坛书市，我去过地坛几次。因没事，跑去地坛买了几本也许根本不看的闲书。有些书，买的时候我们明明知道不看，却偏偏买了回来。就像女人，有些时装根本不穿，偏要买回来放在衣橱里挂着。书市是喧哗和吵闹的，冲破了地坛的宁静，因这似乎有些多余的喧嚣，我也无暇仔细去游览地坛的风景，而地坛呈现在我眼里一定也非其本来面目，我在地坛体会不到史铁生式的沉寂和哲人的思考。

地坛坐落在北京城安定门外，是明、清两代皇帝祭祀皇地祇的所在，也是中国历史上连续祭祀时间最长的一座地坛。自公元 1531 年— 1911 年，先后有明、清两代的 15 位皇帝在此连续祭地长达 381 年。明朝前期祭地与祭天是合并在天坛举行的，直到明嘉靖九年订立四郊分祀的制度以后，才另建坛祭地，当时称作方泽坛。嘉靖十三年，才改称地坛。

地坛分为内坛和外坛，以祭祀为中心，周围建有皇祇室、斋宫、神库、神厨、宰牲亭、钟楼等，与天坛所设相近，似乎是祭坛必备设施。地坛的面积不大，37.3 公顷，占地仅为天坛的 1/8 左右。举行祭地大典的方泽坛平面为正方形，上层高 1.28 米，边长 20.5 米，下层高 1.25 米，边长 35 米，乍一看去，似乎给人以矮小、简单之感。但是，就在这看似一无所有的表象下面，却隐含着象征、对比、透视效果、视错觉、夸大尺度、突出光影等一系列建筑艺术处理手法。

在古代中国，“天圆地方”的观念源远流长，因此，作为祭祀地祇场所的地坛建筑，最突出的一点，即是以象征大地的正方形为几何母题而重复运用。从地坛平面的构成，到墙圈、拜台的建造，在一系列大小不等在平面和立面上，采用方向不同的方形布局和几何构造，让“方”反复出现。这与天坛以象征苍天的圆形为母题而不断重复的情形构成了鲜明的对照，形成强烈反差。这些重复的方形，不仅具有强烈的象征意义，而且还创造了构图上平稳、协调、安定的建筑形象，而这又与大地平实的本色十分一致。

按照古代天阳地阴的说法，方泽坛坛面的石块均为阴数，即双数。全坛方形平面向心式的重复构图，使位于中心的那座形状和体积不高不低的方形祭台显得异常雄伟，这种非凡的气魄，主要来源于两个方面：首先是最大限度地去掉周围建筑物上一切多余的部分，使其尽可能地以最简单、最精练的形式出现，从而形成了一个高度净化的环境；其次则是巧妙的空间结构处理手法：两层坛墙被有意垒砌成不同的高度，外层墙封顶下为1.7米，内墙则只有0.9米，外层比内层高出了将近一倍；外门高2.9米，内门高2.5米。两层平台的高度虽然相近，但台阶的高度却不同：上层台宽3.2米，下层台宽3.8米。这种加大远景、缩小近景尺寸的手法，大大加强了透视深远的效果，形成一种建筑结构的节奏，进而造成了祭拜者的一种特殊的心理节奏：当你沿着神道向祭坛走去时，越向前走，建筑就越是矮小，而祭拜者本人就越是显得高大，当你最终登上祭坛时，自然会有一种凌空抚云、俯瞰尘世之感。除了视觉上促使人产生节奏感之外，这里还重视人的触觉，特别是脚的感觉。中国建筑历来重视地面的铺作和道路、台阶的距离远近曲直，目的即是要创作出一种特定的意境或气氛。方泽坛的空间和距离，从一门到二门，二门到台阶前都是32步左右，两层平台都是8级台阶，上二层平台又是32步左右。这种人行进间持续时间久暂相同的重复，自然而然地使人脚的触觉转化成心理上的节奏，舒畅的平步青云之感便油然而生。如果说，帝王祭天是为了表现自己是天之元子，是受命于天的话，那么，他们在祭地之时，所要强调的是自己君临大地、统治万民的法统。

我不知道，学建筑的法国妹妹来没来过地坛，对地坛这样的设计做何感想和会有什么样的启发。法国妹妹也许对这些古建筑并不感兴趣，她感兴趣的也许是现代建筑的设计形式。记得前些时候，法国妹妹毕业实习，从国外给我打了一个电话，问我："老青蛙，我快毕业了，你的MBA学得怎么样了？"我喃喃道："一边工作，一边学习，时间安排上……"法国妹妹没待我解释完，就打断了我的话说："再难，你也不会难过我另起炉灶，从法语字母重新学起吧？"我哑口。挂断电话后，我在电话机旁呆了半天，我想，放弃了法国妹妹就等于放弃了一种全新的生活方式和人生历程。虽然当初我就不敢奢望，但法国妹妹真的离我远去，不禁还是有点怅然。

此外，地坛建筑在色彩运用方面也颇具匠心。全部方泽坛只用了黄、红、灰、白四种颜色，便完成了象征、对比、过渡，形成了协调艺术整体、创造气氛的作用。祭台侧面贴黄色琉璃面砖，既标明其皇家建筑规格，又是地祇的象征，在中国古代建筑中，除了故宫和北海的九龙壁之外，很少见到这种做法。在黄瓦与红墙之间以灰色起过渡作用，又是我国古代宫廷建筑常见的手法。整个建筑以白色为主并伴以强烈的红白对比，给人以深刻的印象。红墙庄重、热烈，汉白玉高雅、洁净；红色强调粗重有力，白色如轻纱白云，富有变幻丰富的光影和宜人的质感；红色在视觉上近在眼前，象征尘世，而白色则透视深远的效果，远方苍松翠柏的映衬，又使祭坛的轮廓十分鲜明，更增添了它神秘、神圣的色彩。

走在这些有着几百年，甚至上千年的历史古迹上，人轻飘飘的，犹如鸿毛，无关紧要，似乎可以忽略不计。地坛是不宜开书市时去游览的，地坛更宜于清晨和黄昏，宜于春风得意之时，宜于坎坷失意之际，宜于独处思考，宜于两三人谈心，宜于……像我这样浮光掠影地叙述，不如静下心去，闲坐斗室，读史铁生的《我与地坛》。

地坛留给我另外的印象和记忆，是与小王八在地坛南门会见小 X 的事情。小王八私下里讲话有时痞气十足，反正这年头假装流氓似乎很时尚，痞话有时却暗藏妙语。小王八曾说，谁家的娇娇女儿，做父母的，当作宝，不是呵着护着，热了怕化了，冷了怕病了，干活怕累着了，到外面怕被人欺负了，一把屎一把尿千金宝贝似的拉扯大，到头来，还不是背着父母被哪个烂男人哄骗了去，糟蹋或蹂躏，压在身下叫得死去活来……

听小王八这么说，我只是笑，不好说什么。小 X 是一护士，北京人，脸有点长，皮肤微黄，不丑，但也不漂亮。小 X 有一双胞胎姐姐，在香港工作，平时聊天常说到她，我原以为是个很出色的妞。后来，通过小王八和小 X，我见过她，不热不淡，姐妹俩长得倒有几分相似，但也不完全像。见面不如闻名，聊不到一块，我甚觉无趣。我原一直以为小 X 是小王八的女友，由于我经常发现小X留宿在红居斜街9号楼单身宿舍的缘故。若是女友，又何以容忍小王八整日里在外招蜂引蝶，拈花惹草。我曾问小王八："什么时候结婚？"

小王八说："跟谁结婚？"

"小X？"

"我们没事，她在广安门上班，家却在和平里那边，太远，有时不想回去，就住这了。一人一床，我和小X井水不犯河水，相安无事。"

"你是太监？"鬼才信，我大笑。

隔了一段时间后，小王八又解释说："小X才大专毕业，我和她不可能结婚，是性伴。这年头没房没车，谁跟你结婚。大家互相需要，生理心理需要，只是玩玩。你有'性'趣，你也可以上。"爱有爱的理由，不爱也有不爱的道理，反正都是人嘴里吐出来的唾沫。

又有一次，小王八说："女人就是这样，只要与你上了一次床，一旦失守，后来便没遮拦，还会主动找上门来。"小X与小王八似乎招之即来，挥之即去，谁也不欠谁的，谁也不占谁的便宜。

在地坛南门见小X，可能是小X找小王八最后摊牌，而小王八硬把我生拉硬拽了去，扛刀。小X碍着我，有些话不好说，便不了了之。有段时间，小王八东躲西藏，似乎在逃避什么，终于找一机会，申请到公司驻新加坡办事处工作去了，把一堆不智不愚的女人和不垢不净的故事留在了北京。小王八离京之后，据说有一对母女找到单身宿舍大吵大闹了一回，说是要找小王八说清楚。想说清楚什么，却没人知道。

我本来是不想写地坛的，但前面已写了天坛、先农坛、社稷坛、日坛、月坛、世纪坛，若独不写地坛，厚彼而薄此，显得不厚道，似乎亏欠地坛一点什么似的。

所以，思来想去，我还是害怕土地神怪罪的，所以在这里还是随便写写地坛。

2005年12月28日星期三于北京

古观象台与天文馆

老青蛙会娶贾湖丽吗？这是摆在我面前的首要问题，也是许多读《城·色》这个系列文章，跟着一同游北京城的朋友们所关心的问题。

城里的人拼命冲出来，城外的人拼命冲进去。我向马车夫斯基介绍贾湖丽的情况后，马车夫斯基只是提醒说，你可别碰上孙柔嘉似的大鲸鱼，张着大嘴，等你送上门。婚姻总有运气的成分在里头，谁也无法保证十全十美，回头我便对贾湖丽说："《围城》里有段话，很有趣。说女人在男人面前总是傻的，因为男人总是爱傻女人，而女人总是能够恰到好处地傻到让男人恰到好处地爱上自己。"《围城》里的原话却是唐晓芙对方鸿渐说的："你放心，女人全是傻的，恰好是男人所希望的那样傻，不多不少。"男人与女人在婚姻问题上是否也存在着博弈。

婚姻意味着什么？我与贾湖丽几乎逛遍了北京城，我们是在恋爱，还是在走一种程序？我们没在恋爱吗？那是我在泡她吗？婚姻是不是爱情的坟墓，对于我而言，并不是最为重要的。重要的是，婚姻对于我意味着放弃一种生活方式，一种独处、独身、单身贵族、寂寞、枯坐、烦躁、冥想、无所事事、寻找刺激、渴望传奇、为所欲为、未来存在最大可能性的不确定性的生活方式。未婚，是一个很有吸引力的生活状态，意味着将来有无限可能性；结婚，意味着一切都明朗化，失去了幻想，失去了无限可能。接受婚姻，我同时就接受了另一种生活方式，开始我人生的另一种历程。

我是一个病患者。我也许患有严重的"结婚恐惧症"。记得《列子》中有一篇寓言，大意是说，楚女嫁齐，因为不知道齐国是什么样子，也不知道将来的生活会怎么样，所以啼哭不止，闹着不肯出嫁。后来终于嫁过去了。结果，婚后很幸福。她便后悔和嘲笑自己当初怎么会有不肯出嫁的想法。出嫁后的楚女乐不思“楚”，三年不归。谁能保证婚姻就一定会幸福，或者一定就不幸福呢？

“你究竟娶不娶我？”贾湖丽问。

“让我想想。”

“你究竟娶不娶我？”贾湖丽又问。

“让我再考虑考虑。”

“你究竟娶不娶我啊？”贾湖丽追问。

哲学家康德曾说过：“有两样东西，我们越是持久和深沉地思考着，就越有新奇和强烈的赞叹与敬畏充溢我们的心灵：这就是我们头顶的星空和我们内心的道德律。”论情理和良心，我和贾湖丽交往这么久，也没发觉她有什么特别的不好，对我也没什么特殊的要求。一、我不是太监；二、母亲也一再警告我老大不小了；三、截至目前除贾湖丽之外，再没有一个女子愿意嫁我的。在我印象中，北京的夜空从来就难以看到星星，要不我也学着古人的样，通过星象，预测一下婚姻将来的吉凶。我和贾湖丽曾经掰着手指头算，不结婚的十条理由，我们竟然一会儿就找全了，少算也有二十来条。但结婚的“十个理由”，怎么凑也凑不齐，于是我提议去古观象台和天文馆看看，看是否能够寻找到结婚的“第十条理由”。

贾湖丽说：“去吧，去吧，我不陪你去，谁会陪你去？”是的，事到如今，似乎除了贾湖丽，似乎再也没有其他女子愿意陪我逛北京城了。

古观象台位于建国门立交桥的西南角。据《明实录》记载：“正统七年三月壬子，造会同馆和观星台。”观星台即古观象台。说明观象台应始建于明代，距今 560 多年了，是世界上古老的天文台之一。初建时，除建台子、造仪器外，台下还建了紫微殿庭院。明正统十一年又造晷影堂。台顶因清代仪器增多曾东扩三米外，至今无大变化。其名称明为观星台，清为观象台，而辛亥革命后改叫中央观象台，1929 年改为“国立天文陈列馆”而结束了近

500年的连续观测历史。古观象台的仪器，以体型巨大、造型美观、雕刻精湛著称于世，但在漫长的岁月中，台上仪器曾几度沧桑。八国联军入侵北京，古观象台上的仪器被洗劫一空，法国抢走了赤道经纬仪、象限仪、黄道经纬仪、地平经纬仪及简仪，运至大使馆，迫于舆论压力于1902年归还；德国将纪限仪、地平轻仪、天球仪、环卫扶使仪及浑仪都装上军舰，运往德国，直至第一次世界大战德国战败后，于1921年春才将古仪送还，并安放于原处。仪器被劫后，为使观测不间断，又制了折半天球仪及折半地平经纬仪。"九一八"事变后，华北形势紧张，部分古物南迁，古观象台下的浑仪、简仪、圭表、漏壶等七件仪器也运往南京，现分别陈列在南京紫金山天文台和南京博物院。新中国成立后，古观象台久不使用，几乎荒废。1955年交由北京天文馆修复管理，1956年5月1日以北京古代天文仪器陈列馆之名，向群众开放。但不久却因种种原因古观象台停止接待参观者，直到1983年4月1日才再度对外开放。

从喧闹的建国门外大街进入紫微殿，一下子便安静下来，参观者也寥寥，这让我很诧异，以为古观象台为闹市里的隐者。登古观象台，我给帆子打了一个电话，说晚上想跟他到天宁寺附近一起吃牛丸，帆子不赏脸，吞吞吐吐说有事，改天吧。我对贾湖丽说，看来，帆子有新动向，恋爱进展不错。

古观象台归天文馆管理。古观象台在朝阳区，天文馆在西城区，隔得老远，怎么会弄到一块去呢？是星空把他们联系到一起的，而便便的天使常开玩笑说她与萝卜根本就没共同语言，我和贾湖丽似乎也没有什么共同语言，怎么也会聚到一起来呢？也许是月下老人神秘的红绳把我们拴到一块的，也许是那说不清的缘分让我们碰到一起来的。天文馆位于动物园对面，我与贾湖丽游动物园时曾想过去看看，但没去成。据说天文馆老馆在1955年开始筹建的时候，竺可桢、吴晗、梁思成、陈遵妫等人曾多次到天坛、后海、西郊等处调研讨论，最后选定此地，以便与附近的动物园、展览馆形成一个文化科学区。天文馆是由中国科学院、全国科普协会（中国科协前身的一部分）和北京市共同筹建，由郭沫若题写的馆名。1955年10月开始施工，并请吴作人等参与美术图案的创作，1957年9月29日落成开放。

经讨论、研究，老馆被保留的前提下，2001年12月天文馆新馆破土动工，投资3亿元，历时3年完成建设。新馆有很多新奇的东西，例如在18米直径、设有200个座位的数码宇宙剧场里放映的《寻找生命——我们是唯一的吗？》中引进了世界上最先进的数字化星空放映设备，世界上第一套数字化的三维全天域激光投影系统，通过6个蔡司激光投影器拼接出全天域图像，在球幕剧场里创造出壮丽无比的三维彩色画面，使观众置身于一个虚拟环境里，沉浸在身临其境般的太空之中。它可以表演在空间和时间任何大小、远近比例的世界，从分子生物学到太空天体，从大爆炸到膨胀的宇宙。这个划时代的跳跃，将使天文馆成为沉浸式的、伸手可及的宇宙之窗。观众还可直接参与节目的演出，进入实时的虚拟旅行。而4D科普影院是由放映立体加特效影片的电影放映系统和196个特效座椅构成，6台同步电影放映机在180度环形银幕上放映出立体影片并可产生出烟雾、喷水、吹风和气味等特殊效果，座椅也可随剧情发展而运动。在这里放映的《生命颂》是描述在宇宙的太阳系中的地球上生命发生和发展的漫长历程。那远古的恐龙和猛犸象，渐渐地朝你走来，突然向你喷了一脸水花，使你惊讶不已。这是一堂最生动的地球生命史的虽假如真的演示。此外，新馆还有3D立体动感影院、太阳望远镜、大众天文台、太阳知识科学展、太空美术作品展等等。

面对宇宙和星空，我常常感到人的虚无和无助，历史的虚无和不可信。干吗想那么多呢？人生莫过百，从古至今，不都是这么活下来的吗？男大当婚，女大当嫁，为什么不按程序按部就班地往前走下去呢？

回来后，我给远在广州的母亲打电话，介绍贾湖丽的情况，我对母亲说：“她是江苏常州人，没有北京户口。”

母亲说：“北京户口不是决定因素。”

“她个子不高，但长得还不算丑。”

“个子也不决定一切。我也长得不高，遗传，你个子也不高！你长得也不英俊。”母亲很少表扬她的儿子。

“她家普普通通，没有什么背景。她一个人在北京。”

“她有固定单位吗？”

"有。"

"她有较稳定的收入吗？"

"还可以。"

"你觉得她好吗？"

"嗯。"

"若好就成，决定权在你。你也老大不小了，你挑选别人，别人还挑选你呢。"母亲回答。远离母亲，母亲知道，她这个儿子早已失去她的庇护和控制。

我沉默了一会，对母亲说："我找机会带她到广州让您先看看，我这边房子也快弄好了，或者您抽时间到北京来看看她再说，好吗？"

母亲愉快地答应了，她还是红卫兵大串联时来过北京，早就想来北京看看了，顺便来看看贾湖丽——一个可能成为她未来儿媳妇的神秘女子。

后来，母亲来到北京，站在天安门前，回想年轻时接受毛主席检阅红卫兵的场景，可她怎么也想不起当时自己究竟站在天安门广场的哪个角落哪个方位……

年轻时发生的事情并不是总能够记住的，或记得清楚的。母亲老了，我们同样也会老去……

2005年12月29日星期四于北京

国子监

君子不能无癖。除了读点闲书，我没有什么爱好。到了北京后，不知道在忙什么，庸庸碌碌，读闲书似乎也少了。

“五一”节时，分散在全国各地的几十名同学聚集到长沙，搞了个同学聚会，有带家属的，也有没带家属的。通过小刀，意外地见到了早已回国休假的法国妹妹。她什么时候回国的？小刀知道，但我却不晓。怎么不告诉我一声呢？我有点怏怏。回到北京，一天突然接到法国妹妹从深圳打来的电话，她是来向我告辞的。她说：“明后天，将经香港，返法国。主要有一事，我在莎士比亚故居买了一支金笔，想送给你，在长沙时，不知道能见着你，没带在身上——我觉得朋友中，就只你配用这支笔……”

“啊，谢谢，你太抬举了，那怎么办？我坐飞机来深圳？我的字写得奇丑，你这可是明珠暗投啊——这样吧，你先帮我留着，下次见面时，你可别忘了送给我。”我已不懂得如何与法国妹妹说话了。

贵阳的马车夫斯基给我寄来一本苏联作家巴别尔的《骑兵军》，将暴力和残酷赋予诗化的叙述，摆脱文字和思维的很多束缚，达到文学某种纯粹的境界，传得很神，追随者众多，世界范围重量级的粉丝很多。我向帆子介绍，帆子很有些兴趣，借去看了。接着上海的筱杨托她北京的朋友，专程送来一套五卷本的《路遥文集》，也许是我的理解力问题，我对路遥的评价并不高。我觉得，《平凡的世界》仍然是部拉长的《人生》，并没超越小说《人生》的价值。但路遥是个对文学有一种献身精神的作家，我读他的《早晨从中午开始》，竟然满眼泪水，当前具有献身精神的人越发少了。我知道，我既成不了莎士比亚，也成不了巴别尔和路遥。至于书籍，我真正想要的是一套《汪曾祺全集》，不易买到，也没人送我。

很早我就去逛过国子监，但没什么感觉，看不出个所以然来。回来翻看汪曾祺的散文《国子监》。不得不佩服汪曾祺，居然能够把这么个无趣的地方写得如此精彩，我觉得，有再去国子监看看的必要。汪曾祺写道：

> 国子监，就是从前的大学。
>
> 这个地方原先是什么样子，没法知道了（也许是一片荒郊）。立为国子监，是在元代迁都大都以后，至元二十四年（公元1288年），距今约已700年。
>
> 元代的遗迹，已经难于查考。给这段时间作证的，有两棵老树：一棵槐树，一棵柏树。一在彝伦堂前，一在大成殿阶下。据说，这都是元朝的第一任国立大学校长——国子监祭酒许衡手植的……
>
> 一进国子监的大门——集贤门，是一个黄色琉璃牌楼。牌楼之里是一座十分庞大华丽的建筑。这就是辟雍。这是国子监最中心，最突出的一个建筑。这就是乾隆所创建的。辟雍者，天子之学也。天子之学，到底该是个什么样子，从汉朝以来就众说纷纭，谁也闹不清楚。照现在看起来，是在平地上开出一个正圆的池子，当中留出一块四方的陆地，上面盖起一座十分宏大的四方的大殿，重檐，有两层廊柱，盖黄色琉璃瓦，安一个巨大的镏金顶子，梁柱檐饰，皆朱漆描金，透刻敷彩，看起来像一顶大花轿子似的。辟雍殿四面开门，可以洞启。池上围以白石栏杆，四面有石桥通达。这样的格局是有许多讲究的，这里不必说它。辟雍，是乾隆以前的皇帝就想到要建筑的，但都因为没有水而作罢了（据说天子之学必得有水）。到了乾隆，气魄果然要大些，认为“北京为天下都会，教化所先也，大典缺如，非所以崇儒重道，古与稽而今与居也”（《御制国学新建辟雍圜水工成碑记》）。没有水，那有什么关系！下令打了四口井，从井里把水汲上来，从暗道里注入，通过四个龙头（螭

首），喷到白石砌就的水池里，于是石池中涵空照影，泛着潋滟的波光了。二、八月里，祀孔释奠之后，乾隆来了。前面钟楼里撞钟，鼓楼里擂鼓，殿前四个大香炉里烧着檀香，他走入讲台，坐上宝座，讲《大学》或《孝经》一章，叫王公大臣和国子监的学生跪在石池的桥边听着，这个盛典，叫作“临雍”。

……然而辟雍殿确实是个美丽的、独特的建筑。北京有名的建筑，除了天安门、天坛祈年殿那个蓝色的圆顶、九梁十八柱的故宫角楼，应该数到这顶四方的大花轿。

辟雍之后，正面一间大厅，是彝伦堂，是校长——祭酒和教务长——司业办公的地方。此外有“四厅六堂”，敬一亭，东厢西厢。四厅是教职员办公室。六堂本来应该是教室，但清朝另于国子监斜对门盖了一些房子作为学生住宿进修之所，叫作“南学”（北方戏文动辄说“一到南学去攻书”，指的即是这个地方），六堂作为考场时似更多些。学生的月考、季考在此举行，每科的乡会试也要先在这里考一天，然后才能到贡院下场。

六堂之中原来排列着一套世界上最重的书，这书一页有三四尺宽，七八尺长，一尺许厚，重不知几千斤。这是一套石刻的十三经，是一个老书生蒋衡一手写出来的。……国子监碑刻甚多，数量最多的，便是蒋衡所写的经。著名的，旧称有赵松雪临写的“黄庭”“乐毅”“兰亭定武本”；颜鲁公“争座位”，这几块碑不晓得现在还在不在，我这回未暇查考。

汪曾祺就这样轻描淡写地“拉家常”“唠嗑”，不卑不亢，不冷不熱，不繁不简，娓娓道来，居然也那么有味。这不是一般人能够达到的文字境界。有时我想，文如其人，汪曾祺是不是也如其文章那样，是一个不温不火的人呢。遗憾的是没见他本人，只能通过文章和一些其他人的评价，猜测他的内心和其人其事。喜欢读汪曾祺的文章，另一层缘由，是因为他是沈从文学生的缘故。汪曾祺写关于沈从文的文章，比较出名的有《沈从文先生在西南联大》《星斗其文，赤子其人》和《读〈边城〉》等。

因我在湘西怀化出生、长大，对湘西出了一个沈从文总觉得有点不可思议，所以便对沈从文情有独钟起来，有段时间甚至十分迷恋。曾购花城出版社出版的12卷本的《沈从文文集》送马车夫斯基，购岳麓书社出版的20卷本的《沈从文别集》两套，自留一套，另一套赠一鹤悠然。无他意，我当时愿望出奇简单，只是希望有更多人读沈从文，了解沈从文，那时沈从文还没后来那么"火"起来。读其书，更想深知其人，后又读金介甫的《凤凰之子：沈从文传》和凌宇的《沈从文传》，并没想到会出现后来的沈从文热。我曾念念叨叨对贾湖丽讲凤凰、讲《边城》、讲沈从文的爱情故事。

"沈从文是个大半辈子活在城里的乡下人。我也是一个乡下人呢。"我对贾湖丽说，贾湖丽不说话，似乎默认，又似乎有点儿心不在焉。

"沈从文才小学文化程度，刚到北京时，寒冬腊月，穿着单裤，坐在西西会馆里写小说。天下大雪，郁达夫来看他，用五块钱请他吃饭，结账共花了一元七毛多钱，剩余的三块多钱全给了沈从文。一回到住处，沈从文禁不住伏在桌上哭了起来。当晚，郁达夫便挥笔写下了《给一位文学青年的公开状》那篇著名文章其实是写给沈从文的——生于忧患，死于安乐。文学家有时是被窘迫的时境逼出来的。"这事我还曾对小王八和静说过。静唏嘘不已，深以为是，天才往往是逼出来的。很多人都有沈从文的才华，而无沈从文的"简单愚直"和勤奋，天道酬勤。

"别看沈从文笨笨的一个乡下人，他的恋爱还很浪漫。经徐志摩等人的推荐，年近30的沈从文被胡适主持的中国公学聘为讲师。张兆和恰是他的学生，比他小8岁。当时年仅18岁的张兆和在校运会上夺得女子全能第一名，聪明可爱，单纯任性，是校花，追求者甚众，她把他们编成了'青蛙一号''青蛙二号''青蛙三号'。张兆和的二姐张允和取笑说沈从文大约只能排为'癞蛤蟆第十三号'。我是老青蛙，在你那儿排几号。"我边说，还没忘了调侃一下贾湖丽。

"我还不知道我在你那里排几号呢？"贾湖丽反唇相讥，酸酸的。

我却接着说："自卑木讷的沈从文也爱上了张兆和，但不敢当面表白。

他说不行，但他写厉害，扬长避短，所以他只是一封封地给张兆和写情书，开始马拉松式的恋爱。开始时，张兆和始终保持沉默。后来学校里起了风言风语，说沈从文因追求不到张兆和要自杀。张兆和情急之下，拿着沈从文的全部情书去找校长胡适理论。她对胡适说：'你看沈先生，一个老师，他给我写信……我现在正念书，不是谈这种事的时候。'她本想得到校长的支持，谁知胡适听后，认为这事不值得大惊小怪，微笑着对她说：'这也好嘛，他的文章写得蛮好，可以通通信嘛。'张兆和只得告辞走了。"

"张兆和可不是一般人家的闺女。她出身名门望族，曾祖父张树声，原为李鸿章统率的淮军中著名将领，曾领兵转辗江苏、浙江一带，与太平天国起义军作战，为清王朝立下了汗马功劳。1879年至1884年间，出任两广总督和直隶总督，在淮军中称得上儒将。祖父也曾做过管司法的四川臬台。父亲张武龄，字绳进，是过继给祖父的，祖父死后，继承了一份厚实的家产。张氏有四姐妹，张兆和是老三，她们个个都不得了，大姐张元和嫁给昆曲名家顾传玠，老二张允和嫁给文字学家周有光，老四张充和嫁给了德裔美籍汉学家傅汉思。"我看见贾湖丽不经意地瘪了瘪嘴，这或许是她的痛处。

"1932年夏，张兆和已从中国公学毕业，回到了苏州家中。当时，沈从文正在山东青岛大学任教。他想四年来与张兆和的关系，现在已到了有个了断的时候。他决定亲自去苏州看望张兆和，企望能得到她一个明确的答复，一放假，他乘30多小时的火车来到苏州。在苏州九如巷三号张家门堂里他却吃了闭门羹，因为张兆和恰不在家，而张家没有一个人认识他。正当他神态窘迫而羞涩，进退无策之际，二姐张允和出来了，得知眼前这位戴眼镜面色苍白的客人就是写情书的沈从文时，便请他进家坐坐，等张兆和回来。沈从文不肯，以为张兆和有意逃他呢。回到下榻的中央饭店，胡思乱想，不知如何是好。但这时，他听见有人敲门，打开房门，只见张兆和正站在门外，仿佛背书似的说：'先生，我家兄弟姐妹多，很好玩，请你去玩玩？！'沈从文大喜，拿出送给张兆和的礼物：一大包书籍，其中有两部英译精装本俄国小说，以及托尔斯泰、陀思妥耶夫斯基和屠格涅夫的作品集。这是沈从文途经上海时，听从巴金建议，并由巴金代他选购的。另外又买了一对十分精致漂亮的书夹，上面饰有一对有趣的长嘴鸟。为买这些东西，沈从文卖掉了一本书的版权。见送的礼物太重，张兆和退还了大部分书籍，只收下屠格涅夫的《父与子》和《猎人笔记》及一对书夹。”

见贾湖丽听得有趣，我接着说：“其时，张兆和的父亲和继母正住在上海。她的五弟张寰和，从自己每月两元零用钱中拿出一份，买了一瓶汽水，打开了请沈从文。对此，沈从文大为感动，当面许下诺言：‘我写些故事给你读。’后来果然写了以佛经故事为题材的小说《月下小景》里的诸篇章，每篇末尾，都附有‘给张家小五’字样。一瓶汽水的作用，几乎相当于韩信受漂母一饭。

张允和是个喜欢成人之美的好姐姐。沈从文对她十分信赖。返回青岛后，他写信给张允和，托她征询她父亲对这件婚事的意见。同时写信给张兆和说：‘如爸爸同意，就早点让我知道，让我这个乡下人喝杯甜酒吧。’在得到父亲明确意见后，张允和与张兆和姐妹俩，一同去邮局，分别给沈从文各拍发了一个电报，张允和的电报上，只从自己名字上取了一个字：‘允。’张兆和的电报则说：‘乡下人，喝杯甜酒吧。’电报员觉得奇怪，问张兆和是什么意思。张兆和不好意思地说：‘你甭管，照拍好了。’”

沈从文去世后，张兆和开始整理沈从文的遗作和书信。她曾经著文说：“从文与我相处，这一生，究竟是幸福还是不幸？得不到回答。我不理解他，不完全理解他。后来逐渐有了些理解，但是，真正懂得他的为人，懂得他一生承受的重压，是在整理编选他遗稿的现在。过去不知道的，现在知道了；过去不明白的，现在明白了……太晚了！为什么在他有生之年，不能发掘他，理解他，从各方面去帮助他，反而有那么多的矛盾得不到解决！悔之晚矣。”

“我们家的甜酒自己酿的，可好吃了。”贾湖丽抢着说。

我诡笑着说：“沈从文曾经说，我行过许多地方的桥，看过许多次的云，喝过许多种类的酒，却只爱过一个正当最好年龄的人——贾湖丽，你也问问你爸爸，我什么时候也能喝杯你家的甜酒呢？！”

“啊，你坏蛋，又讲故事套我呢？”贾湖丽使着劲捶我，沾衣欲湿杏花雨，吹面不寒杨柳风，而我已开始习惯和乐意贾湖丽的拳头了……

2005年12月31日于北京

恭王府

与帆子同游恭王府时，我对帆子说，我在网上发一篇帖子，大意是请天下女人都回家，而给所有辛勤工作的男人双倍工资。网上有同意的，反对的也很多。帆子听此“谬论”，立马也不分青红皂白大怒，批驳说：“痴人说梦！”我只提出一种设想，并非实施细则，帆子何以如此敏感?

网络是一种生活，在网络上谁又知道谁，谁又了解谁？有时你甚至可以放着胆子胡说八道，不像帆子，正正经经。题为《女人，请都回家吧》的帖子的全文如下：

请所有的女人都回归家庭吧。这个观点一说出来，必然会遭到很多高举“男女平等”“女权主义”女人的抨击和许多有“正义”感的男士的谩骂。

但别着急，先听我把话说完。为什么要请女人回家?

一、在所有正规职业中，不管是服装设计、烹饪厨艺等方面，还是文学艺术、电影拍摄等，顶尖人物都是男人，这是一个事实。当然妓女除外，如果卖淫也算一项职业的话。但据说当“鸭”的收入比作“鸡”高，我不了解这一行，不知道是何道理。

二、生孩子、做母亲是上帝将女人逐出伊甸园的“惩罚”，生育是女人天生的一项义务。男人无法与其比。因其母性，女人更“家庭”。

三、女人回家可以把全部的精力放在家政和孩子上，男人可以全身心投入到工作中去，无后顾之忧，男人更容易出成绩。所谓每个成功男人背后都有一个女人，这个女人更多的是这个男人事业的补充，这个女人干了这个男人精力所限无法去干或不愿意去干的事情。

四、所有的女人都下岗回家，而让所有工作的男人都拿双倍工资，让男人养活女人。男人养女人天经地义，让女人外出干活工作是懒男人、无能男人的“狡猾”和“诡计”。如果现在工作的男女比例为 1 ：1 的话，让女人回家，马上就可以解决 50% 的就业压力，就业难的问题迎刃而解。但也有能力特别强的女强人，这少部分女人要工作也可以，但必须与男人平等竞争，挤掉男人的岗位，这样的女人同样可以拿双倍工资。

五、如何解决回家女人的经济独立问题。我想，首先应该确认女人回家操持家政是应该有工资的前提；其次通过国家立法，婚前男人每月的收入的一半不允动用，存入一个法定账户。结婚后，此账户立即归妻子所有。婚后每月的薪金的一半，直接打入妻子的个人账户。如果女人家政做不好，男人可以提出申诉，扣除一部分收入；这样女人在资金收入上还是能够独立于男人之外的。

六、此外，女人回家之后，保有一个温馨之家。想方设法，使男人恋家、想家、爱家。从而极大地减少男人找外遇的概率，增强家庭的稳定性。

管他回不回家，吹凉自家稀饭，哪管他人瓦上之霜，别争论这些无聊之事，还是游恭王府为第一要事。在今日北京城里，还有 60 余座清代王府，我都没去过，据说位于前海西街 17 号的恭王府是保存最完整的一个，也是清代规模最大的一座王府。它从前面临李广桥，南迄北海后身，东至毡子胡同，北至大翔凤胡同，整个府邸总计占地 100 余亩，大体与中山公园的面积相等。

恭王府始建于乾隆四十一年，距今 200 多年。据《恭王府沿革考略》考证：“恭王府初为乾隆时内阁大学士和珅宅第，嘉庆四年，和珅获罪，宅第入官，嘉庆将其一部分赐其弟永璘，是为庆王府。咸丰元年，咸丰帝收回后又转赐其弟奕䜣，是为恭王府。”恭亲王奕䜣死后，溥伟承袭王爵，所以恭王府最后的府主是小恭王溥伟。

恭王府作为清朝皇族的古代建筑园林，由府邸和花园两部分组成，占地面积约 6 万平方米。恭王府府邸内的建筑，分东、中、西三路，由南自北都是以严格的中轴线贯穿着的多进四合院落组成，现存古建房屋建筑约 12000 平方米。其中府邸由三路四进四合院组成；花园也分为三路。1988 年，恭王府花园经整体修缮后对外开放，而府邸还在修缮过程中，大概在 2008 年方能对外开放。

由于府邸未开放，所以在王府东墙上另开大门供游人出入。由此进入后花园，正对着的是一条青苔斑驳的石甬路。路的右边是王府住宅最里边的一栋青灰色建筑，叫后罩楼。此楼为两层，长 160 余米，有 50 多间房，这在以四合院为特征的中国北方住宅中难得一见。二层上的窗户形式各异，竟然没有一扇是相同的，人称“什锦窗”。据说此楼就是和珅的“藏宝楼”，北京俗话说“和珅跌倒，嘉庆吃饱”，当年嘉庆抄没和珅家产，内藏不计其数的金银财宝、珍珠玉器、绫罗绸缎大概就藏在这里。

和珅贪，敛了一辈子财，结果还是给皇家敛的。再往里走，就来到恭王府花园三绝之一的花园正门，俗称西洋门，它用汉白玉雕刻而成，是国内最大的汉白玉整雕门。造型采用舒展流畅的西洋风格，雕刻又极尽中国古雕琢之精美，颇具西洋味道又不乏中国本色，是建筑中的精品。门额石刻外为“静含太古”，内为“秀邑恒存”，取喧闹中存太古之幽静，满园秀色永为春的意境。

正门迎面是一块巨大的太湖石，名独乐峰。仰首望去，只能见到“乐峰”却不见“独”字，原来“独”字藏在石后，有在失意时“独乐”和“韬晦”之用意。这块秀丽的巨石不但点缀了园内景色，又起到中国传统住宅建筑中影壁的作用。

“那我做你老婆，你养我，成吗？”贾湖丽突然悄悄问我。

这不是半路杀出的程咬金吗？这可是请君入瓮的招法呀，望着在前方徜徉的帆子，我以最快的速度想了一下，我说：“那不行。”

“为什么？”

“条件环境不存在，没有形成女人普遍回家操持家政的社会风气，没有工资分配的法律支持，会使女人更加依附于男人，进一步失去其独立性。再说，你一个人回家，久了，你连想找一个女伴一同去逛商场都难。你会闲死的，你会无聊死的，你会慵懒死的，你会肥死的。”

“我不会肥死的。我天天没事就去做美容，去健身，去爬山，去锻炼……我不会肥死的，我会美死的。”

“臭美去吧。”

“你才臭美呢。光说不练，你是赵括，只会纸上谈兵。”

我笑了笑，乘机带着贾湖丽绕过大石，分散她的注意力，让她不再纠缠在那些无关紧要的问题上了。大石的背后有一“凹”形的水池，形似蝙蝠，名为蝠池，取“福”的谐音。池边翠柳依依，池内荷叶点点，确实给人以祥和之感。右边有一流杯亭。亭内青石地面上刻有约10厘米宽的流水渠道，弯曲成“亭”字形，酒杯置于水上，顺着水道漂流，曲水流觞，故名流杯亭。亭子旁边是矮竹篱隔的一块“一亩三分”大的菜地，容易让人想起刘备种菜的典故来。

菜园的北侧是一处设计精巧的中式小院，院正中是一道垂花门，雕刻得极为精细，两边倒垂的花卉像要迎风怒放，门前两棵珍贵的龙爪槐据说和珅居住时就有。进入垂花门，小院布局严谨，院内种有牡丹和紫藤萝架，相传这就是《红楼梦》潇湘馆的原型，电视剧《还珠格格续集》中著名的一场戏“香妃引蝶”就是在此拍摄的。

院子北边是座大戏楼，是恭王府花园的第二绝。整个大戏楼是纯木结构，采用三卷勾连搭式屋顶，据说是清朝南方的官员为讨得恭亲王的欢心，特请南方的能工巧匠精心建造的。由于南北方气候的差异，纯木结构的建筑在北方历经100余年至今保存完好是非常少见的。戏楼内厅堂很高大，但音响效果非常好，处在大堂最边远的角落，戏台上的唱词也听得清清楚楚。

出了戏楼，绕到园子中路的最后一个建筑即养云精舍。这个建筑造型有些复杂，五个开间，顶棚卷檐翘起，屋外还有回廊，像一个加了内墙的凉亭。两侧各接曲折的耳房，外形似蝙蝠，所以别名蝠厅，与正前方的蝠池遥相呼应。

蝠厅前有一个假山，是园中的最高点，上有一邀月台。“解释春风无限恨，沉香亭畔依栏杆”，站在邀月台上凭栏四望，小桥流水，亭台楼阁，园内景色尽收眼底。走假山中的石阶，离开邀月台，要经一石洞，洞中有康熙为其母祝寿写的“福”字碑。这个“福”字少写了一笔，寓意福不求全。此字是恭王府花园的第三绝，号称唯一不用倒挂的天下第一福，是花园的镇园之宝。

花园西侧有一小湖，引自什刹海的活水，湖面开阔而舒展，几只鸳鸯在尽情地戏水，为这静谧的花园增添了几分灵气和活力。

我对帆子说，恭王府吸引世人的另一个重要原因，是它与《红楼梦》有着某种联系。《红楼梦》中有许多描写可在恭王府和府外环境中找到印证。府中萃锦园与书中大观园相似，天香庭园与《红楼梦》中天香楼相似，号称“九十九间半”的宝约楼与凤姐经管的“后楼”相似。离府邸不远处有“花枝胡同”，而贾琏偷取尤二姐的别院正在“宁荣街后二里远近小花枝巷内”，其所处的方位正是《红楼梦》称“芳园筑向帝城西”。相传曹雪芹曾在这一带生活过，熟知这一带地形及街巷。

帆子大笑，佩服我博学似的，似乎忘了我的关于《女人，请都回家吧》的帖子。其实，准备游恭王府之前，我是看过和查过很多资料的。我对帆子说：“你也别乐了，赶快打电话，叫上你的银行妹妹，请我和贾湖丽回天宁寺吃牛丸火锅得了。”

帆子笑说：“你还没忘这一茬呀！”

2005 年 1 月 4 日于北京

雍和宫

由地坛南门南行，穿北二环，可到国子监和孔庙，寻路再往东去，可到雍和宫。这几个点，若安排得紧凑，可以一起游的，但我是分了好几次去的。

据说在拉萨大昭寺和布达拉宫许愿，可以在雍和宫还愿，说是两地是“通”的。至于为什么“通”，却不明就里。

雍和宫创建于清康熙三十三年，是在明代太监官房的旧址上修的皇四子府邸，称雍亲王府。雍正三年，改王府为行宫，称雍和宫。雍正十三年雍正暴死在圆明园中，曾于此停放灵柩，因此，雍和宫主要殿堂原绿色琉璃瓦改为黄色琉璃瓦。又因乾隆帝诞生于此，雍和宫出了两位皇帝，成了“龙潜福地”，所以殿宇为黄瓦红墙，与紫禁城皇宫一样规格。乾隆九年，雍和宫改为喇嘛庙。可以说，雍和宫是全国“规格”最高的一座佛教寺院。清人曼殊震均在《天咫偶闻》中描写道：“殿宇崇宏，相设奇丽。六时清梵，天雨曼陀之花；七丈金容光焕发，人礼旃檀之像。飞阁复道，无非净筵；画壁璇题，都传妙手，固黄图之甲观，绀苑之香林也。”

雍和宫的建筑，在南北中轴线上，由南向北依次是天王殿、雍和宫大殿、永佑殿、法轮殿、万福阁等五进大殿，构成雍和宫的主体建筑，其中以法轮殿和万福阁最为辉煌。两边有鼓楼、钟楼、碑亭、讲经殿、密宗殿、数学殿、药王殿、西殿、戒台楼、班禅楼等建筑，相互对称，形成一座布局完整，具有融汉、满、蒙、藏建筑特色于一体的喇嘛教寺院。它的布局特色是前半部疏朗开阔，后半部密集起伏。前半部的影壁、木石、牌楼点缀，深远的甬道，浓郁的古松翠柏，给人以幽静、深远之感。从昭泰门以后建筑群密集起伏，殿阁错落，飞檐宇脊纵横，与前半部形成鲜明对照。雍和宫南门口是三座精美的牌楼，高大华丽，气势非凡，牌楼正面和背面的匾额均为乾隆所书，北牌楼的匾为“寰海尊亲”“群生仁寿”，东牌楼为“慈隆宝叶”“四衢净辟”，西牌楼为“福衍金沙”“十地圆通”。天王殿为雍和宫的第一进殿堂，楹柱上有一副乾隆御笔对联：“法境交光六根成慧日，牟尼真净十地起禅云。”天王殿又称雍和门，原是雍亲王府的大门。殿中供奉弥勒佛，为木刻贴金像，殿两旁是工艺精细的泥塑彩绘四大天王像。殿后面是面北而立、手持宝杵的木雕韦驮像，雕工精美。天王殿内的供桌两边陈设着一对古铜熏炉，为清代乾隆年间皇宫御用之物，外形别致，做工精巧。传说乾隆的母亲孝圣宪皇太后得了重病，在雍和宫东书院休养，有一夜被雍和宫内的鼓乐、诵经声惊出一身冷汗，第二天竟大病痊愈了。太后就将这两只熏炉赐给雍和宫喇嘛。

出了天王殿，迎面可见一尊青色的铜鼎，它铸造于乾隆十二年，高 4.2 米，上方六个火焰喷门，雕着六对云龙戏珠，底座雕着三狮戏珠，三足上雕着狻猊，图案精美，造型浑厚。此与北海的九龙壁、团城承光殿的大玉瓮合称为北京大型文物中的“三绝”。铜鼎后面是御碑亭，亭内有一块乾隆五十七年所立的汉、满、蒙、藏四体文碑，碑文是乾隆所撰的《喇嘛说》。亭后是一座明万历年间铜制须弥山，再后为雍和宫大殿。

大殿原为雍亲王府的银安殿，相当于大雄宝殿。建筑结构为单檐歇山式，面阔七间，前出廊，后带厦。匾额“雍和宫”是用汉、满、蒙、藏四种文字写成，四周环绕着金色蟠龙木雕。大殿栋梁、斗栏、天花板、藻井上都饰以彩绘花纹，刻画精巧，富丽堂皇。殿正中供奉着释迦牟尼、燃灯佛和弥勒佛像。这三尊佛像于乾隆十二年，由内务府“养心殿造办处”营造，原料为江南赤铜掺兑白银和黑铅熔在一起，炼成黄铜铸造，在铜质外面贴上金叶。三世佛两侧站着阿难和迦叶，大殿东西两侧少不了的是十八罗汉像。这十八罗汉像是采用紫麻脱纱法制作。具体做法是先用泥土塑成泥胎，待干燥后用麻布、白绸剪成半寸见方的方块，用胶水贴到泥胎上，浸贴时背后留孔。贴至寸厚并待干燥后，取出泥胎，封上圆洞，在麻绸上层层涂漆，再贴金或彩绘，形成造型生动的塑像。在十八罗汉像背后，悬挂着西藏贡呈的古物——彩绣的十八罗汉像，皆为古印度装束，塑像与画像相映成趣。大殿前面的东西两厢，各有 14 间楼房。东厢房是密宗殿，是喇嘛学习密乘经典的殿堂，供奉着密宗佛像上百种，其中有不少欢喜佛。二楼正中供奉着铜质贴金的狮子尊者，左边为扎拉萨巴（达赖喇嘛化身），右边为海鲁巴（班禅的化身）。另外还有一尊牛首而九体合一的欢喜佛，汉名为大威德金刚，为古印度密宗五大明王之一。其外有金刚勇识仁乐王佛，双体欢喜佛等。西厢房称为显乘殿，又称讲经殿，是学习显乘经典的学校，这里供奉的都是显宗佛像。

正准备进永佑殿时，我的手机响了。“喂，你好，我是老青蛙。”

电话那头沉默了一下，我明显感觉到对方在犹豫：“我是月儿，不记得我了？”

“记得，怎么会不记得呢？好长时间没联系了，你怎么样了？还好吗？你是不是把房屋的拆迁费退给单位了？”

“你怎么知道？”

“我不知道。我只是问问。”

“是的，退了。——一直以来也没跟你联系，这段时间我实在太倒霉了，压得都有点缓不过气来了。”

“啊？”

“我母亲去了！”

“啊！？不会吧。”我见过月儿的母亲，离了婚，再嫁，虽有点胖，但还不算太老。

“我母亲是非正常死亡。”我脑海里马上闪过车祸、情杀和误杀等等可能。月儿在电话那头接着说：“自杀。母亲是上吊死的。”

“这怎么可能？”我感到一阵惊慌和恐惧。

“一切都不顺。而房屋拆迁费的事情压力太大，所以——”

“哦——你近况如何？”我想，再大的事，也不至于死啊，我心底莫名地涌出一阵悲哀，并想起了瞿秋白吞火柴头自杀的母亲。

“我母亲是不是曾经给你打过一个电话？”

“没有。”她母亲确实曾给我打过一个电话，但我否认了。我记得小王八曾经说过，她母亲给他打过电话，希望他做女婿，娶自己的闺女。儿女的事，母亲亲自插手，我总觉得有点怪怪的。

“你肯定？”

“没有。小王八到新加坡去工作了。”

“不关他的事。你现在怎么样了？有变化吗？”

“一切照旧——哦，有变化，我准备结婚了。”

“谁？怎么样的一个人？比我强吗？”

“贾湖丽，你不认识，一个极普通的女子。”

“哦。你就这样认了？我也谈了一个男朋友，警察，个子还比较高，长相一般。”

“我手机快没电了，不管怎样，我们还是朋友，回头再联系吧？”

“你都准备结婚了，就算了吧……”咔嚓一下，电话挂了，一个世界和一个女人从此就从我这儿消失了。

这个电话多多少少影响了游兴，但总得看完。永佑殿是王府时期的正寝殿，是雍正继位前居住的地方。现殿内正中供奉着三尊佛像，正中为无量寿佛，左为药师佛，右为狮吼佛。佛像高 2.35 米，檀香木雕刻而成。殿西墙挂着绿度母补绣像，做工极细，据说是乾隆之母孝圣皇太后亲手补绣。东墙悬挂着白度母画像。永佑殿东厢为医学殿（药王殿），西厢为数学殿。法轮殿呈十字形建筑，大式歇山顶，殿顶仿西藏风格建立五座镏金宝塔，有着浓厚的藏族建筑特色。该殿是全庙喇嘛集中念经的地方，殿堂高大，殿正中供奉一尊铜质藏传佛教格鲁派的创始人宗喀巴大师像，高 6.1 米。像的背后是“雍和宫三绝”之一的五百罗汉山。五百罗汉山是用檀香木细雕精镂而成，高 3.4 米，宽 3.45 米。五百罗汉是由金、银、铜、铁、锡五种金属制成，色彩鲜艳，造型生动，是件质料、造型、雕艺三绝的艺术珍品，可惜现仅存 449 尊。在法轮殿西边木架上是《大藏经》108 部，东边木架上是《论藏经》207 部。在殿内小玻璃格内展出两部藏文金字经，是乾隆亲笔抄写的《药师经》《大白华盖仪轨经》。殿东西两边墙上有精细的壁画，描述了释迦牟尼的传教历史。法轮殿左侧为高阁式的班禅楼，又称药师坛，因1780年第六世班禅来京给乾隆祝寿，在此讲经说法而得名。法轮殿右侧是戒台楼，建于乾隆四十四年。台上设有围屏和宝座，乾隆常穿朝服，披大红哈达，戴佛冠，坐在宝座上静坐参禅，讲经说法。现戒台楼内开设了雍和宫文物陈列室，展出清代宗教艺术品及乾隆皇帝御用品共40多件，有些是稀世珍宝。原室里有一幅乾隆的影像画，乾隆皇帝头戴僧帽，身穿黄色戒衣，端坐在莲花台上。这幅画长1.2米，宽0.7米，是深藏宫中的秘宝。这里还展出了雍和宫喇嘛跳“布札”（俗称打鬼）时的彩缎绣衣、脸谱及舞蹈画面。这种舞蹈是藏传佛教格鲁派流传下来的驱除魔鬼、祈祷国泰民安的一种大型宗教乐舞，一般在春节时节举行。清朝时，雍和宫打鬼活动就很盛行，成为北京民俗的一部分。

雍和宫内最高大的殿阁是万福阁。万福阁又名大佛楼，高30余米，飞檐三重，全部为木结构。从阁外表看，是一座三层高楼，但从阁楼里面看，则是一座没有楼板相隔的通体高阁。这是辽、金时代的建筑风格。万福阁正中供奉的是举世闻名的白檀香木雕弥勒佛像。雍和宫初建时，这里是一座观音殿，内有一座木雕的娃娃山。乾隆十五年，乾隆皇帝平定了西藏郡王朱尔默特的叛乱，把西藏的军政大权交给了第七世达赖喇嘛，第七世达赖为了报答乾隆皇帝的恩典，用大量珠宝从尼泊尔国王手中换回这棵巨型的檀木，经四川，历时三年才运到北京，呈献给乾隆。乾隆命高级匠师将这颗白檀木雕成一尊巨佛，并将大佛像立妥后，建造了万福阁。老北京有“先有佛像，后有宫殿”“先有大佛，后有雍和宫”的说法。这尊弥勒佛像高达26米，其中有8米埋在地下，18米露出地面，直径8米，全身重量约100吨，不仅是雍和宫“三绝”之一，也是中国最大的独木雕像。弥勒佛像十分高大，头部在万福阁的第三层，头顶离阁顶的藻井只有一二尺。佛像的胸部正当阁的第二层，人们可以从二、三层的走廊清楚地观看大佛。万福阁东西两侧各有飞虹天桥，西通延绥阁，东通永康阁。永康阁中央陈列一个“转轮藏”，这是一座木刻彩画八角塔形的楼阁，内供八尊长寿佛坐像。转轮藏上刻有经文，佛教称每旋转一周，如同念诵一遍经典，使人免去一切罪孽。万福阁的东厢是照佛楼，原为乾隆母亲供佛之处，内供一尊铜胎佛像，叫旃檀佛。佛背后有一座围屏式的火焰背光，这火焰背光与佛龛均为楠木雕制，精巧绝伦，被誉为雍和宫的“三绝”之一。佛龛从地面直达楼顶，高踞上下两屋空间，夕照时，佛像肃然而立，脑后的黄铜镜镶嵌在围屏式的火焰背光之中，好似火的光源。火焰背光用楠木雕刻后再涂以黄色，高高凸起的部分形成了红色的火光，凹进部分即似火中的黑炭。这些火焰以黄铜镜为中心，向四周蔓延，沿着围屏绕成一圈。火焰背光与长明灯相辉映，照得佛堂一片明亮。从侧面看，那围屏四周的火焰犹如烈火腾空。站在高处看，火焰背光好似一盆烧红的木炭，吐出微微火苗。佛龛由两根金色蟠龙柱支撑，横梁金皮贴木，上雕许多金龙，中间是二龙戏珠。据说这蟠龙柱和横梁上共有大小金龙 99 条，呼之欲出，巧夺天工。

雍和宫最北边的院落是绥成楼，又称雍和宫后楼。楼内供奉一尊三头六臂形状的大白伞盖佛母像。左边供奉着白救度佛母像，右边是绿救度佛母像。楼左边是东顺山殿，右边是西顺山殿，内供有密宗五祖像，即古印度僧人龙树、阿谤沙、无著、天亲和卢本。

后来，我又碰见从新加坡回国到总部办事的小王八，告诉他有关月儿的事，他也唏嘘不已。

“她怎么知道你的电话？”

“你忘了，第一次你带她认识时，不是你硬让我给她一张名片？”

“你有她的电话吗？我想给她去个电话，我早将她电话删了。”

“我没有。我的手机换时，存在手机里的电话全都没了。”

小王八叹了一口气。

2006 年 1 月 6 日于北京

长城

这就是我的生活。

每完成《城·色》的一篇文章，我就觉得有一片东西从身体里面飘落下来，剥离出来，写得越多飘落得也越多，灵与肉变成一堆胡乱堆砌在一起的汉字。写到最后，我似乎一无所有，一个稻草人，整个儿被抽空似的，变得空心和透明起来。

马克思曾把人定义为一切社会关系的总和。我的生活是由我笔下这么一群人的联系组成的，我不能回避他和她，也不能回避我自己。我常想，一个普通人被阎王爷招走，肉体被焚毁，只是肉体的死去。而当他所有亲戚朋友，与他认识或接触过留下一星半点印象的人也都陆续死去，世上再没有他的任何口碑和传说，没有他留下的任何痕迹和记忆，没有任何正史和野史的记录时，也就割断了他在这世上的任何联系，这个人就彻底从这个世界“死去”了。

但帝王将相、才子佳人与普通的芸芸众生不一样，他们被文字记载下来了，成为历史，他们被口口相传，成为传说、小说和野史。几千年的人类史发展变迁过来，只留下几部史书而已，而广大的普通民众却被忽略了，似乎根本就不曾存在过，即使被承认存在过，也是一种无差别的“符号似的存在”。当我开始写《城·色》时，也许只是为了自娱和自愚，而在我越写越多越写越深入时，我越来越感到恐慌和害怕。我不明白自己作为一个普通人的存在，究竟想写什么和能够写成什么。作为芸芸众生中的一员，如何来证明生命的存在和生活的价值，作为无足轻重的普通人需不需要通过某种方式或形式证明生命的存在和生活的价值。生活本来就是破碎和支离的。我生活在这样一群人当中，我无法突破和改变与这群人的联系，所以我必将自始至终无足轻重，我既没有话语权，也无法通过这些我记录下来的琐人琐事琐物琐景琐情琐想证明你我的存在。所以我理解史铁生在《我与地坛》里的叙述："我常以为是丑女造就了美人。我常以为是愚氓举出了智者。我常以为是懦夫衬照了英雄。我常以为是众生度化了佛祖。"丑女、愚氓、懦夫、众生是大多数，而美人、智者、英雄、佛祖才是稀缺资源。

在北京大学南门的风入松书店，我有段时间喜欢去店里的特价书区淘书，我曾以每本3元（原价15元）的价钱，淘得一套中华文物古迹旅游的书籍，我独不买其中一本名为《战争与和平的纽带——古代长城》的书。回到宿舍，萝卜深表惋惜："钱并不多，为什么不买全呢？"

"我对长城没兴趣。"人人都说不到长城非好汉，我对长城却没有什么感觉。一方面，似乎没有丝毫登长城的计划和欲望；另一方面，可能自认为不是好汉，这辈子也当不了好汉，登了长城也不能顿悟成为好汉。害怕因自己去登长城，倒"玷污"了这句似乎像真理的名言。

长城全长大约6700公里，通称万里长城。长城的修建持续了2000多年，根据史载，从公元前7世纪楚国筑"方城"开始，至明代，共有20多个诸侯国和封建王朝修筑过长城。其中秦、汉、明3个朝代所修筑的长城的长度都超过了5000公里。若把各个时代修筑的长城的长度加起来，大约有5万公里以上。若用修筑长城的砖石、土方修筑一道厚1米、高5米的大墙，这道墙可以环绕地球一周而有余。长城的主体工程是绵延万里的高大城墙，大都建在山岭最高处，沿着山脊把蜿蜒无尽的山势勾画出清晰的轮廓，塑造出奔腾飞跃、气势磅礴的巨龙。在万里长城上，分布着百座雄关、隘口，成千上万座敌台、烽火台，既打破了城墙的单调感，又使高低起伏的地形更显得雄奇险峻，充满巨大的艺术魅力。长城是一个巨大的裸露的博物馆，无论是从建筑角度还是历史角度来审视它，都堪称世界奇迹。

长城于1987年12月被联合国教科文组织评为世界文化遗产，长城在北京的有金山岭、慕田峪、司马台、古北口、黄花城、居庸关、八达岭、箭扣等段。其中以八达岭长城最为著名，但往往人山人海，北京自驾车出游的，常到慕田峪长城、司马台长城、箭扣等“野长城”，以观其古朴和刚性。虽然我也到过山海关，路过平谷和密云，远远望过那里的“老龙头”和残长城，却从来没有攀登过。

贾湖丽的姐姐到北京来旅游，不接受我的劝说，非要去登长城。结果去慕田峪长城回来后，也觉得平常，认为老青蛙的说法还是有一定道理的。但大老远地从常州跑到北京来玩，不登长城，好像总欠点什么似的。不登长城算到过北京吗？这个问题很考人。

在《城·色》进入收尾阶段时，我对马车夫斯基诉苦说：“我只准备写71篇，一边要工作，一边还得写这个系列，写写停停，心为形役，太分心，其他任何事情都干不了。经常是一篇才写完，下一篇的构思又跳出来，心中有个东西在翻腾，逼迫自己动手去写。特别是结尾这个阶段，经常出差，经常为公务所阻隔，有时我觉得异常艰难。”当我准备把这个系列写成长篇“连续剧”时，我一直担心我能否完成，好在我这人习惯了与世无争、随遇而安的生活，当初也只准备写到哪算哪，并不准备将写作作为一项职业和事业。

马车夫斯基鼓励我说：“写吧，写吧，写完了休息一下，可以干点其他事情。再难再苦，就像生孩子难产，也得坚持生下来。”

城市是什么？城市是资源的消耗地，是巨量垃圾源源不断的生产工厂。在我刚开始写《城·色》时，娟紫曾经质问过我：“你究竟在写什么呀？你究竟想写什么啊？与你写的其他文章比，简直就是天上地下，差远了。无非就是你在周末无聊的时候，陪一两个不谙世事的小姑娘到北京这儿那儿逛，吃顿饭，说说话——根本就是小学生作文，流水账嘛！你写的什么东西啊！？”是啊，我究竟在写什么，我究竟想写什么，对于我这样一个逃避深刻的人有没有隐含什么更深刻的内涵？我边写边在思索这个问题。我对筱杨说，写作是有关灵魂的事，话语权倒在其次。写出一篇好文章真的很难，几乎需要将自己的全部“积蓄”都倾倒出来，去照亮文章中的每一个细节。

我常在网上与筱杨交流写作的经验，我说从我本人来讲，我不希望把写作只当作一件叙述工具，把事情叙述清楚就行了，我希望把每一次写作都作为一次试验和冒险，成为一次真正意义上的创作。写作的痛苦有时来源于我们在写作的过程中被文字所奴役，文字作为一种表达工具，有时总不能做到随心所欲、运用自如，就像一把漂亮的剑，舞动起来，没砍到别人，却刺伤了自己。马车夫斯基有时感叹我写作“放得开”，找对路子了。我知道，我同样是拖着沉重的镣铐，像只困在茧壳里的蝴蝶，张牙舞爪，左顾右探，在种种藩篱和束缚中拼命挣扎和撕咬。

旅游，我对旅游充满怀疑。有人说，旅游是去发现。我们出行和旅游之先，总是希望能够发现新事物、新景观，结识陌生人，寻找奇遇，发生点罗曼蒂克的事情。可实际上，我们能够看见和接触到的都是我们潜意识中想看到和想接触的，我们不想看见、不想发生的事，被我们有意地“视而不见”“听而不闻”，被我们机巧灵敏地“忽视”和“忽略”了。所以，我们在旅游中看到的“新奇”都早已存在我们心底，“发现”变成旅行过程中的一种“证实”过程。就像科学家做实验，或观察太空，只是为了验证某人提出的一种全新的理论和学说。

一鹤悠然曾批评我说，你写人写事就专心点，别抄《旅游手册》上的景点介绍。我似乎底气不足地解释说，我这不是“冲淡”的一种手法嘛。事实上，我的叙述借重于北京的这些景点也许是有所倚重的。我写了北京的很多地方，但很多地方如中国科技馆、中国地质博物馆、中国电影博物馆、首都博物馆、北京自然博物馆、北京自来水博物馆、北京警察博物馆、圆明园、大觉寺、云居寺、慈善寺、西周燕都遗址、大葆台西汉墓、双秀公园、北京游乐园、青年湖、人定湖、团城演武厅、文天祥祠、汇通祠、北大红楼、詹天佑纪念馆、北京国际雕塑园等等，我都没去过，也许将来会去，但我都没能写下，这是我与这些景点的机缘不够的缘故吧。

而有些地方如中国历史博物馆、中国军事博物馆、故宫、天安门、历代帝王庙、郭守敬纪念馆、老舍茶馆、中国工艺美术馆、琉璃厂、世界公园等去过或路过，却因没有什么联想和感慨，也不曾写下只言片语。其实，相见是缘，不见也是缘，有些地方去了是缘，不去也是缘，想见之缘故然应该珍惜，不见之缘同样不能遗弃。我总觉得，北京的公园、馆阁、寺庙是这座城市的乡村，这座城市越来越喧嚣、浮躁、时尚、速度、媚俗，到处都是行色匆匆的人，到处都是早出晚归的人，到处都是周末睡不醒懒觉的人。

每一个景点，对于每一个，都存在着不同的记忆、感悟和机缘。这些景点自始至终都安静地、悠闲地、无所事事地、自得其乐地守候在那里，躲避城市的主流，让渡给了这座城市的老人和孩子，老人和孩子是这里的常客。如果说孩子是人生的起点，老人是人生的尾声，这些在公园、馆阁、寺庙里肆意游戏、锻炼、玩乐、休闲的老人和孩子被其他人忽视了，那么可以这么说，这些景点属于这座城市的起点和归属。就像一个人的故乡，在那里出生、成长，然后外出打拼，故乡成为一抹挥之不去的淡淡思念，当走到人生的终点时，往往要魂归故里。我以为这些景点是承载这座城市的灵魂，虽然我的文章并非是为写景而写景，并非是一些无关痛痒的游记，描述这些景点是在描述这座城市内部被人忽视的“乡村”，是在描述这座城市的背影，是在描述这座城市的背景和底色，也许是在描述和捕捉“被遗忘的存在”。而我和我朋友们的故事只是漂浮在这座城市的背景上面一抹淡淡的尘。我有时想，北京若没有这些景点还算得上是北京吗？

一鹤悠然在网上对我警告说：“你最好趁早将你网络主页上那张个人形象照片换了，怎么看怎么都像男人的阳具。”这家伙是个阴阳失衡的那种顽固分子。在贵阳认识一个网名叫毛毛公主的美人儿不敢上，整天流口水意淫。我对一鹤悠然调侃说：“如果我在贵阳，早把毛毛公主弄翻了，还由得她成为别人的菜？”据说毛毛公主比我在贵阳时出落得更漂亮和风骚了，我即使在贵阳，可能也是不敢上的。

只是一鹤悠然终于走火入魔，脑子越来越弗洛伊德了，想什么都能将什么联系到性和女人上面来，弄得我有点哭笑不得。其实，我贴在网上的照片是一张蜗牛照片。这是我在网上下载来的，不知道是谁的作品，拍得很透明和纯净，比较喜欢，便借来自喻和自比。因为觉得自己像一只蜗牛，背着一个壳，也从心底需要这么一个壳，虽然这个壳面对残酷的自然、天敌、生活和人生也许并不能起多大作用。记得米兰·昆德拉说过：“人与世界连在一起，就像蜗牛与它的壳：世界是人的一部分，世界是人的状态。”我没有米兰·昆德拉那么深邃。听了一鹤悠然的话，我打开我的网上个人主页，发现那蜗牛还真像一倒置着的男人阳具。我不禁大笑，像就像吧，有什么关系呢。

“你的《城·色》里也会写长城吗？长城对于中国人实在太重要了，很多人有‘长城情结’。你没去过长城，还能写长城吗？”贾湖丽是登过八达岭和慕田峪长城的，所以她问我这个问题时，似乎有点理直气壮。

“我肯定会写长城，没去过，我也能写，而且会写得很好。”我自信地说。贾湖丽笑了笑，不是很相信。范仲淹没去过洞庭湖，却写出了著名的《岳阳楼记》，我没登过长城，我还是要写写长城的，并以《长城》作为这个系列文章的结束。

释迦牟尼在我这个年龄，在菩提树下静坐七七四十九天，终于悟道成佛；岳飞在我这个年龄，被“莫须有”的罪名，杀死在风波亭；谭嗣同在我这个年龄，不愿求生愿意赴死，为变法而英勇就义于菜市口；瞿秋白在我这个年龄，就快被捕入狱，就快写出那篇惊世骇俗的《多余的话》，声称“中国的豆腐世界第一”；徐志摩在我这个年龄，已乘飞机出事死掉了；鲁迅在我这个年龄，还没写出了中国现代文学史上第一篇白话小说《狂人日记》；沈从文在我这个年龄，他夫人为他生下第二个孩子……而我至今一事无成，大事干不了，小事干不成。

十多年前，我曾对嫦娥说，也许我命薄，活不到今天这个年龄，如果你能等我到那个年龄，我也许会娶你。嫦娥断然拒绝说，那不行，到那时候，你倒是一朵花儿，我却变成老妖婆了。真正到了这个年龄，我却死乞白赖地对贾湖丽说：“和我结婚吧，可能的话，在今年为我生一个孩子，叫逗逗。同时再出一本名叫《城·色》的书，在书的扉页上题着这样两行字——

献给我亲爱的妻子和孩子

一个男人青春的最后记忆

《城·色》这个系列文章若真能成书出版，我希望马车夫斯基做编辑，筱杨做校对，一鹤悠然做点评，萝卜做诠释和演绎，陈金题写书名，老鞭做漫画插图并装帧设计……当然，这只是我的一厢情愿。我有时想，说不准，书现在出出来，在社会上并无什么反响，凭空又多了一些印刷垃圾。也许待百年之后，却像卡夫卡的小说、凡·高的画突然火爆起来。难说，谁说得清未来的事情。当然，也许什么事也不会发生，我依然只是一个寂然。

人生有时就像登长城，不登总是遗憾，登了也不过如此。文章一旦成书，将不再属于我，就像金庸改他自己的小说，许多武侠迷纷纷提出质疑一样，金庸的武侠小说不再只属于金庸。文章不发表，我想怎么写就怎么写，我想怎么改就怎么改，一经发表，就属于你——能认认真真读，并坚持读下来的我的读者。

2006 年 1 月 10 日星期二于北京